Goethe hat sich zeitlebens die Formel des Jugendfreundes Merck zu eigen gemacht, seine unablenkbare Richtung sei, dem Wirklichen einen poetischen Gehalt zu geben. Dichtung gestaltet die Idee des Menschen, und mit ihr, so war seine Überzeugung, ist er in der Lage, allen Widerständen tatkräftig zu begegnen. Aus der tiefen Überzeugung, daß Wahrhaftigkeit unzerstörbar sei und alle Zweifel überwinden helfe, hat Goethe seine dichterischen Figuren geschaffen und sein Leben gelebt. Illusionslose, tatfrohe Bejahung des Lebens, »es sei, wie es wolle«, charakterisiert sein Lebensgefühl.

Der vorliegende Band versammelt die wichtigsten Äußerungen des Dichters, Denkers und Naturforschers Goethe über das Wesen des Menschen und über die Menschheit, über den einzelnen und über die Gattung, über die Naturkonstanten des menschlichen Daseins, über Metamorphose und Individualität, Notwendigkeit und Freiheit, Schicksal und Zufall, Autorität und Herrschaft, Wissenschaft und Kunst, Sprache und Dichtung, Fortschritt und Tradition, Jugend und Alter, Liebe und Leidenschaft, Glaube und Aberglaube, Freude und Genuß, Wollen und Entsagen, Bildung und Tätigkeit, Sorge und Mitgefühl.

Die Sammlung erschien erstmals, und zwar im Insel Verlag, zu einem ganz besonderen Anlaß: zu Goethes 200. Geburtstag am 28. August 1949, wenige Monate nach der Verkündung des Grundgesetzes der Bundesrepublik Deutschland. Herausgeber des Bandes war Bruno Wachsmuth, der spätere Präsident der Goethe-Gesellschaft in Weimar. Jochen Golz, derzeitiger Präsident der Goethe-Gesellschaft und Direktor des Goethe- und Schiller-Archivs, hat für diese Neuausgabe das Nachwort geschrieben.

insel taschenbuch 2850

Johann Wolfgang Goethe

Von Mensch und Menschheit

Johann Wolfgang Goethe
Von Mensch und Menschheit

Aus seinen Werken, Briefen,
Tagebüchern und Gesprächen

Herausgegeben von Bruno Wachsmuth
Mit einem Nachwort von Jochen Golz

Insel Verlag

Umschlagabbildung: Goethe. Anonymer Schattenriß, 1774
Goethe-Museum, Düsseldorf

insel taschenbuch 2850
Erste Auflage 2002

Nachweise und Hinweise zu dieser Ausgabe am Schluß des Bandes
Vertrieb durch den Suhrkamp Taschenbuch Verlag
Umschlag nach Entwürfen von Willy Fleckhaus
Satz: Hümmer GmbH, Waldbüttelbrunn
Druck: Nomos Verlagsgesellschaft, Baden-Baden
Printed in Germany

1 2 3 4 5 6 – 07 06 05 04 03 02

VON MENSCH UND MENSCHHEIT

»Der Mensch erkennt sich nur im Menschen, nur
Das Leben lehret jedem, was er sei.«

J. W. Goethe, Torquato Tasso

EINFÜHRUNG

Für die Anlage dieses Buches sollten zwei bereits begangene Wege nicht noch einmal beschritten werden. Der eine ist schon von Goethe mit seiner Gedankensammlung ›Maximen und Reflexionen‹ gewählt worden. Aber so bunt vermengt, wie die Blumen auf der Wiese stehen, die Geistesfülle des Alters auszustreuen, das konnte nur ein Vorrecht ihres Schöpfers sein. Zu dem anderen Wege gehört der Typus des Erbauungs- und Trostbuches, wovon es zahlreiche und auch schöne Beispiele gibt: Goethe als Lebensdeuter für Alltag und Besinnungsstunde.

Doch bei dem festlichen Ereignis des Gedächtnisses von Goethes zweihundertstem Geburtstage mußte, selbst auf engem Raum, wohl noch anderes und mehr von ihm dargeboten werden. Hier war aus dem ganzen Schatzhaus seines Geistes eine Auslese zu treffen, die der Bedeutung des geschichtlichen Tages gerecht zu werden suchte. Erhoben ihn die Völker der Erde zum Gegenstand einer gemeinsamen Feierstunde, so war ihrer Überzeugung, sein Werk sei ein Weltvermächtnis, noch eine Bestätigung zu wünschen, die nicht allein auf dem Zauber und Gehalt seiner Dichtungen beruhte.

Das Präsidium der Goethe-Gesellschaft in Weimar wurde vom Festausschuß des Landes Thüringen mit dem Auftrag betraut, eine solche Gabe für den 28. August 1949 vorzubereiten. So ist dieses Buch entstanden.

Es setzte sich zum Ziel, die wesentlichen Äußerungen des Dichters, Denkers und Naturforschers Goethe über das Wesen des Menschen und seine Vollendung in der Menschheit in geordneter Übersicht darzubieten. Ersichtlich sollte werden, wie er sich als Sprecher des ›Allgemein-Menschlichen‹ betrachtet, wie er ›menschlichem Geschlechte von des Ursprungs Tiefe‹ verkündet hat und von der menschenwürdigen, daseinsfrohen Ansicht und Erfüllung ihres irdischen Geschickes: die Lebensbotschaft Goethes in seiner Eigenschaft und in der geschichtlichen Aufgabe, einer von den großen Wegbegleitern und Wegweisern der Menschheit zu sein. Auch er eine ›Stimme der Meister‹.

Goethe hat sich für die Kennzeichnung seines Künstlertums zeitlebens die Formel des Jugendfreundes Merck zu eigen gemacht, seine unablenkbare Richtung sei, dem ›Wirklichen einen poetischen Gehalt zu geben‹. Mit der Poetisierung der menschlichen Wirklichkeit wollte er als Wirkung bei den Menschen ›ihr inneres Bedürfnis erheben, ihnen von sich selbst eine große Idee geben, ihnen das Herrliche eines großen, wahren Daseins fühlen machen‹. Aus dem Glauben, der Mensch sei der ›Vornehmste auf der Erde‹, entsprang die Kraft, in seinen Dichtungen sowohl der Klage wie der Freude, dem Verzicht wie der Tat den Atem der Größe zu geben. Nie hat er einen Bösewicht gestaltet, und selbst Mephisto wurde von ihm der Teufelsrolle fast entkleidet. Über das Dämonische im zerstörenden Sinne hat er im Alter reflektiert, nicht gedichtet. Illusionslose, tatfrohe Bejahung des Seins, ›es sei, wie es wolle‹, charakterisiert sein Lebensgefühl.

Die Auskunft über die Wirklichkeit des Menschen hat Goethe aus verschiedenen Quellen geschöpft. In der Jugend nahm er sie vornehmlich aus der inneren Fülle des ›Vorgefühls‹ von der menschlichen Natur. Er verdankte sie der Gabe, von der er später sagte: ›Der Dichter nimmt durch Antizipation die Welt vorweg‹, oder wie es an einer Stelle der Urfassung zum ›Wilhelm Meister‹ heißt: ›Es scheint eine Vorempfindung der ganzen Welt in Ihnen zu liegen‹.

Der Goethe nach 1780 suchte die Grundlagen zum wirklichen Bilde des Menschen, von der eigenen Lebenserfahrung und Menschenbeobachtung abgesehen, in erster Linie aus dem Studium der Natur. Daß von der Gesteinsbildung durch die ganze Stufenleiter der Schöpfung bis hinauf zum menschlichen Herzen ›alle natürlichen Dinge in einem genauen Zusammenhang stehen‹, wurde zum Leitsatz seines Denkens. Von der Erforschung der Gestaltungsgesetze im Stein-, Pflanzen- und Tierreich schlug er mit dem ›Genius der Analogie‹ die Brücke zum Verständnis der Entwicklung, die am und im Menschen vor sich geht. ›Genetische Denkweise‹ nannte er seine Vorstellungsart, alles Bestehende im Fluß des Werdens, der Bildung und Umbildung zu sehen.

Mit den Begriffen Metamorphose, Individualität, Typus, konstituierendes und modifizierendes Gesetz erhellte er sich Regel und Abweichung an den faßbaren Erscheinungen alles Lebendigen. Wie die Natur ihre ›großen, ehernen, ewigen‹ Baugesetze im Menschen wiederholte und doch zugleich zum Zwecke des Menschseins abwandelte und ›steigerte‹, rief ihn unermüdlich zum Anschauen, Sinnen und Erstaunen auf, seitdem er 1784 die Spuren des bestrittenen Zwischenkieferknochens entdeckt hatte. Durch Goethe vor allem und sein Darstellungsbeispiel in den biographischen Schriften ist es uns dann geläufig geworden, den Lebenslauf eines Menschen für eine genetische Folge aus der Wechselwirkung zwischen seiner Innen- und Umwelt zu halten.

Das geplante zusammenfassende Werk über die Gestaltlehre oder Morphologie ist über den ersten Druckbogen nicht hinausgewachsen. Doch hat Goethe seit den neunziger Jahren sein Dichten zunehmend unter der Aufgabe gesehen, sich als Morphologe zu verhalten und die innere Grundgestalt des Menschen darzustellen.

Das ›Allgemein-Menschliche‹ wurde nun sein Thema, das ›Generische‹ oder Typische herrschte vor, und die Freude an der individuellen Spezifikation trat zurück.

Wenn er jetzt die Idee von der Menschheit in sein Denken aufnahm, so legte er ihr seinen naturwissenschaftlichen Begriff des Typus zugrunde. Wie zum Beispiel alle Säugetiere bei aller Bauverschiedenheit nach einem einheitlichen Muster geformt sind und doch keins den Typus ganz repräsentiert, so war auch jeder Mensch und jedes Volk nur die kleine und größere Teilverwirklichung der Idee Menschheit und ihr Bestes über Zeit und Raum nur Einzelstimme im ›Lobgesang der Menschheit‹. Daher Goethes Satz: ›Nur *alle* Menschen leben das Menschliche‹, daher seine Mahnung zum friedlichen Zusammenwirken und sein Alterstraum von der kommenden ›Weltliteratur‹. Faust sollte im Sinne des Dichters etwas Maßloses, Unmögliches, wenn auch Höchstwürdiges fordern, als er begehrte: »Und was der ganzen Menschheit zugeteilt ist, will ich in meinem innern Selbst genießen.«

Mit den Studien zur Farbenlehre stieß Goethe auf eine neue, anders beschaffene Schicht der Natur. Der Adel der Gestaltung herrschte noch nicht in ihr, aber dafür ein weltweiteres Gesetz: die Polarität. Ihr Merkmal war die spannungsmächtige Dynamik des Gegensatzes, ›das Geeinte zu entzweien, das Entzweite zu einigen‹. Nicht nur die magnetischen, elektrischen und farbigen Erscheinungen beruhten hierauf. Polarität diktierte auch den Vorgang wichtigster Lebensrhythmen, Verhaltensweisen und Beziehungen des Menschen. Sie waltete in den ›zweierlei Gnaden‹ des Atemholens, im Kontrast der Gefühle, in der Gegensätzlichkeit des Denkens, in der menschlichen Urtendenz, sich durch

Widerspruch zu behaupten. In der Liebe der Geschlechter vollbrachte sie ihr allererregendstes, lebenkrönendes Werk. Als ›Weltseele‹ hat Goethe sie besungen, hat ihr im Schlußwort des ›Faust‹ vom ›Ewig-Weiblichen‹, das uns hinanzieht, den letzten Gruß gebracht. Im Menschenbild Goethes nach 1800 war der Gedanke der Polarität, ›in der wir leben, weben und sind‹, von größerer Bedeutung als die Folgerungen, die er aus seiner Morphologie ableitete.

Bedingt durch so viel Gesetzlichkeit hatte der Mensch sein Leben zu führen, inmitten eines Spielraumes, der Zeit wie den Kräften nach, der ihm zur Tätigkeit frei blieb. Zwischen dem letzten aller Widersprüche, Unbedingtheit anzustreben und doch stets durch Natur, Mitmenschen und Verhältnisse begrenzt zu sein, verlief sein Dasein. ›Zugleich unbedingt und beschränkt‹ lautet Goethes Summenformel über die Existenz des Menschen.

Mit diesem unaufhebbaren Zwiespalt trug der Mensch an einer schweren Last. ›So war vorauszusehen, daß er zugleich das vollkommenste und das unvollkommenste, das glücklichste und unglücklichste Geschöpf werden müsse.‹ Sowohl aus dem Register seiner ›Antriebe‹ erfuhr er beides wie auch aus seiner Ausstattung mit sittlichen und geistigen Eigenschaften. Das ›reine Menschliche‹ war ein seltener Fall. Es leuchtet zwar als hohes Ziel vor und war doch immer nur auf dem Schrittwege der Annäherung zu erreichen. Denn fast stets hing dem Menschen ›ein Erdenrest zu tragen peinlich‹ an.

Dem Widerspruchscharakter des Daseins rang die Schöpferkraft des Menschen ihr Werk ab. Freude und Schmerz, Gewinnen und Verlieren waren in ihm verschlungen. Hier lag der Probierstein menschlicher ›Tüchtigkeit‹. Obwohl Goethe den Leidcharakter des Lebens so tief durchschaut hatte und nur in der Haltung des ›Entsagenden‹ den Ausweg sah, an ihm nicht zu zerbrechen, blieb er doch ein Mahner und Ermunterer zur Lebensfreude. Die mächtigste Satzperiode, die er je in Prosa aufgetürmt hat, im Winckelmann-Aufsatz, ist dem Menschen gewidmet, der sich ›unbewußt seines Daseins freut‹. Denn er hielt das Leben für ein unbegreifliches Geschenk und, es als Mensch führen zu dürfen, für die höchste Auszeichnung.

Mit diesen wenigen Hinweisen sei etwas von den Voraussetzungen und Überzeugungen angedeutet, aus denen Goethe in rund sechzig Jahren seines Lebens vom Menschen gesungen und über ihn gedacht hat. Alles Weitere sagt er viel besser selbst. Seine ›Konfession‹ hat auf diesem Gebiet etwas vom Charakter und Umfang einer Anthropologie, einer Lehre vom Menschen. Sie überschaubar und leichter zugänglich zu machen, wenn auch nicht in lückenloser Vollständigkeit darzustellen, gehörte zur Hauptaufgabe bei der Anlage des Buches.

Um dies zu erreichen, mußte das gesammelte Material der Zeugnisse nach einer bestimmten Gliederung vorgetragen werden. Sie ist aber erst aus den Belegstellen erwachsen und hat nicht von vornherein für das Sammeln des Stoffes festgestanden. Sie ist Ertrag, nicht vorweggenommenes Ergebnis.

Ein systematisch Ganzes darf und wird niemand von Goethe erwarten. Denn er verfuhr hier nicht wie der Philosoph und der Gelehrte, der anstreben muß, seinen Gegenstand zu erschöpfen. Goethes Anthropologie war Erfahrung über praktische Lebensorientierung, auch wo sie Wissenschaftlichkeit zur Hilfe nahm.

Für das Material wurde das gesamte schriftlich hinterlassene Werk Goethes durchgesehen, also Dichtungen, Aufsätze, naturwissenschaftliche Arbeiten, Briefe und Tagebücher. Die Gespräche blieben grundsätzlich unberücksichtigt, weil sie nicht die volle Echtheit einer Aussage Goethes besitzen. Einige Äußerungen wurden zweimal gebracht, wenn sie eine mehrfache Bezugsrichtung enthalten.

Bei der Angabe der Quellen wurde darauf verzichtet, sie nach Band und Seitenzahl einer Hauptausgabe von Goethes Werken anzugeben, weil nur wenigen damit gedient gewesen wäre. Statt dessen wurden sie so bezeichnet, daß jeder sie in ›seinem‹ Goethe möglichst leicht aufsuchen kann. Wie denn das Buch sich überhaupt in der Dienstrolle weiß, zu Goethe hinzuführen. Auf die Weimarer Ausgabe (W.A.) wurde nur Bezug genommen, wo sie wahrscheinlich alleiniger Fundort ist.

Das Thema des Buches geht auf Hans Wahl, den unvergeßlichen Bewahrer von Goethes Erbe in Weimar, zurück, und er hat auch noch die Vorarbeiten angesetzt. Den Abschluß hat er nicht mehr erlebt. Das Material ist von Karl-Heinz Engel und dem Unterzeichneten gesammelt worden. Dieser wurde auch mit der zusammenfassenden Gestaltung beauftragt.

Bruno Wachsmuth

VORSPRUCH

Schiller an Goethe
Jena, 23. August 1794

Lange schon habe ich, obgleich aus ziemlicher Ferne, dem Gang Ihres Geistes zugesehen und den Weg, den Sie sich vorgezeichnet haben, mit immer erneuerter Bewunderung bemerkt. Sie suchen das Notwendige der Natur, aber Sie suchen es auf dem schweresten Wege, vor welchem jede schwächere Kraft sich wohl hüten wird. Sie nehmen die ganze Natur zusammen, um über das Einzelne Licht zu bekommen; in der Allheit ihrer Erscheinungsarten suchen Sie den Erklärungsgrund für das Individuum auf. Von der einfachen Organisation steigen Sie, Schritt vor Schritt, zu den mehr verwickelten hinauf, um endlich die verwickeltste von allen, den Menschen, genetisch aus den Materialien des ganzen Naturgebäudes zu erbauen. Dadurch, daß Sie ihn der Natur gleichsam nacherschaffen, suchen Sie in seine verborgene Technik einzudringen. Eine große und wahrhaft heldenmäßige Idee.

Goethes Antwort
Ettersburg, 27. August 1794

Zu meinem Geburtstage, der mir diese Woche erscheint, hätte mir kein angenehmer Geschenk werden können als Ihr Brief, in welchem Sie, mit freundschaftlicher Hand, die Summe meiner Existenz ziehen und mich, durch Ihre Teilnahme, zu einem emsigern und lebhafteren Gebrauch meiner Kräfte aufmuntern.

Weltseele, komm, uns zu durchdringen!
Dann mit dem Weltgeist selbst zu ringen,
Wird unsrer Kräfte Hochberuf.

Eins und alles

Wenn man von Uranfängen spricht, so sollte man uranfänglich reden, das heißt dichterisch; denn was unsrer tagtäglichen Sprache anheimfällt: Erfahrung, Verstand, Urteil, alles reicht nicht hin.

Höherer Chemismus der Vorzeit

Als die Welt in tiefstem Grunde
Lag an Gottes ewger Brust,
Ordnet' er die erste Stunde
Mit erhabner Schöpfungslust,
Und er sprach das Wort: Es werde!
Da erklang ein schmerzlich Ach!
Als das All mit Machtgebärde
In die Wirklichkeiten brach.

West-östlicher Divan. Buch Suleika

Ihr greifet rasch nach ungeformten Erden
Und wirket schöpfrisch jung,
Daß sie belebt und stets belebter werden
Im abgemeßnen Schwung.

Und kreisend führt ihr in bewegten Lüften
Den wandelbaren Flor
Und schreibt dem Stein in allen seinen Grüften
Die festen Formen vor.

Nun alles sich mit göttlichem Erkühnen
Zu übertreffen strebt;
Das Wasser will, das unfruchtbare, grünen,
Und jedes Stäubchen lebt. ...

Wie regt sich bald, ein holdes Licht zu schauen,
Gestaltenreiche Schar,
Und ihr erstaunt, auf den beglückten Auen,
Nun als das erste Paar,

Und bald verlischt ein unbegrenztes Streben
Im selgen Wechselblick.
Und so empfangt mit Dank das schönste Leben
Vom All ins All zurück.

Weltseele

Und so wird jeder, der den Reiz kennt, den natürliche Geheimnisse für den Menschen haben, sich nicht wundern, daß ich den Kreis der Beobachtungen, den ich sonst betreten, verlassen und mich mit einer recht leidenschaftlichen Neigung in diesen gewandt habe. Ich fürchte den Vorwurf nicht, daß es ein Geist des Widerspruches sein müsse, der mich von Betrachtung und Schilderung des menschlichen Herzens, des jüngsten, mannigfaltigsten, beweglichsten, veränderlichsten, erschütterlichsten Teiles der Schöpfung zu der Beobachtung des ältesten, festesten, tiefsten, unerschütterlichsten Sohnes der Natur geführt hat. Denn man wird mir gerne zugeben, daß alle natürlichen Dinge in einem genauen Zusammenhange stehen, daß der forschende Geist sich nicht gerne von etwas Erreichbarem ausschließen läßt. Ja, man gönne mir, der ich durch die Abwechselungen der menschlichen Gesinnungen, durch die schnelle Bewegungen derselben in mir selbst und in andern manches gelitten habe und leide, die erhabene Ruhe, die jene einsame stumme Nähe der großen, leise sprechenden Natur gewährt, und wer davon eine Ahndung hat, folge mir.

Über den Granit

Ich habe mich enthalten, das Resultat, worauf schon Herder in seinen Ideen deutet, schon jetzo merken zu lassen, daß man nämlich den Unterschied des Menschen vom Tier in nichts Einzelnem finden könne ... Die Übereinstimmung des Ganzen macht ein jedes Geschöpf zu dem, was es ist, und der Mensch ist Mensch so gut durch die Gestalt und Natur seiner obern Kinnlade als durch Gestalt und Natur des letzten Gliedes seiner kleinen Zehe *Mensch*. So ist wieder jede Kreatur nur ein Ton, eine Schattierung einer großen Harmonie, die man auch im ganzen und großen studieren muß, sonst ist jedes Einzelne nur ein Buchstabe.

An Karl Ludwig von Knebel, 17. November 1784
(Zur Abhandlung über den Zwischenkieferknochen)

Den Vorderarm des Menschen, die Verbindung desselben mit der Hand, und welche Wunder hier geleistet werden, nehmen wir als allgemein bekannt an. Es ist nichts Geistiges, was nicht in diesen Bereich fiele.

Ob nun gleich dieses Organ, welches den Menschen eigentlich zum Menschen, den Vogel zum Vogel macht, zuletzt auf das sonderbarste abbreviert erscheint, ... so sind doch die sämtlichen einzelnen Gliedmaßen daran gar wohl zu unterscheiden; das Analogon ihrer Gestalt ist nicht zu verkennen.

Principes de philosophie zoologique

DIE NATURKONSTANTEN DES MENSCHLICHEN DASEINS

Alles Vergängliche
Ist nur ein Gleichnis.
Faust, 2. Teil, 5. Akt

METAMORPHOSE, DAS GESETZ ALLES LEBENDIGEN

1. Ein jeder, der das Wachstum der Pflanzen nur einigermaßen beobachtet, wird leicht bemerken, daß gewisse äußere Teile derselben sich manchmal verwandeln und in die Gestalt der nächstliegenden Teile bald ganz, bald mehr oder weniger übergehen.

2. So verändert sich zum Beispiel meistens die einfache Blume dann in eine gefüllte, wenn sich, anstatt der Staubfäden und Staubbeutel, Blumenblätter entwickeln, die entweder an Gestalt und Farbe vollkommen den übrigen Blättern der Krone gleich sind oder noch sichtbare Zeichen ihres Ursprungs an sich tragen.

3. Wenn wir nun bemerken, daß es auf diese Weise der Pflanze möglich ist, einen Schritt rückwärts zu tun und die Ordnung des Wachstums umzukehren, so werden wir auf den regelmäßigen Weg der Natur desto aufmerksamer gemacht, und wir lernen die Gesetze der Umwandlung kennen, nach welchen sie einen Teil durch den andern hervorbringt und die verschiedensten Gestalten durch Modifikation eines einzigen Organs darstellt.

4. … man hat die Wirkung, wodurch ein und dasselbe Organ sich uns mannigfaltig verändert sehen läßt, die *Metamorphose der Pflanzen* genannt.

119. So, wie wir nun die verschieden scheinenden Organe der sprossenden und blühenden Pflanze alle aus einem einzigen, nämlich dem *Blatte*, welches sich gewöhnlich an jedem Knoten entwickelt, zu erklären gesucht haben, so haben wir auch diejenigen Früchte, welche ihre Samen fest in sich zu verschließen pflegen, aus der Blattgestalt herzuleiten gewagt.

120. Es verstehet sich hier von selbst, daß wir ein allgemeines Wort haben müßten, wodurch wir dieses in so verschiedene Gestalten metamorphosierte Organ bezeichnen und alle Erscheinungen seiner Gestalt damit vergleichen könnten.

Die Metamorphose der Pflanzen

Genetische Behandlung: Wenn ich eine entstandne Sache vor mir sehe, nach der Entstehung frage und den Gang zurückmesse, soweit ich ihn verfolgen kann, so werde ich eine Reihe Stufen gewahr, die ich zwar nicht nebeneinander sehen kann, sondern mir in der Erinnerung zu einem gewissen idealen Ganzen vergegenwärtigen muß …

Wenn man sich die Resultate dieser Versuche denkt, so sieht man, daß zuletzt die Erfahrung aufhören, das Anschauen eines Werdenden eintreten und die Idee zuletzt ausgesprochen werden muß.

Beispiel einer Stadt als Menschenwerks.

Beispiel der Metamorphose der Insekten als Naturwerks.

Lehre von der Metamorphose der Pflanzen in ihrer ganzen Bedeutung.

Vorarbeiten zu einer Physiologie der Pflanzen

Organische Einheit: Bei Betrachtung der Pflanze wird ein lebendiger Punkt angenommen, der ewig seinesgleichen hervorbringt.

Und zwar tut er es bei den geringsten Pflanzen durch Wiederholung eben desselbigen.

Ferner bei den vollkommnern durch progressive Ausbildung und Umbildung des Grundorgans in immer vollkommnere und wirksamere Organe, um zuletzt den höchsten Punkt organischer Tätigkeit hervorzubringen: Individuen durch Zeugung und Geburt aus dem organischen Ganzen abzusondern und abzulösen.

Vorarbeiten zu einer Physiologie der Pflanzen

Einheit: Die empirische Einheit können wir mit Augen sehen. Sie entsteht aus der Verbindung vieler verschiednen Teile von der größten Mannigfaltigkeit zu einem scheinbaren Individuo.

Ideale Einheit: Wenn diese verschiednen Teile aus einem idealen Urkörper entsprungen und nach und nach in verschiedenen Stufen ausgebildet gedacht werden. Diesen idealen Urkörper, der schon gewisse Bestimmbarkeit zur Zweiheit bei sich trägt, lassen wir vorerst im Schoße der Natur ruhen.

Vorarbeiten zu einer Physiologie der Pflanzen

Die Metamorphose der Pflanzen ... zeigt uns die Gesetze, wornach die Pflanzen gebildet werden.

Sie macht uns auf ein doppeltes Gesetz aufmerksam:

1. auf das Gesetz der innern Natur, wodurch die Pflanzen konstituiert werden,

2. auf das Gesetz der äußern Umstände, wodurch die Pflanzen modifiziert werden.

Vorarbeiten zu einer Physiologie der Pflanzen

Werdend betrachte sie nun, wie nach und nach sich
die Pflanze,
Stufenweise geführt, bildet zu Blüten und Frucht. ...

Jede Pflanze verkündet dir nun die ewgen Gesetze,
Jede Blume, sie spricht lauter und lauter mit dir.
Aber entzifferst du hier der Göttin heilige Lettern,
Überall siehst du sie dann, auch in verändertem Zug.
Kriechend zaudre die Raupe, der Schmetterling eile
geschäftig,
Bildsam ändre der Mensch selbst die bestimmte Gestalt.

Die Metamorphose der Pflanzen. 1. Elegie

Wird uns aber nicht schon die Urkraft der Natur, die Weisheit eines denkenden Wesens, welches wir derselben unterzulegen pflegen, respektabler, wenn wir selbst ihre Kraft bedingt annahmen und einsehen lernen, daß sie ebensogut von außen als nach außen, von innen als nach innen bildet? *Der Fisch ist für das Wasser da* scheint mir viel weniger zu sagen als: *der Fisch ist in dem Wasser und durch das Wasser da;* ... die entschiedene Gestalt ist gleichsam der innere Kern, welcher durch die Determination des äußern Elementes sich verschieden bildet.

Versuch einer allgemeinen Vergleichungslehre

Das Tier wird durch Umstände zu Umständen gebildet, daher seine innere Vollkommenheit und seine Zweckmäßigkeit nach außen. ... Wir denken uns also das abgeschlossene Tier als eine kleine Welt, die um ihrer selbst willen und durch sich selbst da ist. So ist auch jedes Geschöpf Zweck seiner selbst.

Erster Entwurf einer allgemeinen Einleitung
in die vergleichende Anatomie

Im Menschen ist das Tierische zu höhern Zwecken gesteigert und für das Auge, wie für den Geist, in Schatten gestellt.

Erster Entwurf einer allgemeinen Einleitung in die vergleichende Anatomie

Das Tier zeigt sich als Flügelmann, indem die Einfachheit und Einschränkung seines Baues den Charakter deutlicher ausspricht, die einzelnen Teile größer und charakteristisch in die Augen fallender sind.

Die menschliche Bildung aus sich selbst kennen zu lernen, ist anderseits fast unmöglich, weil die Teile derselben in einem eigenen Verhältnisse stehen, weil manches ineinander gedrängt und verborgen ist, was bei den Tieren sehr deutlich am Tage liegt, weil dieses und jenes Organ, bei den Tieren sehr einfach, bei den Menschen in einer unendlichen Komplikation oder Subdivision gefunden wird.

Vorträge über die drei ersten Kapitel einer allgemeinen Einleitung in die vergleichende Anatomie

Der Einblick, wie die allgemeinen Gesetze bei verschieden beschränkten Naturen wirksam sind; die Einsicht zuletzt, wie der Mensch dergestalt gebaut sei, daß er so viele Eigenschaften und Naturen in sich vereinige und dadurch, auch schon physisch als eine kleine Welt, als ein Repräsentant der übrigen Tiergattungen existiere: alles dieses kann nur dann am deutlichsten und schönsten eingesehen werden, wenn wir, nicht, wie bisher leider nur zu oft geschehen, unsere Betrachtungen von oben herab anstellen und den Menschen im Tiere suchen, sondern wenn wir von unten herauf anfangen und das einfachere Tier im zusammengesetzten Menschen endlich wieder entdecken.

Vorträge über die drei ersten Kapitel einer allgemeinen Einleitung in die vergleichende Anatomie

Dies also hätten wir gewonnen, ungescheuet behaupten zu dürfen: daß alle vollkommnern organischen Naturen, worunter wir Fische, Amphibien, Vögel, Säugetiere und an der Spitze der letzten den Menschen sehen, alle nach *einem* Urbilde geformt seien, das nur in seinen sehr beständigen Teilen mehr oder weniger hin und her weicht und sich noch täglich durch Fortpflanzung aus- und umbildet.

Vorträge über die drei ersten Kapitel einer allgemeinen Einleitung in die vergleichende Anatomie

Ich war völlig überzeugt, ein allgemeiner, durch Metamorphose sich erhebender Typus gehe durch die sämtlichen organischen Geschöpfe durch.

Tag- und Jahreshefte für 1790

Hätten wir aber nötig gehabt, uns durch die Betrachtung der Pflanzen- und Insektenmetamorphose heraufzuwinden, wenn wir nicht hoffen könnten, dadurch auch über die Gestalt der vollkommnern Tiere einigen Aufschluß zu erhalten?

Wir haben dort gesehen, daß aller Betrachtung über Pflanzen und Insekten der Begriff einer sukzessiven Verwandlung identischer Teile, neben- oder nacheinander, zum Grunde liegen müsse, und nun wird es uns beim Untersuchen des Tierkörpers zum größten Vorteil gereichen, wenn wir uns den Begriff einer gleichzeitigen, von der Zeugung an schon bestimmten Metamorphose aneignen können.

Vorträge über die drei ersten Kapitel einer allgemeinen Einleitung in die vergleichende Anatomie

Und keine Zeit und keine Macht zerstückelt
Geprägte Form, die lebend sich entwickelt.

Urworte. Orphisch

Wir wiederholen also, daß die Beschränktheit, Bestimmtheit und Allgemeinheit der durch die Fortpflanzung schon entschiednen simultanen Metamorphose den Typus möglich macht, daß aber aus der Versatilität dieses Typus, in welchem die Natur, ohne jedoch aus dem Hauptcharakter der Teile herauszugehen, sich mit großer Freiheit bewegen kann, die vielen Geschlechter und Arten der vollkommneren Tiere, die wir kennen, durchgängig abzuleiten sind.

Vorträge über die drei ersten Kapitel einer allgemeinen Einleitung in die vergleichende Anatomie

Metamorphose der Tiere

Wagt ihr, also bereitet, die letzte Stufe zu steigen
Dieses Gipfels, so reicht mir die Hand und öffnet den freien
Blick ins weite Feld der Natur. …
Zweck sein selbst ist jegliches Tier, vollkommen entspringt es
Aus dem Schoß der Natur und zeugt vollkommene Kinder.
Alle Glieder bilden sich aus nach ewgen Gesetzen,
Und die seltenste Form bewahrt im geheimen das Urbild.

Also bestimmt die Gestalt die Lebensweise des Tieres,
Und die Weise, zu leben, sie wirkt auf alle Gestalten
Mächtig zurück. …
Doch im Innern befindet die Kraft der edlern Geschöpfe
Sich im heiligen Kreise lebendiger Bildung beschlossen.
Diese Grenzen erweitert kein Gott, es ehrt die Natur sie:
Denn nur also beschränkt war je das Vollkommene möglich.

Doch im Inneren scheint ein Geist gewaltig zu ringen,
Wie er durchbräche den Kreis, Willkür zu schaffen den Formen
Wie dem Wollen; doch was er beginnt, beginnt er vergebens.
Denn zwar drängt er sich vor zu diesen Gliedern, zu jenen,
Stattet mächtig sie aus, jedoch schon darben dagegen
Andere Glieder. …
Siehst du also dem einen Geschöpf besonderen Vorzug
Irgend gegönnt, so frage nur gleich: wo leidet es etwa
Mangel anderswo? und suche mit forschendem Geiste;
Finden wirst du sogleich zu aller Bildung den Schlüssel. …
Dieser schöne Begriff von Macht und Schranken, von Willkür
Und Gesetz, von Freiheit und Maß, von beweglicher Ordnung,
Vorzug und Mangel erfreue dich hoch; die heilige Muse
Bringt harmonisch ihn dir, mit sanftem Zwange belehrend.
Keinen höhern Begriff erringt der sittliche Denker,
Keinen der tätige Mann, der dichtende Künstler; der Herrscher,
Der verdient, es zu sein, erfreut nur durch ihn sich der Krone.
Freue dich, höchstes Geschöpf der Natur, du fühlest dich fähig,
Ihr den höchsten Gedanken, zu dem sie schaffend sich auf schwang,
Nachzudenken.

Jedoch ein dergleichen Aperçu, ein solches Gewahrwerden, Auffassen, Vorstellen, Begriff, Idee, wie man es nennen mag, behält immerfort, man gebärde sich, wie man will, eine esoterische Eigenschaft; im ganzen läßt sichs aussprechen, aber nicht beweisen, im einzelnen läßt sichs wohl vorzeigen, doch bringt man es nicht rund und fertig ... Ja, um weiterzugehen, dürfen wir behaupten, daß der einzelne, einsame stille Beobachter und Naturfreund mit sich selbst nicht immer einig bleibt, ... je nachdem sich die Geisteskraft reiner und vollkommner dabei hervortun kann ...

... wenn wir der Natur etwas abzugewinnen gedenken, welche, ewig beweglich, das Leben, das sie verleiht, nicht erkannt wissen will.

Versuch aus der vergleichenden Knochenlehre

Sehen wir immerfort nur das Geregelte, so denken wir, es müsse so sein, von jeher sei es also bestimmt und deswegen stationär. Sehen wir aber die Abweichungen, ... so erkennen wir, daß die Regel zwar fest und ewig, aber zugleich lebendig sei.

Principes de philosophie zoologique

Gestaltung, Umgestaltung,
Des ewigen Sinnes ewige Unterhaltung.

Faust, 2. Teil, 1. Akt

Zustand ist ein albernes Wort, weil nichts steht und alles beweglich ist.

An Barthold Georg Niebuhr, 23. November 1812

Ehe ich diese nunmehr vorliegenden drei Bände zu schreiben anfing, dachte ich sie nach jenen Gesetzen zu bilden, wovon uns die Metamorphose der Pflanzen belehrt. In dem ersten sollte das Kind nach allen Seiten zarte Wurzeln treiben und nur wenig Keimblätter entwickeln. Im zweiten der Knabe mit lebhafterem Grün stufenweis mannigfaltiger gebildete Zweige treiben, und dieser belebte Stengel sollte nun im dritten Beete ähren- und rispenweis zur Blüte hineilen und den hoffnungsvollen Jüngling darstellen.

Geplantes Vorwort zum dritten Teil von Dichtung und Wahrheit

Der Deutsche hat für den Komplex des Daseins eines wirklichen Wesens das Wort Gestalt. Er abstrahiert bei diesem Ausdruck von dem Beweglichen, er nimmt an, daß ein Zusammengehöriges festgestellt, abgeschlossen und in seinem Charakter fixiert sei.

Betrachten wir aber alle Gestalten, besonders die organischen, so finden wir, daß nirgend ein Bestehendes, nirgend ein Ruhendes, ein Abgeschlossenes vorkommt, sondern daß vielmehr alles in einer steten Bewegung schwanke. Daher unsere Sprache das Wort Bildung sowohl von dem Hervorgebrachten als von dem Hervorgebrachtwerdenden gehörig genug zu brauchen pflegt.

Zur Morphologie

Morphologie ruht auf der Überzeugung, daß alles, was sei, sich auch andeuten und zeigen müsse. Von den ersten physischen und chemischen Elementen an bis zur geistigsten Äußerung des Menschen lassen wir diesen Grundsatz gelten.

Wir wenden uns gleich zu dem, was Gestalt hat. Das Unorganische, das Vegetative, das Animale, das Menschliche deutet sich alles selbst an, es erscheint, als was es ist, unserm äußern, unserm innern Sinn.

Die Gestalt ist ein Bewegliches, ein Werdendes, ein Vergehendes. Gestaltenlehre ist Verwandlungslehre. Die Lehre der Metamorphose ist der Schlüssel zu allen Zeichen der Natur.

Zum Begriff ›Morphologie‹

Die Funktion ist das Dasein in Tätigkeit gedacht.

W. A., 2. Abteilung, Band 13, S. 114

Über Metamorphose und deren Sinn; Systole und Diastole des Weltgeistes; aus jener geht die Spezifikation hervor, aus dieser das Fortgehn ins Unendliche.

Tagebücher. Karlsbad, 17. Mai 1808

Die für mich nun über vierzig Jahr alte Maxime [von der Metamorphose] gilt noch immer fort; man wird durch sie in dem ganzen labyrinthischen Kreise des Begreiflichen glücklich umhergeleitet und bis an die Grenze des Unbegreiflichen geführt, wo man sich denn, nach großem Gewinn, gar wohl bescheiden kann. Alle Philosophen der alten und neuen Welt vermochten auch nicht weiter zu gelangen. Mehr darf man sich in Schriften auszusprechen kaum anmaßen.

An Johann Peter Eckermann, Oktober 1830

Der Mensch, wo er bedeutend auftritt, verhält sich gesetzgebend ... Unsere ganze Aufmerksamkeit muß aber darauf gerichtet sein, der Natur ihr Verfahren abzulauschen.

Problem und Erwiderung

Es soll sich regen, schaffend handeln,
Erst sich gestalten, dann verwandeln;
Nur scheinbar stehts Momente still.
Das Ewige regt sich fort in allen:
Denn alles muß in Nichts zerfallen,
Wenn es im Sein beharren will.

Eins und alles

DER MENSCH ALS INDIVIDUALITÄT

Diese Wissenschaft schließt vom Äußern aufs Innere. Aber was ist das Äußere am Menschen? Wahrlich nicht seine nackte Gestalt, unbedachte Gebärden, die seine inneren Kräfte und deren Spiel bezeichnen! Stand, Gewohnheit, Besitztümer, Kleider, alles modifiziert, alles verhüllt ihn. Durch alle diese Hüllen bis auf sein Innerstes zu dringen, selbst in diesen fremden Bestimmungen feste Punkte zu finden, von denen sich auf sein Wesen sicher schließen läßt, scheint äußerst schwer, ja unmöglich zu sein. Nur getrost! Was den Menschen umgibt, wirkt nicht allein auf ihn, er wirkt auch wieder zurück auf selbiges, und indem er sich modifizieren läßt, modifiziert er wieder rings um sich her. So lassen Kleider und Hausrat eines Mannes sicher auf dessen Charakter schließen. Die Natur bildet den Menschen, er bildet sich um, und diese Umbildung ist doch wieder natürlich; er, der sich in die große weite Welt gesetzt sieht, umzäunt, ummauert sich eine kleine drein und staffiert sie aus nach seinem Bilde.

Zugabe zu Lavaters Physiognomischen Fragmenten

Wir gingen auseinander, ohne einander verstanden zu haben. Wie denn auf dieser Welt keiner leicht den andern versteht.

Die Leiden des jungen Werther, 1. Buch. 12. August

EGMONT: Ich muß mit meinen Augen sehen.

ORANIEN: O sähst du diesmal nur mit meinen! Freund, weil du sie offen hast, glaubst du, du siehst. ...

EGMONT: ... dieser Mann trägt seine Sorglichkeit in mich herüber. – Weg! – das ist ein fremder Tropfen in meinem Blute. Gute Natur, wirf ihn wieder heraus!

Egmont, 2. Aufzug. Egmonts Wohnung

EGMONT: Es dreht sich immer um den einen Punkt: ich soll leben, wie ich nicht leben mag. ... Leb ich nur, um aufs Leben zu denken? Soll ich den gegenwärtigen Augenblick nicht genießen, damit ich des folgenden gewiß sei? und diesen wieder mit Sorgen und Grillen verzehren? ...

Wie von unsichtbaren Geistern gepeitscht, gehen die Sonnenpferde der Zeit mit unsers Schicksals leichtem Wagen durch; und uns bleibt nichts, als mutig gefaßt die Zügel festzuhalten und bald rechts, bald links, vom Steine hier, vom Sturze da, die Räder wegzulenken. Wohin es geht, wer weiß es? Erinnert er sich doch kaum, woher er kam.

Egmont, 2. Aufzug. Egmonts Wohnung

Mir wird je länger je mehr das Treiben der Welt und der Herzen unbegreiflich. Einzelne Züge, die sich überall gleichen, und doch nie dran zu denken, daß der größte menschliche Kopf ein Ganzes der Menschenwirtschaft übersehen werde.

An Johann Kaspar Lavater, Ende September 1775

Wir schöpfen den Schaum von dem großen Strome der Menschheit mit unsern Kielen und bilden uns ein, wenigstens schwimmende Inseln gefangen zu haben.

An Anna Luise Karsch, 17. August 1775

Jedes Menschen Gedanken und Sinnesart hat was Magisches.

Tagebücher, 15. Dezember 1778

Diese Begierde, die Pyramide meines Daseins, deren Basis mir angegeben und gegründet ist, so hoch als möglich in die Luft zu spitzen, überwiegt alles andre ...

Hab ich dir das Wort

Individuum est ineffabile,

woraus ich eine Welt ableite, schon geschrieben?

An Lavater, etwa 20. September 1780

Wundersam ist doch jeder Mensch in seiner Individualität gefangen, am seltsamsten außerordentliche Menschen; es ist, als wenn die viel schlimmer an gewissen Ecken dran wären als gemeine.

An Charlotte von Stein, 30. Juni 1780

Kein Mensch kann eine Faser seines Wesens ändern, ob er gleich vieles an sich bilden kann ... Wir sollten alle miteinander Mitleiden haben.

An Friedrich Heinrich Jacobi, 31. März 1784

Es ist eine unaussprechliche Glückseligkeit, wenn Gesinnungen und Empfindungen zwischen zwei Wesens wechseln, ohn irgend anzustoßen, zurückgehalten oder geschreckt zu werden.

An Charlotte von Stein, 14. Juli 1782

Schon habe ich viel in meinem Innren gewonnen, schon habe ich viele Ideen, auf denen ich festhielt, die mich und andre unglücklich machten, hingegeben und bin um vieles freier. Täglich werfe ich eine neue Schale ab und hoffe, als ein *Mensch* wiederzukehren.

An Charlotte von Stein. Rom, 6. Januar 1787

Individualität als Gabe und Schicksal

Überhaupt, wenn ich mir die Menschen, die ich näher gesehen, alle vergegenwärtige, so gibt es der Welt-Anschauung reichen Gewinn. Der Stamm ist immer derselbe, die Verzweigungen grenzenlos.

An seinen Sohn, 27. August 1821

Alles Lebendige bildet eine Atmosphäre um sich her.

Zur Naturwissenschaft

Denn ein Gott hat
Jedem seine Bahn
Vorgezeichnet,
Die der Glückliche
Rasch zum freudigen
Ziele rennt:
Wem aber Unglück

Das Herz zusammenzog,
Er sträubt vergebens
Sich gegen die Schranken
Des ehernen Fadens,
Den die doch bittre Schere
Nur einmal löst.

Harzreise im Winter

Denn wir können die Kinder nach unserem Sinne nicht formen;
So wie Gott sie uns gab, so muß man sie haben und lieben,
Sie erziehen aufs beste und jeglichen lassen gewähren.
Denn der eine hat die, die anderen andere Gaben;
Jeder braucht sie, und jeder ist doch nur auf eigene Weise
Gut und glücklich.

Hermann und Dorothea, 3. Gesang. Thalia

Wer kommt früh zu dem Glücke, sich seines eigenen Selbsts, ohne fremde Formen, in reinem Zusammenhang bewußt zu sein?

Wilhelm Meisters Lehrjahre, 6. Buch

Derjenige, an dem viel zu entwickeln ist, wird später über sich und die Welt aufgeklärt.

Wilhelm Meisters Lehrjahre, 8. Buch, 5. Kapitel

Es ist wohl angenehm, sich mit sich selbst
Beschäftgen, wenn es nur so nützlich wäre.
Inwendig lernt kein Mensch sein Innerstes
Erkennen; denn er mißt nach eignem Maß
Sich bald zu klein und leider oft zu groß.

Der Mensch erkennt sich nur im Menschen, nur
Das Leben lehret jedem, was er sei.

Torquato Tasso, 2. Aufzug, 3. Auftritt

Es weiß sich kein Mensch weder in sich selbst noch in andere zu finden und muß sich eben sein Spinnengewebe selbst machen, aus dessen Mitte er wirkt.

An Schiller, 3. März 1799

Die Geschichte des Menschen ist sein Charakter.

Wilhelm Meisters Lehrjahre, 7. Buch, 4. Kapitel

Wenn Familien sich lange erhalten, so kann man bemerken, daß die Natur endlich ein Individuum hervorbringt, das die Eigenschaften seiner sämtlichen Ahnherren in sich begreift und alle bisher vereinzelten und angedeuteten Anlagen vereinigt und vollkommen ausspricht. Ebenso geht es mit Nationen, deren sämtliche Verdienste sich wohl einmal, wenn es glückt, in einem Individuum aussprechen.

Anmerkungen zu ›Rameaus Neffe‹

Kein Mensch betrachtet die Welt ganz wie der andere, und verschiedene Charaktere werden oft einen Grundsatz, den sie sämtlich anerkennen, verschieden anwenden. Ja, der Mensch ist sich in seinen Anschauungen und Urteilen nicht immer selbst gleich: frühere Überzeugungen müssen spätern weichen.

Einleitung in die Propyläen

Wie ein Schriftsteller sich ankündigt, fährt er meistenteils fort, und bei mittlern Talenten sind oft im ersten Werke alle die übrigen enthalten; denn der Mensch, der in sich selbst eins und rund ist, kann auch in seinen Werken nur einen gewissen Kreis durchlaufen.

Anmerkungen zu ›Rameaus Neffe‹

Der Eigenname eines Menschen ist nicht etwa wie ein Mantel, der bloß um ihn her hängt und an dem man allenfalls noch zupfen und zerren kann, sondern ein vollkommen passendes Kleid, ja wie die Haut selbst ihm über und über angewachsen, an der man nicht schaben und schinden darf, ohne ihn selbst zu verletzen.

Dichtung und Wahrheit, 10. Buch

Man denkt nicht über sich, wenn man sich im Spiegel betrachtet, aber man fühlt sich und läßt sich gelten.

Dichtung und Wahrheit, 13. Buch

Niemand kann seine eigene Gestalt zuwider sein; der Häßlichste wie der Schönste hat das Recht, sich seiner Gegenwart zu freuen; und da das Wohlwollen verschönt und sich jedermann mit Wohlwollen im Spiegel besieht, so kann man behaupten, daß jeder sich auch mit Wohlgefallen erblicken müsse, selbst wenn er sich dagegen sträuben wollte.

Dichtung und Wahrheit, 6. Buch

Die wahren Tugenden und die wahren Mängel eines Menschen kommen nie zur Evidenz, und was man von ihm hin- und widerträgt, sind alberne Märchen.

An Karl Friedrich Graf von Reinhard, 14. November 1812

Die Pflanze gleicht den eigensinnigen Menschen, von denen man alles erhalten kann, wenn man sie nach ihrer Art behandelt.

Die Wahlverwandtschaften, 2. Teil, 9. Kapitel

Der Mensch versteht nichts, als was ihm gemäß ist.

Wilhelm Meisters Wanderjahre, 1. Buch, 3. Kapitel

Jeder Mensch muß nach seiner Weise denken; denn er findet auf seinem Wege immer ein Wahres oder eine Art von Wahrem, die ihm durchs Leben hilft. Nur darf er sich nicht gehen lassen: er muß sich kontrollieren; der bloße nackte Instinkt geziemt nicht dem Menschen.

Maximen und Reflexionen

Das Liebste – und das sind doch unsere Überzeugungen – muß jeder im tiefsten Ernst bei sich selbst bewahren: jeder weiß nur für sich, was er weiß, und das muß er geheimhalten; wie er es ausspricht, sogleich ist der Widerspruch rege, und wie er sich in Streit einläßt, kommt er in sich selbst aus dem Gleichgewicht, und sein Bestes wird, wo nicht vernichtet, doch gestört.

Wilhelm Meisters Wanderjahre, 2. Buch, 9. Kapitel

Der Mensch hat wirklich viel zu tun, wenn er sein eignes Positive bis ans Ende durchführen will. Glücklicherweise bleibt uns zuletzt die Überzeugung, daß gar vieles nebeneinander bestehen kann und muß, was sich gerne wechselseitig verdrängen möchte: der Weltgeist ist toleranter, als man denkt.

An den Grafen von Reinhard, 12. Mai 1826

›Eine entschiedene Wahrheit‹: was ich recht weiß, weiß ich eigentlich nur mir selbst; sobald ich damit hervortrete, rückt mir sogleich Bedingung, Bestimmung, Widerrede auf den Hals.

An Karl Friedrich Zelter, 30. Oktober 1828

Es ist eine verzeihliche Grille bedeutender Menschen, gelegentlich einmal äußere Vorzüge ins Verborgene zu stellen, um den eignen menschlichen Gehalt desto reiner wirken zu lassen; deswegen hat das Inkognito der Fürsten und die daraus entspringenden Abenteuer immer etwas höchst Angenehmes.

Dichtung und Wahrheit, 10. Buch

Der schlimmste Neidhart ist in der Welt,
Der jeden für seinesgleichen hält.

Egalité

Jeder Mensch, das Weib so gut als der Mann, will seine Individualität behaupten, und behauptet sie auch zuletzt, nur jedes auf seine Weise. Wie die Frauen ihre Individualität behaupten können, wissen sie selbst am besten, und wir brauchen sie es nicht zu lehren. Es ist immer angenehm und nützlich und gibt zu den interessantesten Vergleichungen Anlaß, wenn uns einmal im Bilde gezeigt wird, wie eine Frau jenen Zweck zu erreichen suchen würde, wenn sie männlich gesinnt wäre.

Bekenntnisse einer schönen Seele.
Roman von Friederike Helene Unger 1806 (Rezension)

Charakter, Individualität, Neigung, Richtung, Örtlichkeit, Umgebungen und Gewohnheiten bilden zusammen ein Ganzes, in welchem jeder Mensch, wie in einem Elemente, in einer Atmosphäre, schwimmt, worin es ihm allein bequem und behaglich ist.

Die Wahlverwandtschaften, 2. Teil, 17. Kapitel

Die Geschichte der Wissenschaft ist die Wissenschaft selbst, die Geschichte des Individuums das Individuum.

Karl Wilhelm Nose

Nicht die Talente, nicht das Geschick zu diesem oder jenem machen eigentlich den *Mann der Tat;* die Persönlichkeit ists, von der in solchen Fällen alles abhängt. Der Charakter ruht auf der Persönlichkeit, nicht auf den Talenten. Talente können sich zum Charakter gesellen, er gesellt sich nicht zu ihnen: denn ihm ist alles entbehrlich außer er selbst.

West-östlicher Divan. Noten und Abhandlungen

Jedes Wesen, das sich als eine Einheit fühlt, will sich in seinem eigenen Zustand ungetrennt und unverrückt erhalten. Dies ist eine ewige notwendige Gabe der Natur, und so kann man sagen, jedes Einzelne habe Charakter bis zum Wurm hinunter, der sich krümmt, wenn er getreten wird. In diesem Sinne dürfen wir dem Schwachen, ja dem Feigen selbst Charakter zuschreiben: denn er gibt auf, was andere Menschen über alles schätzen, was aber nicht zu seiner Natur gehört, die Ehre, den Ruhm, nur damit er seine Persönlichkeit erhalte. Doch bedient man sich des Wortes Charakter gewöhnlich in einem höhern Sinne: wenn nämlich eine Persönlichkeit von bedeutenden Eigenschaften auf ihrer Weise verharret und sich durch nichts davon abwendig machen läßt.

Einen starken Charakter nennt man, wenn er sich allen äußerlichen Hindernissen mächtig entgegensetzt und seine Eigentümlichkeit, selbst mit Gefahr, seine Persönlichkeit zu verlieren, durchzusetzen sucht. Einen großen Charakter nennt man, wenn die Stärke desselben zugleich mit großen, unübersehlichen, unendlichen Eigenschaften, Fähigkeiten verbunden ist und durch ihn ganz originelle, unerwartete Absichten, Plane und Taten zum Vorschein kommen.

Materialien zur Geschichte der Farbenlehre.
Newtons Persönlichkeit

Niemand wird sich selber kennen,
Sich von seinem Selbst-Ich trennen.

Zahme Xenien

Am furchtbarsten aber erscheint das Dämonische, wenn es in irgendeinem Menschen überwiegend hervortritt. Während meines Lebensganges habe ich mehrere, teils in der Nähe, teils in der Ferne, beobachten können. Es sind nicht immer die vorzüglichsten Menschen, weder an Geist noch an Talenten, selten durch Herzensgüte sich empfehlend; aber eine ungeheure Kraft geht von ihnen aus, und sie üben eine unglaubliche Gewalt über alle Geschöpfe, ja sogar über die Elemente, und wer kann sagen, wie weit sich eine solche Wirkung erstrecken wird? Alle vereinten sittlichen Kräfte vermögen nichts gegen sie; vergebens, daß der hellere Teil der Menschen sie als Betrogene oder als Betrüger verdächtig machen will, die Masse wird von ihnen angezogen. Selten oder nie finden sich Gleichzeitige ihresgleichen, und sie sind durch nichts zu überwinden als durch das Universum selbst, mit dem sie den Kampf begonnen; und aus solchen Bemerkungen mag wohl jener sonderbare, aber ungeheure Spruch entstanden sein: Nemo contra deum nisi deus ipse.

Dichtung und Wahrheit, 20. Buch

Eigenheiten ... gewisse Phänomene der Menschheit, die man mit dieser Bezeichnung am besten ausdrückt; sie sind irrtümlich nach außen, wahrhaft nach innen und, recht betrachtet, psychologisch höchst wichtig. Sie sind das, was das Individuum konstituiert, das Allgemeine wird dadurch spezifiziert ... Sie sind es, die den Menschen nach einer gewissen Seite hintreiben, ... immerfort in Leben und Bewegung erhalten.

Lorenz Sterne

Eigentümlichkeit ruft Eigentümlichkeit hervor.

Maximen und Reflexionen

Über vieles kann
Der Mensch zum Herrn sich machen, seinen Sinn
Bezwinget kaum die Not und lange Zeit.

Torquato Tasso, 5. Aufzug, 1. Auftritt

Dämon

Wie an dem Tag, der dich der Welt verliehen,
Die Sonne stand zum Gruße der Planeten,
Bist alsobald und fort und fort gediehen
Nach dem Gesetz, wonach du angetreten.
So mußt du sein, dir kannst du nicht entfliehen,
So sagten schon Sibyllen, so Propheten;
Und keine Zeit und keine Macht zerstückelt
Geprägte Form, die lebend sich entwickelt.

Urworte. Orphisch

Der Dämon bedeutet hier die notwendige, bei der Geburt unmittelbar ausgesprochene, begrenzte Individualität der Person, das Charakteristische, wodurch sich der Einzelne von jedem bei noch so großer Ähnlichkeit unterscheidet, … die Unveränderlichkeit des Individuums, … den alten Adam.

Erläuterungen zu dem Gedicht ›Urworte. Orphisch‹

Verwirrende Lehre zu verwirrtem Handel waltet über die Welt, und ich habe nichts angelegentlicher zu tun als dasjenige, was an mir ist und geblieben ist, wo möglich zu steigern und meine Eigentümlichkeiten zu kohobieren, wie Sie es, würdiger Freund, auf Ihrer Burg ja auch bewerkstelligen.

An Wilhelm von Humboldt, 17. März 1832

Individualität als Schranke und ›Gebrechen‹

Wenn ich aber wieder sehe, wie jedem der Pfahl ins Fleisch geben ist, den er zu schleppen hat …

An Charlotte von Stein, 14. Oktober 1779

Wenn du eine glühende Masse Eisen auf dem Herde siehst, so denkst du nicht, daß so viel Schlacken drin stecken, als sich erst offenbaren, wenn es unter den großen Hammer kommt. Dann scheidet sich der Unrat, den das Feuer selbst nicht absonderte, und fließt und stiebt in glühenden Tropfen und Funken davon, und das gediegne Erz bleibt dem Arbeiter in der Zange.

Es scheint, als wenn es eines so gewaltigen Hammers bedurft habe, um meine Natur von den vielen Schlacken zu befreien und mein Herz gediegen zu machen.

Und wieviel, wieviel Unart weiß sich auch noch da zu verstecken!

An Jacobi, 17. November 1782

Ihr liebevoller Brief, ... der mir so manches Gute eröffnet, was Sie bei unserm kurzen Zusammenleben an mir entdeckt zu haben glauben, würde mich beschämen, wenn ich mir nicht der Gebrechen, die mir wie jedem andern ankleben, so deutlich bewußt wäre. Sind es doch (um nur von dichterischen und schriftstellerischen zu reden) gerade die eigenen und fremden Gebrechen, die wir bekennen und darstellen, eben das, was uns andern interessant, vielleicht gar liebenswürdig macht. Eifern Sie daher nicht so gegen Ihre persönlichen Mangel, sondern bedenken Sie, daß diese nur wie Wappenschilder in Stammbäumen die Verwandtschaft der großen Menschenfamilie untereinander bezeichnen. Wir erkennen daran nach unten und nach beiden Seiten hin, wie manche hübsche Ahnen und Vettern wir gehabt haben, und können vermuten, daß ähnliche Eigenschaften sich auch in der Zukunft oberwärts verzweigen werden.

An Friedrich von Luck, 16. Januar 1815

Man mag sich noch so sehr zum Allgemeinen ausbilden, so bleibt man immer ein Individuum, dessen Natur, indem sie gewisse Eigenschaften besitzt, andere notwendig ausschließt.

An W. von Humboldt, 16. Juli 1798

Und was der ganzen Menschheit zugeteilt ist,
Will ich in meinem innern Selbst genießen,
Mit meinem Geist das Höchst' und Tiefste greifen,
Ihr Wohl und Weh auf meinen Busen häufen,
Und so mein eigen Selbst zu ihrem Selbst erweitern.

Faust, 1. Teil. Studierzimmer

Die Natur ist deswegen unergründlich, weil sie nicht *ein* Mensch begreifen kann, obgleich die ganze Menschheit sie wohl begreifen könnte. Weil aber die liebe Menschheit niemals beisammen ist, so hat die Natur gut Spiel, sich vor unsern Augen zu verstecken.

An Schiller, 25. Februar 1798

... und ist es doch immer die Individualität eines jeden, die ihn hindert, die Individualitäten der andern in ihrem ganzen Umfang gewahr zu werden.

An Knebel, 3. Januar 1807

Das ist in der Welt nun einmal nicht anders, keiner gönnt dem andern seine Vorzüge, von welcher Art sie auch seien; und da er sie ihm nicht nehmen kann, so verkleinert er oder leugnet sie oder sagt gar das Gegenteil.

An Christiane, 2. Juli 1808

Es gibt problematische Naturen, die keiner Lage gewachsen sind, in der sie sich befinden, und denen keine genugtut. Daraus entsteht der ungeheure Widerstreit, der das Leben ohne Genuß verzehrt.

Maximen und Reflexionen

Was will ein bißchen Meinen und Dichten gegen angeborene Eigenheiten, Lebenswege und Zustände!

Biographische Einzelnheiten zu den Tag- und Jahresheften

... daß die verschiedenen Denkweisen in der Verschiedenheit der Menschen gegründet sind und eben deshalb eine durchgehende gleichförmige Überzeugung unmöglich ist. Wenn man nun weiß, auf welcher Seite man steht, so hat man schon genug getan; man ist alsdann ruhig gegen sich und billig gegen andre.

An den Grafen von Reinhard, 22. Januar 1811

Jeder hat seine Sinnesart und muß sehen, wie er sich durchhilft.

An Sulpiz Boisserée, 6. März 1820

Die Menschen werden durch Gesinnungen vereinigt, durch Meinungen getrennt. Jene sind ein Einfaches, in dem wir uns zusammenfinden, diese ein Mannigfaltiges, in das wir uns zerstreun. Die Freundschaften der Jugend gründen sich aufs erste, an den Spaltungen des Alters haben die letztern schuld. Würde man dieses früher gewahr, verschaffte man sich bald, indem man seine eigne Denkweise ausbildet, eine liberale Ansicht der übrigen, ja der entgegengesetzten, so würde man viel verträglicher sein und würde durch Gesinnung das wieder zu sammeln suchen, was die Meinung zersplittert hat.

Ich für mich kann, bei den mannigfaltigen Richtungen meines Wesens, nicht an Einer Denkweise genug haben; als Dichter und Künstler bin ich Polytheist, Pantheist hingegen als Naturforscher, und eins so entschieden als das andre. Bedarf ich eines Gottes für meine Persönlichkeit, als sittlicher Mensch, so ist dafür auch schon gesorgt. Die himmlischen und irdischen Dinge sind ein so weites Reich, daß die Organe aller Menschen zusammen es nur erfassen mögen.

An Jacobi, 6. Januar 1813

Es ist in der Welt nicht schwer zu bemerken, daß sich der Mensch am freisten und am völligsten von seinen Gebrechen los und ledig fühlt, wenn er sich die Mängel anderer vergegenwärtigt und sich darüber mit behaglichem Tadel verbreitet.

Dichtung und Wahrheit, 9. Buch

Was nicht originell ist, daran ist nichts gelegen, und was originell ist, trägt immer die Gebrechen des Individuums an sich.

Maximen und Reflexionen

Es ist mir doch, als wenn selbst gute und vorzügliche Menschen an gewissen Tagen, unter gewissen Umständen, nichts zu taugen verdammt wären.

Hätte ich mich nicht in die Naturwissenschaften eingelassen, so wäre ich nie zu dieser Einsicht gelangt; denn in sittlichen und ästhetischen Dingen läßt sich das Wahre und Falsche niemals so in die Enge treiben; im Wissenschaftlichen aber, wenn ich redlich gegen mich selbst bin, muß ich es gegen andere sein.

An Zelter, 27. Oktober 1827

Hätt ich mich mit den Naturwissenschaften nicht abgegeben, so hätt ich die Menschen nie kennen lernen. In ästhetischen und philosophischen Dingen ist es schwer, Wohlwollen und Mißwollen zu unterscheiden; in den Naturwissenschaften aber wird es dem Ernsten, Redlichen gar bald deutlich, was das für Personnagen sind, die der Natur unrecht geben, wenn sie sich deutlich ausspricht, und sogar, wenn sie von Menschen schon ausgesprochen ist.

An Zelter, 29. Januar 1831

In der Geschichte überhaupt, besonders aber der Philosophie, Wissenschaft, Religion fällt es uns auf, daß die armen beschränkten Menschen ihre dunkelsten subjektiven Gefühle, die Apprehensionen eingeengter Zustände in das Beschauen des Weltalls und dessen hoher Erscheinungen überzutragen nicht unwürdig finden.

Zur Naturwissenschaft. Anthropomorphismus der Sprache

Wie nun Laster und Verbrechen eigentlich am Individuum kleben und solches zugrunde richten, alles Gute und Tugendhafte dagegen uns in das Allgemeine zieht. …

Proserpina. Goethes Anzeige des Melodrams
mit der Musik von Eberwein

Die Erscheinung ist vom Beobachter nicht losgelöst, vielmehr in die Individualität desselben verschlungen und verwickelt.

Maximen und Reflexionen

Es gibt, sagt man, für den Kammerdiener keinen Helden. Das kommt aber bloß daher, weil der Held nur vom Helden anerkannt werden kann. Der Kammerdiener wird aber wahrscheinlich seinesgleichen zu schätzen wissen.

Die Wahlverwandtschaften, 2. Teil, 5. Kapitel

Diese bedenken nicht, daß sie doch immer dem Objekt als Subjekt, als Individuum entgegenstehen und trotz ihrer Gegenwart nur mit ihren eigenen Augen und nicht mit dem allgemeinen menschlichen Blick die Gegenstände sowohl als den besonderen Zustand beschauen.

Karl Wilhelm Nose

… daß das Subjekt, in der Erscheinung, immer nur Individuum ist und daher eines gewissen Anteils von Wahrheit und Irrtum bedarf, um seine Eigentümlichkeit zu erhalten.

An Arthur Schopenhauer, 16. November 1815

Jeder spricht sich nur selbst aus, indem er von der Natur spricht, und doch darf niemand die Anmaßung aufgeben, wirklich von der Welt zu sprechen.

An Staatsrat Christoph Ludwig Friedrich Schultz, 8. Januar 1819

Überhaupt sollte man sich in Wissenschaften gewöhnen, wie ein anderer denken zu können; mir als dramatischem Dichter konnte dies nicht schwer werden; für einen jeden Dogmatisten freilich ist es eine harte Aufgabe.

Verstäubung, Verdunstung, Vertropfung

Du denkst
Nur anders, und du glaubst deswegen
Schon recht zu denken.

Torquato Tasso, 4. Aufzug, 4. Auftritt

Es gibt unter den Menschen gar vielerlei Widerstreit, welcher aus den verschiedenen, einander entgegengesetzten, nicht auszugleichenden Denk- und Sinnesweisen sich immer aufs neue entwickelt.

Homer noch einmal

Wir alle sind so borniert, daß wir immer glauben, recht zu haben; und so läßt sich ein außerordentlicher Geist denken, der nicht allein irrt, sondern sogar Lust am Irrtum hat.

Maximen und Reflexionen

Erfinder und Teilnehmer, Lehrer und Schüler, Schüler untereinander, die Gegner gar nicht gerechnet, widerstreiten, verwirren, entfernen sich in vielspältiger Behandlung immer mehr und mehr, und zwar dies alles deswegen, weil jeder einzelne sich das Ganze wieder kopf- und sinnrecht machen will und es schmeichelhafter ist, irrend Original zu sein, als, die Wahrheit anerkennend, sich einer höhern Art und Weise unterzuordnen.

Versuch aus der vergleichenden Knochenlehre

Nur alle Menschen machen die Menschheit aus, nur alle Kräfte zusammengenommen die Welt. Diese sind unter sich oft im Widerstreit, und indem sie sich zu zerstören suchen, hält sie die Natur zusammen und bringt sie wieder hervor.

Wilhelm Meisters Lehrjahre, 8. Buch, 5. Kapitel

Nur sämtliche Menschen erkennen die Natur, nur sämtliche Menschen leben das Menschliche. Ich mag mich stellen, wie ich will, so sehe ich in vielen berühmten Axiomen nur die Aussprüche einer Individualität, und grade das, was am allgemeinsten als wahr anerkannt wird, ist gewöhnlich nur ein Vorurteil der Masse, die unter gewissen Zeitbedingungen steht und die man daher ebensogut als ein Individuum ansehen kann.

An Schiller, 5. Mai 1798

So wie es keine Glaubensgenossen geben kann ohne Entsagung beschränkter Eigenheit, obgleich jeder seine Individualität beibehält, ebensowenig kann in der höheren Wissenschaft lebendig zusammen gewirkt und die eigentliche Verfassung der Naturstadt Gottes erkannt und, insofern wir darin eingreifen, geregelt werden, wenn wir nicht als Bürger unseren Eigenheiten patriotisch entsagen und uns ins Ganze dergestalt versenken, daß unser tätigster einzelner Anteil innerhalb dem Wohl des Ganzen völlig verschwinde und nur künftig wie verklärt in Gesellschaft tausend anderen der Nachwelt vorschwebe.

Zur Naturwissenschaft

Eine wahrhaft allgemeine Duldung wird am sichersten erreicht, wenn man das Besondere der einzelnen Menschen und Völkerschaften auf sich beruhen läßt, bei der Überzeugung jedoch festhält, daß das wahrhaft Verdienstliche sich dadurch auszeichnet, daß es der ganzen Menschheit angehört.

An Thomas Carlyle, 20. Juli 1827

JUGEND UND ALTER ALS ›JAHRESZEITEN‹ DES LEBENS

Jedes Jahrzehnt des Menschen hat sein eigenes Glück, seine eigenen Hoffnungen und Aussichten.

Die Wahlverwandtschaften, 2. Teil, 12. Kapitel

Man lernt mehr einsehen, indem man weniger leistet, und so hat jede Jahrszeit des Lebens ihre Vorteile und ihre Nachteile.

An Jacobi, 23. November 1801

Einsicht und Charakter des Menschen offenbart sich am deutlichsten im Urteil; indem er ablehnt, indem er aufnimmt, bekennt er, was ihm fremd blieb, wessen er bedarf; und so bezeichnet, unbewußt, jedes Alter, auf jeder Stufe, den gegenwärtigen Zustand, den Kreis eines durchlaufenen Lebens. Auch so ist es mit Nationen: ihr Lob und Tadel muß durchaus ihren Zuständen gemäß bleiben.

Urteilsworte französischer Kritiker

Jedem Alter des Menschen antwortet eine gewisse Philosophie. Das Kind erscheint als Realist; denn es findet sich so überzeugt von dem Dasein der Birnen und Äpfel als von dem seinigen. Der Jüngling, von inneren Leidenschaften bestürmt, muß auf sich selbst merken, sich vorfühlen: er wird zum Idealisten umgewandelt. Dagegen ein Skeptiker zu werden hat der Mann alle Ursache; er tut wohl, zu zweifeln, ob das Mittel, das er zum Zwecke gewählt hat, auch das rechte sei. Vor dem Handeln, im Handeln hat er alle Ursache, den Verstand beweglich zu erhalten, damit er nicht nachher sich über eine falsche Wahl zu betrüben habe. Der Greis jedoch wird sich immer zum Mystizismus bekennen; er sieht, daß so vieles vom Zufall abzuhängen scheint, das Unvernünftige gelingt, das Vernünftige schlägt fehl, Glück und Unglück stellen sich unerwartet ins Gleiche; so ist es, so war es, und das hohe Alter beruhigt sich in dem, der da ist, der da war und der da sein wird.

Maximen und Reflexionen

Kindheit

Ja, lieber Wilhelm, meinem Herzen sind die Kinder am nächsten auf der Erde. Wenn ich ihnen zusehe und in dem kleinen Dinge die Keime aller Tugenden, aller Kräfte sehe, die sie einmal so nötig brauchen werden, wenn ich in dem Eigensinne künftige Standhaftigkeit und Festigkeit des Charakters, in dem Mutwillen guten Humor und Leichtigkeit, über die Gefahren der Welt hinzuschlüpfen, erblicke, alles so unverdorben, so ganz! – immer, immer wiederhole ich dann die goldenen Worte des Lehrers der Menschen: Wenn ihr nicht werdet wie eines von diesen!

Die Leiden des jungen Werther, 1. Buch. 29. Juni

Wer wäre imstande, von der Fülle der Kindheit würdig zu sprechen! Wir können die kleinen Geschöpfe, die vor uns herumwandeln, nicht anders als mit Vergnügen, ja mit Bewunderung ansehen. Denn meist versprechen sie mehr, als sie halten.

Dichtung und Wahrheit, 2. Buch

Wo Anmaßung mir wohlgefällt?
An Kindern; denen gehört die Welt.

Sprichwörtlich

Wenn man nach Art Schwedenborgischer Geister durch fremde Augen sehen will, tut man am besten, wenn man Kinderaugen dazu wählt.

An die Mutter, 3. Oktober 1785

Es ist das Gute in Kindheit und Jugend, daß oft schwere Krankheiten eine schnellere Entwickelung und ein besseres Gedeihen vorbereiten.

An Karoline von Wolzogen, 10. Dezember 1811

Die früheren Zeiten der Kindheit und ersten Jugend bleiben lebhaft bestimmt in der Einbildungskraft geprägt, wenn die spätern, die sich leidenschaftlicher übereinander drängen, sich wechselseitig aufheben und nur erst mit einiger Anstrengung und von ihrer Seite wie der Geist des Hohenpriesters widerstrebend hervorrufen lassen.

An Friedrich Wilhelm Heinrich von Trebra, 27. Oktober 1812

Die Kinder sind alle moralische Rigoristen.

Dichtung und Wahrheit, 6. Buch

So wie in gewissen Zeiten die Kinder auf den Unterschied der Geschlechter aufmerksam werden und ihre Blicke durch die Hüllen, die diese Geheimnisse verbergen, gar wunderbare Bewegungen in ihrer Natur hervorbringen, so wars Wilhelmen mit dieser Entdeckung; er war ruhiger und unruhiger als vorher, deuchte sich, daß er was erfahren hätte, und spürte eben daran, daß er gar nichts wisse.

Wilhelm Meisters theatralische Sendung, 1. Buch, 4. Kapitel

Die Kinder haben in einem wohleingerichteten und geordneten Hause eine Empfindung, wie ungefähr Ratten und Mäuse haben mögen; sie sind aufmerksam auf alle Ritze und Löcher, wo sie zu einem verbotenen Naschwerke gelangen können; sie genießens mit einer verstohlenen wollüstigen Furcht, und ich glaube, daß dieses ein großer Teil des kindischen Glücks ist.

Wilhelm Meisters theatralische Sendung, 1. Buch, 5. Kapitel

Ich kann im Vorbeigehen nicht unbemerkt lassen, was vor einen magischen Eindruck Böden, Ställe und heimliche Gemächer auf die Kinder zu machen pflegen, wo sie, von dem Druck ihrer Lehrer befreit, sich fast ganz allein selbst genießen.

Wilhelm Meisters theatralische Sendung, 1. Buch, 5. Kapitel

Es ist ein Zug der Kindheit, aus allem alles machen zu können.

Wilhelm Meisters theatralische Sendung, 1. Buch, 10. Kapitel

Nur durch der Jugend frisches Auge mag
Das längst Bekannte, neu belebt, uns rühren,
Wenn das Erstaunen, das wir längst verschmäht,
Von Kindes Munde hold uns widerklingt.

Die natürliche Tochter, 3. Aufzug, 4. Auftritt

Glückliche Kinder und Jünglinge wandeln in einer Art von Trunkenheit vor sich hin, die sich dadurch besonders bemerklich macht, daß die Guten, Unschuldigen das Verhältnis der jedesmaligen Umgebung kaum zu bemerken, noch weniger anzuerkennen wissen. Sie sehen die Welt als einen Stoff an, den sie bilden, als einen Vorrat, dessen sie sich bemächtigen sollen. Alles gehört ihnen an, ihrem Willen scheint alles durchdringlich; gar oft verlieren sie sich deshalb in einem wilden wüsten Wesen. Bei den Bessern jedoch entfaltet sich diese Richtung zu einem sittlichen Enthusiasmus, der sich nach Gelegenheit zu irgendeinem wirklichen oder scheinbaren Guten aus eignem Triebe hinbewegt, sich aber auch öfters leiten, führen und verführen läßt.

Dichtung und Wahrheit, 16. Buch

Jugend im engeren Sinne

Das Knabenalter ist, glaub ich, darum weniger liebenswürdig als die Kindheit, weil es ein mittler, halber Zustand ist. Das Kindische klebt ihnen noch an, sie noch am Kindischen, allein sie haben mit der ersten Beschränktheit die liebevolle Behaglichkeit verloren, ihr Sinn steht vorwärts, sie sehen den Jüngling, den Mann vor sich, und weil auch ihr Weg dahin geht, eilt die Einbildung voraus, ihre Wünsche überfliegen ihren Kreis, sie ahmen nach, sie stellen vor, was sie nicht sein können noch sollen. Ebenso ists mit dem innern Zustand ihres Körpers, ebenso mit ihrer Gestalt.

Wilhelm Meisters theatralische Sendung, 1. Buch, 11. Kapitel

Die Menschen halten sich mit ihren Neigungen ans Lebendige. Die Jugend bildet sich wieder an der Jugend.

Maximen und Reflexionen

Ein Jugendfehler ist nicht liebenswürdig, als insofern er hoffen läßt, daß er nicht Fehler des Alters sein werde.

An Schiller, 17. August 1799

Es ist keine schönere Wohltat, als jungen Menschen in gewissen Zeitpunkten beizustehn.

An die Herzogin-Mutter Anna Amalia, 17. April 1789

Sollte eine energische Jugend mitunter auch zu lebhaft verfahren, so wollen wir ihr nachsehen, sie jedoch mit der Vorstellung zu beschwichtigen suchen: daß vor einer wohlerkannten Wahrheit der Irrtum von selbst entflieht, ohne daß man ihn zu verjagen braucht.

An Leopold Dorotheus von Henning, 11. August 1822

Man liebt an dem Mädchen, was es ist, und an dem Jüngling, was er ankündigt.

Dichtung und Wahrheit, 14. Buch

Das Steile, Jähe scheint der Jugend zuzusagen; dies zu unternehmen, zu erstürmen, zu erobern ist jungen Gliedern ein Genuß.

Novelle

In den Blüten tritt das vegetabilische Gesetz in seine höchste Erscheinung ...

... Schönheit der Jugend aus obigem abzuleiten.

Maximen und Reflexionen

Alter, stufenweises Zurücktreten aus der Erscheinung.

Maximen und Reflexionen

Denn das letzte Produkt der sich immer steigernden Natur ist der schöne Mensch. Zwar kann sie ihn nur selten hervorbringen, weil ihren Ideen gar viele Bedingungen widerstreben, und selbst ihrer Allmacht ist es unmöglich, lange im Vollkommnen zu verweilen und dem hervorgebrachten Schönen eine Dauer zu geben. Denn genau genommen kann man sagen, es sei nur ein Augenblick, in welchem der schöne Mensch schön sei.

Winckelmann

Nur zu Kronion trat Ganymed, mit dem Ernste des ersten
Jünglingsblickes im kindlichen Aug, und es freute
der Gott sich.

Achilleis

Nur äußerst kurze Zeit kann der menschliche Körper schön genannt werden … Der Augenblick der Pubertät ist für beide Geschlechter der Augenblick, in welchem die Gestalt der höchsten Schönheit fähig ist; aber man darf wohl sagen: es ist nur ein Augenblick! Die Begattung und Fortpflanzung kostet dem Schmetterlinge das Leben, dem Menschen die Schönheit.

Diderots Versuch über die Malerei

Völlig vollendet
Liegt der ruhende Greis, der Sterblichen herrliches Muster.
Aber der Jüngling fallend erregt unendliche Sehnsucht
Allen Künftigen auf, und jedem stirbt er aufs neue,
Der die rühmliche Tat mit rühmlichen Taten gekrönt wünscht.

Achilleis

In der Gestalt, wie der Mensch die Erde verläßt, wandelt er unter den Schatten, und so bleibt uns Achill als ewig strebender Jüngling gegenwärtig.

Winckelmann

So viel ist aber gewiß, daß die unbestimmten, sich weit ausdehnenden Gefühle der Jugend und ungebildeter Völker allein zum Erhabenen geeignet sind, das, wenn es durch äußere Dinge in uns erregt werden soll, formlos oder zu unfaßlichen Formen gebildet, uns mit einer Größe umgeben muß, der wir nicht gewachsen sind.

Dichtung und Wahrheit, 6. Buch

Die Neigung der Jugend zum Geheimnis, zu Zeremonien und großen Worten ist außerordentlich und oft ein Zeichen einer gewissen Tiefe des Charakters. Man will in diesen Jahren sein ganzes Wesen, wenn auch nur dunkel und unbestimmt, ergriffen und berührt fühlen. Der Jüngling, der vieles ahnt, glaubt in einem Geheimnisse viel zu finden, in ein Geheimnis viel legen und durch dasselbe wirken zu müssen.

Wilhelm Meisters Lehrjahre, 8. Buch, 5. Kapitel

Trunken müssen wir alle sein!
Jugend ist Trunkenheit ohne Wein;
Trinkt sich das Alter wieder zu Jugend,
So ist es wundervolle Tugend.

West-östlicher Divan. Das Schenkenbuch

Und wenn ich hier noch eine Betrachtung anknüpfe, so darf ich wohl bekennen, daß im Laufe des Lebens mir jenes erste Aufblühen der Außenwelt als die eigentliche Originalnatur vorkam, gegen die alles übrige, was uns nachher zu den Sinnen kommt, nur Kopieen zu sein scheinen, die bei aller Annäherung an jenes doch des eigentlich ursprünglichen Geistes und Sinnes ermangeln.

Wilhelm Meisters Wanderjahre, 2. Buch, 11. Kapitel

In der Jugend traut man sich zu, daß man den Menschen Paläste bauen könne, und wenns um und an kömmt, so hat man alle Hände voll zu tun, um ihren Mist beiseite bringen zu können. Es gehört immer viel Resignation zu diesem ekeln Geschäft, indessen muß es auch sein.

An Lavater, 6. März 1780

Gerecht zu sein wird dem Jüngling nicht schwer, und ein reines Gemüt verabscheut die Ungerechtigkeit, deren es sich selbst noch nicht schuldig gemacht hat.

Dichtung und Wahrheit, 14. Buch

Der jüngere, praktische Mensch tut wohl, von seinen Gegnern keine Notiz zu nehmen, der ältere, theoretische muß niemanden ein ungeschicktes Wort passieren lassen.

An Schiller, 28. Juli 1798

Beschränkt und unerfahren, hält die Jugend
Sich für ein einzig auserwähltes Wesen
Und alles über alle sich erlaubt.

Torquato Tasso, 2. Aufzug, 5. Auftritt

... und ist nicht so ungeduldig wie in der Jugend, wo man sich einbildet, eine unbeschränkte und unbedingte Existenz erreichen zu können.

An Boisserée, 1. Mai 1818

Kennte der Jüngling die Welt genau,
Er würde im ersten Jahre grau.

Faust. Paralipomenon 176 (Proteus?)

BACCALAUREUS:
Dies ist der Jugend edelster Beruf:
Die Welt, sie war nicht, eh ich sie erschuf;
Die Sonne führt ich aus dem Meer herauf;
Mit mir begann der Mond des Wechsels Lauf.
Da schmückte sich der Tag auf meinen Wegen,
Die Erde grünte, blühte mir entgegen.
Auf meinen Wink, in jener ersten Nacht,

Entfaltete sich aller Sterne Pracht.
Wer, außer mir, entband euch aller Schranken
Philisterhaft einklemmender Gedanken?
Ich aber, frei, wie mirs im Geiste spricht,
Verfolge froh mein innerliches Licht
Und wandle rasch, im eigensten Entzücken,
Das Helle vor mir, Finsternis im Rücken

Faust, 2. Teil, 2. Akt

[Dieser Rezensent] gehört zu den Autochthonen, die, indem sie aus den Erdschollen hervorspringen und ihres Daseins gewahr werden, überzeugt sind, daß die ganze Welt in diesem Augenblick geschaffen sei und, was vorher da war, nur allenfalls in einer trüben und verkleinernden Entfernung erblicken.

An Heinrich Karl Abraham Eichstädt, 30. März 1805

BACCALAUREUS:
Anmaßlich find ich, daß zur schlechtsten Frist
Man etwas sein will, wo man nichts mehr ist.
Des Menschen Leben lebt im Blut, und wo
Bewegt das Blut sich wie im Jüngling so?
Das ist lebendig Blut in frischer Kraft,
Das neues Leben sich aus Leben schafft.
Da regt sich alles, da wird was getan,
Das Schwache fällt, das Tüchtige tritt heran.
Indessen wir die halbe Welt gewonnen,
Was habt ihr denn getan? Genickt, gesonnen,
Geträumt, erwogen, Plan und immer Plan.
Gewiß! Das Alter ist ein kaltes Fieber
Im Frost von grillenhafter Not.
Hat einer dreißig Jahr vorüber,

So ist er schon so gut wie tot.
Am besten wärs, euch zeitig totzuschlagen.

Faust, 2. Teil, 2. Akt

Glückliche Beschränkung der Jugend! ja der Menschen überhaupt, daß sie sich in jedem Augenblick ihres Daseins für vollendet halten können, und weder nach Wahrem noch Falschem, weder nach Hohem noch Tiefem fragen, sondern bloß nach dem, was ihnen gemäß ist.

Dichtung und Wahrheit, 6. Buch

Das junge Volk, es bildet sich ein,
Sein Tauftag sollte der Schöpfungstag sein.
Möchten sie doch zugleich bedenken,
Was wir ihnen als Eingebinde schenken.

Sprichwörtlich

Gewiß, ihm geben auch die Jahre
Die rechte Richtung seiner Kraft!
Noch ist, bei tiefer Neigung für das Wahre,
Ihm Irrtum eine Leidenschaft.
Der Vorwitz lockt ihn in die Weite,
Kein Fels ist ihm zu schroff, kein Steg zu schmal,
Der Unfall lauert an der Seite
Und stürzt ihn in den Arm der Qual.
Dann treibt die schmerzlich überspannte Regung
Gewaltsam ihn bald da, bald dort hinaus,
Und von unmutiger Bewegung
Ruht er unmutig wieder aus.

Ilmenau, 3. September 1783

Bei denen unendlich mannigfaltigen Verkreuzungen der irdischen Schicksale lassen wir uns allenfalls dasjenige gefallen, was einem gewissen Naturgang analog zu sein scheint. Wenn die Älteren abgerufen werden, so mag es gelten, denn das ist im Flusse der Jahre doch immer das regelmäßige Hingehen …

Kehrt es sich aber um und der Jüngere geht vor dem Ältern hin, so empört es uns, weil wir denken, die Natur sollte wenigstens ebenso vernünftig sein als wir selbst, die wir doch eigentlich nur dadurch Menschen sind, daß wir unsern Zuständen eine gewisse Folge zu geben trachten; weil wir sehr elende Kreaturen wären, wenn wir nicht auf morgen und übermorgen, aufs nächste Jahr und Jahrzehnt uns und was sich mit uns vereint hat, zu versorgen und sicherzustellen trachteten.

An den Grafen Karl Friedrich Moritz Paul von Brühl,
23. Oktober 1828

Alter

Jugend, ach! ist dem Alter so nah, durchs Leben verbunden,
Wie ein beweglicher Traum Gestern und Heute verband.

Schweizeralpe

Der Alte schlummert wie das Kind,
Und wie wir eben Menschen sind,
Wir schlafen sämtlich auf Vulkanen.

Zahme Xenien

Das Alter löst sich ohnhin von der Jugend wie von der Welt ab.

An Georg Heinrich Ludwig Nicolovius, 7. April 1819

Man sagt sich oft im Leben, daß man die Vielgeschäftigkeit, Polypragmosyne, vermeiden, besonders, je älter man wird, sich desto weniger in ein neues Geschäft einlassen solle. Aber man hat gut reden, gut sich und anderen raten. Älter werden heißt selbst ein neues Geschäft antreten; alle Verhältnisse verändern sich, und man muß entweder zu handeln ganz aufhören oder mit Willen und Bewußtsein das neue Rollenfach übernehmen.

Maximen und Reflexionen

Die Jugend erlaubt sich manche Willkür, das Alter gehorcht unwillig der Notwendigkeit.

An Boisserée, 27. Juni 1826

Freilich erfahren wir erst im Alter, was uns in der Jugend begegnete. Wir lernen und begreifen ein für allemal nichts! Alles, was auf uns wirkt, ist nur Anregung, und Gott sei Dank! wenn sich nur etwas regt und klingt.

An Zelter, 7. November 1816

Nicht allein körperliche Kühnheit will dem Alter selten geziemen, auch geistige Kühnheit steht ihm nicht wohl. Wenn der Jüngere fehlt, so verbindet er sich, deshalb zu büßen und, wenn er tüchtig ist, den Fehler wieder gutzumachen; der Ältere fürchtet, die Folge seines Irrtums seinen Nachfolgern zu überliefern, deren Vorwürfe er sich, als ein lang Erfahrner, schon selbst artikulieren kann.

An Christian Gottlob von Voigt, 27. Februar 1816

... Niemand hört es gern,
Daß man ihn Greis nennt. Jedem Worte klingt
Der Ursprung nach, wo es sich her bedingt:
Grau, grämlich, griesgram, greulich, Gräber, grimmig,
Etymologisch gleicherweise stimmig,
Verstimmen uns.

Faust, 2. Teil, 2. Akt

Mit dem Altern ist es freilich so eine Sache. Die Jahre könnte man allenfalls noch wohl ertragen, wenn sie flüchtig wie die früheren vorübergingen; da sie aber so manches, auch von außen, heranschleppen, womit sich die Jugend selbst nicht befassen möchte, spürt man freilich den Mangel an Kraft und Ausdauer doppelt und dreifach. Hat man indessen so lange des Guten genossen und sich in das Schlimme gefügt, so bleibt wohl nichts übrig, als daß man seine Kräfte zusammennehme, um bis ans Ende etwas wert zu sein.

An Johann Friedrich Rochlitz, 10. Dezember 1816

Es ist freilich ein Unterschied, ob man in unbesonnener Jugend und friedlichen Tagen, seinen Kräften mehr als billig ist vertrauend, mit unzulänglichen Mitteln Großes unternimmt und sich und andre mit eitlen Hoffnungen hinhält, oder ob man in späteren Jahren, in bedrängter Zeit, nach aufgedrungener Einsicht, seinem eignen Wollen und Halbvollbringen zu Grabe läutet.

An Voigt, 11. April 1813

... wenn ich mir nicht allzu sehr bewußt wäre, daß wir in dem Herbst und Winter des Lebens starrer und schroffer werden, als billig ist ... Warum sollte ich mir nicht sagen, daß ich immer mehr zu den Menschen gehöre, *in* denen man gern leben mag, *mit* denen zu leben es aber nicht erfreulich ist.

An Christian Heinrich Schlosser, 26. September 1813

Für uns Ältere ist es immer schwer, junge Leute kennen zu lernen; entweder sie verbergen sich vor uns oder wir beurteilen sie aus unserm Standpunkt.

An Jacobi, 27. Dezember 1794

Wir haben im Alter noch Überzeugung und Wahl, aber die süße Notwendigkeit der Jugend erscheint uns nicht wieder.

An Jean George d'Orville, 13. September 1799 (Konzept)

Hierin besteht der traurige Vorteil späterer Jahre, daß selbst ein bedeutendes Übel uns kaum mehr überrascht als der Wechsel der Jahrszeiten.

An Karl Cäsar von Leonhard, 18. August 1824

Je älter man wird, desto mehr verallgemeint sich alles, und wenn die Welt nicht ganz und gar verschwinden soll, so muß man sich zu denen halten, welche sie aufzubauen imstande sind.

An Friedrich Wilhelm Joseph von Schelling, 16. Januar 1815

Die Summa Summarum des Alters ist eigentlich niemals erquicklich.

An Fritz von Stein, 21. Dezember 1798

Keine Kunst ists, alt zu werden,
Es ist Kunst, es zu ertragen.

Zahme Xenien

Ein alter Mann ist stets ein König Lear! –
Was Hand in Hand mitwirkte, stritt,
Ist längst vorbeigegangen;
Was mit und an dir liebte, litt,
Hat sich woanders angehangen.
Die Jugend ist um ihretwillen hier,
Es wäre töricht, zu verlangen:
Komm, ältele du mit mir.

Zahme Xenien

Besonders hat das Alter unter vielen Nachteilen den Vorteil, daß es nun Jugend hinter sich sieht, die zum Neuen Lust hat.

An Johann Friedrich Reichardt, 17. November 1791

Wenn man beim Vorrücken in höhere Jahre so manches hinterbleiben, so manches verschwinden sieht, so ist das Allertröstlichste, daß die wahren menschlichen Gefühle, einmal rein empfangen, durch alle Zeit und Ereignisse durch, in lebendigem Wachstum einer gesegneten Zukunft entgegenreifen.

An den Großherzog Ludwig von Hessen-Darmstadt,
o. D. (Mitte Juni 1825?)

Der Geist gehört vorzüglich dem Alter oder einer alternden Weltepoche.

West-östlicher Divan. Noten und Abhandlungen

Das Alter kann kein größeres Glück empfinden, als daß es sich in die Jugend hineingewachsen fühlt und mit ihr nun fortwächst.

An Karl Gustav Carus, 23. März 1818

Es ist ein Glück des Alters, daß man größere Lust hat, sich in die Vorstellungen anderer zu finden, als sich selbst etwas auszudenken; die historische Neigung nimmt mit den Jahren immer mehr in uns überhand.

An Christian Gottfried Daniel Nees von Esenbeck, 20. September 1822

Die Jugend fordert freien Gebrauch ihrer Glieder; nicht allein der Jüngling selbst macht Ansprüche an sich, die Welt läßts auch daran nicht fehlen. Da man von uns Alten keinen Botengang mehr fordert, so verzeiht man, wenn wir beim Spazieren ein wenig hinken und säumen.

An Boisserée, 6. März 1820

Du hast getobt zu deiner Zeit mit wilden
Dämonisch genialen jungen Scharen,
Dann sachte schlossest du von Jahr zu Jahren
Dich näher an die Weisen, göttlich-milden.

West-östlicher Divan. Buch des Unmuts, Nachlaß

Wer in hohen Jahren sich beobachtet und prüft, der findet freilich, daß diejenige Munterkeit und Beweglichkeit, welche der Jugend gegönnt ist, womit sie es wagt, Pläne zu entwerfen und ihre Ausführung zu verfolgen, daß diese sich nach und nach vermindere, wo nicht gar verliere, und man hat solches als ein allgemeines Menschenschicksal bescheiden dahinzunehmen; dagegen aber auch möglichst zu Rate zu halten, was noch übrig geblieben, und dasselbe, wo es nur nutzen kann, treulich anzuwenden.

An die Großherzogin Maria Paulowna, 16. Februar 1829

Nun weiß man erst, was Rosenknospe sei,
Jetzt, da die Rosenzeit vorbei.

Chinesisch-deutsche Jahres- und Tageszeiten

Es ist immer erbaulich, sich zu überzeugen: daß im hohen Alter die verständige Vernunft oder, wenn man will, der vernünftige Verstand sich als Stellvertreter der Sinne legitimieren darf.

An Zelter, 16. Dezember 1829

Auch das hohe Alter hat seine Blüte.

Rede zu Wielands Andenken

Unser Leben gleicht denn doch zuletzt den sibyllinischen Büchern; es wird immer kostbarer, je weniger davon übrig bleibt.

An Staatsrat Schultz, 29. Juni 1829

Alles, was Resultat ist, zieht sich ins Enge zusammen.

Der Sammler und die Seinigen

Das Erlebte weiß jeder zu schätzen, am meisten der Denkende und Nachsinnende im Alter; er fühlt mit Zuversicht und Behaglichkeit, daß ihm das niemand rauben kann.

Maximen und Reflexionen

»Die Jahre nahmen dir, du sagst, so vieles:
Die eigentliche Lust des Sinnespieles,
Erinnerung des allerliebsten Tandes
Von gestern, weit- und breiten Landes
Durchschweifen frommt nicht mehr; selbst nicht von oben
Der Ehren anerkannte Zier, das Loben,

Erfreulich sonst. Aus eignem Tun Behagen
Quillt nicht mehr auf, dir fehlt ein dreistes Wagen!
Nun wüßt ich nicht, was dir Besondres bliebe?«

Mir bleibt genug! Es bleibt Idee und Liebe!

West-östlicher Divan. Buch der Betrachtungen

POLARITÄT, EIN GESETZ ALLES SEINS

Vielleicht bestätigt sich die Vermutung, daß die farbigen Naturwirkungen, so gut als die magnetischen, elektrischen und andere, auf einem Wechselverhältnis, einer Polarität, oder wie man die Erscheinungen des Zwiefachen, ja Mehrfachen in einer entschiedenen Einheit nennen mag, beruhen.

Einleitung in die Propyläen

Es scheint ein unverbrüchliches Naturgesetz, daß sich jeder Tätigkeit eine Negation entgegensetzt.

An Schiller, 8. Juli 1798

Treue Beobachter der Natur, wenn sie auch sonst noch so verschieden denken, werden doch darin miteinander übereinkommen, daß alles, was erscheinen, was uns als ein Phänomen begegnen solle, müsse entweder eine ursprüngliche Entzweiung, die einer Vereinigung fähig ist, oder eine ursprüngliche Einheit, die zur Entzweiung gelangen könne, andeuten und sich auf eine solche Weise darstellen. Das Geeinte zu entzweien, das Entzweite zu einigen, ist das Leben der Natur; dies ist die ewige Systole und Diastole, die ewige Synkrisis und Diakrisis, das Ein- und Ausatmen der Welt, in der wir leben, weben und sind.

Zur Farbenlehre. Didaktischer Teil, Abschnitt 739

Wir mögen anstatt der griechischen Worte συγκρίνειν und διακρίνειν in andern Sprachen setzen, was wir wollen: zusammenziehen, ausdehnen, sammeln, entbinden, fesseln, lösen, rétrécir und développer usw., so finden wir keinen so geistig-körperlichen Ausdruck für das Pulsieren, in welchem sich Leben und Empfinden ausspricht.

Materialien zur Geschichte der Farbenlehre. Farbenlehre der Alten

Wir beantworten die Frage, warum die Wurzelkeime sich abwärts, die Blätterkeime sich aufwärts entwickeln, dadurch, daß wir sagen, sie seien einander nach dem allgemeinen Naturdualism, der hier in ihnen spezifiziert ist, entgegengesetzt.

Vorarbeiten zu einer Physiologie der Pflanzen

Wir glauben hier abermals die große Regsamkeit der Netzhaut zu bemerken und den stillen Widerspruch, den jedes Lebendige zu äußern gedrungen ist, wenn ihm irgendein bestimmter Zustand dargeboten wird. So setzt das Einatmen schon das Ausatmen voraus und umgekehrt, so jede Systole ihre Diastole. Es ist die ewige Formel des Lebens, die sich auch hier äußert.

Zur Farbenlehre. Didaktischer Teil, Abschnitt 38

Es [das Auge] setzt sich selbst in Freiheit, indem es den Gegensatz des ihm aufgedrungenen Einzelnen ... hervorbringt.

Zur Farbenlehre. Didaktischer Teil, Abschnitt 812

... indem man die Formel der Polarität, dem Magneten abgeborgt, auf Elektrizität usw. hinübergeführt hat ... So haben auch wir seit langer Zeit den Ausdruck der Polarität in die Farbenlehre einzuführen gewünscht.

Zur Farbenlehre. Didaktischer Teil, Abschnitt 756/57

Wem es nicht zu Kopfe will, daß Geist und Materie, Seele und Körper, Gedanke und Ausdehnung oder ... Wille und Bewegung die notwendigen Doppelingredienzien des Universums waren, sind und sein werden, die beide gleiche Rechte für sich fordern und deswegen beide zusammen wohl als Stellvertreter Gottes angesehen werden können – wer zu dieser Vorstellung sich nicht erheben kann, der hätte das Denken längst aufgeben und auf gemeinen Weltklatsch seine Tage verwenden sollen.

An Knebel, 8. April 1812

Die Anschauung der zwei großen Triebräder aller Natur, der Begriff von *Polarität* und von *Steigerung*, jene der Materie, insofern wir sie materiell, diese ihr dagegen, insofern wir sie geistig denken, angehörig; jene ist in immerwährendem Anziehen und Abstoßen, diese in immerstrebendem Aufsteigen. Weil aber die Materie nie ohne Geist, der Geist nie ohne Materie existiert und wirksam sein kann, so vermag auch die Materie sich zu steigern, so wie sichs der Geist nicht nehmen läßt, anzuziehen und abzustoßen.

Erläuterung zu dem aphoristischen Aufsatz ›Die Natur‹

Magnetes Geheimnis, erkläre mir das!
Kein größer Geheimnis als Lieb und Haß.

Gott, Gemüt und Welt

Das Ewig-Weibliche
Zieht uns hinan.

Faust, 2. Teil, 5. Akt

Spannung ist der indifferent scheinende Zustand eines energischen Wesens in völliger Bereitschaft, sich zu manifestieren, zu differenzieren, zu polarisieren.

Maximen und Reflexionen

Denn solches Los dem Menschen wie den Tieren ward, …
Daß eins dem andern, einzeln oder auch geschart,
Sich widersetzt, sich hassend aneinanderdrängt,
Bis eins dem andern Übermacht betätigte.

Pandora

Man gedenke der leichten Erregbarkeit aller Wesen, wie der mindeste Wechsel einer Bedingung, jeder Hauch gleich in den Körpern Polarität manifestiert, die eigentlich in ihnen allen schlummert.

Maximen und Reflexionen

Alles ist einem ewigen Wechsel unterworfen, und da gewisse Dinge nicht neben einander bestehn können, verdrängen sie einander.

Einleitung in die Propyläen

Im Atemholen sind zweierlei Gnaden:
Die Luft einziehen, sich ihrer entladen;
Jenes bedrängt, dieses erfrischt;
So wunderbar ist das Leben gemischt.
Du danke Gott, wenn er dich preßt,
Und dank ihm, wenn er dich wieder entläßt.

West-östlicher Divan. Buch des Sängers

Unser Geist scheint auch zwei Seiten zu haben, die ohne einander nicht bestehen können. Licht und Finsternis, Gutes und Böses, Hohes und Tiefes, Edles und Niedriges und noch so viel andere Gegensätze scheinen, nur in veränderten Portionen, die Ingredienzien der menschlichen Natur zu sein.

Die guten Weiber

Töricht ists,
In allen Stücken billig sein; es heißt
Sein eigen Selbst zerstören. Sind die Menschen
Denn gegen uns so billig? Nein, o nein!
Der Mensch bedarf in seinem engen Wesen
Der doppelten Empfindung, Lieb und Haß.
Bedarf er nicht der Nacht als wie des Tags?
Des Schlafens wie des Wachens?

Torquato Tasso, 4. Aufzug, 2. Auftritt

Was uns jedoch aus seiner Geschichte am lebhaftesten entgegenspringt, ist die entschieden ausgesprochene allgemeine Eigenschaft des Menschencharakters, die augenblickliche lebhafte Gegenwirkung, wenn sich irgend etwas dem Sein oder dem Wollen entgegensetzt.

Anhang zur Lebensbeschreibung des Benvenuto Cellini

Wer viel mit Kindern lebt, wird finden, daß keine äußere Einwirkung auf sie ohne Gegenwirkung bleibt.

Maximen und Reflexionen

Jedes ausgesprochene Wort erregt den Gegensinn.

Maximen und Reflexionen

Verhältnisse nach außen machen unsere Existenz und rauben sie zugleich, und doch muß man sehen, wie man so durchkommt, denn sich gänzlich zu isolieren ist auch nicht ratsam.

An Schiller, 19. Juni 1799

Unsere Meinungen sind nur Supplemente unsrer Existenz. Wie einer denkt, daran kann man sehen, was ihm fehlt. Die leersten Menschen halten sehr viel auf sich, treffliche sind mißtrauisch, der Lasterhafte ist frech, und der Gute ist ängstlich. So setzt sich alles ins Gleichgewicht; jeder will ganz sein oder es vor sich scheinen.

Maximen und Reflexionen

So standen wir gegeneinander, durch ein doppeltes Problem geschieden, ... ich aber, nachdenklich, glaubte freilich anzusehen, daß es mehr Impuls als Nötigung sei, die uns bestimmt, auf eine oder die andere Seite hinzutreten.

Die Gesellschaft des vaterländischen Museums in Böhmen

Herder konnte allerliebst einnehmend und geistreich sein, aber ebenso leicht eine verdrießliche Seite hervorkehren. Dieses Anziehen und Abstoßen haben zwar alle Menschen ihrer Natur nach, einige mehr, einige weniger, einige in langsamern, andere in schnelleren Pulsen; wenige können ihre Eigenheiten hierin wirklich bezwingen, viele zum Schein.

Dichtung und Wahrheit, 10. Buch

Der Mensch ist kein lehrendes, er ist ein lebendes, handelndes und wirkendes Wesen. Nur in Wirkung und Gegenwirkung erfreuen wir uns.

Diderots Versuch über die Malerei

Und zu deinem ewgen Unbehagen
Stößt dich heute, was dich gestern zog.

An Lottchen

Des tätgen Manns Behagen sei Parteilichkeit.

Pandora

Das Gleichgewicht in den menschlichen Handlungen kann leider nur durch Gegensätze hergestellt werden.

Wilhelm Meisters Lehrjahre, 8. Buch, 7. Kapitel

Die große Schwierigkeit bei psychologischen Reflexionen ist, daß man immer das Innere und Äußere parallel oder verflochten betrachten muß. Es ist immerfort Systole und Diastole, Einatmen und Ausatmen des lebendigen Wesens.

Maximen und Reflexionen

Und wirst du die Geschlechter beide fragen:
Nach Freiheit strebt der Mann, das Weib nach Sitte.

Torquato Tasso, 2. Aufzug, 1. Auftritt

Von Natur besitzen wir keinen Fehler, der nicht zur Tugend, keine Tugend, die nicht zum Fehler werden könnte. Diese letzten sind gerade die bedenklichsten.

Wilhelm Meisters Wanderjahre, 1. Buch, 10. Kapitel

Wie spät lernen wir einsehen, daß wir, indem wir unsere Tugenden ausbilden, unsere Fehler zugleich mit anbauen. Jene ruhen auf diesen wie auf ihrer Wurzel, und diese verzweigen sich insgeheim ebenso stark und mannigfaltig als jene im offenbaren Lichte.

Dichtung und Wahrheit, 13. Buch

Alt ist das Wort, doch bleibet hoch und wahr der Sinn,
Daß Scham und Schönheit nie zusammen, Hand in Hand,
Den Weg verfolgen über der Erde grünen Pfad.
Tief eingewurzelt wohnt in beiden alter Haß,
Daß, wo sie immer irgend auch des Weges sich
Begegnen, jede der Gegnerin den Rücken kehrt.

Faust, 2. Teil, 3. Akt

Das Andenken an ein vergangenes Menschenleben zieht sich so sehr ins Enge zusammen, daß die Neigung erst wieder die Asche palingenesieren und den verklärten Phönix unserm Auge darstellen muß ... Wie übel nehmen sich gegen ein so liebevoll wieder auferwecktes Individuum [gemeint ist der Komponist Karl Friedrich Christian Fasch in Zelters Monographie] jene Nekrologen aus, die, indem sie das, was Gutes und Böses durch das Leben eines bedeutenden Menschen von der Menge gewähnt und geklatscht worden, gleich nach seinem Verscheiden emsig gegeneinanderstellen, seine sogenannten Tugenden und Fehler mit heuchlerischer Gerechtigkeit aufstecken und dadurch, weit schlimmer als der Tod, eine Personalität zerstören, die nur in der lebendigen Vereinigung solcher entgegengesetzten Eigenschaften gedacht werden kann.

An Zelter, 29. Mai 1801

Es ist wunderbar, daß die meisten Menschen nicht bis auf einen gewissen Grad klug werden können, ohne daß sich eine Art Verkehrtheit bei ihnen einschleicht.

An Charlotte von Stein, 23. Juli 1784

Die Menschen können nichts mäßig tun, sie müssen sich immer auf eine Seite legen.

An Knebel, 14. März 1807

Auch ungeregelt wünscht ein jeder das Entgegengesetzte von sich selbst, um das Ganze zu haben.

Schicksal der Handschrift ›Die Metamorphose der Pflanzen‹

Es scheint des Himmels eignes Wollen,
Daß sich nicht alle lieben sollen;
Deshalb denn immer Zank und Zwist
Unter Großen und Kleinen ist.

Nachspiel zu Ifflands ›Hagestolzen‹

Geist des Widerspruchs, der manchmal das schöne Geschlecht beseelt.

Die guten Weiber

Dich aber, edler Haberecht, beleidigt man
...; denn in den Hallen an dem Markt
Läßt sich ein Fremder hören, welcher schwört:
Es habe grade Haberecht darum kein Recht,
Weil er es immer haben und behalten will.
Es habe niemand recht, als wer den Widerspruch
Mit Geist zu lösen, andre zu verstehen weiß,
Wenn er auch gleich von andern nicht verstanden wird.

Paläophron und Neoterpe

Keiner gönnt dem andern seine Vorzüge, von welcher Art sie auch seien; und da er sie ihm nicht nehmen kann, so verkleinert er oder leugnet sie, oder sagt gar das Gegenteil.

An Christiane, 2. Juli 1808

Gerade dadurch wird es eine Menschheit, daß, wie so manches andere sich entgegensteht, es auch Antinomieen der Überzeugung gibt.

An Adolf Heinrich Friedrich Schlichtegroll, 31. Januar 1812

Genug, wenn nur erkannt wird, daß wir uns in einem Zustande befinden, der, wenn er uns auch niederzuziehen und zu drücken scheint, dennoch Gelegenheit gibt, ja zur Pflicht macht, uns zu erheben und die Absichten der Gottheit dadurch zu erfüllen, daß wir, indem wir von einer Seite uns zu verselbsten genötiget sind, von der andern in regelmäßigen Pulsen uns zu entselbstigen nicht versäumen.

Dichtung und Wahrheit, 8. Buch

Überhaupt pflegt man bei Beurteilung der verschiedenen Regierungsformen nicht genug zu beachten, daß in allen, wie sie auch heißen, Freiheit und Knechtschaft zugleich polarisch existiere. Steht die Gewalt bei Einem, so ist die Menge unterwürfig; ist die Gewalt bei der Menge, so steht der einzelne im Nachteil.

Wie man denn niemals mehr von Freiheit reden hört, als wenn eine Partei die andere unterjochen will und es auf weiter nichts angesehen ist, als daß Gewalt, Einfluß und Vermögen aus einer Hand in die andere gehen sollen.

West-östlicher Divan. Noten und Abhandlungen

Selige Sehnsucht

Sagt es niemand, nur den Weisen,
Weil die Menge gleich verhöhnet:
Das Lebendge will ich preisen,
Das nach Flammentod sich sehnet.

In der Liebesnächte Kühlung,
Die dich zeugte, wo du zeugtest,
Überfällt dich fremde Fühlung,
Wenn die stille Kerze leuchtet.

Nicht mehr bleibest du umfangen
In der Finsternis Beschattung,
Und dich reißet neu Verlangen
Auf zu höherer Begattung.

Keine Ferne macht dich schwierig,
Kommst geflogen und gebannt,
Und zuletzt, des Lichts begierig,
Bist du, Schmetterling, verbrannt.

Und solang du das nicht hast,
Dieses: Stirb und werde!
Bist du nur ein trüber Gast
Auf der dunklen Erde.

West-östlicher Divan. Buch des Sängers

So fehlte es doch noch an einem Wesen, welches die ursprüngliche Verbindung mit der Gottheit wieder herzustellen geschickt wäre, und so wurde der Mensch hervorgebracht, der in allem der Gottheit ähnlich, ja gleich sein sollte, sich aber freilich dadurch abermals in dem Falle Luzifers befand, zugleich unbedingt und beschränkt zu sein, und da dieser Widerspruch durch alle Kategorieen des Daseins sich an ihm manifestieren und ein vollkommenes Bewußtsein sowie ein entschiedener Wille seine Zustände begleiten sollte, so war vorauszusehen, daß er zugleich das vollkommenste und das unvollkommenste, das glücklichste und unglücklichste Geschöpf werden müsse.

Dichtung und Wahrheit, 8. Buch

Unser ganzes Kunststück besteht darin, daß wir unsere Existenz aufgeben, um zu existieren.

Maximen und Reflexionen

Über das Dämonische

Er glaubte in der Natur, der belebten und unbelebten, der beseelten und unbeseelten, etwas zu entdecken, das sich nur in Widersprüchen manifestierte und deshalb unter keinen Begriff, noch viel weniger unter ein Wort gefaßt werden könnte. Es war nicht göttlich, denn es schien unvernünftig; nicht menschlich, denn es hatte keinen Verstand; nicht teuflisch, denn es war wohltätig; nicht englisch, denn es ließ oft Schadenfreude merken. Es glich dem Zufall, denn es bewies keine Folge; es ähnelte der Vorsehung, denn es deutete auf Zusammenhang. Alles, was uns begrenzt, schien für dasselbe undurchdringbar; es schien mit den notwendigen Elementen unseres Daseins willkürlich zu schalten; es zog die Zeit zusammen und dehnte den Raum aus. Nur im Unmöglichen schien es sich zu gefallen und das Mögliche mit Verachtung von sich zu stoßen. Dieses Wesen, das zwischen alle übrigen hineinzutreten, sie zu sondern, sie zu verbinden schien, nannte ich dämonisch, nach dem Beispiel der Alten und derer, die etwas Ähnliches gewahrt hatten ....

Obgleich jenes Dämonische sich in allem Körperlichen und Unkörperlichen manifestieren kann, ja bei den Tieren sich aufs merkwürdigste ausspricht, so steht es vorzüglich mit dem Menschen im wunderbarsten Zusammenhang und bildet eine der moralischen Weltordnung, wo nicht entgegengesetzte, doch sie durchkreuzende Macht, so daß man die eine für den Zettel, die andere für den Einschlag könnte gelten lassen ....

Am furchtbarsten aber erscheint dieses Dämonische, wenn es in irgendeinem Menschen überwiegend hervortritt. Während meines Lebensganges habe ich mehrere, teils in der

Nähe, teils in der Ferne, beobachten können. Es sind nicht immer die vorzüglichsten Menschen, weder an Geist noch an Talenten, selten durch Herzensgüte sich empfehlend; aber eine ungeheure Kraft geht von ihnen aus, und sie üben eine unglaubliche Gewalt über alle Geschöpfe, ja sogar über die Elemente, und wer kann sagen, wie weit sich eine solche Wirkung erstrecken wird? Alle vereinten sittlichen Kräfte vermögen nichts gegen sie; vergebens, daß der hellere Teil der Menschen sie als Betrogene oder als Betrüger verdächtig machen will, die Masse wird von ihnen angezogen. Selten oder nie finden sich Gleichzeitige ihresgleichen, und sie sind durch nichts zu überwinden als durch das Universum selbst, mit dem sie den Kampf begonnen; und aus solchen Bemerkungen mag wohl jener sonderbare, aber ungeheure Spruch entstanden sein: Nemo contra deum nisi deus ipse.

Dichtung und Wahrheit, 20. Buch

DAS EINZELLEBEN EIN GEHEIMNISVOLLER SELBSTZWECK DER NATUR

Das ungeheure Geheimnis [der Natur], das sich in stetigem Erschaffen und Zerstören an den Tag gibt.

Der Verfasser teilt die Geschichte seiner botanischen Studien mit

Natürlich System ein widersprechender Ausdruck. Die Natur hat kein System; sie hat, sie ist Leben und Folge aus einem unbekannten Zentrum, zu einer nicht erkennbaren Grenze.

Problem und Erwiderung

Ein wichtiger Grundsatz der Organisation: daß kein Leben auf einer Oberfläche wirken ... könne, sondern die ganze Lebenstätigkeit verlangt eine Hülle, die gegen das äußere rohe Element, es sei Wasser oder Luft oder Licht, sie schütze, ihr zartes Wesen bewahre, damit sie das, was ihrem Innern spezifisch obliegt, vollbringe. Diese Hülle mag nun als Rinde, Haut oder Schale erscheinen, alles, was zum Leben hervortreten, alles, was lebendig wirken soll, muß eingehüllt sein.

Zur Morphologie

Einfach schlief in dem Samen die Kraft; ein beginnendes Vorbild
Lag, verschlossen in sich, unter die Hülle gebeugt, ...
Trocken erhält so der Kern ruhiges Leben bewahrt,
Quillet strebend empor, sich milder Feuchte vertrauend,
Und erhebt sich sogleich aus der umgebenden Nacht.

Die Metamorphose der Pflanzen. Elegie

Betrachten wir eine Pflanze, insofern sie ihre Lebenskraft äußert, so sehen wir dieses auf eine doppelte Art geschehen, zuerst durch das *Wachstum* ... und sodann durch die *Fortpflanzung*.

Die Metamorphose der Pflanzen

Hier [bei der einjährigen Pflanze] wird durch eine sich schnell steigernde Metamorphose das vergängliche Wesen, eine zunächst dem Untergang verfallene Pflanze, in den Stand gesetzt, zu Hunderten und Tausenden vorauszugeben, was zwar, wie sie, schnell vergänglich, aber, eben wie sie, ohne Maß fruchtbar sein und werden soll ... eine Prodosis der freigebigen Natur sollte mans nennen.

Wirkung meiner Schrift ›Die Metamorphose der Pflanzen‹

Zweck sein selbst ist jegliches Tier, vollkommen entspringt es
Aus dem Schoß der Natur und zeugt vollkommene Kinder.

Metamorphose der Tiere

Funktion, recht begriffen, ist das Dasein in Tätigkeit gedacht.

Principes de philosophie zoologique

Die Quelle kann nur gedacht werden, insofern sie fließt.

Dichtung und Wahrheit, 6. Buch

Das Höchste, was wir von Gott und der Natur erhalten haben, ist das Leben, die rotierende Bewegung der Monas um sich selbst, welche weder Rast noch Ruhe kennt; der Trieb, das Leben zu hegen und zu pflegen, ist einem jeden unverwüstlich eingeboren, die Eigentümlichkeit desselben jedoch bleibt uns und andern ein Geheimnis.

Schütz, zur Morphologie

Der Zweck des Lebens ist das Leben selbst.

An Johann Heinrich Meyer, 8. Februar 1796

Das Lebendige hat die Gabe, sich nach den vielfältigsten Bedingungen äußerer Einflüsse zu bequemen und doch eine gewisse errungene entschiedene Selbständigkeit nicht aufzugeben.

Maximen und Reflexionen

Jeder Mensch findet sich von den frühsten Momenten seines Lebens an, erst unbewußt, dann halb, endlich ganz bewußt, immerfort bedingt, begrenzt in seiner Stellung. Weil aber niemand Zweck und Ziel seines Daseins kennt, vielmehr das

Geheimnis desselben von höchster Hand verborgen wird, so tastet er nur, greift zu, läßt fahren, steht stille, bewegt sich, zaudert und übereilt sich, und auf wie mancherlei Weise denn alle Irrtümer entstehen, die uns verwirren.

Wilhelm Meisters Wanderjahre, 3. Buch, 13. Kapitel

Die stille, reine, immer wiederkehrende, leidenlose Vegetation tröstet mich oft über der Menschen Not, ihre moralischen, noch mehr physischen Übel.

An Lavater, 9.(?) April 1781

Der Mensch ist doch wie ein Nachtgänger, er steigt die gefährlichsten Kanten im Schlafe.

An Charlotte von Stein, 7. November 1780

Der Alte schlummert wie das Kind,
Und wie wir eben Menschen sind,
Wir schlafen sämtlich auf Vulkanen.

Zahme Xenien

Das Leben gehört den Lebendigen an, und wer lebt, muß auf Wechsel gefaßt sein.

Wilhelm Meisters Wanderjahre, 1. Buch, 2. Kapitel

Unsere Zustände schreiben wir bald Gott, bald dem Teufel zu und fehlen ein wie das andere Mal: in uns selbst liegt das Rätsel, die wir Ausgeburt zweier Welten sind. Mit der Farbe gehts ebenso: bald sucht man sie im Lichte, bald draußen im Weltall und kann sie gerade da nicht finden, wo sie zu Hause ist.

Maximen und Reflexionen

Die Geheimnisse der Lebenspfade darf und kann man nicht offenbaren; es gibt Steine des Anstoßes, über die ein jeder Wanderer stolpern muß. Der Poet aber deutet auf die Stelle hin.

Maximen und Reflexionen

Durchgrüble nicht das einzigste Geschick!
Dasein ist Pflicht, und wärs ein Augenblick.

Faust, 2. Teil, 3. Akt

Grau, teurer Freund, ist alle Theorie
Und grün des Lebens goldner Baum.

Faust, 1. Teil. Studierzimmer

Ich macht ihm deutlich, daß das Leben
Zum Leben eigentlich gegeben,
Nicht sollt in Grillen, Phantasieen
Und Spintisiererei entfliehen.
Solang man lebt, sei man lebendig!

Mephisto im ›Maskenzug‹ 1818

Wer kennt sich selbst? wer weiß, was er vermag?
Hat nie der Mutige Verwegnes unternommen?
Und was du tust, sagt erst der andre Tag,
War es zum Schaden oder Frommen.
Ließ nicht Prometheus selbst die reine Himmelsglut
Auf frischen Ton vergötternd niederfließen?
Und konnt er mehr als irdisch Blut
Durch die belebten Adern gießen?

Ilmenau, 3. September 1783

Muß ich mich denn nicht selbst zugeben und voraussetzen, ohne jemals zu wissen, wie es eigentlich mit mir beschaffen sei; studiere ich mich nicht immerfort, ohne mich jemals zu begreifen, mich und andere? und doch kommt man fröhlich immer weiter und weiter!

So auch mit der Welt! Liege sie anfang- und endelos vor uns, unbegrenzt sei die Ferne, undurchdringlich die Nähe, – es sei so! aber wie weit und wie tief der Menschengeist in seine und ihre Geheimnisse zu dringen vermöchte, werde nie bestimmt noch abgeschlossen.

Freundlicher Zuruf

Ihr sucht die Menschen zu benennen
Und glaubt, am Namen sie zu kennen.
Wer tiefer sieht, gesteht sich frei,
Es ist was Anonymes dabei.

Sprichwörtlich

Hierbei bekenne ich, daß mir von jeher die große und so bedeutend klingende Aufgabe: *Erkenne dich selbst!* immer verdächtig vorkam, als eine List geheim verbündeter Priester, die den Menschen durch unerreichbare Forderungen verwirren und von der Tätigkeit gegen die Außenwelt zu einer innern falschen Beschaulichkeit verleiten wollten. Der Mensch kennt nur sich selbst, insofern er die Welt kennt, die er nur in sich und sich nur in ihr gewahr wird. Jeder neue Gegenstand, wohl beschaut, schließt ein neues Organ in uns auf.

Am allerfördersamsten aber sind unsere Nebenmenschen, welche den Vorteil haben, uns mit der Welt aus ihrem Standpunkt zu vergleichen und daher nähere Kenntnis von uns zu erlangen, als wir selbst zu gewinnen vermögen.

Bedeutende Fördernis durch ein einziges geistreiches Wort

Die Geschichte des Menschen ist sein Charakter.

Wilhelm Meisters Lehrjahre, 7. Buch, 5. Kapitel

Mein Leben ein einzig Abenteuer. Keine Abenteuer durch Streben nach Ausbildung dessen, was die Natur in mich gelegt hatte. Streben nach Erwerb dessen, was sie nicht in mich gelegt hat. Ebensoviel wahre als falsche Tendenz ... Niederträchtige Nekrologen.

Lesarten zum 1. Teil von ›Dichtung und Wahrheit‹ (W. A., 1. Abteilung, 26. Band, S. 364)

Das Leben, so gemein es aussieht, so leicht es sich mit dem Gewöhnlichen, Alltäglichen zu befriedigen scheint, hegt und pflegt doch immer gewisse höhere Forderungen im stillen fort und sieht sich nach Mitteln um, sie zu befriedigen.

Maximen und Reflexionen

Lange leben heißt viele überleben ... Mir erscheint der zunächst mich berührende Personenkreis wie ein Konvolut sibyllinischer Blätter, deren eins nach dem andern, von Lebensflammen aufgezehrt, in der Luft zerstiebt und dabei den Überbleibenden von Augenblick zu Augenblick höheren Wert verleiht. Wirken wir fort, bis wir, vor- oder nacheinander, vom Weltgeist berufen, in den Äther zurückkehren! ... Die entelechische Monade muß sich nur in rastloser Tätigkeit erhalten; wird ihr diese zur andern Natur, so kann es ihr in Ewigkeit nicht an Beschäftigung fehlen.

An Zelter, 19. März 1827

Das gemeine Menschenschicksal, an welchem wir alle zu tragen haben, muß denjenigen am schwersten aufliegen, deren Geisteskräfte sich früher und breiter entwickeln. Wir mögen unter dem Schutz von Eltern und Verwandten emporkommen, wir mögen uns an Geschwister und Freunde anlehnen, durch Bekannte unterhalten, durch geliebte Personen beglückt werden, so ist doch immer das Final, daß der Mensch auf sich zurückgewiesen wird.

Dichtung und Wahrheit, 15. Buch

... des Lebens eignes, reines,
Unverwüstliches Bestreben.

Pandora

Es glaubt der Mensch, sein Leben zu leiten, sich selbst zu führen, und sein Innerstes wird unwiderstehlich nach seinem Schicksale gezogen.

Egmont, 5. Aufzug. Gefängnis

Den rechten Lebensfaden
Spinnt einer, der lebt und leben läßt;
Er drille zu, er zwirne fest,
Der liebe Gott wird weifen.

Die Weisen und die Leute

Wissen doch die Menschen weder von Gott noch von der Natur noch von ihresgleichen dankbar zu empfangen, was unschätzbar ist.

An Zelter, 9. März 1831

DER MENSCHLICHE SPIELRAUM

Alles entsteht und vergeht nach Gesetz; doch über des Menschen
Leben, dem köstlichen Schatz, herrschet ein schwankendes Los.

Euphrosyne

Die zweite Gunst der von oben wirkenden Wesen ist das Erlebte, das Gewahrwerden, das Eingreifen der lebendig-beweglichen Monas in die Umgebungen der Außenwelt, wodurch sie sich erst selbst als innerlich Grenzenloses, als äußerlich Begrenztes gewahr wird. Über dieses Erlebte können wir, obgleich Anlage, Aufmerksamkeit und Glück dazu gehört, in uns selbst klar werden; andern bleibt aber auch dies immer ein Geheimnis.

Schütz, zur Morphologie

ZWISCHEN NOTWENDIGKEIT UND FREIHEIT

Die Metamorphose der Pflanzen ... zeigt uns die Gesetze, wornach die Pflanzen gebildet werden.

Sie macht uns auf ein doppeltes Gesetz aufmerksam:

1. auf das Gesetz der innern Natur, wodurch die Pflanzen konstituiert werden,

2. auf das Gesetz der äußern Umstände, wodurch die Pflanzen modifiziert werden.

Vorarbeiten zu einer Physiologie der Pflanzen

Dieser schöne Begriff von Macht und Schranken,
von Willkür
Und Gesetz, von Freiheit und Maß, von beweglicher
Ordnung,
Vorzug und Mangel erfreue dich hoch; die heilige Muse
Bringt harmonisch ihn dir, mit sanftem Zwange
belehrend.
Keinen höhern Begriff erringt der sittliche Denker,
Keinen der tätige Mann, der dichtende Künstler;
der Herrscher,
Der verdient, es zu sein, erfreut nur durch ihn sich
der Krone.
Freue dich, höchstes Geschöpf der Natur, du fühlest
dich fähig,
Ihr den höchsten Gedanken, zu dem sie schaffend sich
auf schwang,
Nachzudenken.

Metamorphose der Tiere

Es scheint, daß den Verfasser seine fortgesetzten physikalischen Arbeiten zu diesem seltsamen Titel veranlaßten. Er mochte bemerkt haben, daß man in der Naturlehre sich sehr oft ethischer Gleichnisse bedient, um etwas von dem Kreise menschlichen Wesens weit Entferntes näher heranzubringen; und so hat er auch wohl, in einem sittlichen Falle, eine chemische Gleichnisrede zu ihrem geistigen Ursprunge zurückführen mögen, um so mehr, als doch überall nur *eine* Natur ist und auch durch das Reich der heitern Vernunftfreiheit die Spuren trüber leidenschaftlicher Notwendigkeit sich unaufhaltsam hindurchziehen, die nur durch eine höhere Hand, und vielleicht auch nicht in diesem Leben, völlig auszulöschen sind.

Vorläufige Nachricht von den ›Wahlverwandtschaften‹

So viel aber können wir sagen, daß die aus einer kaum zu sondernden Verwandtschaft als Pflanzen und Tiere nach und nach hervortretenden Geschöpfe nach zwei entgegengesetzten Seiten sich vervollkommnen, so daß die Pflanze sich zuletzt im Baum dauernd und starr, das Tier im Menschen zur höchsten Beweglichkeit und Freiheit sich verherrlicht.

Zur Morphologie

Das All, es wird so hingenötigt,
Der Mensch allein, er hat die Wahl.

Paralipomenon 138 zu den Gedichten
(W. A., 1. Abteilung, 5. Band, II, S. 420)

O Welt voll wunderbarer Wirrung,
Voll Geist der Ordnung, träger Irrung,
Du Kettenring von Wonn und Wehe,
Du Mutter, die mich selbst zum Grab gebar!
Die ich, obgleich ich bei der Schöpfung war,
Im ganzen doch nicht sonderlich verstehe.
Die Dumpfheit deines Sinns, in der du schwebtest,
Daraus du dich nach meinem Tage drangst,
Die schlangenknotige Begier, in der du bebtest,
Von ihr dich zu befreien strebtest
Und dann, befreit, dich wieder neu umschlangst –

Der ewige Jude

Der Mensch ist Mensch, und das bißchen Verstand, das einer haben mag, kommt wenig oder nicht in Anschlag, wenn Leidenschaft wütet und die Grenzen der Menschheit einen drängen.

Die Leiden des jungen Werther, 1. Buch. 12. August

Mein Sinn hat sich noch nicht ganz erholt, wo vier Knaben gestern nacht ertranken und keiner gerettet wurde. Nur in solchen Augenblicken fühlt der Mensch, wie wenig er ist und mit heißen Armen und Schweiß und Tränen nichts wirkt.

An Sophie von La Roche, Ende Juli 1774

Glaub unsereinem: dieses Ganze
Ist nur für einen Gott gemacht!
Er findet sich in einem ewgen Glanze,
Uns hat er in die Finsternis gebracht,
Und euch taugt einzig Tag und Nacht.

Faust, 1. Teil. Studierzimmer

Wie wir Menschen in allem Praktischen auf ein gewisses Mittlere gewiesen sind, so ist es auch im Erkennen. Die Mitte, von da aus gerechnet, wo wir stehen, erlaubt uns wohl, auf- und abwärts mit Blick und Handeln uns zu bewegen, nur Anfang und Ende erreichen wir nie, weder mit Gedanken noch Tun.

D'Aubuisson de Voissins' Geognosie

Das dritte, was mich [in Italien] beschäftigte, waren die Sitten der Völker. An ihnen zu lernen, wie aus dem Zusammentreffen von Notwendigkeit und Willkür, von Antrieb und Wollen, von Bewegung und Widerstand ein Drittes hervorgeht, was weder Kunst noch Natur, sondern beides zugleich ist, notwendig und zufällig, absichtlich und blind: ich verstehe die menschliche Gesellschaft.

Schicksal der Handschrift ›Die Metamorphose der Pflanzen‹

Unser Leben ist, wie das Ganze, in dem wir enthalten sind, auf eine unbegreifliche Weise aus Freiheit und Notwendigkeit zusammengesetzt. Unser Wollen ist ein Vorausverkünden dessen, was wir unter allen Umständen tun werden. Diese Umstände aber ergreifen uns auf ihre eigene Weise. Das Was liegt in uns, das Wie hängt selten von uns ab, nach dem Warum dürfen wir nicht fragen, und deshalb verweist man uns mit Recht aufs Quia.

Dichtung und Wahrheit, 11. Buch

Jeder Mensch findet sich von den frühsten Momenten seines Lebens an, erst unbewußt, dann halb, endlich ganz bewußt, immerfort bedingt, begrenzt in seiner Stellung. Weil aber niemand Zweck und Ziel seines Daseins kennt, vielmehr das Geheimnis desselben von höchster Hand verborgen wird, so tastet er nur, greift zu, läßt fahren, steht stille, bewegt sich, zaudert und übereilt sich, und auf wie mancherlei Weise denn alle Irrtümer entstehen, die uns verwirren.

Wilhelm Meisters Wanderjahre, 3. Buch, 13. Kapitel

Betrachten wir uns in jeder Lage des Lebens, so finden wir, daß wir äußerlich bedingt sind, vom ersten Atemzug bis zum letzten; daß uns aber jedoch die höchste Freiheit übrig geblieben ist, uns innerhalb unsrer selbst dergestalt auszubilden, daß wir uns mit der sittlichen Weltordnung in Einklang setzen und, was auch für Hindernisse sich hervortun, dadurch mit uns selbst zum Frieden gelangen können.

Dies ist bald gesagt und geschrieben, steht aber auch nur als Aufgabe vor uns, deren Auflösung wir unsre Tage durchaus zu widmen haben. Jeder Morgen ruft zu: das Gehörige zu tun und das Mögliche zu erwarten.

An den Grafen von Brühl, 23. Oktober 1828

Im Reich der Natur waltet Bewegung und Tat, im Reiche der Freiheit Anlage und Willen. Bewegung ist ewig und tritt bei jeder günstigen Bedingung unwiderstehlich in die Erscheinung. Anlagen entwickeln sich zwar auch naturgemäß, müssen aber erst durch den Willen geübt und nach und nach gesteigert werden. Deswegen ist man des freiwilligen Willens so gewiß nicht als der selbständigen Tat; diese tut sich selbst, er aber wird getan: denn er muß, um vollkommen zu werden und zu wirken, sich im Sittlichen dem Gewissen, das nicht irrt, im Kunstreichen aber der Regel fügen, die nirgends ausgesprochen ist. Das Gewissen bedarf keines Ahnherrn, mit ihm ist alles gegeben; es hat nur mit der innern eigenen Welt zu tun. Das Genie bedürfte auch keine Regel; da es aber nach außen wirkt, so ist es vielfach bedingt durch Stoff und Zeit, und an beiden muß es notwendig irre werden; deswegen es mit allem, was eine Kunst ist, mit dem Regiment, wie mit Gedicht, Statue und Gemälde, durchaus so wunderlich und unsicher aussieht.

Maximen und Reflexionen

Freier Wille: Sobald man den Menschen von Haus aus für gut annimmt, so ist der freie Willen das alberne Vermögen, aus Wahl vom Guten abzuweichen und sich dadurch *schuldig* zu machen; nimmt man aber den Menschen natürlich als bös an oder, eigentlicher zu sprechen, in dem tierischen Falle, unbedingt von seinen Neigungen hingezogen zu werden, so ist alsdann der freie Wille freilich eine vornehme Person, die sich anmaßt, aus Natur gegen die Natur zu handeln. Man sieht daher auch, wie Kant notwendig auf ein radikales Böse kommen mußte, und woher die Philosophen den Menschen von Natur so charmant finden, in Absicht auf die Freiheit desselben so schlecht zurechte kommen, und warum sie sich so sehr wehren, wenn man ihnen das aus Neigung nicht hoch anrechnen will.

An Schiller, 31. Juli 1799

In der Welt ist es sehr, sehr selten mit dem *Entweder-Oder* getan, die Empfindungen und Handlungsweisen schattieren sich so mannigfaltig, als Abfälle zwischen einer Habichts- und Stumpfnase sind.

Die Leiden des jungen Werther, 1. Buch. 10. August

Wer das Rechte *kann*, der soll es wollen;
Wer das Rechte *will*, der sollt es können.
Und ein jeder kanns, der sich bescheidet,
Schöpfer seines Glücks zu sein im Kleinen.

Vorspiel zur Eröffnung des Weimarischen Theaters 1807

Das Gesetz macht den Menschen,
Nicht der Mensch das Gesetz.
Die große Notwendigkeit erhebt,
Die kleine erniedrigt den Menschen.

Tagebücher, 25. Mai 1797

Die Notwendigkeit aber ist der beste Ratgeber.

Tag- und Jahreshefte für 1794

Es ist nichts trauriger anzusehn als das unvermittelte Streben ins Unbedingte in dieser durchaus bedingten Welt; es erscheint im Jahr 1830 vielleicht ungehöriger als je.

Maximen und Reflexionen

Frei will ich sein im Denken und im Dichten;
Im Handeln schränkt die Welt genug uns ein.

Torquato Tasso, 4. Aufzug, 2. Auftritt

Das erste steht uns frei, beim zweiten sind wir Knechte.

Faust, 1. Teil. Studierzimmer

Nun aber Eos, unaufhaltsam strebt sie an,
Sprungweise, mädchenartig; streut aus voller Hand
Purpurne Blumen! ...
Gewöhnet Erdgeborner schwaches Auge sanft,
Daß nicht vor Helios' Pfeil erblinde mein Geschlecht,
Bestimmt, Erleuchtetes zu sehen, nicht das Licht!

Pandora

Da die sämtliche Menschheit eigentlich nur als ein großer Lehrling zu betrachten ist, so möchte wohl niemand sich einer besonderen Meisterschaft rühmen dürfen.

An Ernst Arnold, 9. September 1828

Die Welt ist nicht aus Brei und Mus geschaffen,
Deswegen haltet euch nicht wie Schlaraffen;
Harte Bissen gibt es zu kauen:
Wir müssen erwürgen oder sie verdauen.

Sprichwörtlich

Wie anders sähe es mit uns allen aus, wenn die direkten Wege zum Heil nicht jedem Menschen ein Geheimnis blieben!

An Zelter, 15. Januar 1813

Jeder Zustand hat seine Beschwerlichkeit, der beschränkte sowohl als der losgebundene. Der letztere setzt Überfluß voraus und führt zur Verschwendung.

Die Wahlverwandtschaften, 2. Teil, 8. Kapitel

Man schilt mit gleichem Recht auf Anarchie und Tyrannei; wo ist denn aber der wünschenswerte Mittelzustand? Der vernünftige Mensch sucht ihn in seinem Kreise hervorzubringen, und da gelingt es ihm kaum.

An Knebel, 16. März 1814

Wie bedeutend ist es, die Grenzen des menschlichen Geistes immer näher kennen zu lernen und dabei immer deutlicher einzusehen, daß man nur desto mehr verrichten kann, je reiner und sichrer man das Organ braucht, das uns überhaupt als Menschen und besonders als individuellen Naturen gegeben ist.

An die Fürstin Adelheid Amalia von Gallitzin, 6. Februar 1797

Handle besonnen ist die praktische Seite von: *Erkenne dich selbst.* Beides darf weder als Gesetz noch als Forderung betrachtet werden, es ist aufgestellt wie das Schwarze der Scheibe, das man immer auf dem Korn haben muß, wenn man es auch nicht immer trifft. Die Menschen würden verständiger und glücklicher sein, wenn sie zwischen dem unendlichen Ziel und dem bedingten Zweck den Unterschied zu finden wüßten und sich nach und nach ablauerten, wie weit ihre Mittel denn eigentlich reichen.

An Friedrich Rochlitz, 23. November 1829

Fahre wohl, du Menschenvater! – Merke:
Was zu wünschen ist, ihr unten fühlt es;
Was zu geben sei, die wissens droben.
Groß beginnet ihr Titanen; aber leiten
Zu dem ewig Guten, ewig Schönen
Ist der Götter Werk; die laßt gewähren!

Pandora

Er las eine Folge echter Märchen, die den Menschen aus sich selbst hinausführen, seinen Wünschen schmeicheln und ihn jede Bedingung vergessen machen, zwischen welche wir, selbst in den glücklichsten Momenten, doch immer noch eingeklemmt sind.

Wilhelm Meisters Wanderjahre, 1. Buch, 8. Kapitel

Das Unbedingte, an dem sich die menschliche Natur erfreut, erscheint nicht mächtiger als im Beifall und im Tadel, im Haß und der Neigung der Menge. Alles oder nichts ist von jeher die Devise des angeregten Demos.

Materialien zur Geschichte der Farbenlehre. Fontenelle

AUF DER WOGE DES UNBEWUSSTEN

Hier treten nun die mannigfaltigen Bezüge ein zwischen dem Bewußten und Unbewußten; denke man sich ein musikalisches Talent, das eine bedeutende Partitur aufstellen soll: Bewußtsein und Bewußtlosigkeit werden sich verhalten wie Zettel und Einschlag, ein Gleichnis, das ich so gerne brauche.

An W. von Humboldt, 17. März 1832

Getrost! Das Unvergängliche,
Es ist das ewige Gesetz,
Wonach die Ros und Lilie blüht.

Chinesisch-deutsche Jahres- und Tageszeiten

All unser redlichstes Bemühn
Glückt nur im unbewußten Momente.
Wie möchte denn die Rose blühn,
Wenn sie der Sonne Herrlichkeit erkennte!

Zahme Xenien

Ja, das ist das rechte Gleis,
Daß man nicht weiß,
Was man denkt,
Wenn man denkt;
Alles ist als wie geschenkt.

Zahme Xenien

Der Philosoph, dem ich so gern vertraue,
Lehrt, wo nicht gegen alle, doch die meisten,
Daß unbewußt wir stets das Beste leisten;
Das glaubt man gern und lebt nun frisch ins Blaue.

Zahme Xenien

Wenn meine Sinne gar nicht mehr halten wollen, so lindert all den Tumult der Anblick eines solchen Geschöpfs, das in glücklicher Gelassenheit den engen Kreis seines Daseins hingeht, von einem Tage zum andern sich durchhilft, die Blätter abfallen sieht, und nichts dabei denkt, als daß der Winter kommt.

Die Leiden des jungen Werther, 1. Buch. 27. Mai

Ach, daß die Einfalt, daß die Unschuld nie
Sich selbst und ihren heilgen Wert erkennt!

Faust, 1. Teil. Garten

Das, was man gedacht, die Bilder, die man gesehn, lassen sich in dem Verstand und in der Einbildungskraft wieder hervorrufen; aber das Herz ist nicht so gefällig, es wiederholt uns nicht die schönen Gefühle, und am wenigsten sind wir vermögend, uns enthusiastische Momente wieder zu vergegenwärtigen; man wird unvorbereitet davon überfallen und überläßt sich ihnen unbewußt.

Dichtung und Wahrheit, 14. Buch

Ein lebhafter Eindruck ist wie eine andere Wunde; man fühlt sie nicht, indem man sie empfängt. Erst später fängt sie an zu schmerzen und zu eitern.

Wilhelm Meisters Wanderjahre, 1. Buch, 11. Kapitel

Ich glaube, daß alles, was das Genie, als Genie, tut, unbewußt geschehe. Der Mensch von Genie kann auch verständig handeln nach gepflogner Überlegung aus Überzeugung; das geschieht aber alles nur so nebenher. Kein Werk des Genies kann, durch Reflexion und ihre nächsten Folgen verbessert, von seinen Fehlern befreit werden; aber das Genie kann sich durch Reflexion und Tat nach und nach dergestalt hinaufheben, daß es endlich musterhafte Werke hervorbringt. Je mehr das Jahrhundert selbst Genie hat, desto mehr ist das einzelne gefördert.

An Schiller, 3. April 1801

VERFÜGUNG ÜBER DAS ›ELEMENT‹ DIE ZEIT

Es ist ein einförmiges Ding um das Menschengeschlecht. Die meisten verarbeiten den größten Teil der Zeit, um zu leben, und das bißchen, das ihnen von Freiheit übrig bleibt, ängstigt sie so, daß sie alle Mittel aufsuchen, um es los zu werden. O Bestimmung des Menschen!

Die Leiden des jungen Werther, 1. Buch. 17. Mai

Wie von unsichtbaren Geistern gepeitscht, gehen die Sonnenpferde der Zeit mit unsers Schicksals leichtem Wagen durch.

Egmont, 2. Aufzug. Egmonts Wohnung

O über die Sandbänke der Zeitlichkeit!

An Charlotte von Stein, 30. Juni 1780

Werd ich beruhigt je mich auf ein Faulbett legen,
So sei es gleich um mich getan!

Faust, 1. Teil. Studierzimmer

Nicht ruhen soll der Erdenkloß,
Am wenigsten der Mann!

Zu Thaers Jubelfest

Wie die Menschen das Wort Feiertag hören, so sind sie alle verrückt, und niemand denkt, daß er die größte Zeit seines Lebens müßig herumläuft oder gestreckt daliegt.

An seinen Sohn, 9. Mai 1818

Leise bist du nur umfangen,
Schlaf ist Schale, wirf sie fort!

Faust, 2. Teil, 1. Akt

[In seinem Briefe vom 16. März 1818 hatte Voigt unter anderem gemeint, die Zeit werde immer wunderlicher. Goethe fühlte sich daraufhin zu der Bemerkung veranlaßt:]

Hat man denn ganz vergessen, daß die Zeit ein Element ist, das nur Wert und Würde durch den Sinn des Menschen erhält? Was ist denn Wasser und Feuer, wenn wir sie gewähren lassen aus Ohnmacht, Unverstand oder Leichtsinn? Und so ists auch hier – und wieviel wäre noch hinzuzusetzen.

An Voigt, 29. März 1818

Die Zeit ist unendlich lang, und ein jeder Tag ein Gefäß, in das sich sehr viel eingießen läßt, wenn man es wirklich ausfüllen will.

Dichtung und Wahrheit, 8. Buch

Mein Erbteil wie herrlich, weit und breit!
Die Zeit ist mein Besitz, mein Acker ist die Zeit!

West-östlicher Divan. Buch der Sprüche

Des echten Mannes wahre Feier ist die Tat!

Pandora

Wirket, solange es Tag ist!

An Boisserée, 19. Januar 1827

Denn aller Fleiß, der männlich schätzenswerteste,
Ist morgendlich; nur er gewährt dem ganzen Tag
Nahrung, Behagen, müder Stunden Vollgenuß.

Pandora

Liegt dir Gestern klar und offen,
Wirkst du Heute kräftig frei,
Kannst auch auf ein Morgen hoffen,
Das nicht minder glücklich sei.

Zahme Xenien

Da es eine Zeit ist, zu spalten, und eine andere vereinen, eigentlich aber doch nur die Mensch machen, so sehe ich in den jungen Männern, die bewirken, ganz eigentlich gute Dämonen, welche das Versöhnen und Einen als notwendigen Naturtrieb empfinden.

An Karl Ernst Schubarth, 7. November 1821

Es ist immer sehr schmerzhaft, wenn man nur der Zeit die Heilung eines ethischen Unfalls anempfehlen muß.

An Voigt, 5. Juni 1817

Die beiden größten menschlichen Fehler: Versäumen und übereilen.

An Zelter, 21. April 1827

Freien Geist in Erdeschranken,
Festes Handeln und Vertrauen.
So entrinnen jeder Stunde
Fügsam glückliche Geschäfte.

Dem Fürsten Hardenberg zum 31. Mai 1820

Geh! gehorche meinen Winken,
Nutze deine jungen Tage,
Lerne zeitig klüger sein:
Auf des Glückes großer Waage
Steht die Zunge selten ein;
Du mußt steigen oder sinken,
Du mußt herrschen und gewinnen,
Oder dienen und verlieren,
Leiden oder triumphieren,
Amboß oder Hammer sein.

Kophtisches Lied

Was verkürzt mir die Zeit?
  Tätigkeit!
Was macht sie unerträglich lang?
  Müßiggang!
Was bringt in Schulden?
  Harren und dulden!
Was macht gewinnen?
  Nicht lange besinnen!
Was bringt zu Ehren?
  Sich wehren!

West-östlicher Divan. Buch der Betrachtungen

BEDINGT VOM ›JAHRHUNDERT‹

Da nun aber unser Individuum, es sei so entschieden als es wolle, doch von der Zeit abhängt wohin es gesetzt, von dem Ort, wohin es gestellt, so haben diese Zufälligkeiten Einfluß auf das notwendig Gegebene.

Verhältnis zur Wissenschaft bzw. zur Geologie

Der Mensch ist immer mehr oder weniger ein Organ seiner Zeit.

Tagebücher, 16. Januar 1831

Die Menschen sind als Organe ihres Jahrhunderts anzusehen, die sich meist unbewußt bewegen.

Maximen und Reflexionen

Die Epoche, in der wir lebten, kann man die *fordernde* nennen: denn man machte, an sich und andere, Forderungen auf das, was noch kein Mensch geleistet hatte. Es war nämlich vorzüglichen, denkenden und fühlenden Geistern ein Licht aufgegangen, daß die unmittelbare originelle Ansicht der Natur und ein darauf gegründetes Handeln das beste sei, was der Mensch sich wünschen könne, und nicht einmal schwer zu erlangen.

Dichtung und Wahrheit, 15. Buch

Der Schriftsteller so wenig als der handelnde Mensch bildet die Umstände, unter denen er geboren wird und unter denen er wirkt. Jeder, auch das größte Genie, leidet von seinem Jahrhundert in einigen Stücken, wie er von andern Vorteil zieht, und einen vortrefflichen Nationalschriftsteller kann man nur von der Nation fordern.

Literarischer Sansculottismus

Und doch ziehen manchmal gewisse Gesinnungen und Gedanken schon in der Luft umher, so daß mehrere sie erfassen können. Immanet aër sicut anima communis quae omnibus praesto est et qua omnes communicant invicem. Quapropter multi sagaces spiritus ardentes subito ex aëre persentiscunt quod cogitat alter homo. Oder, um weniger mystisch zu reden, gewisse Vorstellungen werden reif durch eine Zeitreihe. Auch in verschiedenen Gärten fallen Früchte zu gleicher Zeit vom Baume.

Meteore des literarischen Himmels

Wie über die Menschen, so auch über die Denkmäler läßt sich die Zeit ihr Recht nicht nehmen.

Die Wahlverwandtschaften, 1. Teil, 12. Kapitel

Die größten Menschen hängen immer mit ihrem Jahrhundert durch eine Schwachheit zusammen.

Maximen und Reflexionen

Alles kommt darauf an, daß ein Unternehmen glücklich in die Zeit eingreife.

An Johann Friedrich Cotta, 2. September 1816

Das Jahrhundert muß uns zu Hilfe kommen, die Zeit an die Stelle der Vernunft treten, und in einem erweiterten Herzen der höhere Anteil den niedern verdrängen.

Wilhelm Meisters Wanderjahre, 3. Buch, 12. Kapitel

So dringt sich uns leider die bedenkliche Betrachtung auf: daß jedes Unternehmen, so wie jeder Mensch, von seinem Zeitalter ebensowohl leide, als man davon gelegentlich Vorteil zu ziehen im Fall ist.

Einleitung in die Propyläen

Wer widersteht dem Strome seiner Umgebungen? Die Zeit rückt fort, und in ihr Gesinnungen, Meinungen, Vorurteile und Liebhabereien.

Die Wahlverwandtschaften, 2. Teil, 8. Kapitel

Indem uns das Leben fortzieht, glauben wir aus uns selbst zu handeln, unsre Tätigkeit, unsre Vergnügungen zu wählen; aber freilich, wenn wir es genau ansehen, so sind es nur die Plane, die Neigungen der Zeit, die wir mit auszuführen genötigt sind.

Die Wahlverwandtschaften, 2. Teil, 8. Kapitel

Indem man einen merkwürdigen Menschen als einen Teil des Ganzen, seiner Zeit oder seines Geburts- und Wohnorts betrachtet, so lassen sich gar manche Sonderbarkeiten entziffern, welche sonst ewig ein Rätsel bleiben würden.

Anhang zur Lebensbeschreibung des Benvenuto Cellini

Jeder, der ein Lehrbuch schreibt, das sich auf eine Erfahrungswissenschaft bezieht, ist im Falle, ebensooft Irrtümer als Wahrheiten aufzuzeichnen: denn er kann viele Versuche nicht selbst machen, er muß sich auf anderer Treu und Glauben verlassen und oft das Wahrscheinliche statt des Wahren aufnehmen. Deswegen sind die Kompendien Monumente der Zeit, in welcher die Data gesammelt wurden; deswegen müssen sie auch oft erneuert und umgeschrieben werden. Aber indem sie neue Entdeckungen geschwind aufnehmen und einige Kapitel dadurch verbessern, so erhalten sie in andern falsche Versuche und unrichtige Schlußfolgen desto länger.

Materialien zur Geschichte der Farbenlehre.
Deutsche gelehrte Welt

Der Mensch – wir haben schon früher darauf appuyiert – unterwirft sich ebenso gern der Autorität, als er sich derselben entzieht; es kommt bloß auf die Epochen an, die ihn zu dem einen und dem andern veranlassen.

Materialien zur Geschichte der Farbenlehre. Übergang

Wenn man sich nur halbwege den Begriff von einem Menschen machen will, so muß man vor allen Dingen sein Zeitalter studieren, wobei man ihn ganz ignorieren könnte, sodann aber, zu ihm zurückkehrend, in seiner Unterhaltung die beste Zufriedenheit fände.

An Zelter, 9. August 1828

Das Genie mit Großsinn sucht seinem Jahrhundert vorzueilen; das Talent aus Eigensinn möchte es oft zurückhalten.

Maximen und Reflexionen

Jedes Jahrhundert hat seine Fratze.

An Voigt, 18. Juni 1817

Innerhalb einer Epoche gibt es keinen Standpunkt, eine Epoche zu betrachten.

Maximen und Reflexionen

Jeder echte Künstler ist als einer anzusehen, der ein anerkanntes Heilige bewahren und mit Ernst und Bedacht fortpflanzen will. Jedes Jahrhundert aber strebt nach seiner Art ins Säkulum und sucht das Heilige gemein, das Schwere leicht und das Ernste lustig zu machen; wogegen gar nichts zu sagen wäre, wenn nur nicht darüber Ernst und Spaß zugrunde gingen.

An Zelter, 18. März 1811

Die Tendenz unserer Zeit, sich im Sinne zu isolieren, da man im Munde die allgemeinste Liberalität trägt, ist Hindernis an allem Guten; die Menschen merken nicht, daß sie auf diese Weise ihre eigenen Feinde sind; umgekehrt wären und befänden sich alle besser.

An Staatsrat Schultz, 12. Juni 1822

Symptome des Zeitfiebers: der Mensch vergißt sogleich seine nächsten Verhältnisse, er mißkennt seine wahrsten, seine klarsten Vorteile, er opfert alles, ja seine Neigungen und Leidenschaften einer Meinung auf, die nun zur größten Leidenschaft wird.

Kommt man nicht bald zu Hilfe, so hält es gewöhnlich sehr schwer, es setzt sich die Meinung im Kopfe fest und wird gleichsam die Achse, um die sich der blinde Wahnsinn herumdreht. Nun vergißt der Mensch die Geschäfte, die sonst den Seinigen und dem Staate nutzen; er sieht Vater und Mutter, Brüder und Schwestern nicht mehr.

Reise der Söhne Megaprazons

Alles aber ist jetzt *ultra*, alles transzendiert unaufhaltsam, im Denken wie im Tun. Niemand kennt sich mehr, niemand begreift das Element, worin er schwebt und wirkt, niemand den Stoff, den er bearbeitet. Von reiner Einfalt kann die Rede nicht sein. Einfältiges Zeug gibt es genug.

Junge Leute werden viel zu früh aufgeregt und dann im Zeitstrudel fortgerissen; Reichtum und Schnelligkeit ist, was die Welt bewundert und wornach jeder strebt; Eisenbahnen, Schnellposten, Dampfschiffe und alle mögliche Fazilitäten der Kommunikation sind es, worauf die gebildete Welt ausgeht, sich zu überbieten, zu überbilden und dadurch in der Mittelmäßigkeit zu verharren. Und das ist ja das Resultat der Allgemeinheit, daß eine mittlere Kultur gemein werde; dahin streben die Bibelgesellschaften, die Lancasterische Lehrmethode und was nicht alles.

Eigentlich ist es das Jahrhundert für die fähigen Köpfe, für leichtfassende, praktische Menschen, die, mit einer gewissen Gewandtheit ausgestattet, ihre Superiorität über die Menge fühlen, wenn sie gleich selbst nicht zum Höchsten begabt sind.

An Zelter, 6. Juni 1825

DER ›FEUERBLICK DES MOMENTS‹

Über des Menschen Herz läßt sich nichts sagen als mit dem Feuerblick des Moments.

An Auguste Gräfin zu Stolberg, 14. September 1775

Ein jeder lernt nur, was er lernen kann;
Doch der den Augenblick ergreift,
Das ist der rechte Mann.

Faust, 1. Teil. Studierzimmer

O es ist mit der Ferne wie mit der Zukunft! Ein großes dämmerndes Ganze ruht vor unserer Seele, unsere Empfindung verschwimmt darin wie unser Auge, und wir sehnen uns, ach! unser ganzes Wesen hinzugeben, uns mit aller Wonne eines einzigen, großen, herrlichen Gefühls ausfüllen zu lassen. – Und ach! wenn wir hinzueilen, wenn das Dort nun Hier wird, ist alles vor wie nach, und wir stehen in unserer Armut, in unserer Eingeschränktheit, und unsere Seele lechzt nach entschlüpftem Labsale.

Die Leiden des jungen Werther, 1. Buch. 21. Juni

Werd ich zum Augenblicke sagen:
Verweile doch! du bist so schön!
Dann magst du mich in Fesseln schlagen,
Dann will ich gern zugrunde gehn!

Faust, 1. Teil. Studierzimmer

Man sagt, der gäbe zweimal, der schnell gibt; aber der gibt zehnfach, der zur rechten Zeit gibt.

An Johann Salomo Christoph Schweigger, 12. April 1819

Die Schnepfe des Lebens schwirrt vorbei, ein guter Schütze muß sie eilig fassen.

An Boisserée, 16. Juli 1820

Sollte jemand künftig dieses Märchen [Die neue Melusine] gedruckt lesen und zweifeln, ob es eine solche Wirkung habe hervorbringen können, so bedenke derselbe, daß der Mensch eigentlich nur berufen ist, in der Gegenwart zu wirken. Schreiben ist ein Mißbrauch der Sprache, stille für sich lesen ein trauriges Surrogat der Rede. Der Mensch wirkt alles, was er vermag, auf den Menschen durch seine Persönlichkeit, die Jugend am stärksten auf die Jugend; und hier entspringen auch die reinsten Wirkungen. Diese sind es, welche die Welt beleben und weder moralisch noch physisch aussterben lassen.

Dichtung und Wahrheit, 10. Buch

Wenn jeder Augenblick mich durchschauert,
Was soll ich fragen, wie lang es gedauert!

West-östlicher Divan. Buch des Paradieses

Begeistrung ist keine Heringsware,
Die man einpökelt auf einige Jahre.

Frisches Ei, gutes Ei

Die Menschen begreifen niemals, daß schöne Stunden sowie schöne Talente müssen im Fluge genossen werden.

An Zelter, 28. August 1816

Bei menschlichen Unternehmungen folgt auf das *Werde* nicht gleich das *Und es ward*, und die Gegenwart des, der die erste Idee konzipierte, ist besonders bei einer Arbeit aus dem Stegreif … nötig.

An Carl August, 19. August 1798

Durch das Vergegenwärtigen vergangener Zustände wird das augenblickliche Dasein erhöht und bereichert.

Dichtung und Wahrheit, 10. Buch

Wenn die Anmut einer herrlichen Gegend uns lindernd umgibt, wenn die Milde gefühlvoller Freunde auf uns einwirkt, so kommt etwas Eigenes über Geist und Sinn, das uns Vergangenes, Abwesendes traumartig zurückruft und das Gegenwärtige, als wäre es nur Erscheinung, geistermäßig entfernt.

Wilhelm Meisters Wanderjahre, 2. Buch, 7. Kapitel

Sie [die Schauspieler] tanzen auf der Rasiermesserschärfe des Augenblickes.

An Zelter, 3. Februar 1831

Ein bedeutend ernst Geschick
Waltet übers Leben,
Denn es nimmt der Augenblick,
Was die Jahre geben.

Tischlied zu Zelters 70. Geburtstage

Bei jeder Trennung wird empfunden, was eine befriedigte Gegenwart verschweigt.

An Marianne von Willemer, 6. Oktober 1824

Die Gegenwart weiß nichts von sich,
Der Abschied fühlt sich mit Entsetzen,
Entfernen zieht dich hinter dich,
Abwesenheit allein versteht zu schätzen.

An Ulrike von Levetzow

Die Gegenwart hat wirklich etwas Absurdes; man meint, das wär es nun, man sehe, man fühle sich, darauf ruht man; was aber aus solchen Augenblicken zu gewinnen sei, darüber kommt man nicht zur Besinnung. Wir wollen uns hierüber so ausdrücken: der Abwesende ist eine ideale Person; die Gegenwärtigen kommen sich einander ganz trivial vor. Es ist ein närrisch Ding, daß durchs Reale das Ideelle gleichsam aufgehoben wird, daher mag denn wohl kommen, daß den Modernen ihr Ideelles nur als Sehnsucht erscheint.

An Zelter, 19. Oktober 1829

Mit lebendigen Wesen muß man nur immerfort umgehn, um sie zu lieben.

An Carl August, 13. Oktober 1820

Die *Gegenwart* im Augenblicke des Bedürfnisses entscheidet alles, lindert alles, kräftiget alles. Der Abwesende kommt mit seiner Spritze, wenn das Feuer nieder ist.

An Charlotte von Stein, 24. Mai 1776

Die Gegenwart ists allein, die wirkt, tröstet und erbaut! – Wenn sie auch wohl manchmal plagt – und das Plagen ist der Sommerregen der Liebe.

An Charlotte von Stein, 22. Juni 1776

Es gehört zu einem wechselseitigen Einfluß eine gewisse passende Disposition, die sich oft gerade in dem Augenblick nicht findet, da man zusammen lebt, und in Absicht auf geistige Bildung geht man selten miteinander, just wenn man sich körperlich nebeneinander befindet.

An Karl Wigand Maximilian Jacobi, 16. August 1799

Die Wirkung in die Ferne läßt deshalb immer nach, weil wir doch eigentlich Menschen sind, die am Augenblick und vom Augenblick leben.

An Johann Friedrich Heinrich Schlosser, 1. Juni 1817

Reiche froh den Pfennig hin,
Häufe nicht ein Gold-Vermächtnis,
Eile freudig vorzuziehn
Gegenwart vor dem Gedächtnis.

West-östlicher Divan. Buch der Betrachtungen

Nur in Gegenwart läßt sich das Beständige wie das Vergängliche fühlen und beurteilen; die Wahrheit der Verhältnisse bestätigt sich alsdann, wenn das Scheinbare unaufhaltsam verfliegt.

An Marianne von Willemer, Jubilate 1824

Unsereiner, der gewöhnlich das *Heute* verliert, weil ein *Gestern* war und ein *Morgen* sein wird.

An Marianne von Willemer, 22. September 1831

... die Abwesenden sind wie die Toten fern, und ohne Gewalt, deswegen man auch Guts von ihnen reden soll.

An Charlotte von Stein, 9. November 1778

Gute persönliche Verhältnisse sollte man ja nicht versäumen, von Zeit zu Zeit durch die Gegenwart wieder zu erneuern.

An Schiller, 18. Juni 1796

Die Gegenwart ist eine mächtge Göttin:
Lern ihren Einfluß kennen, bleibe hier!

Torquato Tasso, 4. Aufzug, 4. Auftritt

Die Gegenwart allein ist unser Glück.
Schatz ist sie, Hochgewinn, Besitz und Pfand.

Faust, 2. Teil, 3. Akt

Genieße mäßig Füll und Segen;
Vernunft sei überall zugegen,
Wo Leben sich des Lebens freut.
Dann ist Vergangenheit beständig,
Das Künftige voraus lebendig,
Der Augenblick ist Ewigkeit.

Vermächtnis

Gar gern unterhielt ich mich öfters mit abwesenden Freunden in einer heitern Stunde, wenn ich nicht die Erfahrung hundertmal gemacht hätte, daß sich nichts schwerer transportieren läßt als der gute Humor. Es ist, als wenn die Heiterkeit eines Briefs sich in den Felleisen verflüchtigte und nur ein unerfreuliches caput mortuum in die Hände des Freundes käme ... Man weiß nicht, in welcher Stimmung der Brief den Freund antrifft, und die Gegenwart allein hat den Takt für das Schickliche und Angenehme.

An Frau C. von Eskeles, 26. November 1812

Doch hat das vorüberrauschende Leben unter andern Wunderlichkeiten auch diese, daß wir, in Tätigkeiten so bestrebsam, auf Genuß so begierig, gar selten die angebotenen Einzelnheiten des Augenblicks zu schätzen und festzuhalten wissen.

An Karl Julius Moritz Seebeck, 3. Januar 1832

»Warum ist Wahrheit fern und weit?
Birgt sich hinab in tiefste Gründe?«

Niemand versteht zur rechten Zeit!
Wenn man zur rechten Zeit verstünde,
So wäre Wahrheit nah und breit
Und wäre lieblich und gelinde.

West-östlicher Divan. Buch der Sprüche

ABHÄNGIG VOM EINFLUSS DER MITMENSCHEN (DER ›WELT‹)

Man soll sich nicht isolieren, denn man kann nicht isoliert bleiben; in Gesellschaft lernt man eher sich und andre tragen.

An Knebel, 19. Februar 1787

Allein kann der Mensch nicht wohl bestehen, daher schlägt er sich gern zu einer Partei, weil er da, wenn auch nicht Ruhe, doch Beruhigung und Sicherheit findet.

Maximen und Reflexionen

Die Welt ist größer und kleiner, als man denkt ... Wer sich bewegt, berührt die Welt, und wer ruht, den berührt sie. Deswegen müssen wir immer bereit sein, zu berühren oder berührt zu werden.

An den Grafen von Reinhard, 14. November 1812

Mein Losungswort ist *Gemeinsinn!* der sich, wenn er echt ist, mit *Weltsinn* recht wohl verträgt.

An Friedrich Justin Bertuch, 7. Juni 1803

Doch was der Mensch auch ergreife und handhabe, der einzelne ist sich nicht hinreichend; Gesellschaft bleibt eines wackern Mannes höchstes Bedürfnis. Alle brauchbaren Menschen sollen in Bezug untereinander stehen, wie sich der Bauherr nach dem Architekten und dieser nach Maurer und Zimmermann umsieht.

Wilhelm Meisters Wanderjahre, 3. Buch, 9. Kapitel

Die Menschen fürchtet nur, wer sie nicht kennt,
Und wer sie meidet, wird sie bald verkennen.

Torquato Tasso, 1. Aufzug, 2. Auftritt

Die schlechteste Gesellschaft läßt dich fühlen,
Daß du ein Mensch mit Menschen bist.

Faust, 1. Teil. Studierzimmer

Niemand gehört als sittlicher Mensch der Welt an. Diese schönen, allgemeinen Forderungen mache jeder an sich selbst; was daran fehlt, berichtige er mit Gott und seinem Herzen, und von dem, was an ihm wahr und gut ist, überzeuge er seine Nächsten. Hingegen das, wozu ihn die Natur besonders gebildet, als Mann von Kraft, Tätigkeit, Geist und Talent, gehört er der Welt.

Anmerkungen zu ›Rameaus Neffe‹

Die Menschen in Masse werden von jeher nur verbunden durch Vorurteile und aufgeregt durch Leidenschaften; selbst der beste Zweck wird somit immer getrübt und oft verschoben; aber dem ohngeachtet wird das Trefflichste gewirkt, wenn auch nicht im Augenblick, doch in der Folge, wenn nicht unmittelbar, doch veranlaßt.

An Adolf Oswald Blumenthal, 28. Mai 1819

Er sah die bürgerliche Gesellschaft, welcher Staatsform sie auch untergeordnet wäre, als einen Naturzustand an, der sein Gutes und sein Böses habe, seine gewöhnlichen Lebensläufe, abwechselnd reiche und kümmerliche Jahre, nicht weniger zufällig und unregelmäßig Hagelschlag, Wasserfluten und Brandschäden; das Gute sei zu ergreifen und zu nutzen, das Böse abzuwenden oder zu ertragen; nichts aber, meinte er, sei wünschenswerter als die Verbreitung des allgemeinen guten Willens, unabhängig von jeder andern Bedingung.

Wilhelm Meisters Wanderjahre, 2. Buch, 11. Kapitel

Physikalisch-klimatische Einwirkung auf Bildung menschlicher Gestalt und körperlicher Eigenschaften leugnet niemand, aber man denkt nicht immer daran, daß Regierungsform eben auch einen moralisch-klimatischen Zustand hervorbringe, worin die Charaktere auf verschiedene Weise sich ausbilden. Von der Menge reden wir nicht, sondern von bedeutenden, ausgezeichneten Gestalten.

In der Republik bilden sich große, glückliche, ruhig-rein tätige Charaktere; steigert sie sich zur Aristokratie, so entstehen würdige, konsequente, tüchtige, im Befehlen und Gehorchen bewunderungswürdige Männer. Gerät ein Staat in Anarchie, sogleich tun sich verwegene, kühne, sittenverachtende Menschen hervor, augenblicklich gewaltsam wirkend, bis zum Entsetzen alle Mäßigung verbannend. Die Despotie dagegen schafft große Charaktere; kluge, ruhige Übersicht, strenge Tätigkeit, Festigkeit, Entschlossenheit, alles Eigenschaften, die man braucht, um den Despoten zu dienen, entwickeln sich in fähigen Geistern und verschaffen ihnen die ersten Stellen des Staats, wo sie sich zu Herrschern ausbilden.

West-östlicher Divan. Noten und Abhandlungen

Man schmeichelt sich ins Leben hinein, aber das Leben schmeichelt uns nicht.

Die Wahlverwandtschaften, 2. Teil, 7. Kapitel

Ein Mensch, der vergöttert wird, kann nicht länger leben und soll nicht, um seint- und andrer willen.

An Charlotte von Stein, 19. Dezember 1781

Das tägliche äußere Leben verschlingt das innre dauernde, und keins von beiden will seine Rechte fahren lassen; worüber denn beinahe alle beide verloren gehn.

An Sara von Grotthuß, 8. Januar 1812

Nötigung

Da ists denn wieder, wie die Sterne wollten:
Bedingung und Gesetz; und aller Wille
Ist nur ein Wollen, weil wir eben sollten,
Und vor dem Willen schweigt die Willkür stille;
Das Liebste wird vom Herzen weggescholten,
Dem harten Muß bequemt sich Will und Grille.
So sind wir scheinfrei denn, nach manchen Jahren
Nur enger dran, als wir am Anfang waren.

Urworte. Orphisch

Selten wird in der Welt etwas genommen, wie es gegeben wird: es müßte denn das tägliche Brot vom Bäckerladen sein.

An Voigt, 26. September 1809

Dann verdient man wenig Dank von den Menschen, wenn man ihr innres Bedürfnis erheben, ihnen von sich selbst eine große Idee geben, ihnen das Herrliche eines großen wahren Daseins fühlen machen will.

An Charlotte von Stein, 9. September 1786

Der Mensch hat nur allzu sehr Ursache, sich vor dem Menschen zu schützen. Der Mißwollenden gibt es gar viele, der Mißtätigen nicht wenige, und um zu leben, wie sichs gehört, ist nicht genug, immer wohlzutun.

Wilhelm Meisters Wanderjahre, 1. Buch, 4. Kapitel

Deswegen liegt die Menge wohl so im argen, weil sie sich nur im Element des Mißwollens und Mißredens behagt.

Wilhelm Meisters Wanderjahre, 2. Buch, 1. Kapitel

Indes wir, dem Ungeheuren unterworfen, kaum auf- und umschauen, was zu tun sei und wohin wir unser Bestes von Kräften, Tätigkeiten hinwenden sollen, und des höchsten Enthusiasmus bedürftig sind, der nur nachhalten kann, wenn er nicht empirisch ist, nagen zwar keine Lind-, aber Lump-Würme an unsern Täglichkeiten.

Maximen und Reflexionen

Übers Niederträchtige
Niemand sich beklage;
Denn es ist das Mächtige,
Was man dir auch sage.

West-östlicher Divan. Buch des Unmuts

Wer sich fast unablässig mit der wilden Welt herumbalgen muß, vermißt oft das zarte Gefühl, den Händedruck eines Freundes gebührend zu erwidern.

An Friedrich Rochlitz, 9. April 1817

Am Ende hängen wir doch ab
Von Kreaturen, die wir machten.

Faust, 2. Teil, 2. Akt

Ubi homines sunt, modi sunt; welches wir deutsch erklären, daß da, wo Menschen in Gesellschaft zusammentreten, sogleich die Art und Weise, wie sie zusammen sein und bleiben mögen, sich ausbilde.

Wilhelm Meisters Wanderjahre, 3. Buch, 1. Kapitel

Wo die Geselligkeit Unterhaltung findet, ist sie zu Hause.

Tag- und Jahreshefte für 1802

Ohne Umschweife
Begreife,
Was dich mit der Welt entzweit;
Nicht will sie Gemüt, will Höflichkeit.

Gemüt muß verschleifen,
Höflichkeit läßt sich mit Händen greifen.

Sprichwörtlich

So viel kann ich sagen, je größer die Welt, desto garstiger wird die Farce, und ich schwöre, keine Zote und Eselei der Hanswurstiaden ist so ekelhaft als das Wesen der Großen, Mittlern und Kleinen durcheinander. Ich habe die Götter gebeten, daß sie mir meinen Mut und Gradsein erhalten wollen bis ans Ende und lieber mögen das Ende vorrücken, als mich den letzten Teil des Ziels lausig hinkriechen lassen.

An Charlotte von Stein, 19. Mai 1778

Laß uns einander stärken im Edlen und erhalten im Licht, denn des Lumpigen und Dämmrigen ist gar zuviel in der Welt.

An Lavater, 3. Juli 1780

Die Welt ist voll Torheit, Dumpfheit, Inkonsequenz und Ungerechtigkeit; es gehört viel Mut dazu, diesen nicht das Feld zu räumen und sich beiseite zu begeben.

An Carl August, 5. Juli 1781

... einer von denen Menschen, die einen guten moralischen Magen haben, um an dem großen Welttische immer mitgenießen zu können.

An Charlotte von Stein, 1. Juni 1787

Mit dieser Welt ists keiner Wege richtig;
Vergebens bist du brav, vergebens tüchtig –
Sie will uns zahm, sie will sogar uns nichtig!

Zahme Xenien

Und wie der Mensch dem Menschen Weg' bereitet,
Dem Menschen ists der Mensch, der sie bestreitet.

Paralipomenon 91 zu den Gedichten
(W. A., 1. Abteilung, 5. Band, II, S. 401)

Es läßt sich in dieser Werkeltagswelt nichts Außerordentliches zustande bringen.

An Charlotte von Stein, 9. Juli 1786

Die Welt ist wie ein Strom, der in seinem Bette fortläuft, bald hie, bald da zufällig Sandbänke ansetzt und von diesen wieder zu einem andern Wege genötigt wird. Das geht alles so hübsch und bequem und nach und nach, dagegen die Wasserbaumeister eine große Not haben, wenn sie diesem Wesen entgegenarbeiten wollen.

An J.H. Meyer, 30. Juni 1807

Und so ist es gut, daß man öffentlich Feindschaft setze zwischen sich und den Narren und Schelmen. Die rechtlichen Leute gewinnen alle durch Publizität.

An Carl August, 6. April 1789

Von der Vernunftshöhe [Kants] herunter sieht das ganze Leben wie eine böse Krankheit und die Welt einem Tollhaus gleich.

An Voigt, 19. Dezember 1798

Ja, was man so erkennen heißt!
Wer darf das Kind beim rechten Namen nennen?
Die wenigen, die was davon erkannt,
Die töricht gnug ihr volles Herz nicht wahrten,
Dem Pöbel ihr Gefühl, ihr Schauen offenbarten,
Hat man von je gekreuzigt und verbrannt.

Faust, 1. Teil. Nacht

Alles aber, was man gute Gesellschaft nennt, besteht in einer immer wachsenden Verneinung sein selbst, so daß die Sozietät zuletzt ganz null wird.

West-östlicher Divan. Noten und Abhandlungen

Ferdusi spricht

O Welt! wie schamlos und boshaft bist du!
Du nährst und erziehest und tötest zugleich.

Nur wer von Allah begünstiget ist,
Der nährt sich, erzieht sich, lebendig und reich.

West-östlicher Divan. Buch der Betrachtungen

ZWISCHEN ›ZUFÄLLIGEM‹ UND SCHICKSAL

Das Zufällige

Die strenge Grenze doch umgeht gefällig
Ein Wandelndes, das mit und um uns wandelt;
Nicht einsam bleibst du, bildest dich gesellig,
Und handelst wohl so, wie ein andrer handelt:
Im Leben ists bald hin-, bald widerfällig,
Es ist ein Tand und wird so durchgetandelt.

Urworte. Orphisch

Die Gelegenheit ist eine gleichgültige Göttin, sie begünstigt das Gute wie das Böse.

Unterhaltungen deutscher Ausgewanderten

Warum sollte der Zufall nicht auch einmal uns günstig sein, da wir durch verständige und redliche Bemühungen nicht immer die Gunst der Menschen erwerben können.

An Voigt, 22. Mai 1814

Der beste Reiseplan wird durch einen albernen Zufall gestört, und man geht nie weiter, als wenn man nicht weiß, wohin man geht.

An Zelter, 3. Dezember 1812

... eigentlich gedeiht doch das Wunderwürdige der Geschichte den Mitlebenden sowie den Nachkommen alsdann erst heilsam und ersprießlich, wenn man sie erkennen läßt, wie das Merkwürdigste und Größte von bedeutenden Menschen unter den sonderbarsten Zuständen und Zufälligkeiten geleistet worden.

An den Grafen von Reinhard, 18. Juni 1829

Tätigen und unterrichteten Männern kann der Zufall nichts nehmen, was ihnen das Glück wiederzuerstatten nicht verpflichtet wäre.

Aus einer anscheinend nicht abgesandten Beilage zum Briefe an Karl Cäsar von Leonhard, 9. März 1814

Nicht jedermann reist mit Extrapost, von guten Empfehlungen und gültigen Wechseln begleitet, durch die Welt; gar mancher muß auf seinen eigenen Füßen fortschlendern und sich selbst zu empfehlen suchen, welches am besten geschehen kann, wenn er sich brauchbar oder angenehm zu zeigen weiß. Hier bedient sich nun die Vorsehung öfters gleichgültiger Personen, die sich in einem behaglichen Zustande befinden, als Werkzeugen, welche unbewußt höherem Zwecke zu Dienste stehen.

Allgemeine fromme Betrachtungen 1821

Man kann wohl zum Scherz einmal in einem Glückspiele den Zufall versuchen, aber es darf daraus keine Gewohnheit werden.

An Gottlieb Hufeland, 6. März 1801

Das Schicksal gewährt uns unsre Wünsche, aber auf seine Weise, um uns etwas über unsere Wünsche geben zu können.

Die Wahlverwandtschaften, 2. Teil, 10. Kapitel

Die menschlichen Schicksale drehen sich in einem engen Kreise und müssen sich oft wiederholen.

An Friedrich von Müller, 16. August 1828

Kind! Kind! nicht weiter! Wie von unsichtbaren Geistern gepeitscht, gehen die Sonnenpferde der Zeit mit unsers Schicksals leichtem Wagen durch; und uns bleibt nichts, als mutig gefaßt die Zügel festzuhalten und bald rechts, bald links, vom Steine hier, vom Sturze da die Räder wegzulenken. Wohin es geht, wer weiß es? Erinnert er sich doch kaum, woher er kam.

Egmont, 2. Aufzug. Egmonts Wohnung

Es sind gewisse Dinge, die sich das Schicksal hartnäckig vornimmt. Vergebens, daß Vernunft und Tugend, Pflicht und alles Heilige sich ihm in den Weg stellen; es soll etwas geschehen, was ihm recht ist, was uns nicht recht scheint; und so greift es zuletzt durch, wir mögen uns gebärden, wie wir wollen.

Die Wahlverwandtschaften, 2. Teil, 14. Kapitel

Wind ist der Welle
Lieblicher Buhler;
Wind mischt vom Grund aus
Schäumende Wogen.

Seele des Menschen,
Wie gleichst du dem Wasser!
Schicksal des Menschen,
Wie gleichst du dem Wind!

Gesang der Geister über den Wassern

Wenn gewöhnliche Menschen, durch gemeine Verlegenheiten des Tags zu einem leidenschaftlich ängstlichen Betragen aufgeregt, uns ein mitleidiges Lächeln abnötigen, so betrachten wir dagegen mit Ehrfurcht ein Gemüt, in welchem die Saat eines großen Schicksals ausgesäet worden, das die Entwicklung dieser Empfängnis abwarten muß und weder das Gute noch das Böse, weder das Glückliche noch das Unglückliche, was daraus entspringen soll, beschleunigen darf und kann.

Die Wahlverwandtschaften, 2. Teil, 3. Kapitel

[August von Goethe war in der Nacht vom 26. zum 27. Oktober 1830 in Rom gestorben, am 16. November hatte der Vater die Nachricht erhalten.]

›Nemo ante obitum beatus‹, ist ein Wort, das in der Weltgeschichte figuriert, aber eigentlich nichts sagen will. Sollte es mit einiger Gründlichkeit ausgesprochen werden, so müßte es heißen: ›Prüfungen erwarte bis zuletzt.‹

Dir hat es, mein Guter, nicht daran gefehlt, mir auch nicht, und es scheinet, als wenn das Schicksal die Überzeugung habe, man seie nicht aus Nerven, Venen, Arterien und andern daher abgeleiteten Organen, sondern aus Draht zusammengeflochten ...

... Hier nun allein kann der große Begriff der Pflicht uns aufrecht erhalten. Ich habe keine Sorge, als mich physisch im Gleichgewicht zu bewegen; alles andere gibt sich von selbst. Der Körper muß, der Geist will, und wer seinem Wollen die notwendigste Bahn vorgeschrieben sieht, der braucht sich nicht viel zu besinnen.

An Zelter, 10. November 1830

IM ›LEBENSKREIS‹ DER NATURWIRKUNGEN

Aber jene Tätigkeiten, von der gemeinsten bis zur höchsten, vom Ziegelstein, der dem Dache entstürzt, bis zum leuchtenden Geistesblick, der dir aufgeht und den du mitteilst, reihen sie sich aneinander. Wir versuchen es auszusprechen:

Zufällig,
Mechanisch,
Physisch,
Chemisch,
Organisch,
Psychisch,
Ethisch,
Religios,
Genial.

... Damit aber das, was einigermaßen paradox lauten möchte, bei näherer Überlegung sich dem Denkenden einschmeichle, führen wir das eingeleitete Beispiel ausführlicher durch.

Ein Ziegelstein löst sich vom Dache los; wir nennen dies

im gemeinen Sinne *zufällig*; er trifft die Schultern eines Vorübergehenden doch wohl *mechanisch*; allein nicht ganz mechanisch: er folgt den Gesetzen der Schwere, und so wirkt er *physisch*. Die zerrissenen Lebensgefäße geben sogleich ihre Funktion auf; im Augenblicke wirken die Säfte *chemisch*, die elementaren Eigenschaften treten hervor. Allein das gestörte *organische* Leben widersetzt sich ebenso schnell und sucht sich herzustellen; indessen ist das menschliche Ganze mehr oder weniger bewußtlos und *psychisch* zerrüttet. Die sich wiederkennende Person fühlt sich *ethisch* im Tiefsten verletzt; sie beklagt ihre gestörte Tätigkeit, von welcher Art sie auch sei, aber ungern ergäbe der Mensch sich in Geduld. *Religios* hingegen wird ihm leicht, diesen Fall einer höhern Schickung zuzuschreiben, ihn als Bewahrung vor größerm Übel, als Einleitung zu höherm Guten anzusehen. Dies reicht hin für den Leidenden; aber der Genesende erhebt sich *genial*, vertraut Gott und sich selbst und fühlt sich gerettet, ergreift auch wohl das Zufällige, wendets zu seinem Vorteil, um einen ewig frischen Lebenskreis zu beginnen.

Nachträge zur Farbenlehre

DIE ANTRIEBE DES MENSCHEN

LIEBE

›So herrsche denn Eros‹

So herrsche denn Eros, der alles begonnen!

Faust, 2. Teil, 2. Akt

Sie begegnen sich, und eins im andern
Fühlt sich ganz und fühlet ganz das andre.
So, vereint in Liebe, doppelt herrlich,
Nehmen sie die Welt auf.

Pandora

Und immer ist der Mann ein junger Mann,
Der einem jungen Weibe wohlgefällt.

Paralipomenon zum Fragment Nausikaa
(W. A., 1. Abteilung, 10. Band, S. 420)

Glückliche Jugend! glückliche Zeiten des ersten Liebebedürfnisses! Der Mensch ist dann wie ein Kind, das sich am Echo stundenlang ergötzt, die Unkosten des Gesprächs allein trägt und mit Unterhaltung sehr wohl zufrieden ist, wenn der unsichtbare Gegenmann auch nur die letzten Silben seiner eigenen Worte wiederholt.

Wilhelm Meisters theatralische Sendung, 1. Buch, 16. Kapitel

Es geschieht gar selten, daß zwei junge, gleich unschuldige Seelen Hand in Hand den Weg der Liebe miteinander ausgehn, harmlos vor sich hinwallen und, in schlingenden Pfaden verloren, sich wider Vermuten an Orte geführt sehen, die sie sich weit entfernt glaubten. Denn wie die Natur fast durchaus Unerfahrenheit der Erfahrenheit untergeordnet hat, so ists auch hier; ein Teil wird die Rolle des Freundes spielen, der, in einer Gegend schon bekannt, den Ankömmling in ihre Schönheiten einweihen will.

Wilhelm Meisters theatralische Sendung, 1. Buch, 17. Kapitel

Dich sah ich, und die milde Freude
Floß von dem süßen Blick auf mich;
Ganz war mein Herz an deiner Seite
Und jeder Atemzug für dich.
Ein rosenfarbnes Frühlingswetter
Umgab das liebliche Gesicht,
Und Zärtlichkeit für mich – ihr Götter!
Ich hofft es, ich verdient es nicht!

Doch ach, schon mit der Morgensonne
Verengt' der Abschied mir das Herz:
In deinen Küssen welche Wonne!
In deinem Auge welcher Schmerz!
Ich ging, du standst und sahst zur Erden,
Und sahst mir nach mit nassem Blick:
Und doch, welch Glück, geliebt zu werden!
Und lieben, Götter, welch ein Glück!

Willkommen und Abschied

Erfüll davon dein Herz, so groß es ist,
Und wenn du ganz in dem Gefühle selig bist,
Nenn es dann, wie du willst;
Nenns Glück! Herz! Liebe! Gott!
Ich habe keinen Namen
Dafür! Gefühl ist alles;
Name ist Schall und Rauch,
Umnebelnd Himmelsglut.

Faust, 1. Teil. Marthens Garten

GRETCHEN am Spinnrade:
Meine Ruh ist hin,
Mein Herz ist schwer;
Ich finde sie nimmer
Und nimmermehr.

Wo ich ihn nicht hab,
Ist mir das Grab,
Die ganze Welt
Ist mir vergällt.

Mein armer Kopf
Ist mir verrückt,
Mein armer Sinn
Ist mir zerstückt.

Meine Ruh ist hin,
Mein Herz ist schwer;
Ich finde sie nimmer
Und nimmermehr.

Nach ihm nur schau ich
Zum Fenster hinaus,
Nach ihm nur geh ich
Aus dem Haus.

Sein hoher Gang,
Sein' edle Gestalt,
Seines Mundes Lächeln,
Seiner Augen Gewalt,

Und seiner Rede
Zauberfluß,
Sein Händedruck,
Und ach, sein Kuß!

Meine Ruh ist hin,
Mein Herz ist schwer;
Ich finde sie nimmer
Und nimmermehr.

Mein Busen drängt
Sich nach ihm hin:
Ach, dürft ich fassen
Und halten ihn

Und küssen ihn,
So wie ich wollt,
An seinen Küssen
Vergehen sollt!

Faust, 1. Teil. Gretchens Stube

Ach, zwei liebende Herzen, sie sind als wie zwei Magnetuhren, was in dem einen sich bewegt, muß auch das andere mit bewegen, denn es ist nur Eins, was beide bewegt, Eine Kraft, die sie durchgeht.

Wilhelm Meisters theatralische Sendung, 1. Buch, 23. Kapitel

Freudvoll
Und leidvoll,
Gedankenvoll sein;
Langen
Und bangen
In schwebender Pein;
Himmelhoch jauchzend,
Zum Tode betrübt;
Glücklich allein
Ist die Seele, die liebt.

Egmont, 3. Aufzug. Klärchens Wohnung

Ehe der Mensch sich einer Leidenschaft überläßt, schaudert er einen Augenblick davor, wie vor einem fremden Elemente; doch kaum hat er sich ihr ergeben, so wird er, wie der Schwimmer von dem Wasser, angenehm umfaßt und getragen, er befindet sich in dem neuen Zustande wohl und gedenkt nie eher an den festen Boden, bis ihn die Kräfte verlassen oder der Krampf ihm droht, ihn unter die Wellen zu ziehen.

Wilhelm Meisters theatralische Sendung, 3. Buch, 6. Kapitel

MARGARETE:
Seh ich dich, bester Mann, nur an,
Weiß nicht, was mich nach deinem Willen treibt;
Ich habe schon so viel für dich getan,
Daß mir zu tun fast nichts mehr übrig bleibt.

Faust, 1. Teil. Marthens Garten

Über Rosen läßt sich dichten,
In die Äpfel muß man beißen.

Faust, 2. Teil, 1. Akt

Es gewährt die Liebe
Gar oft ein schädlich Gut, wenn sie den Willen
Des Fordernden mehr als sein Glück bedenkt.

Torquato Tasso, 4. Aufzug, 4. Auftritt

Liebe, menschlich zu beglücken,
Nähert sie ein edles Zwei,
Doch zu göttlichem Entzücken
Bildet sie ein köstlich Drei.

Faust, 2. Teil, 3. Akt

Zu fürchten ist das Schöne, das Fürtreffliche,
Wie eine Flamme, die so herrlich nützt,
Solange sie auf deinem Herde brennt,
Solang sie dir von einer Fackel leuchtet,
Wie hold! wer mag, wer kann sie da entbehren?
Und frißt sie ungehütet um sich her,
Wie elend kann sie machen!

Torquato Tasso, 3. Aufzug, 2. Auftritt

Daß so viel Selbstisches in der Liebe ist, und doch, was wär sie ohne das!

An Charlotte von Stein, 20. April 1779

PHILINE: Wenn ich dich lieb habe, was gehts dich an?

Wilhelm Meisters Lehrjahre, 4. Buch, 9. Kapitel

Was mich aber besonders an ihn [Spinoza] fesselte, war die grenzenlose Uneigennützigkeit, die aus jedem Satze hervorleuchtete. Jenes wunderliche Wort: Wer Gott recht liebt, muß nicht verlangen, daß Gott ihn wieder liebe, mit allen den Vordersätzen, worauf es ruht, mit allen den Folgen, die daraus entspringen, erfüllte mein ganzes Nachdenken. Uneigennützig zu sein in allem, am uneigennützigsten in Liebe und Freundschaft, war meine höchste Lust, meine Maxime, meine Ausübung, so daß jenes freche spätere Wort: Wenn ich dich liebe, was gehts dich an? mir recht aus dem Herzen gesprochen ist.

Dichtung und Wahrheit, 14. Buch

Wer kann der Liebe vorschreiben? Dem einfachsten und dem grilligsten Dinge in der grillenhaften Zusammensetzung, die man Mensch nennt. Dem Kinde, das bald mit elendem Spielzeuge zu führen ist, bald mit allen Schätzen nicht angelockt werden kann. Dem Gestirn, dessen Weg man bald wie die Bahn der Sonne auf den Punkt auszurechnen imstande ist, und das oft schlimmer als Komet und Irrlicht den Beobachter trügt.

An Charlotte von Stein, 12. April 1782

Die Hand des einsam Verschloßnen, der die Stimme der Liebe nicht hört, drückt hart, wo sie aufliegt.

An Charlotte von Stein, 24. Mai 1776

Man soll sich alles sagen, wenn man sich liebt.

An Charlotte von Stein, 7. Juni 1774

Die Liebe gibt mir alles, und wo die nicht ist, dresch ich Stroh.

An Charlotte von Stein, 22. Juli 1776

Nach wie vor übten sie eine unbeschreibliche, fast magische Anziehungskraft gegeneinander aus. Sie wohnten unter *einem* Dache; aber selbst ohne gerade aneinander zu denken, mit andern Dingen beschäftigt, von der Gesellschaft hin- und hergezogen, näherten sie sich einander. Fanden sie sich in *einem* Saale, so dauerte es nicht lange, und sie standen, sie saßen nebeneinander. Nur die nächste Nähe konnte sie beruhigen, aber auch völlig beruhigen, und diese Nähe war genug; nicht eines Blickes, nicht eines Wortes, keiner Gebärde, keiner Berührung bedurfte es, nur des reinen Zusammenseins. Dann waren es nicht zwei Menschen, es war nur *ein* Mensch im bewußtlosen vollkommnen Behagen, mit sich selbst zufrieden und mit der Welt.

Die Wahlverwandtschaften, 2. Teil, 17. Kapitel

[Begründung, warum die Sage von Simson und Delila heute nicht als Oper komponierbar sei:]

Die alte Mythe ist eine der ungeheuersten. Eine ganz bestialische Leidenschaft eines überkräftigen gottbegabten Helden zu dem verfluchtesten Luder, das die Erde trägt, diese rasende Begierde, die ihn immer wieder zu ihr führt, ob er gleich, bei wiederholtem Verrat, sich jedesmal in Gefahr weiß, ... der mächtige Begriff, den man sich von der übermäßigen Prästanz dieses riesenhaften Weibes machen muß, das imstande ist, auf den Grad einen solchen Bullen zu fesseln. [So etwas passe nicht in die ›Konvenienzen unserer Zeit‹]

An Zelter, 19. Mai 1812

Sag, was will das Schicksal uns bereiten?
Sag, wie band es uns so rein genau?
Ach, du warst in abgelebten Zeiten
Meine Schwester oder meine Frau.

Kanntest jeden Zug in meinem Wesen,
Spähtest, wie die reinste Nerve klingt,
Konntest mich mit Einem Blicke lesen,
Den so schwer ein sterblich Aug durchdringt;
Tropftest Mäßigung dem heißen Blute,
Richtetest den wilden irren Lauf,
Und in deinen Engelsarmen ruhte
Die zerstörte Brust sich wieder auf;
Hieltest zauberleicht ihn angebunden
Und vergaukeltest ihm manchen Tag.
Welche Seligkeit glich jenen Wonnestunden,
Da er dankbar dir zu Füßen lag,
Fühlt' sein Herz an deinem Herzen schwellen,
Fühlte sich in deinem Auge gut,
Alle seine Sinnen sich erhellen
Und beruhigen sein brausend Blut!

An Charlotte von Stein, 14. April 1776

So ein verliebter Tor verpufft
Euch Sonne, Mond und alle Sterne
Zum Zeitvertreib dem Liebchen in die Luft.

Faust, 1. Teil. Spaziergang

Süß ist jede Verschwendung; o laß mich der schönsten genießen!
Wer sich der Liebe vertraut, hält er sein Leben zu Rat?

Amyntas

Suleika

Volk und Knecht und Überwinder,
Sie gestehn, zu jeder Zeit:
Höchstes Glück der Erdenkinder
Sei nur die Persönlichkeit.

Jedes Leben sei zu führen,
Wenn man sich nicht selbst vermißt;
Alles könne man verlieren,
Wenn man bliebe, was man ist.

Hatem

Kann wohl sein! so wird gemeinet;
Doch ich bin auf andrer Spur:
Alles Erdenglück vereinet
Find ich in Suleika nur.

Wie sie sich an mich verschwendet,
Bin ich mir ein wertes Ich;
Hätte sie sich weggewendet,
Augenblicks verlör ich mich.

West-östlicher Divan. Buch Suleika.

Denn bemerkt man in solchen Zirkeln eitle angehende Neigung junger Personen, so sucht man sie verlegen zu machen oder näher zusammenzubringen, ebenso wie man in der Folge, wenn sich eine Leidenschaft erklärt hat, bemüht ist, sie wieder auseinanderzuziehen, wie es denn dem geselligen

Menschen ganz gleichgültig ist, ob er nutzt oder schadet, wenn er nur unterhalten wird.

Dichtung und Wahrheit, 11. Buch

Es ist keine Neigung, keine Gewohnheit so stark, daß sie gegen die Mißreden vorzüglicher Menschen, in die man Vertrauen setzt, auf die Länge sich erhalten könnte. Immer bleibt etwas hängen, und wenn man nicht unbedingt lieben darf, sieht es mit der Liebe schon mißlich aus.

Dichtung und Wahrheit, 10. Buch

Wer von der Schönen zu scheiden verdammt ist,
Fliehe mit abegewendetem Blick!
Wie er, sie schauend, im Tiefsten entflammt ist,
Zieht sie, ach! reißt sie ihn ewig zurück.

Pandora

Lesebuch

Wunderlichstes Buch der Bücher
Ist das Buch der Liebe;
Aufmerksam hab ichs gelesen:
Wenig Blätter Freuden,
Ganze Hefte Leiden;

Einen Abschnitt macht die Trennung.
Wiedersehn! ein klein Kapitel,
Fragmentarisch. Bände Kummers,
Mit Erklärungen verlängert,
Endlos, ohne Maß.
O! Nisami! – doch am Ende

Hast den rechten Weg gefunden;
Unauflösliches, wer löst es?
Liebende, sich wieder findend.

West-östlicher Divan. Buch der Liebe

Die erste Liebe, sagt man mit Recht, sei die einzige; denn in der zweiten und durch die zweite geht schon der höchste Sinn der Liebe verloren. Der Begriff des Ewigen und Unendlichen, der sie eigentlich hebt und trägt, ist zerstört, sie erscheint vergänglich wie alles Wiederkehrende.

Dichtung und Wahrheit, 13. Buch

Wie man aus Gewohnheit nach einer abgelaufenen Uhr hinsieht, als wenn sie noch ginge, so blickt man auch wohl einer Schönen ins Gesicht, als wenn sie noch liebte.

Maximen und Reflexionen

Es ist eine sehr angenehme Empfindung, wenn sich eine neue Leidenschaft in uns zu regen anfängt, ehe die alte noch ganz verklungen ist. So sieht man bei untergehender Sonne gern auf der entgegengesetzten Seite den Mond aufgehn, und erfreut sich an dem Doppelglanze der beiden Himmelslichter.

Dichtung und Wahrheit, 13. Buch

Es ist gut

Bei Mondeschein im Paradeis
Fand Jehovah im Schlafe tief
Adam versunken, legte leis
Zur Seit ein Evchen, das auch entschlief.

Da lagen nun, in Erdeschranken,
Gottes zwei lieblichste Gedanken. –
Gut!!! rief er sich zum Meisterlohn,
Er ging sogar nicht gern davon.

Kein Wunder, daß es uns berückt,
Wenn Auge frisch ins Auge blickt,
Als hätten wirs so weit gebracht,
Bei dem zu sein, der uns gedacht.
Und ruft er uns, wohlan, es sei!
Nur, das beding ich, alle zwei.
Dich halten dieser Arme Schranken,
Liebster von allen Gottes-Gedanken.

West-östlicher Divan. Buch der Parabeln

Gestehn wir im allgemeinen, daß bei einer neuen Bekanntschaft, einer neu sich anknüpfenden Neigung über das Vorhergegangene der Liebende gern einen Schleier zieht. Die Neigung kümmert sich um keine Antezedenzien, und wie sie blitzschnell genialisch hervortritt, so mag sie weder von Vergangenheit noch Zukunft wissen.

Dichtung und Wahrheit, 19. Buch

Wahrhaft Liebende betrachten, alles, was sie bisher empfunden, nur als Vorbereitung zu ihrem gegenwärtigen Glück, nur als Base, worauf sich erst ihr Lebensgebäude erheben soll. Vergangene Neigungen erscheinen wie Nachtgespenster, die sich vor dem anbrechenden Tage wegschleichen.

Dichtung und Wahrheit, 19. Buch

Den Enthusiasmus für irgendeine Frau muß man einer andern niemals anvertrauen; sie kennen sich untereinander zu gut, um sich einer solchen ausschließlichen Verehrung würdig zu halten. Die Männer kommen ihnen vor wie Käufer im Laden, wo der Handelsmann mit seinen Waren, die er kennt, im Vorteil steht, auch sie in dem besten Lichte vorzuzeigen die Gelegenheit wahrnehmen kann; dahingegen der Käufer immer mit einer Art Unschuld hereintritt; er bedarf der Ware, will und wünscht sie und versteht gar selten, sie mit Kenneraugen zu betrachten. Jener weiß recht gut, was er gibt, dieser nicht immer, was er empfängt. Aber es ist einmal im menschlichen Leben und Umgang nicht zu ändern, ja so löblich als notwendig; denn alles Begehren und Freien, alles Kaufen und Tauschen beruht darauf.

Wilhelm Meisters Wanderjahre, 2. Buch, 4. Kapitel

Nicht mehr auf Seidenblatt
Schreib ich symmetrische Reime;
Nicht mehr faß ich sie
In goldne Ranken;
Dem Staub, dem beweglichen, eingezeichnet,
Überweht sie der Wind, aber die Kraft besteht,
Bis zum Mittelpunkt der Erde
Dem Boden angebannt.
Und der Wandrer wird kommen,
Der Liebende. Betritt er
Diese Stelle, ihm zuckts
Durch alle Glieder.
»Hier! vor mir liebte der Liebende.
War es Medschnun, der zarte?
Ferhad, der kräftige? Dschemil, der daurende?
Oder von jenen tausend

Glücklich-Unglücklichen einer?
Er liebte! Ich liebe wie er,
Ich ahnd ihn!«

West-östlicher Divan. Buch Suleika

Auch sagte sie [Frau von Staël] einst. »Ich habe niemals einem Manne vertraut, der nicht einmal in mich verliebt gewesen wäre.« Die Bemerkung ist richtig: denn hat, wie in der Liebe geschieht, ein Mann sein Inneres aufgeschlossen und sich hingegeben, so ist das ein Geschenk, das er nicht zurücknehmen kann, und es würde unmöglich sein, ein ehemals geliebtes Wesen zu beschädigen oder ungeschützt zu lassen.

Biographische Einzelnheiten

Und weil zuletzt bei jeder Dichtungsweise
Moralien uns ernstlich fördern sollen,
So will auch ich in so beliebtem Gleise
Euch gern bekennen, was die Verse wollen:
Wir stolpern wohl auf unsrer Lebensreise,
Und doch vermögen in der Welt, der tollen,
Zwei Hebel viel aufs irdische Getriebe:
Sehr viel die Pflicht, unendlich mehr die Liebe!

Das Tagebuch

Dem Frieden Gottes, welcher euch hienieden
Mehr als Vernunft beseliget – wir lesens –,
Vergleich ich wohl der Liebe heitern Frieden
In Gegenwart des allgeliebten Wesens;
Da ruht das Herz, und nichts vermag zu stören
Den tiefsten Sinn, den Sinn: ihr zu gehören.

In unsers Busens Reine wogt ein Streben,
Sich einem Höhern, Reinern, Unbekannten
Aus Dankbarkeit freiwillig hinzugeben,
Enträtselnd sich den ewig Ungenannten;
Wir heißens: fromm sein! – Solcher seligen Höhe
Fühl ich mich teilhaft, wenn ich vor ihr stehe.

Vor ihrem Blick, wie vor der Sonne Walten,
Vor ihrem Atem, wie vor Frühlingslüften,
Zerschmilzt, so längst sich eisig starr gehalten,
Der Selbstsinn tief in winterlichen Grüften;
Kein Eigennutz, kein Eigenwille dauert,
Vor ihrem Kommen sind sie weggeschauert.

[Marienbader] Elegie

Das ist ja eben die göttliche Kraft der Liebe, von der man nicht aufhört zu singen und zu sagen, daß sie in jedem Augenblick die herrlichen Eigenschaften des geliebten Gegenstandes neu hervorbringt, in den kleinsten Teilen ausbildet, im Ganzen umfaßt, bei Tage nicht rastet, bei Nacht nicht ruht, sich an ihrem eignen Werke entzückt, über ihre eigne rege Tätigkeit erstaunt, das Bekannte immer neu findet, weil es in jedem Augenblick, in dem süßesten aller Geschäfte wieder neu erzeugt wird. Ja, das Bild der Geliebten kann nicht alt werden; denn jeder Moment ist seine Geburtsstunde.

Der Sammler und die Seinigen

Das Ewig-Weibliche
Zieht uns hinan.

Faust, 2. Teil, Schlußwort

›So ist es die allmächtige Liebe‹

So ist es die allmächtige Liebe,
Die alles bildet, alles hegt.

Faust, 2. Teil, 5. Akt

Liebe herrscht nicht, aber sie bildet, und das ist mehr.

Das Märchen

Die Liebe, deren Gewalt die Jugend empfindet, ziemt nicht dem Alten, so wie alles, was Produktivität voraussetzt. Daß diese sich mit den Jahren erhält, ist ein seltner Fall.

Maximen und Reflexionen

Vergleiche doch die jugendliche Glut,
Die selbstischen Besitz, verzehrend, hascht,
Nicht dem Gefühl des Vaters, der, entzückt,
In heilgem Anschaun stille hingegeben,
Sich an Entwicklung wunderbarer Kräfte,
Sich an der Bildung Riesenschritten freut!
Der Liebe Sehnsucht fordert Gegenwart;
Doch Zukunft ist des Vaters Eigentum.
Dort liegen seiner Hoffnung weite Felder,
Dort seiner Saaten keimender Genuß.

Die natürliche Tochter, 3. Aufzug, 2. Auftritt

Nur die Demut schafft die Liebe,
Nur die Liebe schafft den Gott.

Paralipomenon 121 zu den Gedichten
(W.A., 1. Abteilung, 5. Band, II, S. 415)

Liebe teilet die Freud und den Schmerz und fühlt sich nur Liebe.

Pyrmont, 15. Juli 1808 (W. A., 1. Abteilung, 5. Band, II, S. 361)

Ehre, die uns hoch erhebt,
Führt vielleicht aus Maß und Schranken;
Liebe, die im Innern lebt,
Sammelt schwärmende Gedanken.

Mit der Jubiläums-Medaille 1826

Es ist doch gewiß, daß in der Welt den Menschen nichts notwendig macht als die Liebe.

Die Leiden des jungen Werther, 1. Buch. 15. August

Wilhelm, was ist unserem Herzen die Welt ohne Liebe! Was eine Zauberlaterne ist ohne Licht! Kaum bringst du das Lämpchen hinein, so scheinen dir die buntesten Bilder an deine weiße Wand! Und wenns nichts wäre als das, als vorübergehende Phantome, so machts doch immer unser Glück, wenn wir wie frische Jungen davorstehen und uns über die Wundererscheinungen entzücken.

Die Leiden des jungen Werther, 1. Buch. 18. Juli

Man widme einer Person mehr Liebe, mehr Achtung, als sie verdient, sogleich muß man falsch gegen sich und andere werden: man ist genötigt, auffallende Mängel als Vorzüge zu betrachten und sie bei sich wie bei andern dafür gelten zu machen.

Materialien zur Geschichte der Farbenlehre.
Newtons Persönlichkeit

Ein Leben ohne Liebe, ohne die Nähe des Geliebten ist nur eine Comédie à tiroir, ein schlechtes Schubladenstück. Man schiebt eine nach der andern heraus und wieder hinein und eilt zur folgenden.

Wahlverwandtschaften, 2. Teil, 9. Kapitel

Man muß nur Ein Wesen recht von Grund aus lieben, da kommen einem die übrigen alle liebenswürdig vor!

Die Wahlverwandtschaften, 1. Teil, 12. Kapitel

Sie hatte in ihrem Leben genugsam einsehen gelernt, wie hoch jede wahre Neigung zu schätzen sei, in einer Welt, wo Gleichgültigkeit und Abneigung eigentlich recht zu Hause sind.

Die Wahlverwandtschaften, 1. Teil, 3. Kapitel

Fürwahr, es gibt eine geheimnisvolle Neigung jüngerer Männer zu älteren Frauen.

Wilhelm Meisters Wanderjahre, 2. Buch, 10. Kapitel

Eine Welt zwar bist du, o Rom; doch ohne die Liebe
Wäre die Welt nicht die Welt, wäre denn Rom auch nicht Rom.

Römische Elegien

... daß ich euch das Testament Johannis aber und abermals empfehle, dessen Inhalt Mosen und die Propheten, Evangelisten und Apostel begreift. Kindlein, liebt euch.

An Herder, 20. Februar 1786

Es gibt eine Höflichkeit des Herzens; sie ist der Liebe verwandt. Aus ihr entspringt die bequemste Höflichkeit des äußern Betragens.

Die Wahlverwandtschaften, 2. Teil, 5. Kapitel

Gegen große Vorzüge eines andern gibt es kein Rettungsmittel als die Liebe.

Die Wahlverwandtschaften, 2. Teil, 5. Kapitel

Das Günstige vorzutragen, dazu gehört Enthusiasmus; und wer hat Enthusiasmus für sein eigen Geschlecht?

Die guten Weiber

Die Erde wird durch Liebe frei,
Durch Taten wird sie groß.

Logenlied für Herzog Carl Bernhard von Weimar

Aber sind nicht alle tiefe und zärtliche Empfindungen von der Natur der Liebe? Wer ist zum Enthusiasmus der Freundschaft fähig, wer zur Ergebung im Unglück, wer zur Verehrung seiner Eltern, wer zur Leidenschaft für seine Kinder als ein Herz, das die Liebe gekannt oder verziehen hat? Man kann Ehrfurcht für seine Pflichten haben, aber niemals sie mit frohem Hingeben erfüllen, wenn man nicht mit allen Kräften der Seele geliebt hat, wenn man nicht einmal aufgehört hat zu sein, um ganz in einem andern zu leben. Das Schicksal der Weiber, das Glück der Männer, die nicht berufen sind, Reiche zu regieren, hängt oft für das übrige Leben von dem Einfluß ab, den sie in der Jugend der Liebe auf ihre Herzen erlaubt haben; aber in einem gewissen Alter vergessen sie jene Eindrücke ganz und gar, sie nehmen einen andern Charakter an, beschäftigen sich mit andern Gegenständen und überlassen sich andern Leidenschaften.

Versuch über die Dichtungen
(Übertragung des ›Essai sur les fictions‹ der Mme. de Staël)

Soll das Rechte zu dir ein,
Fühl in Gott, was Rechts zu sein:
Wer von reiner Lieb entbrannt,
Wird vom lieben Gott erkannt.

West-östlicher Divan. Buch der Betrachtungen

Denn das Leben ist die Liebe,
Und des Lebens Leben Geist.

West-östlicher Divan. Buch Suleika

Des Menschen Wesen ist mühselig, doch überwiegt das Leben alles, wenn die Liebe in der Schale liegt.

An Charlotte von Stein ohne Datum [November 1782?]

ANTIOPE: ... Zwischen Freud und Schmerzen.
Niemand tritt auf diese Welt,
Dem nicht von beiden mancherlei bereitet wäre,
Und den Großen mit großem Maße;
Doch überwiegt das Leben alles,
Wenn die Liebe in seiner Schale liegt.

Elpenor, zweite Fassung, 1. Aufzug, 6. Auftritt

TIEFES UND LEIDENSCHAFTLICHES FÜHLEN

Man fühlt *einen* Augenblick, und der Augenblick ist entscheidend für das ganze Leben, und der Geist Gottes hat sich vorbehalten, ihn zu bestimmen.

Brief des Pastors

Gefühl ist alles;
Name ist Schall und Rauch,
Umnebelnd Himmelsglut.

Faust, 1. Teil. Marthens Garten

Nicht in Rom, in Magna Grăcia,
Dir im Herzen ist die Wonne da!
Wer mit seiner Mutter, der Natur, sich hält,
Findt im Stengelglas wohl eine Welt.

Sendschreiben

O Kestner, wenn hab ich Euch Lotten mißgönnt im menschlichen Sinn, denn um sie Euch nicht zu mißgönnen im heiligen Sinn, müßt ich ein Engel sein ohne Lung und Leber.

An Johann Georg Christian Kestner, 15. April 1773

Auf der Höhe der Empfindung erhält sich kein Sterblicher.

Zwo wichtige bisher unerörterte biblische Fragen

Es ist eine Forderung der Natur, daß der Mensch mitunter betäubt werde, ohne zu schlafen; daher der Genuß im Tabakrauchen, Branntweintrinken, Opiaten.

Maximen und Reflexionen

Es gibt Fälle, ja es gibt deren, wo jeder Trost niederträchtig und Verzweiflung Pflicht ist!

Die Wahlverwandtschaften, 1. Teil, 18. Kapitel

Ob denn die Glücklichen glauben, daß der Unglückliche wie ein Gladiator mit Anstand vor ihnen umkommen solle, wie der römische Pöbel zu fordern pflegte?

Maximen und Reflexionen

Nur eines bleibt:
Die Träne hat uns die Natur verliehen,
Den Schrei des Schmerzens, wenn der Mann zuletzt
Es nicht mehr trägt – Und mir noch über alles –
Sie ließ im Schmerz mir Melodie und Rede,
Die tiefste Fülle meiner Not zu klagen:
Und wenn der Mensch in seiner Qual verstummt,
Gab mir ein Gott, zu sagen, wie ich leide.

Torquato Tasso, 5. Aufzug, 5. Auftritt

Man weiß in solchen Fällen nicht, ob man besser tat, sich dem Schmerz natürlich zu überlassen oder sich durch die Beihilfen, die uns die Kultur anbietet, zusammenzunehmen. Entschließt man sich zu dem letzten, wie ich es immer tue, so ist man dadurch nur für einen Augenblick gebessert, und ich habe bemerkt, daß die Natur durch andere Krisen immer wieder ihr Recht behauptet.

An Schiller, 21. November 1795

Glücklicherweise kann der Mensch nur einen gewissen Grad des Unglücks fassen; was darüber hinausgeht, vernichtet ihn oder läßt ihn gleichgültig. Es gibt Lagen, in denen Furcht und Hoffnung eins werden, sich einander wechselseitig aufheben und in eine dunkle Fühllosigkeit verlieren.

Die Wahlverwandtschaften, 2. Teil, 4. Kapitel

Ja, was man so erkennen heißt!
Wer darf das Kind beim rechten Namen nennen?
Die wenigen, die was davon erkannt,
Die töricht gnug ihr volles Herz nicht wahrten,
Dem Pöbel ihr Gefühl, ihr Schauen offenbarten,
Hat man von je gekreuzigt und verbrannt.

Faust, 1. Teil. Nacht

[Über ein Theaterstück, das versuchte, ›das Lächerliche des Gefühls‹ darzustellen:]

Nun ist das Gefühl an sich niemals lächerlich, kann es auch nicht werden, als indem es seiner Würde, die in einem dauernden Gemütlichen beruht, zu vergessen das Unglück hat [zum Beispiel als Leichtsinn, Flatterhaftigkeit].

An Franz von Elsholtz, 16. November 1825

Lüsternheit: Spiel mit dem zu Genießenden, Spiel mit dem Genossenen.

Maximen und Reflexionen

Die uns das Leben gaben, herrliche Gefühle,
Erstarren in dem irdischen Gewühle.

Faust, 1. Teil. Nacht

Das Schaudern ist der Menschheit bestes Teil;
Wie auch die Welt ihm das Gefühl verteure,
Ergriffen, fühlt er tief das Ungeheure.

Faust, 2. Teil, 1. Akt

Seelenleiden, in die wir durch Unglück oder eigne Fehler geraten, sie zu heilen vermag der Verstand nichts, die Vernunft wenig, die Zeit viel, entschlossene Tätigkeit hingegen alles.

Wilhelm Meisters Wanderjahre, 2. Buch, 11. Kapitel

Da sieht man, wie die Menschen sind:
Nur Leidenschaft und kein Gewissen!

An die Gräfin Jaraczewska, 5. September 1818

PROMETHEUS:
Wenn aus dem innerst tiefsten Grunde
Du ganz erschüttert alles fühlst,
Was Freud und Schmerzen jemals dir ergossen,
Im Sturm dein Herz erschwillt,
In Tränen sich erleichtern will
Und seine Glut vermehrt,
Und alles klingt an dir und bebt und zittert,
Und all die Sinne dir vergehn,
Und du dir zu vergehen scheinst
Und sinkst,
Und alles um dich her versinkt in Nacht,
Und du, in inner eigenem Gefühl,
Umfassest eine Welt:
Dann stirbt der Mensch ...

PANDORA: Und nach dem Tod?

PROMETHEUS:
Wenn alles – Begier und Freud und Schmerz –
Im stürmenden Genuß sich aufgelöst,
Dann sich erquickt in Wonneschlaf, –
Dann lebst du auf, aufs jüngste wieder auf,
Von neuem zu fürchten, zu hoffen, zu begehren!

Prometheus

Die Leidenschaft bringt Leiden! – Wer beschwichtigt
Beklommenes Herz, dich, das zu viel verloren?
Wo sind die Stunden, überschnell verflüchtigt?
Vergebens war das Schönste dir erkoren!
Trüb ist der Geist, verworren das Beginnen;
Die hehre Welt, wie schwindet sie den Sinnen!

Da schwebt hervor Musik mit Engelsschwingen,
Verflicht zu Millionen Tön um Töne,
Des Menschen Wesen durch und durch zu dringen,
Zu überfüllen ihn mit ewger Schöne:
Das Auge netzt sich, fühlt im höhern Sehnen
Den Götter-Wert der Töne wie der Tränen.

Und so das Herz, erleichtert, merkt behende,
Daß es noch lebt und schlägt und möchte schlagen,
Zum reinsten Dank der überreichen Spende
Sich selbst erwidernd, willig darzutragen.
Da fühlte sich – o daß es ewig bliebe! –
Das Doppel-Glück der Töne wie der Liebe.

An Madame Marie Szymanowska

HOFFNUNG

Gott segne mir den Mann
In seinem Garten dort! Wie zeitig fängt er an,
Ein lockres Beet dem Samen zu bereiten!
Kaum riß der März das Schneegewand
Dem Winter von den hagern Seiten,
Der stürmend floh und hinter sich aufs Land
Den Nebelschleier warf, der Fluß und Au
Und Berg in kaltes Grau
Versteckt, da geht er ohne Säumen,
Die Seele voll von Ernteträumen,
Und sät und hofft.

Ein zärtlich jugendlicher Kummer

Die Hoffnung hilft uns leben.

An Charlotte von Stein, 9. April 1782

Hoffnung ist bei den Lebenden.

An Friedrich Christoph Perthes, 16. November 1810

Welcher Unsterblichen
Soll der höchste Preis sein?
Mit niemand streit ich,
Aber ich geb ihn
Der ewig beweglichen,
Immer neuen,
Seltsamsten Tochter Jovis,
Seinem Schoßkinde,
Der Phantasie …

Doch kenn ich ihre Schwester,
Die ältere, gesetztere,
Meine stille Freundin:
O daß die erst
Mit dem Lichte des Lebens
Sich von mir wende,
Die edle Treiberin,
Trösterin Hoffnung!

Meine Göttin

Warum hofft der Mensch nur in die Nähe? da muß er handeln und sich helfen; in die Ferne soll er hoffen und Gott vertrauen.

Wilhelm Meisters Wanderjahre, 3. Buch, 13. Kapitel

Die Vorsehung hat tausend Mittel, die Gefallenen zu erheben und die Niedergebeugten aufzurichten. Manchmal sieht unser Schicksal aus wie ein Frachtbaum im Winter. Wer sollte bei dem traurigen Ansehn desselben wohl denken, daß diese starren Äste, diese zackigen Zweige im nächsten Frühjahr wieder grünen, blühen, sodann Früchte tragen könnten; doch wir hoffens, wir wissens.

Wilhelm Meisters Wanderjahre, 1. Buch, 12. Kapitel

Hoffnung

Doch solcher Grenze, solcher ehrnen Mauer
Höchst widerwärtge Pforte wird entriegelt,
Sie stehe nur mit alter Felsendauer!
Ein Wesen regt sich leicht und ungezügelt:
Aus Wolkendecke, Nebel, Regenschauer
Erhebt sie uns, mit ihr, durch sie beflügelt,
Ihr kennt sie wohl, sie schwärmt durch alle Zonen
Ein Flügelschlag – und hinter uns Äonen!

Urworte. Orphisch

Doch rufen von drüben
Die Stimmen der Geister,
Die Stimmen der Meister:
Versäumt nicht, zu üben
Die Kräfte des Guten.

Hier winden sich Kronen
In ewiger Stille,
Die sollen mit Fülle
Die Tätigen lohnen!
Wir heißen euch hoffen.

Symbolum

GLAUBE UND ABERGLAUBE

Glaube lebt von dem himmlischen Manna der Sakramente.

An Charlotte von Stein, 30. Mai 1779

Keimt ein Glaube neu,
Wird oft Lieb und Treu
Wie ein böses Unkraut ausgerauft.

Die Braut von Korinth

Chor der Druiden

Die Flamme reinigt sich vom Rauch:
So rein'ge unsern Glauben!
Und raubt man uns den alten Brauch:
Dein Licht, wer kann es rauben!

Die erste Walpurgisnacht

Man hat oft gesagt, und mit Recht, der Unglaube sei ein umgekehrter Aberglaube, und an dem ersten möchte gerade unsere Zeit vorzüglich leiden …

Der Aberglaube ist ein Erbteil energischer, großtätiger, fortschreitender Naturen; der Unglaube das Eigentum schwacher, kleingesinnter, zurückschreitender, auf sich selbst beschränkter Menschen.

Materialien zur Geschichte der Farbenlehre. Roger Bacon

Das eigentliche, einzige und tiefste Thema der Welt- und Menschengeschichte, dem alle übrigen untergeordnet sind, bleibt der Konflikt des Unglaubens und Glaubens. Alle Epochen, in welchen der Glaube herrscht, unter welcher Gestalt er auch wolle, sind glänzend, herzerhebend und fruchtbar für Mitwelt und Nachwelt. Alle Epochen dagegen, in welchen der Unglaube, in welcher Form es sei, einen kümmerlichen Sieg behauptet, und wenn sie auch einen Augenblick mit einem Scheinglanze prahlen sollten, verschwinden vor der Nachwelt, weil sich niemand gern mit Erkenntnis des Unfruchtbaren abquälen mag.

West-östlicher Divan. Noten und Abhandlungen

Der *astrologische Aberglaube* ruht auf dem dunkeln Gefühl eines ungeheuren Weltganzen. Die Erfahrung spricht, daß die nächsten Gestirne einen entschiedenen Einfluß auf Witterung, Vegetation usw. haben; man darf nur stufenweise immer aufwärts steigen, und es läßt sich nicht sagen, wo diese Wirkung aufhört. Findet doch der Astronom überall Störungen eines Gestirns durchs andere. Ist doch der Philosoph geneigt, ja genötigt, eine Wirkung auf das Entfernteste anzunehmen. So darf der Mensch im Vorgefühl seiner selbst nur immer etwas weiterschreiten und diese Einwirkung aufs Sittliche, auf Glück und Unglück ausdehnen. Diesen und ähnlichen Wahn möchte ich nicht einmal Aberglauben nennen, er liegt unserer Natur so nahe, ist so leidlich und läßlich als irgendein Glaube …

Bei gewissen Naturen tritt er öfter, als man glauben kann, herein.

An Schiller, 8. Dezember 1798

Wer die Sterne fragt, was er tun soll, ist gewiß nicht klar über das, was zu tun ist.

Besprechung der Piccolomini

Der Aberglaube ist die Poesie des Lebens: beide erfinden eingebildete Wesen, und zwischen dem Wirklichen, Handgreiflichen ahnen sie die seltsamsten Beziehungen; Sympathie und Antipathie walten hin und her ...

Der Aberglaube ... läßt sich Zauberstricken vergleichen, die sich immer stärker zusammenziehn, je mehr man sich gegen sie sträubt. Die hellste Zeit ist nicht vor ihm sicher.

Justus Möser

Sie bemerken [über die Farbenlehre] mit Recht, daß ich das Magische, das Höhere, Unergründliche, Unaussprechliche der Naturwirkungen zwar nicht mit Ungunst, aber doch von der negativen Seite betrachtet; und so ist es auch ... [Aber er bemühe sich,] überhaupt, in poetischen, wissenschaftlichen, künstlerischen Äußerungen, das Klare von dem Trüben, das Verständige vor dem Ahndungsvollen vorwalten zu lassen, damit bei Darstellung des Äußern das Innere im stillen geehrt würde.

An Karl Joseph Hieronymus Windischmann, 28. Dezember 1812

Der Streit zwischen Wissen und Glauben war noch nicht an der Tagesordnung, allein die beiden Worte und die Begriffe, die man damit verknüpft, kamen wohl auch gelegentlich vor, und die wahren Weltverächter behaupteten, eins sei so unzuverlässig als das andere. Daher beliebte es mir, mich zugunsten beider zu erklären, ohne jedoch den Beifall meiner Freunde gewinnen zu können. Beim Glauben, sagte ich, komme alles darauf an, *daß* man glaube; *was* man glaube, sei völlig gleichgültig. Der Glaube sei ein großes Gefühl von Sicherheit für die Gegenwart und Zukunft, und diese Sicherheit entspringe aus dem Zutrauen auf ein übergroßes, übermächtiges und unerforschliches Wesen. Auf die Unerschütterlichkeit dieses Zutrauens komme alles an: wie wir uns aber dieses Wesen denken, dies hänge von unsern übrigen Fähigkeiten, ja von den Umständen ab und sei ganz gleichgültig. Der Glaube sei ein heiliges Gefäß, in welches ein jeder sein Gefühl, seinen Verstand, seine Einbildungskraft, so gut als er vermöge, zu opfern bereit stehe. Mit dem Wissen sei es gerade das Gegenteil; es komme gar nicht darauf an, *daß* man wisse, sondern *was* man wisse, *wie gut* und *wie viel* man wisse. Daher könne man über das Wissen streiten, weil es sich berichtigen, sich erweitern und verengern lasse. Das Wissen fange vom einzelnen an, sei endlos und gestaltlos und könne niemals, höchstens nur träumerisch, zusammengefaßt werden und bleibe also dem Glauben geradezu entgegengesetzt.

Dichtung und Wahrheit, 14. Buch

Man erinnere sich, im gröbern Sinne, an Ausdünstungen, Geruch, im zartern, an Bezüge der körperlichen Form, des Blickes, der Stimme. Man gedenke der Gewalt des Wollens, der Intentionen, der Wünsche, des Gebetes. Was für unendliche und unerforschliche Sympathieen, Antipathieen, Idiosynkrasieen überkreuzen sich nicht! Wie manches wird jahrelang als ein wundersamer einzelner Fall bemerkt, was zuletzt als ein allgemeines durchgehendes Naturgesetz erscheint!

Materialien zur Geschichte der Farbenlehre.
Johann Baptist della Porta

Betrachtet man die Alchimie überhaupt, so findet man an ihr dieselbe Entstehung, die wir oben bei anderer Art Aberglauben bemerkt haben. Es ist der Mißbrauch des Echten und Wahren, ein Sprung von der Idee, vom Möglichen zur Wirklichkeit, eine falsche Anwendung echter Gefühle, ein lügenhaftes Zusagen, wodurch unsern liebsten Hoffnungen und Wünschen geschmeichelt wird.

Materialien zur Geschichte der Farbenlehre. Alchimisten

Wir spielen mit Voraussagungen, Ahnungen und Träumen und machen dadurch das alltägliche Leben bedeutend. Aber wenn das Leben nun selbst bedeutend wird, wenn alles um uns sich bewegt und braust, dann wird das Gewitter durch jene Gespenster nur noch fürchterlicher.

Die Wahlverwandtschaften, 1. Teil, 18. Kapitel

Bedeutend fand ich stets / Die sanften Träume, die der Morgen uns / Ums Haupt bewegt.

Paralipomenon zum Fragment Nausikaa
(W. A., 1. Abteilung, 10. Band, S. 416)

Wollen wir nun den Unterschied zwischen Poeten und Propheten näher andeuten, so sagen wir: beide sind von einem Gott ergriffen und befeuert, der Poet aber vergeudet die ihm verliehene Gabe im Genuß, um Genuß hervorzubringen, Ehre durch das Hervorgebrachte zu erlangen, allenfalls ein bequemes Leben. Alle übrigen Zwecke versäumt er, sucht mannigfaltig zu sein, sich in Gesinnung und Darstellung grenzenlos zu zeigen.

Der Prophet hingegen sieht nur auf einen einzigen bestimmten Zweck; solchen zu erlangen, bedient er sich der einfachsten Mittel. Irgendeine Lehre will er verkünden und, wie um eine Standarte, durch sie und um sie die Völker versammeln. Hiezu bedarf es nur, daß die Welt glaube; er muß also eintönig werden und bleiben; denn das Mannigfaltige glaubt man nicht, man erkennt es.

West-östlicher Divan. Noten und Abhandlungen

SORGE

Die Sorglosigkeit ist eine nährende Tugend.

An Charlotte von Stein, 3. Januar 1780

EGMONT: Der Treue, Sorgliche! Er will mein Leben und mein Glück, und fühlt nicht, daß der schon tot ist, der um seiner Sicherheit willen lebt ...

Leb ich nur, um aufs Leben zu denken? Soll ich den gegenwärtigen Augenblick nicht genießen, damit ich des folgenden gewiß sei? und diesen wieder mit Sorgen und Grillen verzehren? ...

Scheint mir die Sonne heut, um das zu überlegen, was gestern war, und um zu raten, zu verbinden, was nicht zu erraten, nicht zu verbinden ist, das Schicksal eines kommenden Tags?

Egmont, 2. Aufzug. Egmonts Wohnung

O Sorge! Sorge! die du vor der Zeit den Mord beginnst, laß ab!

Egmont, 5. Aufzug. Gefängnis

Wo wir uns der Sonne freuen,
Sind wir jede Sorge los;
Daß wir uns in ihr zerstreuen,
Darum ist die Welt so groß.

Wanderlied

Wie im Auge mit fliegenden Mücken,
So ists mit Sorgen ganz genau;
Wenn wir in die schöne Welt hineinblicken,
Da schwebt ein Spinneweben-Grau;
Es überzieht nicht, es zieht nur vorüber,
Das Bild ist gestört, wenn nur nicht trüber;
Die klare Welt bleibt klare Welt:
Im Auge nur ists schlecht bestellt.

Zahme Xenien

Was ist ein Philister?
Ein hohler Darm,
Mit Furcht und Hoffnung ausgefüllt.
Daß Gott erbarm!

Zahme Xenien

SORGE: Wen ich einmal mir besitze,
Dem ist alle Welt nichts nütze;
Ewiges Düstre steigt herunter,
Sonne geht nicht auf noch unter,
Bei vollkommnen äußern Sinnen
Wohnen Finsternisse drinnen,
Und er weiß von allen Schätzen
Sich nicht in Besitz zu setzen.
Glück und Unglück wird zur Grille,
Er verhungert in der Fülle;

Sei es Wonne, sei es Plage,
Schiebt ers zu dem andern Tage,
Ist der Zukunft nur gewärtig,
Und so wird er niemals fertig.

FAUST: Hör auf! so kommst du mir nicht bei!
Ich mag nicht solchen Unsinn hören.
Fahr hin! Die schlechte Litanei,
Sie könnte selbst den klügsten Mann betören.

SORGE: Soll er gehen, soll er kommen?
Der Entschluß ist ihm genommen;
Auf gebahnten Weges Mitte
Wankt er tastend halbe Schritte,
Er verliert sich immer tiefer,
Siehet alle Dinge schiefer,
Sich und andre lästig drückend,
Atem holend und erstickend,
Nicht erstickt und ohne Leben,
Nicht verzweifelnd, nicht ergeben.
So ein unaufhaltsam Rollen,
Schmerzlich Lassen, widrig Sollen,
Bald Befreien, bald Erdrücken,
Halber Schlaf und schlecht Erquicken
Heftet ihn an seine Stelle
Und bereitet ihn zur Hölle.

FAUST: Unselige Gespenster! so behandelt ihr
Das menschliche Geschlecht zu tausend Malen;
Gleichgültige Tage selbst verwandelt ihr
In garstigen Wirrwarr netzumstrickter Qualen.
Dämonen, weiß ich, wird man schwerlich los,

Das geistig-strenge Band ist nicht zu trennen;
Doch deine Macht, o Sorge, schleichend groß,
Ich werde sie nicht anerkennen.

Faust, 2. Teil, 5. Akt

HERRSCHEN

Es ist ein wunderbar Ding ums Regiment dieser Welt, so einen politisch-moralischen Grindkopf nur halbewege zu säubern und in Ordnung zu halten.

An Johann Heinrich Merck, 5. Januar 1777

Niemand, als wer sich ganz verleugnet, ist wert zu herrschen und kann herrschen.

Tagebücher, 13. Mai 1780

Der kann sich manchen Wunsch gewähren,
Der kalt sich selbst und seinem Willen lebt;
Allein wer andre wohl zu leiten strebt,
Muß fähig sein, viel zu entbehren.

Ilmenau, 3. September 1783

MEPHISTOPHELES: Denn jung ward ihm der Thron zuteil,
Und ihm beliebt' es, falsch zu schließen:
Es könne wohl zusammengehn
Und sei recht wünschenswert und schön,
Regieren und zugleich genießen.

FAUST: Ein großer Irrtum! Wer befehlen soll,
Muß im Befehlen Seligkeit empfinden;

Ihm ist die Brust von hohem Willen voll,
Doch was er will, es darfs kein Mensch ergründen.
Was er den Treusten in das Ohr geraunt,
Es ist getan, und alle Welt erstaunt.
So wird er stets der Allerhöchste sein,
Der Würdigste! – Genießen macht gemein.

Faust, 2. Teil, 4. Akt

Herrschen und genießen geht nicht zusammen.

Genießen heißt sich und andern in Fröhlichkeit angehören.

Herrschen heißt sich und anderen im ernstlichsten Sinne wohltätig sein.

Paralipomenon zu Wilhelm Meisters Wanderjahren (W. A., 2. Abteilung, 25. Band, II, S. 260)

Auch die Jagdlust gönn ich Ihnen von Herzen und nähre die Hoffnung, daß Sie dagegen nach Ihrer Rückkunft die Ihrigen von der Sorge eines drohenden Übels befreien werden. Ich meine die wühlenden Bewohner des Ettersbergs. Ungern erwähn ich dieser Tiere, weil ich gleich anfangs gegen deren Einquartierung protestiert und es einer Rechthaberei ähnlich sehen könnte, daß ich nun wieder gegen sie zu Felde ziehe. Nur die allgemeine Aufforderung kann mich bewegen, ein fast gelobtes Stillschweigen zu brechen ... Von dem Schaden selbst und dem Verhältnis einer solchen Herde zu unsrer Gegend sag ich nichts, ich rede nur von dem Eindrucke, den es auf die Menschen macht. Noch habe ich nichts so allgemein mißbilligen sehn, es ist darüber nur *eine* Stimme. Gutsbesitzer, Pächter, Untertanen, Dienerschaft, die Jägerei selbst, alles vereinigt sich in dem Wunsche, diese Gäste vertilgt zu sehn.

... Könnten meine Wünsche erfüllt werden, so würden diese Erbfeinde der Kultur, ohne Jagdgeräusch, in der Stille nach und nach der Tafel aufgeopfert, daß mit der zurückkehrenden Frühlingssonne die Umwohner des Ettersbergs wieder mit frohem Gemüt ihre Felder sehen könnten.

Man beschreibt den Zustand des Landmanns kläglich, und er ists gewiß, mit welchen Übeln hat er zu kämpfen – Ich mag nichts hinzusetzen, was Sie selbst wissen. Ich habe Sie so manchem entsagen sehn und hoffe, Sie werden mit dieser Leidenschaft den Ihrigen ein Neujahrsgeschenk machen, und halte mir für die Beunruhigung des Gemüts, die mir die Kolonie seit ihrer Entstehung verursacht, nur den Schädel der gemeinsamen Mutter des verhaßten Geschlechtes aus, um ihn in meinem Kabinette mit doppelter Freude aufzustellen.

An Carl August, 26. Dezember 1784

Ein König, der Unmenschliches verlangt,
Findt Diener gnug, die gegen Gnad und Lohn
Den halben Fluch der Tat begierig fassen.

Iphigenie, 5. Aufzug, 3. Auftritt

Das größte Bedürfnis eines Staats ist das einer mutigen Obrigkeit.

Wilhelm Meisters Wanderjahre, 3. Buch, 11. Kapitel

Was heißt Herrschen anders, in dem Sinn, wie es hier gebraucht wird, als auf seine eigne Weise ungehindert tätig zu sein, seines Daseins möglichst genießen zu können.

Die guten Weiber

Wer aus Charakter oder Maxime beharrlich verneint, hat eine größere Gewalt, als man denkt.

Die guten Weiber

SEYTON: Indessen nehme ich für bekannt an, daß eine Frau herrscht und herrschen muß; daher, wenn ich ein Frauenzimmer kennen lerne, gebe ich nur darauf acht, wo sie herrscht; denn daß sie irgendwo herrsche, setze ich voraus. ... Ich finde durchgängig: die Tätige, zum Erwerben, zum Erhalten Geschaffene ist Herr im Hause; die Schöne, leicht und oberflächlich Gebildete Herr in großen Zirkeln; die tiefer Gebildete beherrscht die kleinen Kreise.

AMALIE: Und so wären wir also in drei Klassen eingeteilt.

SINKLAIR: Die doch alle, dünkt mich, ehrenvoll genug sind und mit denen freilich noch nicht alles erschöpft ist. Es gibt zum Beispiel noch eine vierte, von der wir lieber nicht sprechen wollen ... Man nennt sie, wenn es denn einmal gesagt sein soll, man nennt sie *Schälke* ... Hier ... bedeutets ein Frauenzimmer, das einer Person, von der es abhängt, durch Gleichgültigkeit, Kälte und Zurückhaltung, die sich oft in eine Art von Krankheit verhüllen, das Leben sauer macht.

Die guten Weiber

Die schöne Bitte, den anmutgen Zweig,
In einer Frauen Hand gewaltiger
Als Schwert und Waffe, stößest du zurück.

Iphigenie, 5. Aufzug, 3. Auftritt

Ein edler Mann wird durch ein gutes Wort
Der Frauen weit geführt.

Iphigenie, 1. Aufzug, 2. Auftritt

Wehe denen, sagte ich, die sich der Gewalt bedienen, die sie über ein Herz haben, um ihm die einfachen Freuden zu rauben, die aus ihm selbst hervorkeimen.

Die Leiden des jungen Werther, 1. Buch. 1. Juli

Der Vorzug

Über das Herz zu siegen, ist groß, ich verehre den Tapfern,
Aber wer *durch* sein Herz sieget, er gilt mir doch mehr.

Votivtafeln

EITELKEIT

In der Gesellschaft will man ihn eitel finden: als wenn sich jemand ohne Selbstgefühl und Selbstgefälligkeit andern mitteilen möchte und könnte!

Dichtung und Wahrheit, 11. Buch

Er für seine Person würde gern mehr Sorgfalt auf das Äußere verwenden, wenn nur nicht gleich die Menschen einen jeden, dem sie ein solches Bestreben anmerken, für eitel erklärten und ihm dadurch sogleich wieder an der sittlichen Achtung entzögen, was sie sich genötigt fühlten, an der sinnlichen ihm zuzugestehen.

»Mache mich mit solchen Redensarten nicht verdrießlich!« versetzte der Freund; »denn das sind Ausdrücke, die sich die Gesellschaft angewöhnt hat, ohne etwas dabei zu denken, oder, wenn man es strenger nehmen will, wodurch sich ihre unfreundliche und mißwollende Natur ausspricht. Wenn du es recht genau betrachtest: was ist denn das, was man oft als Eitelkeit verrufen möchte? Jeder Mensch soll Freude an sich selbst haben, und glücklich, wer sie hat! Hat er sie aber, wie kann er sich verwehren, dieses angenehme Gefühl merken zu lassen? Wie soll er mitten im Dasein verbergen, daß er eine Freude am Dasein habe? Fände die gute Gesellschaft, denn von der ist doch hier allein die Rede, nur alsdann diese Äußerungen tadelhaft, wenn sie zu lebhaft werden, wenn des einen Menschen Freude an sich und seinem Wesen die andern hindert, Freude an dem ihrigen zu haben und sie zu zeigen, so wäre nichts dabei zu erinnern, und von diesem Übermaß ist auch wohl der Tadel zuerst ausgegangen. Aber was soll eine wunderlich-verneinende Strenge gegen etwas Unvermeidliches? Warum will man nicht eine Äußerung läßlich und erträglich finden, die man denn doch mehr oder weniger sich von Zeit zu Zeit selbst erlaubt? ja, ohne die eine gute Gesellschaft gar nicht existieren könnte! denn das Gefallen an sich selbst, das Verlangen, dieses Selbstgefühl andern mitzuteilen, macht gefällig, das Gefühl eigner Anmut macht anmutig. Wollte Gott, alle Menschen wären eitel, wären es aber mit Bewußtsein, mit Maß und im rechten Sinne: so würden wir in der gebildeten Welt die glücklichsten Menschen sein. Die Weiber, sagt man, sind eitel von Hause aus; doch es kleidet sie, und sie gefallen uns um desto mehr. Wie kann ein junger Mann sich bilden, der nicht eitel ist? Eine leere hohle Natur wird sich wenigstens einen äußern Schein zu geben wissen, und der tüchtige Mensch wird sich bald von außen nach innen zu bilden.

Wilhelm Meisters Wanderjahre, 2. Buch, 3. Kapitel

Eitelkeit ist eine persönliche Ruhmsucht: man will nicht wegen seiner Eigenschaften, seiner Verdienste, Taten geschätzt, geehrt, gesucht werden, sondern um seines individuellen Daseins willen. Am besten kleidet die Eitelkeit deshalb eine frivole Schöne.

Maximen und Reflexionen

Frauenschönheit will nichts heißen,
Ist gar zu oft ein starres Bild;
Nur solch ein Wesen kann ich preisen,
Das froh und lebenslustig quillt.
Die Schöne bleibt sich selber selig;
Die Anmut macht unwiderstehlich.

Faust, 2. Teil, 2. Akt

Wie verfährt die Natur, um Hohes und Niedres im Menschen
Zu verbinden? Sie stellt Eitelkeit zwischen hinein.

Vier Jahreszeiten

FREUDE ODER ›GENUSS‹

Nun verdrießt mich nichts mehr, als wenn die Menschen einander plagen, am meisten, wenn junge Leute in der Blüte des Lebens, da sie am offensten für alle Freuden sein könnten, einander die paar guten Tage mit Fratzen verderben und nur erst zu spät das Unersetzliche ihrer Verschwendung einsehen ... Wir Menschen beklagen uns oft, daß der guten Tage so wenig sind und der schlimmen so viel, und wie mich dünkt, meist mit Unrecht. Wenn wir immer ein offenes Herz hätten, das Gute zu genießen, das uns Gott für jeden Tag bereitet, wir würden alsdann auch Kraft genug haben, das Übel zu tragen, wenn es kommt.

Die Leiden des jungen Werther, 1. Buch. 1. Juli

Laßt mich vergessen, daß auch hier die Welt
So manch Geschöpf in Erdefesseln hält,
Der Landmann leichtem Sand den Samen anvertraut
Und seinen Kohl dem frechen Wilde baut,
Der Knappe karges Brot in Klüften sucht,
Der Köhler zittert, wenn der Jäger flucht.
Verjüngt euch mir, wie ihr es oft getan,
Als fing' ich heut ein neues Leben an!

Ilmenau, 3. September 1783

Lust, Freude, Teilnahme an den Dingen ist das einzige Reelle, und was wieder Realität hervorbringt; alles andere ist eitel und vereitelt nur.

An Schiller, 14. Juni 1796

Mein guter Freund, das wird sich alles geben:
Sobald du dir vertraust, sobald weißt du zu leben.

Faust, 1. Teil. Studierzimmer

Wahrlich, das kurze Leben, es wäre dem Menschen zu gönnen,
Daß er es froh vollbrächte, vom Morgen bis an den Abend.

Achilleis

Denn es muß von Herzen gehen,
Was auf Herzen wirken soll.

Faust, 2. Teil, 3. Akt

Nur wenn das Herz erschlossen,
Dann ist die Erde schön.

Zahme Xenien

Denn Geist und Körper, innig sind sie ja verwandt;
Ist jener froh, gleich fühlt sich dieser frei und wohl,
Und manches Übel flüchtet vor der Heiterkeit.

Prolog Halle 1811

... da Sie das Wort *Gemüt* ein düsteres Wort nennen, ... ich es nur als das heiterste kenne und es nur auszusprechen brauche, um an alles Frohe und Leuchtende erinnert zu werden.

An Chr. H. Schlosser, 19. Februar 1815

Das Gemütliche stirbt nicht in Graden ab, sondern gleich.

Nicht abgesandter Brief an Cotta, 24. Dezember 1806

Der Frohsinn ist so wie im Leben also auch in Kunst und Wissenschaft der beste Schutz- und Hilfspatron.

An Johann Wolfgang Döbereiner, 10. Dezember 1812

Mich ergreift, ich weiß nicht wie,
Himmlisches Behagen.
Will michs etwa gar hinauf
Zu den Sternen tragen?
Doch ich bleibe lieber hier,
Kann ich redlich sagen,
Beim Gesang und Glase Wein
Auf den Tisch zu schlagen.

Tischlied

Alles Behagen am Leben ist auf eine regelmäßige Wiederkehr der äußeren Dinge gegründet. Der Wechsel von Tag und Nacht, der Jahreszeiten, der Blüten und Früchte, und was uns sonst von Epoche zu Epoche entgegentritt, damit wir es genießen können und sollen, diese sind die eigentlichen Triebfedern des irdischen Lebens. Je offener wir für diese Genüsse sind, desto glücklicher fühlen wir uns; wälzt sich aber die Verschiedenheit dieser Erscheinungen vor uns auf und nieder, ohne daß wir daran teilnehmen, sind wir gegen so holde Anerbietungen unempfänglich, dann tritt das größte Übel, die schwerste Krankheit ein; man betrachtet das Leben als eine ekelhafte Last.

Dichtung und Wahrheit, 13. Buch

Trinke Mut des reinen Lebens!
Dann verstehst du die Belehrung,
Kommst, mit ängstlicher Beschwörung,
Nicht zurück an diesen Ort.
Grabe hier nicht mehr vergebens!

Tages Arbeit! Abends Gäste!
Saure Wochen! Frohe Feste!
Sei dein künftig Zauberwort.

Der Schatzgräber

Denn wozu dient alle der Aufwand von Sonnen und Planeten und Monden, von Sternen und Milchstraßen, von Kometen und Nebelflecken, von gewordenen und werdenden Welten, wenn sich nicht zuletzt ein glücklicher Mensch unbewußt seines Daseins erfreut?

Winckelmann

Willst du dich deines Wertes freuen,
So mußt der Welt du Wert verleihen.

Sprichwörtlich

Lebensgenuß

»Wie man nur so leben mag?
Du machst dir gar keinen guten Tag!«
Ein guter Abend kommt heran,
Wenn ich den ganzen Tag getan.

Wenn man mich da- und dorthin zerrt
Und wo ich nichts vermag,
Bin von mir selbst nur abgesperrt,
Da hab ich keinen Tag.

Tut sich nun auf, was man bedarf
Und was ich wohl vermag,
Da greif ich ein, es geht so scharf:
Da hab ich meinen Tag.

Ich scheine mir an keinem Ort,
Auch Zeit ist keine Zeit,
Ein geistreich-aufgeschloßnes Wort
Wirkt auf die Ewigkeit.

WOLLEN (ODER ›STREBEN‹)

Man erinnere sich, … daß sich nämlich jede Tugend, jede Kraft, jede Tüchtigkeit, alles, dem man ein Wesen, ein Dasein zuschreiben kann, ins Unendliche vervielfältigt, und zwar dadurch, daß immerfort Gleichbilder, Gleichnisse, Abbildungen als zweite Selbstheiten von ihm ausgehen, dergestalt, daß diese Abbilder sich wieder darstellen, wirksam werden und, indem sie immer fort und fort reflektieren, diese Welt der Erscheinungen ausmachen. Nun liegt zwischen der wirkenden Tugend und zwischen dem gewirkten Abbild ein Drittes in der Mitte, das aus der Wirklichkeit des Ersten und aus der Möglichkeit des Zweiten zusammengesetzt scheint. Für dieses Dritte, was zugleich ist und nicht ist, was zugleich wirkt und unwirksam bleiben kann, was zugleich das allerhöchste Schaffende und in demselben Augenblicke ein vollkommenes Nichts ist, hat man kein schicklicheres Gleichnis finden können als das menschliche Wollen, welches alle jene Widersprüche in sich vereinigt. Und so hat man auch den wirksamen Naturgegenständen, besonders denjenigen, die uns als tätige Bilder zu erscheinen pflegen, dem Lichte sowie dem Erleuchteten, welche beide nach allen Orten hin sich zu äußern bestimmt sind, ein Wollen, eine Intention gegeben und daher das Abbild (species), insofern es noch nicht zur Erscheinung kommt, intentionell genannt, indem es, wie das menschliche Wollen, eine Realität, eine Notwendigkeit, eine ungeheure Tugend und Wirksamkeit mit sich führt, ohne daß man noch etwas davon gewahr würde. Vielleicht sind ein paar sinnliche Beispiele nicht überflüssig.

Es befinde sich eine Person in einem großen, von rohen Mauern umgrenzten Saal, ihre Gestalt hat die Intention oder, wie wir uns in unserm *Entwurf* mit einem gleichfalls sittlichen Gleichnis ausgedrückt haben, das Recht, sich an allen Wänden abzuspiegeln; allein die Bedingung der Glätte fehlt. Denn das ist der Unterschied der ursprünglichen Tugenden von den abgebildeten, daß jene unbedingt wirken, diese aber Bedingnissen unterworfen sind. Man gebe hier die Bedingung der Glätte zu, man poliere die Wand mit Gipsmörtel oder behänge sie mit Spiegeln, und die Gestalt der Persönlichkeit wird ins Tausendfältige vermehrt erscheinen.

Man gebe nun dieser Persönlichkeit etwa noch einen eitlen Sinn, ein leidenschaftliches Verlangen, sich abgespiegelt zurückkehren zu sehen, so würde man mit einem heitern Gleichnisse die intentionellen Bilder auch eitle Bilder nennen können.

Noch ein andres Beispiel gebe endlich der Sache völlig den Ausschlag. Man mache sich auf den Weg zu irgendeinem Ziele, es stehe uns nun vor den Augen oder bloß vor den Gedanken; so ist zwischen dem Ziel und dem Vorsatz etwas, das beide enthält, die Tat, das Fortschreiten.

Dieses Fortschreiten ist so gut als das Ziel: denn dieses wird gewiß erreicht, wenn der Entschluß fest und die Bedingungen zulänglich sind; und doch kann man dieses Fortschreiten immer nur intentionell nennen, weil der Wanderer noch immer so gut vor dem letzten Schritt als vor dem ersten paralysiert werden kann.

Materialien zur Geschichte der Farbenlehre. Intentionelle Farben

Ein guter Mensch in seinem dunklen Drange
Ist sich des rechten Weges wohl bewußt.

Faust, 1. Teil. Prolog im Himmel

Wer immer strebend sich bemüht,
Den können wir erlösen.

Faust, 2. Teil, 5. Akt

Das ganze Leben besteht aus Wollen und Nicht-Vollbringen, Vollbringen und Nicht-Wollen.

Maximen und Reflexionen

Vom tragisch Reinen stellen wir euch dar
Des düstern Wollens traurige Gefahr;
Der kräftige Mann, voll Trieb und willevoll,
Er kennt sich nicht, er weiß nicht, was er soll,
Er scheint sich unbezwinglich wie sein Mut
Und wütet hin, erreget fremde Wut
Und wird zuletzt verderblich überrennt
Von einem Schicksal, das er auch nicht kennt.
Unmaß in der Beschränkung hat zuletzt
Die Herrlichsten dem Übel ausgesetzt.

Prolog zur Eröffnung des Berliner Theaters 1821

Die größten Qualen, so wie die meisten, welchen der Mensch ausgesetzt sein kann, entspringen aus den einem jeden inwohnenden Mißverhältnissen zwischen Sollen und Wollen, sodann aber zwischen Sollen und Vollbringen, Wollen und Vollbringen, und diese sind es, die ihn auf seinem Lebensgange so oft in Verlegenheit setzen ... Weil aber Sollen und Wollen im Menschen nicht radikal getrennt werden kann, so müssen überall beide Ansichten zugleich, wenn schon die eine vorwaltend und die andre untergeordnet, gefunden werden. Das Sollen wird dem Menschen auferlegt, das Muß ist eine harte Nuß; das Wollen legt ein Mensch sich selbst auf, des Menschen Wille ist sein Himmelreich. Ein beharrendes Sollen ist lästig, Unvermögen des Vollbringens fürchterlich, ein beharrliches Wollen erfreulich, und bei einem festen Willen kann man sich sogar über das Unvermögen des Vollbringens getröstet sehen.

Shakespeare und kein Ende

Die Botaniker haben eine Pflanzenabteilung, die sie Incompletae nennen; man kann eben auch sagen, daß es inkomplette, unvollständige Menschen gibt. Es sind diejenigen, deren Sehnsucht und Streben mit ihrem Tun und Leisten nicht proportioniert ist.

Maximen und Reflexionen

Der geringste Mensch kann komplett sein, wenn er sich innerhalb der Grenzen seiner Fähigkeiten und Fertigkeiten bewegt; aber selbst schöne Vorzüge werden verdunkelt, aufgehoben und vernichtet, wenn jenes unerläßlich geforderte Ebenmaß abgeht. Dieses Unheil wird sich in der neuern Zeit noch öfter hervortun; denn wer wird wohl den Forderungen einer durchaus gesteigerten Gegenwart, und zwar in schnellster Bewegung, genugtun können?

Maximen und Reflexionen

Da das Wort *Charakter* ausgesprochen ist, so werde einigen zudringenden Betrachtungen hier Platz vergönnt.

Jedes Wesen, das sich als eine Einheit fühlt, will sich in seinem eigenen Zustand ungetrennt und unverrückt erhalten. Dies ist eine ewige notwendige Gabe der Natur, und so kann man sagen, jedes einzelne habe Charakter bis zum Wurm hinunter, der sich krümmt, wenn er getreten wird. In diesem Sinne dürfen wir dem Schwachen, ja dem Feigen selbst Charakter zuschreiben: denn er gibt auf, was andere Menschen über alles schätzen, was aber nicht zu seiner Natur gehört, die Ehre, den Ruhm, nur damit er seine Persönlichkeit erhalte. Doch bedient man sich des Wortes Charakter gewöhnlich in einem höhern Sinne: wenn nämlich eine Persönlichkeit von bedeutenden Eigenschaften auf ihrer Weise verharret und sich durch nichts davon abwendig machen läßt.

Einen starken Charakter nennt man, wenn er sich allen

äußerlichen Hindernissen mächtig entgegensetzt und seine Eigentümlichkeit, selbst mit Gefahr, seine Persönlichkeit zu verlieren, durchzusetzen sucht. Einen großen Charakter nennt man, wenn die Stärke desselben zugleich mit großen, unübersehlichen, unendlichen Eigenschaften, Fähigkeiten verbunden ist und durch ihn ganz originelle, unerwartete Absichten, Plane und Taten zum Vorschein kommen.

... Das Hauptfundament des Sittlichen ist der gute Wille, der seiner Natur nach nur aufs Rechte gerichtet sein kann; das Hauptfundament des Charakters ist das entschiedene Wollen, ohne Rücksicht auf Recht und Unrecht, auf Gut und Böse, auf Wahrheit oder Irrtum: es ist das, was jede Partei an den Ihrigen so höchlich schätzt. Der Wille gehört der Freiheit, er bezieht sich auf den innern Menschen, auf den Zweck; das Wollen gehört der Natur und bezieht sich auf die äußere Welt, auf die Tat: und weil das irdische Wollen nur immer ein beschränktes sein kann, so läßt sich beinahe voraussetzen, daß in der Ausübung das höhere Rechte niemals oder nur durch Zufall gewollt werden kann.

Materialien zur Geschichte der Farbenlehre.
Newtons Persönlichkeit

Ein jeder Mensch wird von seinen Gewohnheiten regiert, nur wird er, durch äußere Bedingungen eingeschränkt, sich mäßig verhalten, und Mäßigung wird ihm zur Gewohnheit. Gerade das Entgegengesetzte findet sich beim Despoten; ein uneingeschränkter Wille steigert sich selbst und muß, von außen nicht gewarnt, nach dem völlig Grenzenlosen streben.

Aber nicht allein der Fürst, sondern ein jeder, der durch Vertrauen, Gunst oder Anmaßung Teil an der höchsten Macht gewinnt, kommt in Gefahr, den Kreis zu überschreiten, welchen Gesetz und Sitte, Menschengefühl, Gewissen, Religion und Herkommen zu Glück und Beruhigung um das Menschengeschlecht gezogen haben. Und so mögen Minister und Günstlinge, Volksvertreter und Volk auf ihrer Hut sein, daß nicht auch sie, in den Strudel unbedingten Wollens hingerissen, sich und andere unwiederbringlich ins Verderben hinabziehen.

West-östlicher Divan. Noten und Abhandlungen

Was Rat! Hat Rat bei Menschen je gegolten?
Ein kluges Wort erstarrt im harten Ohr.
So oft auch Tat sich grimmig selbst gescholten,
Bleibt doch das Volk selbstwillig wie zuvor.

Faust, 2. Teil, 2. Akt

ENTSAGEN (›SICH RESIGNIEREN‹)

Denn alle Kraft dringt vorwärts in die Weite,
Zu leben und zu wirken hier und dort;
Dagegen engt und hemmt von jeder Seite
Der Strom der Welt und reißt uns mit sich fort.
In diesem innern Sturm und äußern Streite
Vernimmt der Geist ein schwer verstanden Wort:
Von der Gewalt, die alle Wesen bindet,
Befreit der Mensch sich, der sich überwindet.

Die Geheimnisse

Viele Dinge sinds,
Die wir mit Heftigkeit ergreifen sollen:
Doch andre können nur durch Mäßigung
Und durch Entbehren unser eigen werden.

Torquato Tasso, 2. Aufzug, 1. Auftritt

Entbehren sollst du! sollst entbehren!
Das ist der ewige Gesang,
Der jedem an die Ohren klingt,
Den, unser ganzes Leben lang,
Uns heiser jede Stunde singt.

Faust, 1. Teil. Studierzimmer

In der Lage, in der ich mich befinde, habe ich mir zugeschworen, an nichts mehr teilzunehmen als an dem, was ich so in meiner Gewalt habe wie ein Gedicht, wo man weiß, daß man zuletzt nur sich zu tadeln oder zu loben hat, an einem Werke, an dem man, wenn der Plan einmal gut ist, nicht das Schicksal des Penelopeischen Schleiers erlebt; denn leider in allen übrigen irdischen Dingen lösen einem die Menschen gewöhnlich wieder auf, was man mit großer Sorgfalt gewoben hat, und das Leben gleicht jener beschwerlichen Art zu wallfahrten, wo man drei Schritte vor und zwei zurück tun muß ... Zwar ist, ich gestehe es, ein solcher Entschluß sehr illiberal, und nur Verzweiflung kann einen dazu bringen; es ist aber doch immer besser, ein für allemal zu entsagen, als immer einmal über den andern Tag rasend zu werden.

An J. H. Meyer, 28. April 1797

Was Resignation betrifft, wer muß sich nicht resignieren? und wo muß man es nicht?

An Eichstädt, 31. Oktober 1807

Es ist mehr als jemals nötig, genialisch zu sein, wenn man nur einigermaßen leben und sich des Lebens erfreuen will.

An Christiane, 30. März 1807

Glaube, Liebe, Hoffnung fühlten einst in ruhiger geselliger Stunde einen plastischen Trieb in ihrer Natur; sie befleißigten sich zusammen und schufen ein liebliches Gebild, eine Pandora im höhern Sinne: die Geduld.

Maximen und Reflexionen

Es scheint, daß die menschliche Natur eine völlige Resignation nicht allzu lange ertragen kann. Die Hoffnung muß wieder eintreten, und dann kommt ja auch sogleich die Tätigkeit wieder, durch welche, wenn man es genau besieht, die Hoffnung in jedem Augenblick realisiert wird.

An den Grafen von Reinhard, 28. September 1807

Niemand hat einen Begriff, daß ein Individuum sich resignieren müsse, wenn es zu etwas kommen soll.

An Boisserée, 25. September 1827

Und so müssen wir denn wieder im Islam (das heißt: in unbedingter Hingebung in den Willen Gottes) verharren.

An J.H. Meyer, 29. Juli 1816

Prüft das Geschick dich, weiß es wohl, warum:
Es wünschte dich enthaltsam! Folge stumm.

West-östlicher Divan. Buch der Sprüche

Wer jedoch weiß, unter welchen seltsamen Formen die Neigung sich bei uns einschleicht, dem muß es bange werden, wenn er voraussieht, ein Freund könne dasjenige wünschen, was ihm in seinen Zuständen, seinen Verhältnissen notwendig Unglück und Verwirrung bringen müßte.

Wilhelm Meisters Wanderjahre, 1. Buch, 11. Kapitel

Unser physisches sowohl als geselliges Leben, Sitten, Gewohnheiten, Weltklugheit, Philosophie, Religion, ja so manches zufällige Ereignis, *alles ruft uns zu, daß wir entsagen sollen.* So manches, was uns innerlich eigenst angehört, sollen wir nicht nach außen hervorbilden; was wir von außen zu Ergänzung unsres Wesens bedürfen, wird uns entzogen, dagegen aber so vieles aufgedrungen, was uns so fremd als lästig ist. Man beraubt uns des mühsam Erworbenen, des freundlich Gestatteten, und ehe wir hierüber recht ins klare sind, finden wir uns genötigt, unsere Persönlichkeit erst stückweis und dann völlig aufzugeben. Dabei ist es aber hergebracht, daß man denjenigen nicht achtet, der sich deshalb ungebärdig stellt; vielmehr soll man, je bittrer der Kelch ist, eine desto süßere Miene machen, damit ja der gelassene Zuschauer nicht durch irgendeine Grimasse beleidigt werde.

Diese schwere Aufgabe jedoch zu lösen, hat die Natur den Menschen mit reichlicher Kraft, Tätigkeit und Zähigkeit ausgestattet. Besonders aber kommt ihm der Leichtsinn zu Hilfe, der ihm unzerstörlich verliehen ist. Hierdurch wird er fähig, dem einzelnen in jedem Augenblick zu entsagen, wenn er nur im nächsten Moment nach etwas Neuem greifen darf; und so stellen wir uns unbewußt unser ganzes Leben immer wieder her. Wir setzen eine Leidenschaft an die Stelle der andern; Beschäftigungen, Neigungen, Liebhabereien, Steckenpferde, alles probieren wir durch, um zuletzt auszurufen, daß alles eitel sei. Niemand entsetzt sich vor diesem falschen, ja gotteslästerlichen Spruch; ja man glaubt etwas Weises und Unwiderlegliches gesagt zu haben. Nur wenige Menschen gibt es, die solche unerträgliche Empfindung vorausahnen und, um allen partiellen Resignationen auszuweichen, sich ein für allemal im ganzen resignieren.

Diese überzeugen sich von dem Ewigen, Notwendigen, Gesetzlichen, und suchen sich solche Begriffe zu bilden, welche unverwüstlich sind, ja durch die Betrachtung des Vergänglichen nicht aufgehoben, sondern vielmehr bestätigt werden. Weil aber hierin wirklich etwas Übermenschliches liegt, so werden solche Personen gewöhnlich für Unmenschen gehalten, für gott- und weltlose; ja man weiß nicht, was man ihnen alles für Hörner und Klauen andichten soll.

Dichtung und Wahrheit, 16. Buch

Alles, was entsteht, sucht sich Raum und will Dauer; deswegen verdrängt es ein anderes vom Platz und verkürzt seine Dauer.

Maximen und Reflexionen

Ach! warum, ihr Götter, ist unendlich
Alles, alles, endlich unser Glück nur!
Sternenglanz und Mondes Überschimmer,
Schattentiefe, Wassersturz und Rauschen
Sind unendlich, endlich unser Glück nur.

Pandora

Die Natur füllt mit ihrer grenzenlosen Produktivität alle Räume. Betrachten wir nur bloß unsre Erde: alles, was wir bös, unglücklich nennen, kommt daher, daß sie nicht allem Entstehenden Raum geben, noch weniger ihm Dauer verleihen kann.

Maximen und Reflexionen

Der gründliche Bettler soll eine Art von König sein. Armut gibt Verwegenheit.

West-östlicher Divan. Noten und Abhandlungen

DAS ›BEHARRENDE IM MENSCHEN‹ ODER DIE VIER GRUNDANTRIEBE

Beim Nachdenken übers Beharrende im Menschen, worauf sich die Phänomene der Kultur beziehen ließen, habe ich bis jetzt nur vier Grundzustände gefunden:

des Genießens,
des Strebens,
der Resignation,
der Gewohnheit.

An Schiller, 25. März 1801

Man nehme die beiden Enden menschlicher Tätigkeit *Genuß* und *Streben*, mit den dazwischenliegenden Zuständen *Gewohnheit* und *Resignation*, als empirische Data für einmal an, man lege diesen Maßstab oder einen ähnlichen, der sich durch strengere Ableitung mehr empfiehlt, an die Völkergeschichte der verschiedensten Länder und Zeiten, ja an die Lebens- und Tagesgeschichte eines einzelnen Menschen, so wird man finden, wie manches durch eine solche Operation sich entwickeln, wie manches verschieden Scheinende sich unter einerlei Rubrik bringen läßt.

An einen Unbekannten, 1. Mai 1801

Jeder weiß, wie schwer der Mensch angeht, einen entscheidenden Schritt zu wagen, daß Tausende eher ihr Leben in abschleichendem Schicksal kümmerlich jedem neuen Tag hinüber schleppen!

Wilhelm Meisters theatralische Sendung, 1. Buch, 17. Kapitel

DIE ANTRIEBE ALS ›BEZÜGE‹ DES LEBENS

Und so begann der Hauptmann: »An allen Naturwesen, die wir gewahr werden, bemerken wir zuerst, daß sie einen Bezug auf sich selbst haben ...« »Ich dächte«, fiel ihm Eduard ein, »wir machten ihr und uns die Sache durch Beispiele bequem. Stelle dir nur das Wasser, das Öl, das Quecksilber vor, so wirst du eine Einigkeit, einen Zusammenhang ihrer Teile finden ...«

»Lassen Sie mich voreilen«, sagte Charlotte, »ob ich treffe, wo Sie hinwollen. Wie jedes gegen sich selbst einen Bezug hat, so muß es auch gegen andere ein Verhältnis haben.«

»Und das wird nach Verschiedenheit der Wesen verschieden sein«, fuhr Eduard eilig fort. »Bald werden sie sich als Freunde und alte Bekannte begegnen, die schnell zusammentreten ... Dagegen werden andere fremd nebeneinander verharren ...«

Die Wahlverwandtschaften, 1. Teil, 4. Kapitel

Alles, was der Mensch natürlich frei ausspricht, sind Lebensbezüge.

West-östlicher Divan. Noten und Abhandlungen

Wer in sich recht ernstlich hinabsteigt, wird sich immer nur als Hälfte finden; er fasse nachher ein Mädchen oder eine Welt, um sich zum Ganzen zu konstituieren, das ist einerlei.

Maximen und Reflexionen

Es liegt in jedem Menschen und ist ihm von Natur gegeben, sich als Mittelpunkt der Welt zu betrachten, weil doch alle Radien von seinem Bewußtsein ausgehen und dahin wieder zurückkehren.

Über Mathematik und deren Mißbrauch

Der Mensch ist ein wahrer Narziß; er bespiegelt sich überall gern selbst; er legt sich als Folie der ganzen Welt unter.

Die Wahlverwandtschaften, 1. Teil, 4. Kapitel

Der Mensch begreift niemals, wie anthropomorphisch er ist.

Maximen und Reflexionen

Bei der Gelegenheit habe ich sehr sonderbare Gedanken über den Anthropomorphismus gehabt, der allen Religionen zum Grunde liegt, und habe mich des Bonmots abermals erfreut: Tous les animaux sont raisonnables, l'homme seul est religieux.

An Herder, Ende Juli 1789

In der Geschichte überhaupt, besonders aber der Philosophie, Wissenschaft, Religion fällt es uns auf, daß die armen beschränkten Menschen ihre dunkelsten subjektiven Gefühle, die Apprehensionen eingeengter Zustände in das Beschauen des Weltalls und dessen hoher Erscheinungen überzutragen nicht unwürdig finden.

Zur Naturwissenschaft. Anthropomorphismus der Sprache

Man weiß recht gut, daß der Mensch alles, Gott selbst und das Göttliche, an sich heranziehen, sich zueignen muß. Aber auch dieses Heranziehen hat seine Grade, es gibt ein hohes und ein gemeines.

An Zelter, 24. Juli 1823

Wie einer ist, so ist sein Gott;
Darum ward Gott so oft zu Spott.

Zahme Xenien

Der mißversteht die Himmlischen, der sie
Blutgierig wähnt; er dichtet ihnen nur
Die eignen grausamen Begierden an.

Iphigenie, 1. Aufzug, 3. Auftritt

Als gäbs einen Gott so im Gehirn,
Da! hinter des Menschen alberner Stirn,
Der sei viel herrlicher als das Wesen,
An dem wir die Breite der Gottheit lesen.

Groß ist die Diana der Epheser

Bedingung

Ewig strebst du umsonst, dich dem Göttlichen ähnlich zu machen,
Hast du das Göttliche nicht erst zu dem *Deinen* gemacht.

Im Innern ist ein Universum auch;
Daher der Völker löblicher Gebrauch,
Daß jeglicher das Beste, was er kennt,
Er Gott, ja seinen Gott benennt,
Ihm Himmel und Erden übergibt,
Ihn fürchtet, und womöglich liebt.

Gott, Gemüt und Welt

Wir wissen von keiner Welt als im Bezug auf den Menschen; wir wollen keine Kunst, als die ein Abdruck dieses Bezugs ist.

Maximen und Reflexionen

Der bildende Künstler denkt sich zwar immer in Bezug auf alles, was unter den Menschen lebt und webt, aber sein Geschäft ist einsam.

Wilhelm Meisters Wanderjahre, 2. Buch, 8. Kapitel

Die Kunst ist nur durch den Menschen und für ihn.

Der Sammler und die Seinigen

Die Natur scheint um ihrer selbst willen zu wirken; der Künstler wirkt als Mensch, um des Menschen willen.

Diderots Versuch über die Malerei

Natur und Kunst sind zu groß, um auf Zwecke auszugehen, und habens auch nicht nötig, denn Bezüge gibts überall, und Bezüge sind das Leben.

An Zelter, 29. Januar 1830

Es ist mit dem, was man moralischen Charakter nennt, eine eigene Sache; wer kann sagen, wie sich jemand in einem neuen Verhältnis benehmen werde?

An Schiller, 9. Dezember 1796

Tat steht mit Reue, Handeln mit Sorge in immerwährendem Bezug.

Paralipomenon zu Dichtung und Wahrheit
(W. A., 1. Abteilung, 53. Band, S. 384)

Alle praktischen Menschen suchen sich die Welt handrecht zu machen; alle Denker wollen sie kopfrecht haben. Wie weit es jedem gelingt, mögen sie zusehen.

Maximen und Reflexionen

Was bleibt dem Naturforschenden, ja einem jeden Betrachtenden endlich übrig, als die Erscheinungen der Außenwelt mit sich in Harmonie zu setzen.

An Karl Friedrich Philipp von Martius, 29. Januar 1825

Kenne ich mein Verhältnis zu mir selbst und zur Außenwelt, so heiß ichs Wahrheit. Und so kann jeder seine eigene Wahrheit haben, und es ist doch immer dieselbige.

Maximen und Reflexionen

Übrigens begreifen wir nichts, als was mit der Natur des Menschen und der Dinge übereinstimmt. Alles also, was wir unsere Schöpfungen nennen, ist nichts als eine unzusammenhängende Versammlung von Ideen, die wir aus eben der Natur ziehen, von der wir uns zu entfernen suchen. In dem Wahren ist der göttliche Stempel.

Versuch über die Dichtungen

Wenn ich einen Menschen kennen lerne, frage ich sogleich, womit beschäftigt er sich? und wie? und in welcher Folge? und mit der Beantwortung der Frage ist auch mein Interesse an ihm auf zeitlebens entschieden.

Wilhelm Meisters Lehrjahre, 6. Buch

Es ist schon schwer genug, die allgemeine Weltlast mit zu tragen, und wo soll die Kraft dazu herkommen, wenn wir in unserm Innersten und Eigensten verletzt werden, wohin wir denn doch immer, in jedem äußersten Falle wieder zurückgewiesen sind.

An Friedrich Maximilian von Klinger, 8. Mai 1814

Der Mensch kann in keine gefährlichere Lage versetzt werden, als wenn durch äußere Umstände eine große Veränderung seines Zustandes bewirkt wird, ohne daß seine Art zu empfinden und zu denken darauf vorbereitet ist. Es gibt alsdann eine Epoche ohne Epoche.

Wilhelm Meisters Lehrjahre, 5. Buch, 1. Kapitel

Der Mensch, so sagen wir, lerne, sich ohne dauernden äußern Bezug zu denken, er suche das Folgerechte nicht an den Umständen, sondern in sich selbst; dort wird ers finden, mit Liebe hegen und pflegen.

Wilhelm Meisters Wanderjahre, 3. Buch, 9. Kapitel

Sechs Tage, und zwar die heitersten des ganzen Sommers, war ich von Weimar abwesend und hatte meinen Weg nach Ilmenau genommen, wo ich in frühern Jahren viel gewirkt und eine lange Pause des Wiedersehens gemacht hatte. Auf einem einsamen Bretterhäuschen des höchsten Gipfels der Tannenwälder rekognoszierte ich die Inschrift vom 7. September 1783 des Liedes, das Du auf den Fittichen der Musik so lieblich beruhigend in alle Welt getragen hast:

›Über allen Gipfeln ist Ruh‹ pp.

Nach so vielen Jahren war denn zu übersehen: das Dauernde, das Verschwundene. Das Gelungene trat vor und erheiterte, das Mißlungene war vergessen und verschmerzt. Die Menschen lebten alle vor wie nach, ihrer Art gemäß, vom Köhler bis zum Porzellanfabrikanten. Eisen ward geschmolzen, Braunstein aus den Klüften gefördert, wenn auch in dem Augenblicke nicht so lebhaft gesucht wie sonst. Pech ward gesotten, der Ruß aufgefangen, die Rußbüttchen künstlichst und kümmerlichst verfertigt, Steinkohlen mit unglaublicher Mühseligkeit zu Tage gebracht, kolossale Urstämme, in der Grube unter dem Arbeiten entdeckt …

An Zelter, 4. September 1831

In der Persönlichkeit liegt doch eigentlich der wahre Grund menschlicher Verhältnisse.

An Marie Anna Luise Nicolovius, 27. Januar 1809

Was wird mir jede Stunde so bang? –
Das Leben ist kurz, der Tag ist lang.
Und immer sehnt sich fort das Herz,
Ich weiß nicht recht, ob himmelwärts;
Fort aber will es hin und hin,
Und möchte vor sich selber fliehn.
Und fliegt es an der Liebsten Brust,
Da ruhts im Himmel unbewußt;
Und immer, hängts an Einem Ort;
Was es gewollt, was es verlor,
Es bleibt zuletzt sein eigner Tor.

West-östlicher Divan. Buch der Liebe

DIE MÖGLICHKEITEN UND AUFGABEN DES MENSCHEN

NACH INNEN: BILDUNG

Der Deutsche hat für den Komplex des Daseins eines wirklichen Wesens das Wort Gestalt. Er abstrahiert bei diesem Ausdruck von dem Beweglichen, er nimmt an, daß ein Zusammengehöriges festgestellt, abgeschlossen und in seinem Charakter fixiert sei.

Betrachten wir aber alle Gestalten, besonders die organischen, so finden wir, daß nirgend ein Bestehendes, nirgend ein Ruhendes, ein Abgeschlossenes vorkommt, sondern daß vielmehr alles in einer steten Bewegung schwanke. Daher unsere Sprache das Wort Bildung sowohl von dem Hervorgebrachten als von dem Hervorgebrachtwerdenden gehörig genug zu brauchen pflegt. ...

Das Gebildete wird sogleich wieder umgebildet, und wir haben uns, wenn wir einigermaßen zum lebendigen Anschaun der Natur gelangen wollen, selbst so beweglich und bildsam zu erhalten, nach dem Beispiele, mit dem sie uns vorgeht.

Zur Morphologie

Morphologie

ruht auf der Überzeugung, daß alles, was sei, sich auch andeuten und zeigen müsse. Von den ersten physischen und chemischen Elementen an bis zur geistigsten Äußerung des Menschen lassen wir diesen Grundsatz gelten.

Wir wenden uns gleich zu dem, was Gestalt hat. Das Unorganische, das Vegetative, das Animale, das Menschliche deutet sich alles selbst an, es erscheint, als was es ist, unserm äußern, unserm innern Sinn.

Die Gestalt ist ein Bewegliches, ein Werdendes, ein Vergehendes. Gestaltenlehre ist Verwandlungslehre. Die Lehre der Metamorphose ist der Schlüssel zu allen Zeichen der Natur.

Zum Begriff ›Morphologie‹

So viel aber getraue ich mir zu behaupten, daß, wenn ein organisches Wesen in die Erscheinung hervortritt, Einheit und Freiheit des Bildungstriebes ohne den Begriff der Metamorphose nicht zu fassen sei.

Bildungstrieb

Jede Pflanze verkündet dir nun die ewgen Gesetze,
Jede Blume, sie spricht lauter und lauter mit dir.
Aber entzifferst du hier der Göttin heilige Lettern,
Überall siehst du sie dann, auch in verändertem Zug:
Kriechend zaudre die Raupe, der Schmetterling eile geschäftig,
Bildsam ändre der Mensch selbst die bestimmte Gestalt.

Die Metamorphose der Pflanzen. Elegie

Es können die Geschöpfe sich nur in ihren Elementen gehörig organisieren.

An Reichardt, 25. Oktober 1790

Leben wird am besten durchs Lebendige belehrt.

Maximen und Reflexionen

Die Menschen werden nur von Menschen gebildet, die Guten von Guten.

An Jacobi, 31. Oktober 1788

Wenn ich wieder so fühle, daß mitten in all dem Nichts sich doch wieder so viel Häute von meinem Herzen lösen, so die konvulsiven Spannungen meiner kleinen närrischen Komposition nachlassen, mein Blick heitrer über Welt, mein Umgang mit den Menschen sichrer, fester, weiter wird, und doch mein Innerstes immer ewig allein der heiligen Liebe gewidmet bleibt, die nach und nach das Fremde durch den Geist der Reinheit, der sie selbst ist, ausstößt und so endlich lauter werden wird wie gesponnen Gold.

An Auguste Gräfin zu Stolberg, 14. September 1775

Kein Mensch kann eine Faser seines Wesens ändern, ob er gleich vieles an sich bilden kann. Wir sollten alle miteinander Mitleiden haben.

An Jacobi, 31. März 1784

Man könnte zum Scherze sagen, der Mensch sei ganz aus Fehlern zusammengesetzt, wovon einige der Gesellschaft nützlich, andre schädlich, einige brauchbar, einige unbrauchbar gefunden werden. Von jenen spricht man Gutes: nennt sie Tugenden; von diesen Böses: nennt sie Fehler.

Maximen und Reflexionen

Wie die Pflanzen zu wachsen belieben,
Darin wird jeder Gärtner sich üben;
Wo aber des Menschen Wachstum ruht,
Dazu jeder selbst das Beste tut.

Sprichwörtlich

Eigenheiten, die werden schon haften;
Kultiviere deine Eigenschaften!

Sprichwörtlich

Unsre Eigenschaften müssen wir kultivieren, nicht unsre Eigenheiten.

Maximen und Reflexionen

Der Mensch hat viel Häute abzuwerfen, bis er seiner selbst und der weltlichen Dinge nur einigermaßen sicher wird.

An Friedrich Viktor Leberecht Plessing, 26. Juli 1782

Eine angeborne Unart ist schwer zu meistern.

An August Wilhelm Iffland, 14. Juni 1804

Warum denn immer bös oder gut! Müssen wir nicht mit uns selbst sowie mit andern vorlieb nehmen, wie die Natur uns hat hervorbringen mögen, und wie sich jeder allenfalls durch eine mögliche Bildung besser zieht?

Die guten Weiber

Wer kann der Raupe, die am Zweige kriecht,
Von ihrem künftgen Futter sprechen?
Und wer der Puppe, die im Boden liegt,
Die zarte Schale helfen durchzubrechen?
Es kommt die Zeit, sie drängt sich selber los
Und eilt auf Fittichen der Rose in den Schoß.

Ilmenau, 3. September 1783

Eine Kraft beherrscht die andere, aber keine kann die andere bilden; in jeder Anlage liegt auch allein die Kraft, sich zu vollenden; das verstehen so wenig Menschen, die doch lehren und wirken wollen.

Wilhelm Meisters Lehrjahre, 8. Buch, 5. Kapitel

Wem sein Herz nicht sagt, was er sich und andern schuldig ist, der wird es wohl schwerlich aus Büchern erfahren, die eigentlich nur geschickt sind, unsern Irrtümern Namen zu geben.

Wilhelm Meisters Lehrjahre, 7. Buch, 6. Kapitel

Mich selbst, ganz wie ich da bin, auszubilden, das war dunkel von Jugend auf mein Wunsch und meine Absicht.

Wilhelm Meisters Lehrjahre, 5. Buch, 3. Kapitel

Wer kommt früh zu dem Glücke, sich seines eignen Selbsts, ohne fremde Formen, in reinem Zusammenhang bewußt zu sein?

Wilhelm Meisters Lehrjahre, 6. Buch

Er wußte nicht, daß es die Art aller Menschen sei, denen an ihrer innern Bildung viel gelegen ist, daß sie die äußeren Verhältnisse ganz und gar vernachlässigen.

Wilhelm Meisters Lehrjahre, 7. Buch, 9. Kapitel

Unsere Wünsche sind Vorgefühle der Fähigkeiten, die in uns liegen, Vorboten desjenigen, was wir zu leisten imstande sein werden. Was wir können und möchten, stellt sich unserer Einbildungskraft außer uns und in der Zukunft dar; wir fühlen eine Sehnsucht nach dem, was wir schon im stillen besitzen. So verwandelt ein leidenschaftliches Vorausergreifen das wahrhaft Mögliche in ein erträumtes Wirkliche.

Dichtung und Wahrheit, 9. Buch

Jeder Mensch in seiner Beschränktheit muß sich nach und nach eine Methode bilden, um nur zu leben. Er lernt sich allmählich kennen, auch die Zustände der Außenwelt; er fügt sich darein, setzt sich aber wieder auf sich selbst zurück und formt sich zuletzt Maximen des Betragens, womit er auch ganz gut durchkommt, sich anderen mitteilt, von anderen empfängt.

Biographische Einzelnheiten

Übrigens muß es jedem erlaubt sein, um den Felsen, den niemand ersteigt, nach seiner Art sich herumzutummeln, auf seinem Steckenpferde herumzureiten, welches Rechts ich mich ja auch weidlich bedient habe.

An Herder, Ende Juli oder Anfang August 1788

Indessen kann man nicht leugnen, daß sich niemand gern des löblichen Wunsches erwehrt, zu großen Vorzügen des Geistes und Körpers auch Vorzüge der Seele und des Herzens gesellt zu finden; und dieser durchgängige Wunsch, wenn er auch so selten erfüllt wird, ist ein klarer Beweis von dem unablässigen Streben zu einem unteilbaren Ganzen, welches der menschlichen Natur als ihr schönstes Erbteil angeboren ist.

Anmerkungen zu ›Rameaus Neffe‹

Das Bedürfnis meiner Natur zwingt mich zu einer vermannigfaltigten Tätigkeit, und ich würde in dem geringsten Dorfe und auf einer wüsten Insel ebenso betriebsam sein müssen, um nur zu leben. Sind denn auch Dinge, die mir nicht anstehen, so komme ich darüber gar leichte weg, weil es ein Artikel meines Glaubens ist, daß wir durch Standhaftigkeit und Treue in dem gegenwärtigen Zustande ganz allein der höheren Stufe eines folgenden wert und, sie zu betreten, fähig werden, es sei nun Wer zeitlich oder dort ewig.

An Knebel, 3. Dezember 1781

Alles, was uns begegnet, läßt Spuren zurück, alles trägt unmerklich zu unserer Bildung bei; doch es ist gefährlich, sich davon Rechenschaft geben zu wollen. Wir werden dabei entweder stolz und lässig oder niedergeschlagen und kleinmütig, und eins ist für die Folge so hinderlich als das andere. Das Sicherste bleibt immer, nur das Nächste zu tun, was vor uns liegt.

Wilhelm Meisters Lehrjahre, 7. Buch, 1. Kapitel

Welche unendliche Operationen Natur und Kunst machen müssen, bis ein gebildeter Mensch dasteht!

Wilhelm Meisters Lehrjahre, 7. Buch, 2. Kapitel

Große Gedanken und ein reines Herz, das ists, was wir von Gott erbitten sollten!

Wilhelm Meisters Wanderjahre, 1. Buch, 10. Kapitel

Von dem geringsten tierischen Handwerkstriebe bis zur höchsten Ausübung der geistigsten Kunst, vom Lallen und Jauchzen des Kindes bis zur trefflichsten Äußerung des Redners und Sängers, vom ersten Balgen der Knaben bis zu den ungeheuren Anstalten, wodurch Länder erhalten und erobert werden, vom leichtesten Wohlwollen und der flüchtigsten Liebe bis zur heftigsten Leidenschaft und zum ernstesten Bunde, von dem reinsten Gefühl der sinnlichen Gegenwart bis zu den leisesten Ahnungen und Hoffnungen der entferntesten geistigen Zukunft, alles das und weit mehr liegt im Menschen, und muß ausgebildet werden; aber nicht in einem, sondern in vielen.

Wilhelm Meisters Lehrjahre, 8. Buch, 5. Kapitel

Der Mensch verlange nicht, Gott gleich zu sein, aber er strebe, sich als Mensch zu vollenden!

Diderots Versuch über die Malerei

... daß ein Leben voll Tätigkeit und Übung kaum hinreicht, unsre Kenntnis auf den höchsten Punkt der Reinheit zu bringen. Und doch wäre nur diese Sicherheit und Gewißheit, die Dinge für das zu nehmen, was sie sind, selbst die besten Sachen einander subordinieren zu können, jedes im Verhältnisse zum andern zu betrachten, der größte Genuß, nach dem wir im Kunst- wie im Natur- und Lebenssinne streben sollten.

An die Herzogin Luise, 12./23. Dezember 1786

Das Höchste, wozu der Mensch gelangen kann, ist das Bewußtsein eigner Gesinnungen und Gedanken, das Erkennen seiner selbst, welches ihm die Einleitung gibt, auch fremde Gemütsarten innig zu erkennen.

Shakespeare und kein Ende

Der Mensch ist zu einer beschränkten Lage geboren; einfache, nahe, bestimmte Zwecke vermag er einzusehen, und er gewöhnt sich, die Mittel zu benutzen, die ihm gleich zur Hand sind; sobald er aber ins Weite kommt, weiß er weder was er will, noch was er soll, und es ist ganz einerlei, ob er durch die Menge der Gegenstände zerstreut oder ob er durch die Höhe und Würde derselben außer sich gesetzt werde.

Wilhelm Meisters Lehrjahre, 6. Buch

Des Menschen größtes Verdienst bleibt wohl, wenn er die Umstände so viel als möglich bestimmt und sich so wenig als möglich von ihnen bestimmen läßt. Das ganze Weltwesen liegt vor uns wie ein großer Steinbruch vor dem Baumeister, der nur dann den Namen verdient, wenn er aus diesen zufälligen Naturmassen ein in seinem Geiste entsprungenes Urbild mit der größten Ökonomie, Zweckmäßigkeit und Festigkeit zusammenstellt. Alles außer uns ist nur Element, ja ich darf wohl sagen, auch alles an uns; aber tief in uns liegt diese schöpferische Kraft, die das zu erschaffen vermag, was sein soll, und uns nicht ruhen und rasten läßt, bis wir es außer uns oder an uns, auf eine oder die andere Weise, dargestellt haben.

Wilhelm Meisters Lehrjahre, 6. Buch

Wie kann sich der Mensch gegen das Unendliche stellen, als wenn er alle geistigen Kräfte, die nach vielen Seiten hingezogen werden, in seinem Innersten, Tiefsten versammelt, wenn er sich fragt: Darfst du dich in der Mitte dieser ewig lebendigen Ordnung auch nur denken, sobald sich nicht gleichfalls in dir ein beharrlich Bewegtes, um einen reinen Mittelpunkt kreisend, hervortut? Und selbst wenn es dir schwer würde, diesen Mittelpunkt in deinem Busen aufzufinden, so würdest du ihn daran erkennen, daß eine wohlwollende, wohltätige Wirkung von ihm ausgeht und von ihm Zeugnis gibt.

Wilhelm Meisters Wanderjahre, 1. Buch, 10. Kapitel

Da ich an der Stelle, welche mir ein günstiges Geschick zuzuteilen beliebte, den Glauben nicht verlieren darf, daß der Mensch einer Besserung, Ausbildung und Vollendung fähig sei und daß der größte Vorzug seiner Gattung darin bestehe, daß er sich zur Selbstbeherrschung erheben könne, so muß mir nichts willkommener sein, als wenn diejenigen, welche bestellt sind, gegen das Gesetzlose zu wirken, nach Einsicht und Gewissen, von gleicher Hoffnung geleitet, zu mildem Entschluß sich bewogen fühlen.

An Julius Eduard Hitzig, 29. Juli 1817

Wenn der zur lebhaften Beobachtung aufgeforderte Mensch mit der Natur einen Kampf zu bestehen anfängt, ... wird er ein doppelt Unendliches gewahr: an den Gegenständen die Mannigfaltigkeit des Seins und Werdens und der sich lebendig durchkreuzenden Verhältnisse, an sich selbst aber die Möglichkeit einer unendlichen Ausbildung, indem er seine Empfänglichkeit sowohl als sein Urteil immer zu neuen Formen des Aufnehmens und Gegenwirkens macht.

Zur Morphologie

... durch wie vielerlei Zustände derjenige sich durchzuarbeiten hat, der sich, mehr als es zum praktischen Wandel notwendig wäre, vielseitig auszubilden gedrängt ist, dem Wahlspruch sich ergebend:

Willst du ins Unendliche schreiten,
Geh im Endlichen nach allen Seiten.

Zwischenrede

Man sollte, sagte er, alle Tage wenigstens ein kleines Lied hören, ein gutes Gedicht lesen, ein treffliches Gemälde sehen, und, wenn es möglich zu machen wäre, einige vernünftige Worte sprechen.

Wilhelm Meisters Lehrjahre, 5. Buch, 1. Kapitel

Alles Vollkommene in seiner Art muß über seine Art hinausgehen, es muß etwas anderes, Unvergleichbares werden. In manchen Tönen ist die Nachtigall noch Vogel; dann steigt sie über ihre Klasse hinüber und scheint jedem Gefiederten andeuten zu wollen, was eigentlich Singen heiße.

Die Wahlverwandtschaften, 2. Teil, 9. Kapitel

Es ist ganz einerlei, in welchem Kreise wir unsere Kultur beginnen, es ist ganz gleichgültig, von wo aus wir unsere Bildung ins fernere Leben richten, wenn es nur ein *Kreis*, wenn es nur ein *Wo* ist ... Eine produktive Bildung, die aus der Einheit kommt, ziemt dem Jüngling, und selbst in höheren Jahren, wo wir unsere Fortbildung mehr historisch, mehr aus der Breite nehmen, müssen wir diese Breite wieder zur Enge, wieder zur Einheit heranziehen.

An Schubarth, 8. Juli 1818

Glücklich, wer den Fehlschluß von seinen Wünschen auf seine Kräfte bald gewahr wird!

Wilhelm Meisters Lehrjahre, 2. Buch, 2. Kapitel

Die Nachahmung ist uns angeboren, das Nachzuahmende wird nicht leicht erkannt.

Maximen und Reflexionen

Gott hat den Menschen einfach gemacht, aber wie er gewikkelt wird und sich verwickelt, ist schwer zu sagen.

An Charlotte von Stein, 11. Dezember 1778

Die Anfänge *Wilhelm Meisters* hatten lange geruht. Sie entsprangen aus einem dunklen Vorgefühl der großen Wahrheit, daß der Mensch oft etwas versuchen möchte, wozu ihm Anlage von der Natur versagt ist, unternehmen und ausüben möchte, wozu ihm Fertigkeit nicht werden kann; ein inneres Gefühl warnt ihn, abzustehen, er kann aber mit sich nicht ins klare kommen und wird auf falschem Wege zu falschem Zwecke getrieben, ohne daß er weiß, wie es zugeht. Hiezu kann alles gerechnet werden, was man falsche Tendenz, Dilettantismus usw. genannt hat. Geht ihm hierüber von Zeit zu Zeit ein halbes Licht auf, so entsteht ein Gefühl, das an Verzweiflung grenzt, und doch läßt er sich wieder gelegentlich von der Welle, nur halb widerstrebend, fortreißen. Gar viele vergeuden hiedurch den schönsten Teil ihres Lebens und verfallen zuletzt in wundersamen Trübsinn. Und doch ist es möglich, daß alle die falschen Schritte zu einem unschätzbaren Guten hinführen: eine Ahnung, die sich im Wilhelm Meister immer mehr entfaltet, aufklärt und bestätigt, ja sich zuletzt mit klaren Worten ausspricht: »Du kommst mir vor wie Saul, der Sohn Kis, der ausging, seines Vaters Eselinnen zu suchen, und ein Königreich fand.«

Tag- und Jahreshefte für 1786

Noch eins! Bei strenger Prüfung meines eignen und fremden Ganges in Leben und Kunst fand ich oft, daß das, was man mit Recht ein falsches Streben nennen kann, für das Individuum ein ganz unentbehrlicher Umweg zum Ziele sei. Jede Rückkehr vom Irrtum bildet mächtig den Menschen im Einzelnen und Ganzen aus, so daß man wohl begreifen kann, wie dem Herzensforscher ein reuiger Sünder lieber sein kann als neunundneunzig Gerechte. Ja, man strebt oft mit Bewußtsein zu einem scheinbar falschen Ziel, wie der Fährmann gegen den Fluß arbeitet, da ihm doch nur darum zu tun ist, gerade auf dem entgegengesetzten Ufer anzulanden.

An Eichstädt, 15. September 1804

Überall kommt es darauf an, inwiefern der Mensch sich moralisch bearbeitet und bildet.

An Sabine Wolff, 1. September 1803 (Konzept)

Gebildete Menschen und die auf Bildung anderer arbeiten, bringen ihr Leben ohne Geräusch zu.

An Charlotte von Stein, 1. Dezember 1807

Man läßt sich seine Mängel vorhalten, man läßt sich strafen, man leidet manches um ihrer willen mit Geduld; aber ungeduldig wird man, wenn man sie ablegen soll.

Maximen und Reflexionen

Jedermann hat seine Eigenheiten und kann sie nicht los werden: und doch geht mancher an seinen Eigenheiten, oft an den unschuldigsten, zugrunde.

Maximen und Reflexionen

Weil jedoch in jedem Falle Besonnenheit die Haupteigenschaft ist, welche von dem Gebildeten verlangt wird, …

An Carl August, 4. Januar 1826

Sich mitzuteilen ist Natur; Mitgeteiltes aufzunehmen, wie es gegeben wird, ist Bildung.

Maximen und Reflexionen

Die höchste Wirkung des Geistes ist, den Geist hervorzurufen.

Diderots Versuch über die Malerei

Nur durch Fehler, die einen recht ärgern, rückt man fort.

An Charlotte von Stein, ohne Datum

So ists mit aller Bildung auch beschaffen:
Vergebens werden ungebundne Geister
Nach der Vollendung reiner Höhe streben.
Wer Großes will, muß sich zusammenraffen;
In der Beschränkung zeigt sich erst der Meister,
Und das Gesetz nur kann uns Freiheit geben.

Natur und Kunst

Ein edler Mensch kann einem engen Kreise
Nicht seine Bildung danken; Vaterland
Und Welt muß auf ihn wirken. Ruhm und Tadel
Muß er ertragen lernen. Sich und andre
Wird er gezwungen, recht zu kennen. Ihn
Wiegt nicht die Einsamkeit mehr schmeichelnd ein.

Torquato Tasso, 1. Aufzug, 2. Auftritt

Es bildet ein Talent sich in der Stille,
Sich ein Charakter in dem Strom der Welt.

Torquato Tasso, 1. Aufzug, 2. Auftritt

Wie ein herrliches Naturell keineswegs verkürzt werde, wenn ihm einleuchtet, daß der Mensch nicht alles aus sich selbst nehmen könne, daß er auch lernen und als Künstler den Begriff von der Kunst sich erwerben müsse.

Schillers und Ifflands Andenken

Nicht allein das Angeborene, sondern auch das Erworbene ist der Mensch.

Maximen und Reflexionen

Nur das Halbvermögen wünschte gern, seine beschränkte Besonderheit an die Stelle des unbedingten Ganzen zu setzen, und seine falschen Griffe unter Vorwand einer unbezwinglichen Originalität und Selbständigkeit zu beschönigen.

Wilhelm Meisters Wanderjahre, 2. Buch, 8. Kapitel

Zum Kustoden wird einer vielleicht geboren, schwerlich als Kustode.

Tagebücher, 30. September 1829

Was kann der Mensch! Und was könnte der Mensch!

An Charlotte von Stein, 14. März 1782

Ein jeglicher muß seinen Helden wählen,
Dem er die Wege zum Olymp hinauf
Sich nacharbeitet.

Iphigenie, 2. Aufzug, 1. Auftritt

Mich kann das, Leonore, wenig rühren,
Wenn ich bedenke, wie man wenig ist,
Und was man ist, das blieb man andern schuldig.

Torquato Tasso, 1. Aufzug, 1. Auftritt

Nach unserer Überzeugung gibt es kein größeres und wirksameres Mittel zu wechselseitiger Bildung als das Zusammenarbeiten überhaupt.

Über die Entstehung des Festspiels zu Ifflands Andenken

Ein Freund, der es zu deutlich merken läßt, daß er an euch zu bilden gedenkt, erregt kein Behagen; indessen eine Frau, die euch bildet, indem sie euch zu verwöhnen scheint, wie ein himmlisches, freudebringendes Wesen angebetet wird.

Dichtung und Wahrheit, 6. Buch

Doch wer ist so gebildet, daß er nicht seine Vorzüge gegen andere manchmal auf eine grausame Weise geltend machte? Wer steht so hoch, daß er unter einem solchen Druck nicht manchmal leiden müßte?

Die Wahlverwandtschaften, 1. Teil, 2. Kapitel

Das sogenannte Aus-sich-Schöpfen macht gewöhnlich falsche Originale und Manieristen.

Maximen und Reflexionen

Mit seltsamen Gebärden
Gibt man sich viele Pein,
Kein Mensch will etwas werden,
Ein jeder will schon was sein.

Zahme Xenien

Die Höhe reizt uns, nicht die Stufen; den Gipfel im Auge, wandeln wir gerne auf der Ebene.

Wilhelm Meisters Lehrjahre, 7. Buch, 9. Kapitel

Wenn ich mir auch nicht von Jugend auf sehr widerstanden hätte, wenn ich nicht gestrebt hätte, meinen Verstand ins Weite und Allgemeine auszubilden, so wäre ich der beschränkteste und unerträglichste Mensch geworden.

Wilhelm Meisters Lehrjahre, 6. Buch

Der zur Vernunft geborene Mensch bedarf noch großer Bildung, sie mag sich ihm nun durch Sorgfalt der Eltern und Erzieher, durch friedliches Beispiel oder durch strenge Erfahrung nach und nach offenbaren.

Maximen und Reflexionen

... wie man denn durch Verstand und Einsicht dasjenige auszufüllen sucht, was die Natur Lückenhaftes an uns gelassen hat.

Materialien zur Geschichte der Farbenlehre.
Konfession des Verfassers

Es gibt problematische Naturen, die keiner Lage gewachsen sind, in der sie sich befinden, und denen keine genugtut. Daraus entsteht der ungeheure Widerstreit, der das Leben ohne Genuß verzehrt.

Maximen und Reflexionen

Wenn einen Menschen die Natur erhoben,
Ist es kein Wunder, wenn ihm viel gelingt;
Man muß in ihm die Macht des Schöpfers loben,
Der schwachen Ton zu solcher Ehre bringt.
Doch wenn ein Mann von allen Lebensproben
Die sauerste besteht, sich selbst bezwingt,
Dann kann man ihn mit Freuden andern zeigen
Und sagen: Das ist er, das ist sein eigen!

Denn alle Kraft dringt vorwärts in die Weite,
Zu leben und zu wirken hier und dort;
Dagegen engt und hemmt von jeder Seite
Der Strom der Welt und reißt uns mit sich fort.
In diesem innern Sturm und äußern Streite
Vernimmt der Geist ein schwer verstanden Wort:
Von der Gewalt, die alle Wesen bindet,
Befreit der Mensch sich, der sich überwindet.

Die Geheimnisse

Wer mit dem Leben spielt,
Kommt nie zurecht;
Wer sich nicht selbst befiehlt,
Bleibt immer ein Knecht.

Zahme Xenien

Jedes Handwerk nährt bei den Seinigen einen lebhaften Freiheitssinn. Von Werkstatt zu Werkstatt, von Land zu Land zu wandern und das gültigste Zeugnis ohne große Umstände augenblicklich durch Tat und Arbeit selbst ablegen zu können, ist wohl ein reizendes Vorrecht für denjenigen, den Eigensinn und Ungeduld bald aus dieser, bald aus jener Lage treiben, ehe er einsehen lernt, daß der Mensch, um frei zu sein, sich selbst beherrschen müsse.

Anhang zur Lebensbeschreibung des Benvenuto Cellini

Betrachten wir uns in jeder Lage des Lebens, so finden wir, daß wir äußerlich bedingt sind, vom ersten Atemzug bis zum letzten; daß uns aber jedoch die höchste Freiheit übrig geblieben ist, uns innerhalb unsrer selbst dergestalt auszubilden, daß wir uns mit der sittlichen Weltordnung in Einklang setzen und, was auch für Hindernisse sich hervortun, dadurch mit uns selbst zum Frieden gelangen können.

Dies ist bald gesagt und geschrieben, steht aber auch nur als Aufgabe vor uns, deren Auflösung wir unsre Tage durchaus zu widmen haben. Jeder Morgen ruft zu: das Gehörige zu tun und das Mögliche zu erwarten.

An den Grafen von Brühl, 23. Oktober 1828

Ja, es ist jetzo die Zeit der Einseitigkeiten; wohl dem der es begreift ... Mach ein Organ aus dir und erwarte, was für eine Stelle dir die Menschheit im allgemeinen Leben wohlmeinend zugestehen werde.

Wilhelm Meisters Wanderjahre, 1. Buch, 4. Kapitel

Narrenpossen sind eure allgemeine Bildung und alle Anstalten dazu.

Wilhelm Meisters Wanderjahre, 2. Buch, 11. Kapitel

Ein Enthusiasmus für einen spezialen Gegenstand ... findet sich sehr selten ohne Zutat von etwas Fratzenhaftem.

An den Grafen von Reinhard, 25. Januar 1813

Eigentlich hängt soviel Unnützes um uns herum, aus Gewohnheit, Neigung, Zerstreuung und Willkür, ein Lumpenmantel zusammengespettelt. Was die Natur mit uns gewollt, das Vorzüglichste, was sie in uns gelegt, können wir deshalb weder auffinden noch ausüben.

Wilhelm Meisters Wanderjahre, 3. Buch, 4. Kapitel

Durch den entschiedensten Gegensatz ward ich in jene Zeiten zurückgeführt, wo wir uns zu einer ernsten gemeinsamen Bildung verpflichtet fühlten, wo wir, mit unserm großen edlen Freund verbunden, dem faßlich Wahren nachstrebten, das Schönste und Herrlichste, was die Welt uns darbot, zu Auferbauung unsres willigen, sehnsüchtigen Innern, zu Ausfüllung einer stoff- und gehaltbedürftigen Brust auf das treulichste und fleißigste zu gewinnen suchten.

An W. von Humboldt, 19. Oktober 1830

Je früher der Mensch gewahr wird, daß es ein Handwerk, daß es eine Kunst gibt, die ihm zur geregelten Steigerung seiner natürlichen Anlagen verhelfen, desto glücklicher ist er; was er auch von außen empfange, schadet seiner eingebornen Individualität nichts. Das beste Genie ist das, welches alles in sich aufnimmt, sich alles zuzueignen weiß, ohne daß es der eigentlichen Grundbestimmung, demjenigen, was man Charakter nennt, im mindesten Eintrag tue, vielmehr solches noch erst recht erhebe und durchaus nach Möglichkeit befähige.

Hier treten nun die mannigfaltigen Bezüge ein zwischen dem Bewußten und Unbewußten; denke man sich ein musikalisches Talent, das eine bedeutende Partitur aufstellen soll: Bewußtsein und Bewußtlosigkeit werden sich verhalten wie Zettel und Einschlag, ein Gleichnis, das ich so gerne brauche.

An W. von Humboldt, 17. März 1832

Ich liebe mir den heitern Mann
Am meisten unter meinen Gästen:
Wer sich nicht selbst zum besten haben kann,
Der ist gewiß nicht von den Besten.

Meine Wahl

Es kann sich nämlich im Menschen ein höheres Bewußtsein finden, so daß er über die notwendige ihm einwohnende Natur, an der er durch alle Freiheit nichts zu verändern vermag, eine gewisse Übersicht erhält. Hierüber völlig ins klare zu kommen, ist beinahe unmöglich; sich in einzelnen Augenblicken zu schelten, geht wohl an, aber niemanden ist gegeben, sich fortwährend zu tadeln. Greift man nicht zu dem gemeinen Mittel, seine Mängel auf die Umstände, auf andere Menschen zu schieben, so entsteht zuletzt aus dem Konflikt eines vernünftig richtenden Bewußtseins mit der zwar modifikablen, aber doch unveränderlichen Natur eine Art von Ironie in und mit uns selbst, so daß wir unsere Fehler und Irrtümer, wie ungezogene Kinder, spielend behandeln, die uns vielleicht nicht so lieb sein würden, wenn sie nicht eben mit solchen Unarten behaftet wären.

Diese Ironie, dieses Bewußtsein, womit man seinen Mängeln nachsieht, mit seinen Irrtümern scherzt und ihnen desto mehr Raum und Lauf läßt, weil man sie doch am Ende zu beherrschen glaubt oder hofft, kann von der klarsten Verruchtheit bis zur dumpfsten Ahndung sich in mancherlei Subjekten stufenweise finden, und wir getrauten uns, eine solche Galerie von Charakteren, nach lebendigen und abgeschiedenen Mustern, wenn es nicht allzu verfänglich wäre, wohl aufzustellen.

Materialien zur Geschichte der Farbenlehre.
Newtons Persönlichkeit

Die ungeheuerste Kultur, die der Mensch sich geben kann, ist die Überzeugung, daß die andern nicht nach ihm fragen.

Maximen und Reflexionen

Das Leben jedes bedeutenden Menschen, das nicht durch einen frühen Tod abgebrochen wird, läßt sich in drei Epochen teilen, in die der ersten Bildung, in die des eigentümlichen Strebens und in die des Gelangens zum Ziele, zur Vollendung.

Meistens kann man nur von der ersten sagen, daß die Zeit Ehre von ihr habe: denn erstlich deutet der Wert eines Menschen auf die Natur und Kraft der in seiner Geburtsepoche Zeugenden; das Geschlecht, aus dem er stammt, manifestiert sich in ihm öfters mehr als durch sich selbst, und das Jahr der Geburt eines jeden enthält in diesem Sinne eigentlich das wahre Nativitätsprognostikon mehr in dem Zusammentreffen irdischer Dinge als im Aufeinanderwirken himmlischer Gestirne.

Sodann wird das Kind gewöhnlich mit Freundlichkeit aufgenommen, gepflegt, und jedermann erfreut sich dessen, was es verspricht. Jeder Vater, jeder Lehrer sucht die Anlagen nach seinen Einsichten und Fähigkeiten bestens zu entwickeln, und wenigstens ist es der gute Wille, der alle die Umgebungen des Knaben belebt. Sein Fleiß wird gepriesen, seine Fortschritte werden belohnt, der größte Eifer wird in ihm erregt und ihm zugleich die törige Hoffnung vorgespiegelt, daß das immer stufenweise so fortgehn werde.

Allein er wird den Irrtum nur allzubald gewahr: denn sobald die Welt den einzelnen Strebenden erblickt, so bald erschallt ein allgemeiner Aufruf, sich ihm zu widersetzen. Alle Vor- und Mitwerber sind höchlich bemüht, ihn mit Schranken und Grenzen zu umbauen, ihn auf jede Weise zu retardieren, ihn ungeduldig, verdrießlich zu machen und ihn nicht allein von außen, sondern auch von innen zum Stokken zu bringen.

Diese Epoche ist also gewöhnlich die des Konflikts, und man kann sagen, daß diese Zeit Ehre von einem Manne habe. Die Ehre gehört ihm selbst an, und zwar ihm allein und den wenigen, ihn begünstigen und mit ihm halten.

Sind nun diese Widerstände überwunden, ist dieses Streben gelungen, das Angefangene vollbracht, so läßt sichs denn die Welt zuletzt wohl auch gefallen; aber auch dieses gereicht ihr keineswegs zur Ehre. Die Vorwerber sind abgetreten, den Mitwerbern ist es nicht besser gegangen, und sie haben vielleicht doch auch ihre Zwecke erreicht und sind beruhigt; die Nachwerber sind nun an ihrer Reihe der Lehre, des Rats, der Hilfe bedürftig, und so schließt sich der Kreis, oder vielmehr so dreht sich das Rad abermals, um seine immer erneuerte, wunderliche Linie zu beschreiben.

Materialien zur Geschichte der Farbenlehre.
Siebzehntes Jahrhundert. Allgemeine Betrachtungen

NACH AUSSEN: ›WIRKUNG‹ ODER TÄTIGKEIT

Von dem Inneren zu dem Äußeren überzugehen, ist schwerer, als man denkt.

Tag- und Jahreshefte für 1794

Ihm fehlt es nicht an geistigen Eigenschaften,
Doch gar zu sehr am Greiflich-Tüchtighaften.

Faust, 2. Teil, 2. Akt

… meine Kräfte?
Sie sind *mein*, und mein ist ihr Gebrauch.

Prometheus

Geschieht wohl, daß man einen Tag
Weder sich noch andre leiden mag,
Will nichts dir nach dem Herzen ein;

Sollts in der Kunst wohl anders sein?
Drum hetze dich nicht zur schlimmen Zeit,
Denn Füll und Kraft sind nimmer weit:
Hast in der bösen Stund geruht,
Ist dir die gute doppelt gut.

Guter Rat

Soll doch nicht als ein Pilz der Mensch dem Boden entwachsen
Und verfaulen geschwind an dem Platze, der ihn erzeugt hat,
Keine Spur nachlassend von seiner lebendigen Wirkung!

Hermann und Dorothea, 3. Gesang. Thalia

Es ist gut, daß man einmal alles tue, was man tun kann, um die Ehre zu haben, sich näher kennen zu lernen.

An Merck, 7. März 1775

Das Höchste, das Vorzüglichste am Menschen ist gestaltlos, und man soll sich hüten, es anders als in edler Tat zu gestalten.

Die Wahlverwandtschaften, 2. Teil, 7. Kapitel

Die wahren Tugenden und die wahren Mängel eines Menschen kommen nie zur Evidenz, und was man von ihm hin- und widerträgt, sind alberne Märchen.

An Karl Friedrich Graf von Reinhard, 14. November 1812

Der Nutzen aber, den das auf meinen phantastischen Sinn hat, mit lauter Menschen umzugehn, die ein bestimmtes, einfaches, daurendes, wichtiges Geschäft haben, ist unsäglich. Es ist wie ein kaltes Bad, das einen aus einer bürgerlich-wollüstigen Abspannung wieder zu einem neuen kräftigen Leben zusammenzieht.

An Charlotte von Stein, 9. Dezember 1777

Denn der Mensch, der zur schwankenden Zeit auch schwankend gesinnt ist,
Der vermehret das Übel und breitet es weiter und weiter;
Aber wer fest auf dem Sinne beharrt, der bildet die Welt sich.

Hermann und Dorothea, 9. Gesang. Urania

Wer sich entschließen kann, besiegt den Schmerz.

Torquato Tasso, 3. Aufzug, 2. Auftritt

Aufs *Tun* kommt alles an.

An Charlotte von Stein, 8. September 1785

Niemals darf ein Mensch, niemals darf ein Volk wähnen, das Ende sei gekommen. Wenn wir das Andenken großer Männer feiern, so geschieht es, um uns mit großen Gedanken vertraut zu machen, zu verbannen, was zerknirscht, was den Aufflug lähmen kann. Güterverlust läßt sich ersetzen, über andern Verlust tröstet die Zeit; nur ein Übel ist unheilbar: wenn der Mensch sich selbst aufgibt.

Johannes von Müller: Friedrichs Ruhm

Ist es nicht die Fähigkeit zur guten Tat, die sich der guten Tat erfreut?

Der Sammler und die Seinigen

Der Handelnde ist immer gewissenlos; es hat niemand Gewissen als der Betrachtende.

Maximen und Reflexionen

Man bedenkt nicht immer, daß ein kühn Unternommenes in der Ausführung gleichfalls Kühnheit erfordert, weil bei dem Ungemeinen durch gemeine Mittel nicht wohl auszulangen sein möchte.

Tag- und Jahreshefte für 1803

Hier blieb also nichts übrig, als ... die Hindernisse für Null zu erklären, wie man ja bei jedem bedeutenden Unternehmen tun muß, besonders wenn es unter der Klausel non obstantibus quibuscunque mutig anzugreifen ist.

Tag- und Jahreshefte für 1817

Die Tätigkeit ist das Glück, und für den, der die Freuden eines ununterbrochenen Bestrebens empfinden kann, ist der erworbene Reichtum ohne Bedeutung.

Unterhaltungen deutscher Ausgewanderten

Das Tüchtig-Regsame ist ganz allein wohltätig!

An Niebuhr, 23. November 1812

Nur wer immer wirkt, vermag zu wirken.

An Voigt, 18. November 1814

Die Tätigkeit ist, was den Menschen glücklich macht,
Die, erst das Gute schaffend, bald ein Übel selbst
Durch göttlich wirkende Gewalt in Gutes kehrt.
Drum auf beizeiten morgens! ja, und fändet ihr,
Was gestern ihr gebaut, schon wieder eingestürzt,
Ameisen gleich nur frisch die Trümmern aufgeräumt!
Und neuen Plan ersonnen, Mittel neu erdacht!
So werdet ihr, und wenn aus ihren Fugen selbst

Die Welt geschoben in sich selbst zertrümmerte,
Sie wieder bauen, einer Ewigkeit zur Lust.

Paläophron und Neoterpe

Wie viel wäre zu tun, und wie wenig tun wir!

An Charlotte von Stein, 9. November 1785

Des Lebens Mühe
Lehrt uns allein des Lebens Güter schätzen.

Torquato Tasso, 5. Aufzug, 1. Auftritt

Unendlich ist das Werk, das zu vollführen
Die Seele dringt. Wir möchten jede Tat
So groß gleich tun, als wie sie wächst und wird,
Wenn jahrelang durch Länder und Geschlechter
Der Mund der Dichter sie vermehrend wälzt.

Iphigenie, 2. Aufzug, 1. Auftritt

Die Tat ist alles, nichts der Ruhm.

Faust, 2. Teil, 4. Akt

Noch ist es Tag, da rühre sich der Mann!
Die Nacht tritt ein, wo niemand wirken kann.

West-östlicher Divan. Buch der Sprüche

Tätst du zur rechten Zeit dich regen,
Hättst du's bequemer haben mögen.
Wer geringe Ding wenig acht't,
Sich um geringere Mühe macht.

Legende

Kannst du mich schmeichelnd je belügen,
Daß ich mir selbst gefallen mag,
Kannst du mich mit Genuß betrügen –
Das sei für mich der letzte Tag!

Faust, 1. Teil. Studierzimmer

Keinen Druckser hier zu leiden,
Sei ein ewiges Mandat!
Nur die Lumpe sind bescheiden,
Brave freuen sich der Tat.

Rechenschaft

Es ist nichts schrecklicher als eine tätige Unwissenheit.

Maximen und Reflexionen

Es sind nur wenige, die den Sinn haben und zugleich zur Tat fähig sind. Der Sinn erweitert, aber lähmt; die Tat belebt, aber beschränkt.

Wilhelm Meisters Lehrjahre, 8. Buch, 5. Kapitel

Handeln ist leicht, Denken schwer, nach dem Gedachten handeln unbequem.

Wilhelm Meisters Lehrjahre, 7. Buch, 9. Kapitel

Denken und Tun, Tun und Denken, das ist die Summe aller Weisheit. Wer sich zum Gesetz macht, was einem jeden Neugebornen der Genius des Menschenverstandes heimlich ins Ohr flüstert, das Tun am Denken, das Denken am Tun zu prüfen, der kann nicht irren, und irrt er, so wird er sich bald auf den rechten Weg zurückfinden.

Wilhelm Meisters Wanderjahre, 2. Buch, 10. Kapitel

Im Praktischen ist doch kein Mensch tolerant! Denn wer auch versichert, daß er jedem seine Art und Wesen gerne lassen wolle, sucht doch immer diejenigen von der Tätigkeit auszuschließen, die nicht so denken wie er.

Wilhelm Meisters Lehrjahre, 6. Buch

Der Mensch kann sich nicht versagen, nach seiner Art wirken zu wollen; er versucht es erst unbewußt, ungebildet, dann auf jeder Stufe der Bildung immer bewußter, daher denn soviel Treffliches und Albernes sich über die Welt verbreitet und Verwirrung aus Verwirrung entwickelt.

Glückliches Ereignis

Denn das wahre Leben ist des Handelns
Ewge Unschuld, die sich so erweiset,
Daß sie niemand schadet als sich selber.

West-östlicher Divan. Buch Hafis

Dem tätigen Menschen kommt es darauf an, daß er das Rechte tue; ob das Rechte geschehe, soll ihn nicht kümmern.

Maximen und Reflexionen

Die Sehnsucht verschwindet im Tun und Wirken.

Wilhelm Meisters Wanderjahre, 2. Buch, 7. Kapitel

»Nun denn! Eh wir von hinnen eilen,
Hast noch was Kluges mitzuteilen?« –
Sehnsucht ins Ferne, Künftige zu beschwichtigen,
Beschäftige dich hier und heut im Tüchtigen.

Chinesisch-deutsche Jahres- und Tageszeiten

Und dein Streben, sei's in Liebe,
Und dein Leben sei die Tat!

Wilhelm Meisters Wanderjahre, 3. Buch, 1. Kapitel

Das Sicherste bleibt immer, daß wir alles, was in und an uns ist, in Tat zu verwandeln suchen.

An Zelter, 30. Oktober 1828

Ja, diesem Sinne bin ich ganz ergeben,
Das ist der Weisheit letzter Schluß:
Nur der verdient sich Freiheit wie das Leben,
Der täglich sie erobern muß.

Faust, 2. Teil, 5. Akt

Der Mensch hat gar eine eigne Lust, Proselyten zu machen, dasjenige, was er an sich schätzt, auch außer sich, in andern, zur Erscheinung zu bringen, sie genießen zu lassen, was er selbst genießt, und sich in ihnen wiederzufinden und darzustellen. Fürwahr, wenn dies auch Egoismus ist, so ist er der liebenswürdigste und lobenswürdigste, derjenige, der uns zu Menschen gemacht hat und uns als Menschen erhält.

Wilhelm Meisters Wanderjahre, 2. Buch, 3. Kapitel

An und in dem Boden findet man für die höchsten irdischen Bedürfnisse das Material, eine Welt des Stoffes, den höchsten Fähigkeiten des Menschen zur Bearbeitung übergeben; aber auf jenem geistigen Wege werden immer Teilnahme, Liebe, geregelte freie Wirksamkeit gefunden. Diese beiden Welten gegeneinander zu bewegen, ihre beiderseitigen Eigenschaften in der vorübergehenden Lebenserscheinung zu manifestieren, das ist die höchste Gestalt, wozu sich der Mensch auszubilden hat.

Wilhelm Meisters Wanderjahre, 3. Buch, 14. Kapitel

Als drittes entwickelt sich nun dasjenige, was wir als Handlung und Tat, als Wort und Schrift gegen die Außenwelt richten; dieses gehört derselben mehr an als uns selbst, so wie sie sich darüber auch eher verständigen kann, als wir es selbst vermögen; jedoch fühlt sie, daß sie, um recht klar darüber zu werden, auch von unserm Erlebten so viel als möglich zu erfahren habe. Weshalb man auf Jugendanfänge, Stufen der Bildung, Lebenseinzelnheiten, Anekdoten und dergleichen höchst begierig ist.

Dieser Wirkung nach außen folgt unmittelbar eine Rückwirkung, es sei nun, daß Liebe uns zu fördern suche oder Haß uns zu hindern wisse. Dieser Konflikt bleibt sich im Leben ziemlich gleich, indem ja der Mensch sich gleich bleibt und ebenso alles dasjenige, was Zuneigung oder Abneigung an seiner Art zu sein empfinden muß.

Schütz, zur Morphologie

Eins und alles

Im Grenzenlosen sich zu finden,
Wird gern der einzelne verschwinden,
Da löst sich aller Überdruß;
Statt heißem Wünschen, wildem Wollen,
Statt lästgem Fordern, strengem Sollen
Sich aufzugeben ist Genuß.

Weltseele, komm, uns zu durchdringen!
Dann mit dem Weltgeist selbst zu ringen,
Wird unsrer Kräfte Hochberuf.
Teilnehmend führen gute Geister,
Gelinde leitend, höchste Meister,
Zu dem, der alles schafft und schuf.

Und umzuschaffen das Geschaffne,
Damit sichs nicht zum Starren waffne,
Wirkt ewiges, lebendiges Tun.
Und was nicht war, nun will es werden
Zu reinen Sonnen, farbigen Erden;
In keinem Falle darf es ruhn.

Es soll sich regen, schaffend handeln,
Erst sich gestalten, dann verwandeln;
Nur scheinbar stehts Momente still.
Das Ewige regt sich fort in allen:
Denn alles muß in Nichts zerfallen,
Wenn es im Sein beharren will.

Es gibt zwei Momente der Weltgeschichte, die bald aufeinander folgen, bald gleichzeitig, teils einzeln und abgesondert, teils höchst verschränkt, sich an Individuen und Völkern zeigen.

Der erste ist derjenige, in welchem sich die einzelnen nebeneinander frei ausbilden; dies ist die Epoche des Werdens, des Friedens, des Nährens, der Künste, der Wissenschaften, der Gemütlichkeit, der Vernunft. Hier wirkt alles nach innen und strebt in den besten Zeiten zu einem glücklichen häuslichen Auferbauen; doch löst sich dieser Zustand zuletzt in Parteisucht und Anarchie auf.

Die zweite Epoche ist die des Benutzens, des Kriegens, des Verzehrens, der Technik, des Wissens, des Verstandes. Die Wirkungen sind nach außen gerichtet; im schönsten und höchsten Sinne gewährt dieser Zeitpunkt Dauer und Genuß unter gewissen Bedingungen. Leicht artet jedoch ein solcher Zustand in Selbstsucht und Tyrannei aus, wo man sich aber keinesweges den Tyrannen als eine einzelne Person zu denken nötig hat; es gibt eine Tyrannei ganzer Massen, die höchst gewaltsam und unwiderstehlich ist.

Man mag sich die Bildung und Wirkung der Menschen unter welchen Bedingungen man will denken, so schwanken beide durch Zeiten und Länder, durch Einzelnheiten und Massen, die proportionierlich und unproportionierlich aufeinander wirken; und hier liegt das Inkalkulable, das Inkommensurable der Weltgeschichte. Gesetz und Zufall greifen ineinander; der betrachtende Mensch aber kommt oft in den Fall, beide miteinander zu verwechseln.

Materialien zur Geschichte der Farbenlehre. Zwischenzeit

ERZIEHUNG

Fähigkeiten werden vorausgesetzt, sie sollen zu Fertigkeiten werden. Dieses ist der Zweck aller Erziehung.

Die Wahlverwandtschaften, 1. Teil, 5. Kapitel

Erziehung heißt: die Jugend an die Bedingungen gewöhnen, zu den Bedingungen bilden, unter denen man in der Welt überhaupt, sodann aber in besondern Kreisen existieren kann.

›Gabriele‹ von Johanna Schopenhauer (Rezension)

Nicht allein das Angeborene, sondern auch das Erworbene ist der Mensch.

Maximen und Reflexionen

Ein Blatt, das groß werden soll, ist voller Runzeln und Knittern, eh es sich entwickelt; wenn man nun nicht Geduld hat und es gleich so glatt haben will wie ein Weidenblatt, dann ists Übel.

An Jacobi, 9. September 1788

Denn wir können die Kinder nach unserem Sinne nicht formen;
So wie Gott sie uns gab, so muß man sie haben und lieben,
Sie erziehen aufs beste und jeglichen lassen gewähren.
Denn der eine hat die, die anderen andere Gaben;
Jeder braucht sie, und jeder ist doch nur auf eigene Weise
Gut und glücklich.

Hermann und Dorothea, 3. Gesang. Thalia

Man könnt erzogene Kinder gebären,
Wenn die Eltern erzogen wären.

Zahme Xenien

Es ist bloß ein Dünkel der Eltern, wenn sie sich einbilden, daß ihr Dasein für die Kinder so nötig sei.

Die Wahlverwandtschaften, 2. Teil, 12. Kapitel

Die Umstände erziehen alle Menschen, und man mache, was man will, die verändert man nicht.

An Carl August, 8. März 1779

»Wohlgeborne, gesunde Kinder«, versetzten jene, »bringen viel mit; die Natur hat jedem alles gegeben, was er für Zeit und Dauer nötig hätte; dieses zu entwickeln, ist unsere Pflicht, öfters entwickelt sichs besser von selbst. Aber eins bringt niemand mit auf die Welt, und doch ist es das, worauf alles ankommt, damit der Mensch nach allen Seiten zu ein Mensch sei. Könnt Ihr es selbst finden, so sprecht es aus.« Wilhelm bedachte sich eine kurze Zeit und schüttelte sodann den Kopf.

Jene, nach einem anständigen Zaudern, riefen: »*Ehrfurcht!*« Wilhelm stutzte. – »Ehrfurcht!« hieß es wiederholt. »Allen fehlt sie, vielleicht Euch selbst.«

Wilhelm Meisters Wanderjahre, 2. Buch, 1. Kapitel

Es ist ein frommer Wunsch aller Väter, das, was ihnen selbst abgegangen, an den Söhnen realisiert zu sehen, so ungefähr, als wenn man zum zweiten Mal lebte und die Erfahrungen des ersten Lebenslaufes nun erst recht nutzen wollte.

Dichtung und Wahrheit, 1. Buch

DEM MITMENSCHEN VERBUNDEN

Und die Flüsse von der Ebne
Und die Bäche von den Bergen
Jauchzen ihm und rufen: Bruder!
Bruder, nimm die Brüder mit,
Mit zu deinem alten Vater,
Zu dem ewgen Ozean,
Der mit ausgespannten Armen
Unser wartet,
Die sich, ach! vergebens öffnen,
Seine Sehnenden zu fassen;
Denn uns frißt in öder Wüste
Gierger Sand; die Sonne droben
Saugt an unserm Blut; ein Hügel
Hemmet uns zum Teiche! Bruder,

Nimm die Brüder von der Ebne,
Nimm die Brüder von den Bergen
Mit, zu deinem Vater mit!

Kommt ihr alle! –
Und nun schwillt er
Herrlicher …

Und so trägt er seine Brüder,
Seine Schätze, seine Kinder
Dem erwartenden Erzeuger
Freudebrausend an das Herz.

Mahomets Gesang

Daß zwar herrlich ist selbständig Gefühl, daß aber antwortend Gefühl wirkender macht, ist ewig wahr.

An Jacobi, 21. August 1774

Der Kreis von edlen Menschen ist das Werteste alles dessen, was ich errungen habe.

An Kestner, Mitte August 1773

… daß Vergänglichkeit überall die Nase im Spiel hat …

Denn unter uns, weils so eine gar mißliche Sache auf der Erde mit Bekanntschaften, Freund- und Liebschaften ist, daß, meint man oft, man habs an allen vier Zipfeln, pumps, reißt der Teufel ein Loch mitten drein und alles verschütt'.

An Betty Jacobi, 31. Dezember 1773

Es ist eine unaussprechliche Glückseligkeit, wenn Gesinnungen und Empfindungen zwischen zwei Wesen wechseln, ohn irgend anzustoßen, zurückgehalten oder geschreckt zu werden.

An Charlotte von Stein, 14. Juli 1782

Was man durch einen gleichgesinnten Freund erfährt, ist nahezu, als wenn man es selbst erfahren hätte.

An W. von Humboldt, 26. Mai 1799

[Nach Schillers Tod:]
Ich dachte mich selbst zu verlieren, und verliere nun einen Freund und in demselben die Hälfte meines Daseins.

An Zelter, 1. Juni 1805

Denken die Himmlischen
Einem der Erdgebornen
Viele Verwirrungen zu,
Und bereiten sie ihm
Von der Freude zu Schmerzen
Und von Schmerzen zur Freude
Tief-erschütternden Übergang,
Dann erziehen sie ihm
In der Nähe der Stadt,
Oder am fernen Gestade,
Daß in Stunden der Not
Auch die Hilfe bereit sei,
Einen ruhigen Freund.

Iphigenie, 4. Aufzug, 1. Auftritt

Gönne mir die Wollust,
Die schönste guter Menschen, sich dem Bessern
Vertrauend ohne Rückhalt hinzugeben!

Torquato Tasso, 2. Aufzug, 3. Auftritt

Man mag nicht mit jedem leben, und so kann man auch nicht für jeden leben; wer das recht einsieht, wird seine Freunde höchlich zu schätzen wissen, seine Feinde nicht hassen noch verfolgen; vielmehr erlangt der Mensch nicht leicht einen größeren Vorteil, als wenn er die Vorzüge seiner Widersacher gewahr werden kann: dies gibt ihm ein entschiedenes Übergewicht sie.

Maximen und Reflexionen

Nur wenige Tage sind alten geprüften Freunden hinreichend, um sich vollkommen wiederzuerkennen und sich auch einmal über den Bestand der menschlichen Dinge zu freuen. Mag doch die Gestalt der Welt vergehen, wenn befreundete Gesinnung sich gleich bleibt, wenn man zu beiden Seiten fortfährt, das gleiche zu lieben und das gleiche zu hassen, demselben Weg zu folgen, den entgegengesetzten zu meiden.

An Boisserée, 31. Oktober 1818

Mit jemand leben oder *in* jemand leben ist ein großer Unterschied. Es gibt Menschen, in denen man leben kann, ohne mit ihnen zu leben, und umgekehrt. Beides zu verbinden, ist nur der reinsten Liebe und Freundschaft möglich.

Maximen und Reflexionen

Immer strebe zum Ganzen, und kannst du selber kein Ganzes
Werden, als dienendes Glied schließ an ein Ganzes dich an.

Vier Jahreszeiten

Glücklich, wem doch Mutter Natur die rechte Gestalt gab!
Denn sie empfiehlet ihn stets, und nirgends ist er ein Fremdling;
Jeder nahet sich gern, und jeder möchte verweilen,
Wenn die Gefälligkeit nur sich zu der Gestalt noch gesellet.

Hermann und Dorothea, 6. Gesang. Klio

Mein Freund, die goldne Zeit ist wohl vorbei;
Allein die Guten bringen sie zurück.
Und soll ich dir gestehen, wie ich denke:
Die goldne Zeit, womit der Dichter uns
Zu schmeicheln pflegt, die schöne Zeit, sie war,
So scheint es mir, so wenig, als sie ist;
Und war sie je, so war sie nur gewiß,
Wie sie uns immer wieder werden kann.
Noch treffen sich verwandte Herzen an
Und teilen den Genuß der schönen Welt.

Torquato Tasso, 2. Aufzug, 1. Auftritt

Was ist heilig? Das ists, was viele Seelen zusammen
Bindet; bänd es auch nur leicht, wie die Binse den Kranz.

Was ist das Heiligste? Das, was heut und ewig die Geister,
Tiefer und tiefer gefühlt, immer nur einiger macht.

Vier Jahreszeiten

Dem, der sich mit den Wellen herumarbeitet, ists wohl der schlimmste Herzensstoß, wenn der Willige am Ufer nicht Kräfte genug hat, alle zu retten, die der Sturm gegen seine Küste treibt. Wenn der, dem ein Menschengeschöpf die reichste Beute des Strandrechts wäre, mit wenigen sich begnügen und die andern untergehn sehn muß.

An Johann Friedrich Krafft, 2. November 1778

Über das Danken

Dank und Undank gehören zu denen, in der moralischen Welt jeden Augenblick hervortretenden Ereignissen, worüber die Menschen sich untereinander niemals beruhigen können. Ich pflege einen Unterschied zu machen zwischen Nichtdankbarkeit, Undank und Widerwillen gegen den Dank.

Jene erste ist dem Menschen angeboren, ja anerschaffen: denn sie entspringt aus einer glücklichen, leichtsinnigen Vergessenheit des Widerwärtigen wie des Erfreulichen, wodurch ganz allein die Fortsetzung des Lebens möglich wird. Der Mensch bedarf so unendlich vieler äußeren Vor- und Mitwirkungen zu einem leidlichen Dasein, daß, wenn er der Sonne und der Erde, Gott und der Natur, Vorvordern und Eltern, Freunden und Gesellen immer den gebührenden Dank abtragen wollte, ihm weder Zeit noch Gefühl übrig bliebe, um neue Wohltaten zu empfangen und zu genießen.

Läßt nun freilich der natürliche Mensch jenen Leichtsinn in und über sich walten, so nimmt eine kalte Gleichgültigkeit immer mehr überhand, und man sieht den Wohltäter zuletzt als einen Fremden an, zu dessen Schaden man allenfalls, wenn es uns nützlich wäre, auch etwas unternehmen dürfte. Dies alles kann eigentlich Undank genannt werden, der aus der Roheit entspringt, worin die ungebildete Natur sich am Ende notwendig verlieren muß. Widerwille gegen das Danken jedoch, Erwiderung einer Wohltat durch unmutiges und verdrießliches Wesen ist sehr selten und kommt nur bei vorzüglichen Menschen vor: solchen, die, mit großen Anlagen und dem Vorgefühl derselben in einem niederen Stande oder in einer hilflosen Lage geboren, sich von Jugend auf Schritt vor Schritt durchdrängen und von allen Orten her Hilfe und Beistand annehmen müssen, die ihnen denn manchmal durch Plumpheit der Wohltäter vergällt und widerwärtig werden, indem das, was sie empfangen, irdisch und das, was sie dagegen leisten, höherer Art ist, so daß eine eigentliche Kompensation nicht gedacht werden kann.

Dichtung und Wahrheit, 10. Buch

Die Teilnahme ist so selten in der Welt, daß man sich mit einem derselben oft schon begnügen muß.

An Knebel, 14. Januar 1799

Es ist das Schöne einer tätigen Teilnahme, daß sie wieder hervorbringend ist.

An Zelter, 26. August 1799

Bei soviel unerläßlichen Widerwärtigkeiten, die der Mensch zu erdulden hat, bei unvermeidlicher Spannung und Widerstreit macht er sich oft ganz willkürlich ein Geschäft, sich von andern abzusondern, andre von andern zu trennen. Diesem Übel zu begegnen, haben die vorsehenden Gottheiten solche Wesen geschaffen, welche durch eine glückliche Vermittlung dasjenige, was sich ihnen nähert, zu vereinigen,

Mißverständnisse aufzuheben und einen friedlichen Zustand in der Gesellschaft herzustellen wissen.

An Elisabeth Charlotte Konstantia von der Recke, 8. November 1811

Ich habe noch nicht den Mut fassen können, Sie zu besuchen. Wie man sich nicht unmittelbar nach einer großen Krankheit im Spiegel besehen soll, so vermeidet man billig den Anblick derer, die mit uns gleich großen Verlust erlitten haben.

An Karoline von Wolzogen, 12. Juni 1805

Was wir an andern billigen, versetzt uns selbst in eine produktive Stimmung, und diese wirkt immer wohltätig.

An Schelling, 29. November 1803

Was bleibt uns denn viel Reelles vom Leben als das Verhältnis zu vorzüglichen Gleichzeitigen!

An Carl August, 29. Juni 1797

Man muß sich, wenn man auch nicht in allem übereinstimmend denken könnte, doch die Grundmaximen deutlich machen, welche das Urteil und die Tätigkeit des andern führen und leiten.

An Philipp Otto Runge, 23. Juli 1808

Verbindungen sucht sich der Mensch auf eine oder die andre Weise, da er nicht allein stehen kann, und er muß früher oder später lernen, sich in Verhältnisse finden, sich ihrer Vorteile zu bedienen, ihre Unbequemlichkeiten zu tragen oder ihnen auszuweichen.

An Anton Friedrich Justus Thibaut, 22. Januar 1809

Mein Losungswort ist *Gemeinsinn!* der sich, wenn er echt ist, mit *Weltsinn* recht wohl verträgt.

An Friedrich Justin Bertuch, 7. Juni 1803

Die Existenzen fremder Menschen sind die besten Spiegel, worin wir die unsrige erkennen können.

An Charlotte von Stein, 9. September 1783

Es kommt doch oft nur darauf an, daß die Menschen sich durch einen Dritten begreifen lernen.

An Lavater, Ende Dezember 1783

Die Welt ist so leer, wenn man nur Berge, Flüsse und Städte darin denkt, aber hie und da jemand zu wissen, der mit uns übereinstimmt, mit dem wir auch stillschweigend fortleben, das macht uns dieses Erdenrund erst zu einem bewohnten Garten.

Wilhelm Meisters Lehrjahre, 7. Buch, 5. Kapitel

Ist wohl der ein würdiger Mann, der im Glück und im Unglück
Sich nur allein bedenkt und Leiden und Freuden zu teilen
Nicht verstehet und nicht dazu von Herzen bewegt wird?

Hermann und Dorothea, 2. Gesang. Terpsichore

Was die Städte
Bauet, was die Staaten gründet:
Bürgersinn, wozu Natur uns
Eingepflanzt so Lust als Kräfte.

Vorspiel zur Eröffnung des Weimarischen Theaters 1807

Wenn Selbstgefühl sich in Verachtung andrer, auch der Geringsten, ausläßt, muß es widrig auffallen. Ein leichtsinniger Mensch darf andre zum besten haben, erniedrigen, wegwerfen, weil er sich selbst einmal preisgibt. Wer auf sich etwas hält, scheint dem Rechte entsagt zu haben, andre geringzuschätzen. Und was sind wir denn alle, daß wir uns viel erheben dürfen!

An Jacobi, 5. Mai 1786

Man soll tun, was man kann, einzelne Menschen vom Untergang zu retten. Dann ist aber noch wenig getan, vom Elend zum Wohlstand sind unzählige Grade.

An Charlotte von Stein, 14. September 1780

Das arme Volk muß immer den Sack tragen, und es ist ziemlich einerlei, ob er ihm auf der rechten oder linken Seite zu schwer wird.

An Herders, 20. Juni 1784

Wie sehr ich wieder, auf diesem dunklen Zug, Liebe zu der Klasse von Menschen gekriegt habe, die man die niedre nennt, die aber gewiß für Gott die höchste ist! Da sind doch alle Tugenden beisammen, Beschränktheit, Genügsamkeit, grader Sinn, Treue, Freude über das leidlichste Gute, Harmlosigkeit, Dulden – Dulden – Ausharren.

An Charlotte von Stein, 4. Dezember 1777

So steig ich durch alle Stände aufwärts, sehe den Bauersmann der Erde das Notdürftige abfordern, das doch auch ein behäglich Auskommen wäre, wenn er nur für sich schwitzte. Du weißt aber, wenn die Blattläuse auf den Rosenzweigen sitzen und sich hübsch dick und grün gesogen haben, dann kommen die Ameisen und saugen ihnen den filtrierten Saft aus den Leibern. Und so gehts weiter, und wir habens so weit gebracht, daß oben immer in einem Tage mehr verzehrt wird, als unten in einem beigebracht werden kann.

An Knebel, 17. April 1782

Der Fall ist schon öfters vorgekommen, daß man Fürsten teils Feste, teils Denkmale votiert, welche jedoch solche abgelehnt und die Verwendung einer solchen Summe zu einer milden Stiftung gewünscht. Die Vermehrung des Fonds für Waisenkinder ist wohl nie wünschenswerter gewesen wie jetzt, da so viele Eltern frühzeitig hingerafft wurden. Sollte der gute und fromme Wille der weimarischen Bürger nicht auf diesen Gegenstand zu lenken sein? Ich wenigstens würde alsdann mit Vergnügen meinen geringen Anteil abtragen.

An Voigt, 13. Mai 1814

Wenn ein Arzt auf seinem Todbette noch einen andern für ein langes Leben retten kann, so sehe ich nicht ein, warum wir andern nicht noch, indem wir uns übel befinden, etwas tun sollten, was die Menschen erfreut.

An J.H. Meyer, 30. Mai 1809

Wenn man mit sich selbst einig und mit seinen Nächsten, das ist auf der Welt das Beste.

An Christiane, 3. Oktober 1799

Bist noch so tief in Schmerz und Qual verloren,
So bleibst du doch zum Jugendglück geboren;
Ermanne dich zu rasch gesundem Schritte,
Komm in der Freundschaft Himmelsglanz und Helle,

Empfinde dich in treuer Guten Mitte,
Da sprieße dir des Lebens heitre Quelle.

Wilhelm Meisters Wanderjahre, 2. Buch, 5. Kapitel

Und wenn die Verworrenheit
Widerstrebenden Strebens
Euch ängstlich umkettet
O so schauet hinauf
In jene Räume, die unendlichen,
Von woher ich …
Euch der göttlichen Eintracht Ahndung,
Heilend, heruntersende.

Paläophron und Neoterpe. Späterer Schluß (1803)

… was ohne, gegen unsern Willen geschieht, daß das Einzelne sich ins Ganze verschmilzt, daß das eigene Tun sich sogleich im Tun so vieler andern verliert, so ist gleich ein halb Jahrhundert gewonnen. Doch soll es vielleicht nicht so sein.

An den Grafen Kaspar von Sternberg, 26. August 1822

Denn edlen Seelen vorzufühlen,
Ist wünschenswertester Beruf.

Vermächtnis

Je länger das Leben dauert, desto mehr gehen die frühern Verhältnisse ins Enge, und die neuern sind um desto höher zu achten, weil sie sich seltner fügen.

An den Grafen von Reinhard, 9. Juni 1809

Aus Verbindungen, die nicht bis ins Innerste der Existenz gehn, kann nichts Kluges werden.

An Charlotte von Stein, 12. Juli 1786

Alle Gemeinschaft, die man erzwingen will, macht was Halbes.

An Charlotte von Stein, 1. Januar 1780

Von der Gefahr, der ungeheuren,
Errettet nur gesamte Kraft ...
Nachgiebigkeit bei großem Willen.

Des Epimenides Erwachen, 2. Aufzug, 10. Auftritt

Derjenige, der sich angetrieben fühlt, etwas zu leisten, findet, indem er lebt und wirkt, überall Widerstand und Hindernisse, so daß er selten des Tages genießt, an welchem er das Gute vollbringt. Auch regt sich in ihm immerfort das Bestreben nach dem Besseren, so daß das Getane selbst ihm nicht hinreichend, ja kaum beachtenswert erscheinen kann; späterhin erst, wo die Wirkung hervortritt, wenn er bemerken kann, daß die Zeitgenossen seine Hoffnungen in sich aufnahmen, sie verwirklichten, förderten, dann empfindet er sich mit anderen zusammen als ein Ganzes, als ein wahrhaft lebendiges Wesen.

An Sergej Semenowitsch von Uwarow, 28. März 1817

In allem Irdischen, Ökonomischen, Finanziellen, Merkantilischen kann man vorsichtig mit jedermann Verbindungen eingehen; der Gewinn gibt sich klar, und der Verlust wird denn auch am Ende zu verwinden sein; aber in höhern Regionen ist eine falsch ergriffene Verbindung im Ästhetischen, Sittlichen, Religiosen voller Gefahr, und jedes Mißlingen von traurigen Folgen.

An Boisserée, 3. November 1826

Allein nicht lange genossen wir Ihres werten Umganges, als wir einen Mann gewahr wurden, dem das allgemein Menschliche lebhaft im Sinne lag und welcher daher überallhin seine Aufmerksamkeit richtete, wo er ein Bestreben bemerkte, darauf zu wirken, daß Mensch- an Menschen sich knüpfen, um durch wechselseitige Anerkennung das eigentliche Gleichgewicht im Ganzen herzustellen, welches im Einzelnen wegen des immer fortdauernden Konfliktes der besonderen Interessen schwer zu erreichen und zu erhalten ist.

Im gleichen Sinne haben wir die übersendete Marmorbüste mit lebhaft dankbarer Empfindung aufgenommen, als ein Zeugnis des Wohlwollens eines unmittelbaren Geistesverwandten, als einen Beweis der Auflösung strenger Nationalgrenzen, und wir glauben uns dadurch der erhabenen Intention des Gebers angenähert zu haben.

An Pierre Jean David, 20. August 1831

Wie es die Welt jetzt treibt, muß man sich immer- und immerfort sagen und wiederholen: daß es tüchtige Menschen gegeben hat und geben wird, und solchen muß man ein schriftlich-gutes Wort gönnen, aussprechen und auf dem Papier hinterlassen. Das ist die ›Gemeinschaft der Heiligen‹, zu der wir uns bekennen.

An Zelter, 18. Juni 1831

Von dem Berge zu den Hügeln,
Niederab das Tal entlang,
Da erklingt es wie von Flügeln,
Da bewegt sichs wie Gesang;
Und dem unbedingten Triebe,
Folget Freude, folget Rat;

Und dein Streben, sei's in Liebe,
Und dein Leben sei die Tat!

Wanderlied

ZUM GUTEN HANDELN BERUFEN

Ganz leise spricht ein Gott in unsrer Brust,
Ganz leise, ganz vernehmlich, zeigt uns an,
Was zu ergreifen ist und was zu fliehn.

Torquato Tasso, 3. Aufzug, 2. Auftritt

Sofort nun wende dich nach innen:
Das Zentrum findest du da drinnen,
Woran kein Edler zweifeln mag.
Wirst keine Regel da vermissen:
Denn das selbständige Gewissen
Ist Sonne deinem Sittentag.

Vermächtnis

Der Wunsch, Gutes zu tun, ist ein kühner, stolzer Wunsch; man muß schon sehr dankbar sein, wenn einem ein kleiner Teil davon gewährt wird.

An Krafft, 13. Juli 1779

In den Werken des Menschen wie in denen der Natur sind eigentlich die Absichten vorzüglich der Aufmerksamkeit wert.

Maximen und Reflexionen

Jeder, der in sich fühlt, daß er etwas Gutes wirken kann, muß ein Plaggeist sein. Er muß nicht warten, bis man ihn ruft; er muß nicht achten, wenn man ihn fortschickt. Er muß sein, was Homer an den Helden preist, er muß sein wie eine Fliege, die, verscheucht, den Menschen immer wieder von einer andern Seite befällt.

Lila, 1. Aufzug

Man soll tun, was man kann, einzelne Menschen vom Untergang zu retten. Dann ist aber noch wenig getan, vom Elend zum Wohlstand sind unzählige Grade.

An Charlotte von Stein, 14. September 1780

Wenn man wohltätig sein will und weiter nichts, so kann das jeder am hellen Tage, in seinem Hauskleid.

An Philipp Christoph Kayser, 15. März 1783

Da, wo du bist, da, wo du bleibst, wirke, was du kannst, sei tätig und gefällig, und laß dir die Gegenwart heiter sein!

Wilhelm Meisters Lehrjahre, 7. Buch, 8. Kapitel

Ich bitte Gott, daß er mich täglich haushälterischer werden lasse, um freigebig sein zu können, es sei mit Geld oder Gut, Leben oder Tod.

An Charlotte von Stein, 10. Dezember 1781

Welch ein Geschenk für die Menschheit ist ein edler Mensch!

An Charlotte von Stein, 9. Mai 1782

Der berufene Richter

Wer ist zum Richter bestellt? Nur der Bessere?
Nein, wem das Gute
Über das Beste noch gilt, der ist zum Richter bestellt.

Votivtafeln

Wer Gutes will, der sei erst gut.

Faust, 2. Teil, 1. Akt

Hier erscheint die Kunst vollkommen selbständig, indem sie sich gar unabhängig erweist von dem, was dem edlen Menschen das Höchste und Verehrungswürdigste bleibt, von der Sittlichkeit.

An Peter Christian Wilhelm Beuth, 22. Februar 1831

Der Mensch mag immer gerne mitwirken, und der Gute gern ordnen, zurechtlegen und die stille Herrschaft des Rechten befördern.

An Charlotte von Stein, 17. Juni 1784

... ein allgemeines Gebrechen, der sogenannte *Egoismus* ..., den ein jeder von seiner Seite glaubt bekämpfen zu müssen, ohne zu ahnden, daß er das Pfeifchen selbst in den Rockfalten trage.

Pfingstmontag. Lustspiel in Straßburger Mundart von Georg Daniel Arnold (Rezension)

Besitz und Gemeingut! Heben sich diese beiden Begriffe nicht auf? ... nur insofern werden die Vermögenden geschätzt, als andere durch sie genießen.

Wilhelm Meisters Wanderjahre, 1. Buch, 6. Kapitel

Wenn Fremde sich in unsre Lage fühlen,
Sind sie wohl näher als die Nächsten, die
Oft unsern Gram, als wohlbekanntes Übel,
Mit lässiger Gewohnheit übersehn.

Die natürliche Tochter, 4. Aufzug, 2. Auftritt

Jedes Geschäft wird eigentlich durch ethische Hebel bewegt, da alle von Menschen geführt werden. Alles kommt dabei auf die Persönlichkeit an.

Museen zu Jena. Übersicht des Bisherigen und Gegenwärtigen

Alles Gute, was geschieht, wirkt nicht einzeln. Seiner Natur nach setzt es sogleich das Nächste in Bewegung.

Über die verschiedenen Zweige der hiesigen Tätigkeit

Mich freut es, wenn mehrere Fliegen mit *einer* Klappe geschlagen werden, und wenn eine Wohltat auf mannigfaltige Weise produktiv ist.

An Charlotte von Stein, 1. Dezember 1807

Der Mensch tut recht gern das Gute, das Zweckmäßige, wenn er nur dazu kommen kann.

Die Wahlverwandtschaften, 2. Teil, 18. Kapitel

Denn wenn ein Wunder auf der Welt geschieht,
Geschiehts durch liebevolle, treue Herzen.

Die natürliche Tochter, 5. Aufzug, 8. Auftritt

Doch, was dem Abgrund kühn entstiegen,
Kann durch ein ehernes Geschick
Den halben Weltkreis übersiegen,
Zum Abgrund muß es doch zurück.

Des Epimenides Erwachen, 2. Aufzug, 4. Auftritt

Die moralische Größe entscheidet.

La gloire de Frédéric par Jean de Muller (Rezension)

Da wir, wenn es uns schlecht geht, nichts Besseres tun können, als etwas einzuleiten, was guten Menschen nützlich ist …

An Ottilie von Goethe, 14. Juli 1828

Guter Wille ist die beste Augensalbe, Mißwollen eine falsche Brille, welche die Gegenstände entstellt und die Sehkraft verdirbt.

An Heinrich Gustav Hotho, 19. April 1830

Alles eigentlich gemeinsame Gute muß durch das unumschränkte Majestätsrecht gefördert werden.

Die Wahlverwandtschaften, 1. Teil, 6. Kapitel

Nur allein der Mensch
Vermag das Unmögliche:
Er unterscheidet,
Wählet und richtet;
Er kann dem Augenblick
Dauer verleihen.
Er allein darf
Den Guten lohnen,
Den Bösen strafen,
Heilen und retten,
Alles Irrende, Schweifende
Nützlich verbinden.

Das Göttliche

Und nun sei ein heiliges Vermächtnis
Brüderlichem Wollen und Gedächtnis:
Schwerer Dienste tägliche Bewahrung,
Sonst bedarf es keiner Offenbarung.

West-östlicher Divan. Buch des Parsen

Edel sei der Mensch,
Hilfreich und gut!
Denn das allein
Unterscheidet ihn
Von allen Wesen,
Die wir kennen.

Heil den unbekannten
Höhern Wesen,
Die wir ahnen!
Ihnen gleiche der Mensch;
Sein Beispiel lehr uns
Jene glauben.

Denn unfühlend
Ist die Natur ...

Das Göttliche

Doch rufen von drüben
Die Stimmen der Geister,
Die Stimmen der Meister:
Versäumt nicht, zu üben
Die Kräfte des Guten.

Symbolum

In meiner Richtung, die immer drauf hinging, das Höhere gewahr zu werden, es zu erkennen, es zu fördern, und wo möglich solches nachbildend zu gestalten …

Dichtung und Wahrheit, 17. Buch

ZUM GESETZLICHEN STREBEND

Der Mensch, wo er bedeutend auftritt, verhält sich gesetzgebend.

Problem und Erwiderung

Es ist … immer das willkürliche Subjekt, das sich gegen Objekt und Gesetz wehrt.

An Adolph Friedrich Karl Streckfuß, 14. August 1827

Das Subjekt

Wichtig wohl ist die Kunst und schwer,
sich selbst zu bewahren,
Aber schwieriger ist diese: sich selbst zu entfliehn.

Votivtafeln

Alle Gesetze sind Versuche, sich den Absichten der moralischen Weltordnung im Welt- und Lebenslaufe zu nähern.

Maximen und Reflexionen

Ich bin aus meiner Bahn geschritten, ich habe meine Gesetze gebrochen, ich habe sogar das Gefühl derselben verloren.

Die Wahlverwandtschaften, 2. Buch, 14. Kapitel

Nach seinem Sinne loben, ist gemein,
Der Edle strebt nach Ordnung und Gesetz.

Anmerkungen zur ›Natürlichen Tochter‹

Wer mit dem Leben spielt,
Kommt nie zurecht;
Wer sich nicht selbst befiehlt,
Bleibt immer ein Knecht.

Zahme Xenien

Das Gesetz macht den Menschen,
Nicht der Mensch das Gesetz.

Tagebücher, 25. Mai 1777

Was ist des Freisten Freiheit? Recht zu tun.

Egmont, 4. Aufzug. Der Culenburgische Palast

Was ist das höchste Glück des Menschen, als daß wir das ausführen, was wir als recht und gut einsehen? daß wir wirklich Herren über die Mittel zu unseren Zwecken sind?

Wilhelm Meisters Lehrjahre, 7. Buch, 6. Kapitel

... sah ich, daß das unschätzbare Glück der Freiheit nicht darin besteht, daß man alles tut, was man tun mag und wozu uns die Umstände einladen, sondern daß man das ohne Hindernis und Rückhalt, auf dem geraden Wege tun kann, was man für recht und schicklich hält.

Wilhelm Meisters Lehrjahre, 6. Buch

Schränken Sie sich alsdann ein: das *Muß* ist hart, aber beim *Muß* kann der Mensch allein zeigen, wie's inwendig mit ihm steht. Willkürlich leben kann jeder.

An Krafft, 31. Januar 1781

Wir fassen ein Gesetz begierig an,
Das unsrer Leidenschaft zur Waffe dient.

Iphigenie, 5. Aufzug, 3. Auftritt

Der Erzieher muß die Kindheit hören, nicht das Kind; der Gesetzgeber und Regent die Volkheit, nicht das Volk. Jene spricht munter immer dasselbe aus, ist vernünftig, beständig, rein und wahr; dieses weiß niemals für lauter Wollen, was es will.

Maximen und Reflexionen

Die Ehe ist der Anfang und der Gipfel aller Kultur.

Die Wahlverwandtschaften, 1. Teil, 9. Kapitel

Ich darf wohl aussprechen, daß jedes Schlimme, Schlimmste, was uns innerhalb des Gesetzes begegnet, es sei natürlich oder bürgerlich, körperlich oder ökonomisch, immer noch nicht den tausendsten Teil der Unbilden aufwiegt, die wir durchkämpfen müssen, wenn wir außer oder neben dem Gesetz, oder vielleicht gar Gesetz und Herkommen durchkreuzend, [einhergehen], und doch zugleich mit uns selbst, mit andern und der moralischen Weltordnung im Gleichgewicht zu bleiben die Notwendigkeit empfinden.

An Schubarth, 7. November 1821

Dieser schöne Begriff von Macht und Schranken, von Willkür
Und Gesetz, von Freiheit und Maß, von beweglicher Ordnung,
Vorzug und Mangel erfreue dich hoch; die heilige Muse
Bringt harmonisch ihn dir, mit sanftem Zwange belehrend.

Keinen höhern Begriff erringt der sittliche Denker,
Keinen der tätige Mann, der dichtende Künstler; der Herrscher,
Der verdient, es zu sein, erfreut nur durch ihn sich der Krone.

Metamorphose der Tiere

Das Gedächtnis mag immer schwinden, wenn das Urteil im Augenblick nicht fehlt.

Maximen und Reflexionen

... denn Gesetze
Bewahren die lebendgen Schätze,
Aus welchen sich das All geschmückt.

Vermächtnis

... nach Kunstgesetzen, die ebenso wahr in der Natur des bildenden Genius liegen, als die große allgemeine Natur die organischen Gesetze ewig tätig bewahrt. ... Es ist nicht einmal die Frage, ob die echten Regeln jemals gefunden oder befolgt worden sind, sondern man muß kühn behaupten, daß sie gefunden werden müssen und daß, wenn wir sie dem Genie nicht vorschreiben können, wir sie von dem Genie zu empfangen haben.

Diderots Versuch über die Malerei

Natur und Kunst, sie scheinen sich zu fliehen
Und haben sich, eh man es denkt, gefunden;
Der Widerwille ist auch mir verschwunden,
Und beide scheinen gleich mich anzuziehen.

Es gilt wohl nur ein redliches Bemühen!
Und wenn wir erst in abgemeßnen Stunden
Mit Geist und Fleiß uns an die Kunst gebunden,
Mag frei Natur im Herzen wieder glühen.

So ists mit aller Bildung auch beschaffen:
Vergebens werden ungebundne Geister
Nach der Vollendung reiner Höhe streben.

Wer Großes will, muß sich zusammenraffen;
In der Beschränkung zeigt sich erst der Meister,
Und das Gesetz nur kann uns Freiheit geben.

Natur und Kunst

Es war noch lange hin bis zu der Zeit, wo ausgesprochen werden konnte, daß Genie diejenige Kraft des Menschen sei, welche, durch Handeln und Tun, Gesetz und Regel gibt.

Dichtung und Wahrheit, 19. Buch

BEWÄHRUNG IM ›ALLGEMEINEN MENSCHENSCHICKSAL‹

Wäre es Gott darum zu tun gewesen, daß die Menschen in der Wahrheit leben und handeln sollten, so hätte er seine Einrichtung anders machen müssen.

Maximen und Reflexionen

Des Menschen Leben scheint ein herrlich Los:
Der Tag wie lieblich, so die Nacht wie groß!
Und wir, gepflanzt in Paradieses Wonne,
Genießen kaum der hocherlauchten Sonne,

Da kämpft sogleich verworrene Bestrebung
Bald mit uns selbst und bald mit der Umgebung;
Keins wird vom andern wünschenswert ergänzt,
Von außen düsterts, wenn es innen glänzt,
Ein glänzend Äußres deckt ein trüber Blick,
Da steht es nah – und man verkennt das Glück.

An Werther

Das gemeine Menschenschicksal, an welchem wir alle zu tragen haben, muß denjenigen am schwersten aufliegen, deren Geisteskräfte sich früher und breiter entwickeln. Wir mögen unter dem Schutz von Eltern und Verwandten emporkommen, wir mögen uns an Geschwister und Freunde anlehnen, durch Bekannte unterhalten, durch geliebte Personen beglückt werden, so ist doch immer das Final, daß der Mensch auf sich zurückgewiesen wird.

Dichtung und Wahrheit, 15. Buch

Es ist ganz einerlei, vornehm oder gering sein: das Menschliche muß man immer ausbaden.

Maximen und Reflexionen

Das Familienwesen eines jeden Handwerks, das Gestalt und Farbe von der Beschäftigung erhielt, war gleichfalls der Gegenstand meiner stillen Aufmerksamkeit, und so entwikkelte, so bestärkte sich in mir das Gefühl der Gleichheit, wo nicht aller Menschen, doch aller menschlichen Zustände, indem mir das nackte Dasein als die Hauptbedingung, das übrige alles aber als gleichgültig und zufällig erschien.

Dichtung und Wahrheit, 4. Buch

Doch ists wohl in allen Ständen so, daß unsre Wünsche uns hin und her schleudern, wir, was wir besitzen, drüber verschleudern und nicht eh achten lernen, bis es fort ist.

An Charlotte von Stein, 4. März 1779

Die menschlichen Gebrechen sind rechte Bandwürmer, man reißt wohl einmal ein Stück los, und der Stock bleibt immer sitzen.

Tagebücher, 13. Mai 1780

Das sterbliche Geschlecht ist viel zu schwach,
In ungewohnter Höhe nicht zu schwindeln.

Iphigenie, 1. Aufzug, 3. Auftritt

Nur der Schmerz versteht die Schmerzen.

An Nikolaus Meyer, 22. März 1831

In Leid und Freuden bleibet ihrer eingedenk,
Genuß, Entbehrung, Hoffnung, Schmerz und Scheidetag
Menschlich zu übernehmen, aber männlich auch!

Vorspiel zur Eröffnung des Weimarischen Theaters 1807

Wie ich immer gefunden habe, so läßt sich eine Badezeit mit dem Leben überhaupt vergleichen. Man kommt als Neuling, mit allerlei Hoffnungen und Forderungen an, manches bleibt unerfüllt, anderes erfüllt sich über alle Erwartung, manches unerwartete Gute und Böse ereignet sich, und zuletzt tritt man ungern ab, ohne gerade wieder von vorn anfangen zu wollen.

An Gräfin Josephine O'Donell, 5. August 1813

Was der Mensch denkt, wird anders gelenkt, es sei nun, daß sich die obern oder untern Dämonen dareinmischen.

An Zelter, 22. Juli 1816

Wir sind nicht darauf eingerichtet, das Leben zu verlassen, wenn es nichts mehr wert ist, und da muß derjenige immer noch gepriesen werden, der es als erträglich haltbar verspricht.

An Voigt, 25. September 1809

Wer glücklich war, der wiederholt sein Glück im Schmerz.

Pandora

Sie müssen weit lebhafter fühlen, als ichs sagen kann, daß die traurigste Begebenheit, durch die Hand der Vorsicht, die angenehmste Wendung zu unsrer Glückseligkeit nimmt; daß die Reihe von Glück und Unglück im Leben ineinandergekettet ist wie Schlaf und Wachen, keins ohne das andre, und eins um des andern willen.

An Anna Margaretha Textor, geborene Lindheimer, Februar 1771

Er fühlt in vollem Himmels-Flug
Der irdschen Atmosphäre Zug,
Fühlt, wie das reinste Glück der Welt
Schon eine Ahndung von Weh enthält.

Der Ewige Jude

Eleonore! Glücklich?
Wer ist denn glücklich? …

Torquato Tasso, 3. Aufzug, 2. Auftritt

Ach! warum, ihr Götter, ist unendlich
Alles, alles, endlich unser Glück nur!
Sternenglanz, ein liebereich Beteuern,
Mondenschimmer, liebevoll Vertrauen,
Schattentiefe, Sehnsucht wahrer Liebe
Sind unendlich, endlich unser Glück nur.

Pandora

Der Mensch hat bei eignen und fremden Leiden nur drei Empfindungen. Furcht, Schrecken und Mitleiden.

Über Laokoon

Des Menschen Seele
Gleicht dem Wasser:
Vom Himmel kommt es,
Zum Himmel steigt es,
Und wieder nieder
Zur Erde muß es,
Ewig wechselnd.

Gesang der Geister über den Wassern

Wie hundertmal ist es bemerkt worden, daß der schönste Wunsch des Menschen, wenn er sich ihm endlich in seinem ganzen Umfange erfüllt, doch meist durch eine irdische Zugabe verdorben und der angenehmste Genuß dadurch oft zur Marter wird.

Wilhelm Meisters theatralische Sendung, 3. Buch, 14. Kapitel

Krankheiten, Sorgen, Scheiden, Kriegsbewegungen machen zusammen eine böse Zugabe zum Leben.

An Knebel, 10. Juli 1810

Ich mußte mehrmals meine Existenz aus ethischem Schutt und Trümmern wieder herstellen, ja tagtäglich begegnen uns Umstände, wo die Bildungskraft unserer Natur zu neuen Restaurations- und Reproduktions-Geschäften aufgefordert wird.

An Rochlitz, 1. Juni 1817

Das wirkliche Leben verliert oft dergestalt seinen Glanz, daß man es manchmal mit dem Firnis der Fiktion wieder auffrischen muß.

Dichtung und Wahrheit, 9. Buch

»Sprich! wie du dich immer und immer erneust?«
Kannsts auch, wenn du immer am Großen dich freust.
Das Große bleibt frisch, erwärmend, belebend;
Im Kleinlichen fröstelt der Kleinliche bebend.

Panazee

Es gibt so grausame Augenblicke, in welchen man die Kürze des Lebens für die höchste Wohltat halten möchte, um eine unerträgliche Qual nicht übermäßig lange zu empfinden.

Viele Leidende sind vor mir hingegangen, mir aber war die Pflicht auferlegt, auszudauern und eine Folge von Freude und Schmerz zu ertragen, wovon das einzelne wohl schon hätte tödlich sein können.

An Christian Daniel Rauch, 21. Oktober 1827

Was hat derjenige nicht zu erdulden, der andere überlebt? Er übernimmt ja gewissermaßen die Lebensbürden, die jenen eigentlich im Naturlaufe zugedacht waren.

An Justus Christian von Loder, 7. April 1831

Man tröstet sich, daß es eben in diesen irdischen Dingen immer dasselbe bleibt.

An seinen Sohn, 5. Juni 1817

Lasse Dich ja nicht durch Kleinigkeiten empfindlich oder gar mißtrauisch machen: und lerne beizeiten, daß man in der Welt, was nur irgend möglich ist, vermitteln soll. Es gibt Verhältnisse genug, mit denen das nicht angeht.

An seinen Sohn, 5. Dezember 1808

Alles beruht ja auf den Maximen, wonach man seine Handlungen und Arbeiten einrichtet.

An Johann Gottfried Schadow, 27. Oktober 1819

Grundsätze kann man nicht fest genug bei sich stellen, aber was die Anwendung betrifft, ist es Pflicht, sich freigesinnt und nachgiebig zu verhalten.

An Schadow, 12. November 1815

Ich bin nicht zum tragischen Dichter geboren, da meine Natur konziliant ist; daher kann der rein tragische Fall mich nicht interessieren, welcher eigentlich von Haus aus unversöhnlich sein muß, und in dieser übrigens so äußerst platten Welt kommt mir das Unversöhnliche ganz absurd vor.

An Zelter, 31. Oktober 1831

... deute man immer auf Glück hin, das Unheil kommt ungerufen.

An seinen Sohn, 11. Juli 1828

Mit jemand leben oder *in* jemand leben ist ein großer Unterschied. Es gibt Menschen, in denen man leben kann, ohne mit ihnen zu leben, und umgekehrt. Beides zu verbinden, ist nur der reinsten Liebe und Freundschaft möglich.

Maximen und Reflexionen

Man mag nicht mit jedem leben, und so kann man auch nicht für jeden leben; wer das recht einsieht, wird seine Freunde höchlich zu schätzen wissen, seine Feinde nicht hassen noch verfolgen; vielmehr erlangt der Mensch nicht leicht einen größeren Vorteil, als wenn er die Vorzüge seiner Widersacher gewahr werden kann: dies gibt ihm ein entschiedenes Übergewicht über sie.

Maximen und Reflexionen

Trenne alles, was eigentlich Geschäft ist vom Leben. Das Geschäft verlangt Ernst und Strenge, das Leben Willkür; das Geschäft die reinste Folge, dem Leben tut eine Inkonsequenz oft not, ja sie ist liebenswürdig und erheiternd.

Die Wahlverwandtschaften, 1. Teil, 4. Kapitel

... weil es nicht wohlgetan ist, leidenschaftliche Äußerungen in irgendein Geschäft zu mischen.

An Ferdinand Gotthelf Hand, 4. Juli 1820

Strebende Menschen, von welchem Alter sie auch seien, können nicht immer parallel nebeneinander gehen.

An Ludwig Achim von Arnim, 23. Februar 1814

Wenn Männer sich entzweien, hält man billig
Den Klügsten für den Schuldigen.

Torquato Tasso, 2. Aufzug, 5. Auftritt

Der Zweifel ists, der Gutes böse macht.
Bedenke nicht; gewähre, wie du's fühlst.

Iphigenie, 5. Aufzug, 3. Auftritt

Doch muß man die menschlichen Dinge nicht nach ausschließlichen Grundsätzen richten.

Versuch über die Dichtungen

Wenn wir die Menschen nur nehmen, wie sie sind, so machen wir sie schlechter; wenn wir sie behandeln, als wären sie, was sie sein sollten, so bringen wir sie dahin, wohin sie zu bringen sind.

Wilhelm Meisters Lehrjahre, 8. Buch, 4. Kapitel

Die Konsequenz der Natur tröstet schön über die Inkonsequenz der Menschen.

An Knebel, 2. April 1785

Der Undank ist immer eine Art Schwäche. Ich habe nie gesehen, daß tüchtige Menschen wären undankbar gewesen.

Maximen und Reflexionen

Ach welch ein Unterschied ist es, ob man sich oder die andern beurteilt!

Wilhelm Meisters Wanderjahre, 2. Buch, 10. Kapitel

Das Leben lehrt uns, weniger mit uns
Und andern strenge sein: du lernst es auch.
So wunderbar ist dies Geschlecht gebildet,
So vielfach ists verschlungen und verknüpft,
Daß keiner in sich selbst noch mit den andern
Sich rein und unverworren halten kann.

Iphigenie, 4. Aufzug, 4. Auftritt

Je mehr man in der Welt herumkommt, desto mehr findet man, daß es überall nicht recht just ist und daß die Menschen durchaus ihren Zuständen nicht gewachsen sind, woraus denn ewige Disproportionen entspringen, die sich wohl augenblicklich resolvieren lassen, deren Wiederkehr aber desto unaufhaltsamer eintritt.

An Friedrich Wilhelm Riemer, 29. August 1814

Man sollte wirklich nicht alles mit sich selbst verarbeiten, sondern manchmal eine kleine Beschwerde führen, damit man so freundlich zurechtgewiesen und über sich selbst aufgeklärt würde.

An Charlotte von Schiller, 5. Mai 1810

Und wenn sie auch
Die Absicht hat, den Freunden wohlzutun,
So fühlt man Absicht, und man ist verstimmt.

Torquato Tasso, 2. Aufzug, 1. Auftritt

Wenn ein Edler gegen dich fehlt,
So tu, als hättest du's nicht gezählt;
Er wird es in sein Schuldbuch schreiben
Und dir nicht lange im Debet bleiben.

Sprichwörtlich

DIE LEUTE: Ist Beßrungstrieb uns zugesellt?
PLATO: Mit dir versuch erst umzugehn,
Und kannst du dich nicht selbst verstehn,
So quäl nicht andre Leute.

Die Weisen und die Leute

Man soll doch seine Empfindung nicht überreden und seinem Herzen keine Gründe vorsagen.

An Charlotte von Stein, 27. April 1777

Mit fremden Menschen nimmt man sich zusammen,
Da merkt man auf, da sucht man seinen Zweck
In ihrer Gunst, damit sie nutzen sollen;
Allein bei Freunden läßt man frei sich gehn,
Man ruht in ihrer Liebe, man erlaubt
Sich eine Laune, ungezähmter wirkt
Die Leidenschaft, und so verletzen wir
Am ersten die, die wir am zärtsten lieben.

Torquato Tasso, 3. Aufzug, 4. Auftritt

Fünf Dinge

Fünf Dinge bringen fünfe nicht hervor;
Du, dieser Lehre öffne du dein Ohr:
Der stolzen Brust wird Freundschaft nicht entsprossen;
Unhöflich sind der Niedrigkeit Genossen;
Ein Bösewicht gelangt zu keiner Größe;
Der Neidische erbarmt sich nicht der Blöße;
Der Lügner hofft vergeblich Treu und Glauben –
Das halte fest und niemand laß dirs rauben.

West-östlicher Divan. Buch der Betrachtungen

Der Zugeschloßne schließt alle zu, und der Offne öffnet, vorzüglich wenn Superiorität in beiden ist.

An Charlotte von Stein, 12. April 1782

[Goethes Tante Melber, Johanna Maria Jakobea, geborene Textor, war, fast neunzig Jahre alt, in der Nacht vom 7. zum 8. November 1823 gestorben.]

Ihr heroisches Gemüt, das sie in keiner Lage verließ, hat ihr über manche rauhe Lebenspfade geholfen und sie auch zuletzt wieder unter günstigen Umständen getragen und erhalten. Man konnte sie unter die Personen rechnen, welche die Natur manchmal aufstellt, um zu zeigen, was für Vorzüge sie unter den einfachsten Bedingungen den Menschen zu gewähren vermag.

An Johann Georg Neuburg, 21. Dezember 1823

Mitwollende gibts wenig, Mißwollende viel.

An den Grafen von Reinhard, 21. Februar 1810

Denn das Rechte zu ergreifen
Muß man aus dem Grunde leben,
Und salbadrisch auszuschweifen
Dünket mich ein seicht Bestreben.

West-östlicher Divan. Buch des Unmuts

Soll man dich nicht aufs schmählichste berauben,
Verbirg dein Gold, dein Weggehn, deinen Glauben.

West-östlicher Divan. Buch der Sprüche

Man weiß ... nicht eher als nach einem längern Lebenslauf, was echte Maximen, die uns über das Gemeine heben, für einen hohen Wert haben, der so selten anerkannt wird.

An Rochlitz, 29. März 1801

Wenn das taedium vitae den Menschen ergreift, so ist er nur zu bedauern, nicht zu schelten.

An Zelter, 3. Dezember 1812

Hast du ein gegründet Haus,
Fleh die Götter alle,
Daß es, bis man dich trägt hinaus,
Nicht zu Schutt zerfalle.

Des Epimenides Erwachen, 2. Aufzug, 6. Auftritt

LEBEN ALS GESTALTETE FOLGE

Ist doch Natur in ihrem weiten Reich
Sich stets gemäß und folgerecht und gleich;
Und wer des Knäuels zartes Ende hält,
Der schlingt sich wohl durchs Labyrinth der Welt.

Die ersten Erzeugnisse der Stotternheimer Saline

Wenn die Natur verabscheut, so spricht sie es laut aus: das Geschöpf, das nicht sein soll, kann nicht werden; das Geschöpf, das falsch lebt, wird früh zerstört. Unfruchtbarkeit, kümmerliches Dasein, frühzeitiges Zerfallen, das sind ihre Flüche, die Kennzeichen ihrer Strenge; nur durch unmittelbare Folgen straft sie.

Wilhelm Meisters Lehrjahre, 8. Buch, 9. Kapitel

Die Kinder waren sämtlich froh, wohlgemut und behäglich, als bei einem neuen, wundersamen, heitern Ereignis. Die jungen Leute dagegen traten gleichgültig anher. Denn sie, in böser Zeit Geborne, konnte das Fest an nichts erinnern; und wer sich des Guten nicht erinnert, hofft nicht. Die Alten aber waren alle gerührt, als von einem glücklichen, für sie unnütz zurückkehrenden Zeitalter. Hieraus ersehen wir, daß des Menschen Leben nur insofern etwas wert ist, als es eine Folge hat.

Sankt-Rochus-Fest zu Bingen

Es ist der Verneinung so viel in der Welt, daß man selbst zuletzt nicht wüßte, was man billigen und schelten solle, wenn uns nicht eine senkrechte Haltung, die denn auch wohl als Perpendikel Maß und Takt geben mag, das Zutrauen erlaubte, daß wir, zu dieser und jener Zeit, unter gegebenen Bedingungen, folgerecht gehandelt.

An August Klaus von Preen, 3. Oktober 1820

Man erinnere sich, ... daß sich nämlich jede Tugend, jede Kraft, jede Tüchtigkeit, alles, dem man ein Wesen, ein Dasein zuschreiben kann, ins Unendliche vervielfältigt, und zwar dadurch, daß immerfort Gleichbilder, Gleichnisse, Abbildungen als zweite Selbstheiten von ihm ausgehen, dergestalt, daß diese Abbilder sich wieder darstellen, wirksam werden, und indem sie immer fort und fort reflektieren, diese Welt der Erscheinungen ausmachen.

Materialien zur Geschichte der Farbenlehre. Intentionelle Farben

Wer das Büchlein in die Hand nimmt, ... ihm wird der schöne Gedanke entgegentreten, daß jedes Wissen, wie es sich im Menschengeschlecht manifestiert, jeder Trieb zur Erkenntnis und zur Tätigkeit als ein Lebendiges anzusehen sei, schon alles enthaltend, was es in weltgeschichtlicher Folge sich zueignen und aus sich entwickeln werde ...

Alles, was getan und geleistet worden, es sei noch so gering, behält seinen Wert; alles, was gefunden und gedacht worden, tritt in seine Würde, und alles, wie es ins Leben trat, bleibt in der Geschichte weben und nacheinander bestehend und lebendig.

Schelver: Lebens- und Formgeschichte der Pflanzenwelt (Rezension)

... was ein bekümmertes Gemüt so gern vernehmen mag: die vernünftige Welt sei von Geschlecht zu Geschlecht auf ein folgereiches Tun entschieden angewiesen.

An Friedrich August von Beulwitz, 18. Juli 1828

Eigentlich ist es doch nur das Folgerechte, was das menschliche Leben zum Leben macht.

An Georg Gottlieb Güldenapfel, 3. Februar 1822

Wie ein Wesen in seiner Erscheinung beginnt, so schreitet es fort und endigt auf gleiche Weise.

Aphoristisches zur Morphologie

Man bedient sich als Symbol der Ewigkeit der Schlange, die sich in einen Reif abschließt, ich betrachte dies hingegen gern als Gleichnis einer glücklichen Zeitlichkeit. Was kann der Mensch mehr wünschen, als daß ihm erlaubt sei, das Ende an den Anfang anzuschließen, und wodurch kann dies geschehen als durch die Dauer der Zuneigung, des Vertrauens, der Liebe, der Freundschaft.

An Friedrich Wilhelm Heinrich von Trebra, 5. Januar 1814

Es geht mit allen Geschäften wie mit der Ehe: man denkt wunder, was man zustande gebracht habe, wenn man kopuliert ist, und nun geht der Teufel erst recht los. Das macht, weil nichts in der Welt einzeln steht und irgend ein Wirksames nicht als ein Ende, sondern als ein Anfang betrachtet werden muß.

An Schiller, 5. Juli 1802

... auch ist bei so trefflichen Werken ein empfänglicher Geist in einem Augenblick für lebenslang ausgestattet.

An Boisserée, 5. September 1817

Alles, worein der Mensch sich ernstlich einläßt, ist ein Unendliches.

Wilhelm Meisters Wanderjahre, 3. Buch, 3. Kapitel

Wodurch betätigt sich denn zuletzt der Charakter, als daß er sich in der Tagesbewegung, im Hin- und Widerwirken bildet! Wer unterstünde sich, den Wert der Zufälligkeiten, der Anstöße, der Nachklänge zu bestimmen! wer getraute sich, die Wahlverwandtschaften zu würdigen! Genug, wer sich untersteht, zu schätzen, was der Mensch ist, der müßte in Anschlag bringen, was er war und wie ers geworden ist.

An Zelter, 28. Juni 1831

Wohl dem, der seiner Väter gern gedenkt,
Der froh von ihren Taten, ihrer Größe
Den Hörer unterhält und, still sich freuend,
Ans Ende dieser schönen Reihe sich
Geschlossen sieht! Denn es erzeugt nicht gleich
Ein Haus den Halbgott noch das Ungeheuer;
Erst eine Reihe Böser oder Guter
Bringt endlich das Entsetzen, bringt die Freude
Der Welt hervor.

Iphigenie, 1. Aufzug, 3. Auftritt

Der ist der glücklichste Mensch, der das Ende seines Lebens mit dem Anfang in Verbindung setzen kann.

Maximen und Reflexionen

Sei du im Leben wie im Wissen
Durchaus der reinen Fahrt beflissen;
Wenn Sturm und Strömung stoßen, zerrn,
Sie werden doch nicht deine Herrn;

Kompaß und Pol-Stern, Zeitenmesser
Und Sonn und Mond verstehst du besser,
Vollendest so nach deiner Art
Mit stillen Freuden deine Fahrt.
Besonders wenn dichs nicht verdrießt,
Wo sich der Weg im Kreise schließt;
Der Weltumsegler freudig trifft
Den Hafen, wo er ausgeschifft.

Zahme Xenien

Sollten nicht, sagte er manchmal im stillen zu sich selbst, uns in der Jugend wie im Schlafe die Bilder zukünftiger Schicksale umschweben und unserm unbefangenen Auge ahnungsvoll sichtbar werden? Sollten die Keime dessen, was uns begegnen wird, nicht schon von der Hand des Schicksals ausgestreut, sollte nicht ein Vorgenuß der Früchte, die wir einst zu brechen hoffen, möglich sein?

Wilhelm Meisters Lehrjahre, 4. Buch, 9. Kapitel

Des Denkers einziges Besitztum sind die Gedanken, die aus ihm selbst entspringen.

Materialien zur Geschichte der Farbenlehre.
Newtons Verhältnis zur Sozietät

Ich weiß, daß mir nichts angehört
Als der Gedanke, der ungestört
Aus meiner Seele will fließen,
Und jeder günstige Augenblick,
Den mich ein liebendes Geschick
Von Grund aus läßt genießen.

Eigentum

Daß du nicht enden kannst, das macht dich groß,
Und daß du nie beginnst, das ist dein Los.
Dein Lied ist drehend wie das Sterngewölbe,
Anfang und Ende immerfort dasselbe,
Und was die Mitte bringt, ist offenbar
Das, was zu Ende bleibt und anfangs war.

West-östlicher Divan. Buch Hafis

Zwischengesang

Laßt fahren hin das allzu Flüchtige!
Ihr sucht bei ihm vergebens Rat;
In dem Vergangnen lebt das Tüchtige,
Verewigt sich in schöner Tat.

Und so gewinnt sich das Lebendige
Durch Folg aus Folge neue Kraft;
Denn die Gesinnung, die beständige,
Sie macht allein den Menschen dauerhaft.

So löst sich jene große Frage
Nach unserm zweiten Vaterland;
Denn das Beständige der irdschen Tage
Verbürgt uns ewigen Bestand.

DER GLEICHNISCHARAKTER DES LEBENS

Alles Vergängliche
Ist nur ein Gleichnis.

Faust, 2. Teil, 5. Akt

Alles, was geschieht, ist Symbol, und indem es vollkommen sich selbst darstellt, deutet es auf das übrige. In dieser Betrachtung scheint mir die höchste Anmaßung und die höchste Bescheidenheit zu liegen. Diese Forderung haben wir mit dem Obersten und dem Geringsten gemein.

An Schubarth, 2. April 1818

So bleibe denn die Sonne mir im Rücken!
Der Wassersturz, das Felsenriff durchbrausend,
Ihn schau ich an mit wachsendem Entzücken.
Von Sturz zu Sturzen wälzt er jetzt in tausend,
Dann abertausend Strömen sich ergießend,
Hoch in die Lüfte Schaum an Schäume sausend.
Allein wie herrlich, diesem Sturm ersprießend,
Wölbt sich des bunten Bogens Wechseldauer,
Bald rein gezeichnet, bald in Luft zerfließend,
Umher verbreitend duftig kühle Schauer.
Der spiegelt ab das menschliche Bestreben.
Ihm sinne nach, und du begreifst genauer:
Am farbigen Abglanz haben wir das Leben.

Faust, 2. Teil, 1. Akt

Alle Darstellung der Form ohne Farbe ist symbolisch; die Farbe allein macht das Kunstwerk wahr, nähert es der Wirklichkeit.

Diderots Versuch über die Malerei

Und deines Geistes höchster Feuerflug
Hat schon am Gleichnis, hat am Bild genug.

Proœmion

Das Wahre, mit dem Göttlichen identisch, läßt sich niemals von uns direkt erkennen, wir schauen es nur im Abglanz, im Beispiel, Symbol, in einzelnen und verwandten Erscheinungen; wir werden es gewahr als unbegreifliches Leben und können dem Wunsch nicht entsagen, es dennoch zu begreifen.

Versuch einer Witterungslehre

Werdet ihr in jeder Lampe Brennen
Fromm den Abglanz höhern Lichts erkennen,
Soll euch nie ein Mißgeschick verwehren,
Gottes Thron am Morgen zu verehren.

West-östlicher Divan. Buch des Parsen

DIE VIER ›HAUPTKRÄFTE‹ UNTER UNSEREN GEISTESGABEN

Beiliegende kurze Darstellung der Kantischen Philosophie ist allerdings merkwürdig, indem man daraus den Gang, welchen dieser vorzügliche Denker genommen, gar wohl erkennen mag. Es hat seine Lehre manchen Widerspruch erlitten und ist in der Folge auf eine bedeutende Weise suppliert, ja gesteigert worden. Daher gegenwärtige Blätter schätzenswert sind, weil sie sich rein im Kreise des königsbergischen Philosophen halten.

Eine Bemerkung jedoch, die mir bei Durchlesung aufgefallen, will ich nicht verschweigen. Im § 3 scheint mir ein Hauptmangel zu liegen, welcher im ganzen Laufe jener Philosophie merklich geworden. Hier werden als Hauptkräfte unseres Vorstellungsvermögens *Sinnlichkeit, Verstand* und *Vernunft* aufgeführt, die *Phantasie* aber vergessen, wodurch eine unheilbare Lücke entsteht. Die Phantasie ist die vierte Hauptkraft unsers geistigen Wesens, sie suppliert die Sinnlichkeit, unter der Form des Gedächtnisses, sie legt dem Verstand die Welt-Anschauung vor unter der Form der Erfahrung, sie bildet oder findet Gestalten zu den Vernunftideen und belebt also die sämtliche Menscheneinheit, welche ohne sie in öde Untüchtigkeit versinken müßte.

Wenn nun die Phantasie ihren drei Geschwisterkräften solche Dienste leistet, so wird sie dagegen durch diese lieben Verwandten erst ins Reich der Wahrheit und Wirklichkeit eingeführt. Die Sinnlichkeit reicht ihr rein umschriebene, gewisse Gestalten, der Verstand regelt ihre produktive Kraft, und die Vernunft gibt ihr die völlige Sicherheit, daß sie nicht mit Traumbildern spiele, sondern auf Ideen gegründet sei.

Wiederholen wir das Gesagte in mehr als einem Bezug! – Der sogenannte Menschen-Verstand ruht auf der Sinnlichkeit, wie der reine Verstand auf sich selbst und seinen Gesetzen. Die Vernunft erhebt sich über ihn, ohne sich von ihm loszureißen. Die Phantasie schwebt über der Sinnlichkeit und wird von ihr angezogen; sobald sie aber oberwärts die Vernunft gewahr wird, so schließt sie sich fest an diese höchste Leiterin. Und so sehen wir denn den Kreis unserer Zustände durchaus abgeschlossen und demohngeachtet unendlich, weil immer ein Vermögen des andern bedarf und eins dem andern nachhelfen muß.

Diese Verhältnisse lassen sich auf hundertfältige Weise betrachten und aussprechen – z. B.: Im gemeinen Leben treibt uns die Erfahrung auf gewisse Regeln hin, dem Verstand gelingt es zu sondern, zu verteilen und notdürftig zusammenzustellen, und so entsteht eine Art Methode. Nun tritt die Vernunft ein, die alles zusammenfaßt, sich über alles erhebt, nichts vernachlässigt. Dazwischen aber wird unablässig die alles durchdringende, alles ausschmückende Phantasie immer reizender, je mehr sie sich der Sinnlichkeit nähert, immer würdiger, je mehr sie sich mit der Vernunft vereint. An jener Grenze ist die wahre Poesie zu finden, hier die echte Philosophie.

An die Erbgroßherzogin Maria Paulowna,
31. Dezember 1816 und 2. Januar 1817

Welcher Unsterblichen
Soll der höchste Preis sein?
Mit niemand streit ich,
Aber ich geb ihn
Der ewig beweglichen,
Immer neuen,
Seltsamen Tochter Jovis,
Seinem Schoßkinde,
Der Phantasie ...

Meine Göttin

Poesie deutet auf die Geheimnisse der Natur und sucht sie durchs Bild zu lösen. *Philosophie* deutet auf die Geheimnisse der Vernunft und sucht sie durchs Wort zu lösen. *Mystik* deutet auf die Geheimnisse der Natur und Vernunft und sucht sie durch Wort und Bild zu lösen.

Über Naturwissenschaft im allgemeinen

Wir haben bei Rezension des Darwinischen Aufsatzes den Ausdruck *Augengespenst* mit Fleiß gewählt und beibehalten, teils weil man dasjenige, was erscheint, ohne Körperlichkeit zu haben, dem gewöhnlichen Sprachgebrauche nach, ein *Gespenst* nennt, teils weil dieses Wort, durch Bezeichnung der prismatischen Erscheinung, das Bürgerrecht in der Farbenlehre sich hergebracht und erworben. Das Wort *Augentäuschungen*, welches der sonst so verdienstvolle Übersetzer der Darwinischen *Zoonomie* dafür gebraucht hat, wünschten wir ein für allemal verbannt. Das Auge täuscht sich nicht; es handelt gesetzlich und macht dadurch dasjenige zur Realität, was man zwar dem Worte, aber nicht dem Wesen nach ein Gespenst zu nennen berechtigt ist.

Materialien zur Geschichte der Farbenlehre. Robert Waring Darwin

Schiller ... erwiderte darauf als ein gebildeter Kantianer, und als aus meinem hartnäckigen Realismus mancher Anlaß zu lebhaftem Widerspruch entstand, so ward viel gekämpft und dann Stillstand gemacht ... und so besiegelten wir, durch den größten, vielleicht nie ganz zu schlichtenden Wettkampf zwischen Objekt und Subjekt einen Bund, der ununterbrochen gedauert und für uns und andere manches Gute gewirkt hat.

Glückliches Ereignis

Zu einer gewissen gleichen, fortdauernden Gegenwart brauchen wir nur Verstand, und wir werden auch nur zu Verstand, so daß wir das Außerordentliche, was jeder gleichgültige Tag von uns fordert, nicht mehr sehen.

Wilhelm Meisters Lehrjahre, 7. Buch, 3. Kapitel

Man hat sich lange mit der Kritik der Vernunft beschäftigt; ich wünschte eine Kritik des Menschenverstandes. Es wäre eine wahre Wohltat fürs Menschengeschlecht, wenn man dem Gemeinverstand bis zur Überzeugung nachweisen könnte, wie weit er reichen kann, und das ist gerade so viel, als er zum Erdenleben vollkommen bedarf.

Maximen und Reflexionen

Verstand

Bilden wohl kann der Verstand, doch der tote kann nicht beseelen
Aus dem Lebendigen quillt alles Lebendige nur.

Votivtafeln

Wie wenige fühlen sich von dem begeistert, was eigentlich nur dem Geist erscheint! Die Sinne, das Gefühl, das Gemüt üben weit größere Macht über uns aus, und zwar mit Recht, denn wir sind aufs Leben und nicht auf die Betrachtung angewiesen.

Zur Morphologie

Ist doch eigentlich das wahrhaft Vernünftige und Auslangende das Erbteil weniger, im stillen fortwirkender Individuen.

An Zelter, 4. März 1829

Der Geist hat denn doch nur einen gewissen Grad von Fassungskraft; was sich in das Nichtzuunterscheidende hinbewegt hört auf, begreiflich zu sein.

An den Grafen von Sternberg, 20. Juni 1823

Getrenntes Leben, wer vereinigts wieder?
Vernichtetes, wer stellt es her?
Der Geist!
Des Menschen Geist, dem nichts verloren geht,
Was er von Wert mit Sicherheit besessen.

Die natürliche Tochter, 3. Aufzug, 4. Auftritt

Verachte nur Vernunft und Wissenschaft,
Des Menschen allerhöchste Kraft,
Laß nur in Blend- und Zauberwerken
Dich von dem Lügengeist bestärken,
So hab ich dich schon unbedingt.

Faust, 1. Teil. Studierzimmer

DAS WERK DES MENSCHEN

MATERIELLE SICHERUNG DES LEBENS

Der Mensch durch alle Zustände befestigt sich gegen die Natur, ihre tausendfachen Übel zu vermeiden und nur das Maß von Gutem zu genießen, bis es ihm endlich gelingt, die Zirkulation aller seiner wahren und gemachten Bedürfnisse in einen Palast einzuschließen.

Beiträge zu den Frankfurter gelehrten Anzeigen

An und in dem Boden findet man für die höchsten irdischen Bedürfnisse das Material, eine Welt des Stoffes, den höchsten Fähigkeiten des Menschen zur Bearbeitung übergeben; aber auf jenem geistigen Wege werden immer Teilnahme, Liebe, geregelte freie Wirksamkeit gefunden. Diese beiden Welten gegeneinander zu bewegen, ihre beiderseitigen Eigenschaften in der vorübergehenden Lebenserscheinung zu manifestieren, das ist die höchste Gestalt, wozu sich der Mensch auszubilden hat.

Wilhelm Meisters Wanderjahre, 3. Buch, 14. Kapitel

PROMETHEUS:
Dort stürzt von euren Hebeln Erzgebirg herab,
Geschmolzen fließts, zum Werkzeug umgebildet nun,
Zur Doppelfaust. Verhundertfältigt ist die Kraft.
Geschwungne Hämmer dichten, Zange fasset klug;
So eigne Kraft und Bruderkräfte mehret ihr,
Werktätig, weisekräftig, ins Unendliche.
Was Macht entworfen, Feinheit ausgesonnen, sei's
Durch euer Wirken über sich hinausgeführt.

Pandora

Erde, sie steht so fest!
Wie sie sich quälen läßt!
Wie man sie scharrt und plackt!
Wie man sie ritzt und hackt!

Pandora

Doch ein Gebäude gehört unter die Dinge, welche nach erfüllten inneren Zwecken auch zu Befriedigung der Augen aufgestellt werden, so daß man, wenn es fertig ist, niemals fragt, wieviel Erfindungskraft, Anstrengung, Zeit und Geld dazu erforderlich gewesen: die Totalwirkung bleibt immer das Dämonische, dem wir huldigen.

Tag- und Jahreshefte für 1803

Wüßte nicht, was sie Besseres erfinden könnten,
Als wenn die Lichter ohne Putzen brennten.

Sprüche in Reimen

[Als die Märkische Ökonomische Gesellschaft in Potsdam Goethe zum Ehrenmitglied ernannt hatte:]

... ich ersehe daraus ihr Zutrauen, daß ich, bei denen mir eigentlich obliegenden ästhetischen und wissenschaftlichen Bemühungen, gleichfalls ein entschiedenes Augenmerk darauf richte, damit alles, was im Reiche des Geistes und der Erkenntnis in hoher Tätigkeit sich bewegt auch dem tagtäglichen Leben in seinen dringenden Bedürfnissen zugute kommen möge.

12. Januar 1821

[Als Döbereiner die von ihm erfundene Zündmaschine (Vorläufer des Taschenfeuerzeugs) an Goethe geschickt hatte:]

... daß es eine höchst angenehme Empfindung sei, wenn wir eine bedeutende Entdeckung irgend einer Naturkraft technisch alsobald zu irgend einem nützlichen Gebrauch eingeleitet sehen.

An Döbereiner, 11. Oktober 1826

Ausbreitung der Technik hebt die Menschheit über sich selbst und bereitet der höchsten Vernunft die fertigsten Organe.

Lesarten zu ›Wilhelm Meisters Wanderjahre‹
(W. A., 1. Abteilung, 25. Band, S. 251)

Mikroskope und Fernrohre verwirren eigentlich den reinen Menschensinn.

Maximen und Reflexionen

Wir werden diese Gläser so wenig als irgend ein Maschinenwesen aus der Welt bannen, aber dem Sittenbeobachter ist es wichtig zu erforschen und zu wissen, woher sich manches in die Menschheit eingeschlichen hat, worüber man sich beklagt.

Wilhelm Meisters Wanderjahre, 1. Buch, 10. Kapitel

Das überhandnehmende Maschinenwesen quält und ängstigt mich; es wälzt sich heran wie ein Gewitter, langsam, langsam, aber es hat seine Richtung genommen, es wird kommen und treffen.

Wilhelm Meisters Wanderjahre, 3. Buch, 13. Kapitel

Hier [bei Saarbrücken] wurde ich nun eigentlich in das Interesse der Berggegenden eingeweiht und die Lust zu ökonomischen und technischen Betrachtungen, welche mich einen großen Teil meines Lebens beschäftigt haben, zuerst erregt.

Dichtung und Wahrheit, 10. Buch

Stationäre Völker behandeln ihre Technik mit Religion. Ihre Vorarbeit und Vorbereitung der Stoffe ist höchst reinlich und genau, die Bearbeitung stufenweise sehr umständlich. Sie gehen mit einer Art von Naturlangsamkeit zu Werke; dadurch bringen sie Fabrikate hervor, welche bildungsfähigern, schnell vorschreitenden Nationen unnachahmlich sind.

Nur die technisch höchstgebildeten Völker, wo die Maschinen wieder zu verständigen Organen werden, wo die größte Genauigkeit sich mit der größten Schnelligkeit verbindet, solche reichen an jene heran und übertreffen sie in vielem.

Stationäre Völker verfertigen das Werk um sein selbst willen, aus einem frommen Begriff, unbekümmert um den Effekt; gebildete Völker aber müssen auf schnelle, augenblickliche Wirkung rechnen, um Beifall und Geld zu gewinnen.

Materialien zur Geschichte der Farbenlehre. Urzeit

Die Woge stand und rollte dann zurück,
Entfernte sich vom stolz erreichten Ziel;
Die Stunde kommt, sie wiederholt das Spiel ...
Sie schleicht heran, an abertausend Enden,
Unfruchtbar selbst, Unfruchtbarkeit zu spenden;
Nun schwillts und wächst und rollt und überzieht

Der wüsten Strecke widerlich Gebiet.
Da herrschet Well auf Welle kraftbegeistet,
Zieht sich zurück, und es ist nichts geleistet,
Was zur Verzweiflung mich beängstigen könnte,
Zwecklose Kraft unbändiger Elemente!
Da wagt mein Geist, sich selbst zu überfliegen;
Hier möcht ich kämpfen, dies möcht ich besiegen.

Faust, 2. Teil, 4. Akt

Ein Sumpf zieht am Gebirge hin,
Verpestet alles schon Errungene;
Den faulen Pfuhl auch abzuziehn,
Das letzte wär das Höchsterrungene.
Eröffn ich Räume vielen Millionen,
Nicht sicher zwar, doch tätig-frei zu wohnen.
Grün das Gefilde, fruchtbar! Mensch und Herde
Sogleich behaglich auf der neusten Erde,
Gleich angesiedelt an des Hügels Kraft,
Den aufgewälzt kühn-emsige Völkerschaft!
Im Innern hier ein paradiesisch Land,
Da rase draußen Flut bis auf zum Rand,
Und wie sie nascht, gewaltsam einzuschießen,
Gemeindrang eilt, die Lücke zu verschließen.
Ja! diesem Sinne bin ich ganz ergeben,
Das ist der Weisheit letzter Schluß:
Nur der verdient sich Freiheit wie das Leben,
Der täglich sie erobern muß!

Faust, 2. Teil, 5. Akt

WISSENSCHAFT

Seltsam ist es, daß man die Wissenschaft als etwas für sich Bestehendes behandelt, und doch ist sie nur Handhabe, Hebel, womit man die Welt anfassen und bewegen soll.

An Schultz, 24. November 1817

Die Wissenschaft erhält ihren Wert, indem sie nützt, die Menschen lehrt, wie man lange verborgene, verkannte, ans Licht gezogene, neu entdeckte Vorteile zu unübersehbarem Gebrauch anwenden könne. Das falsche Wissen dagegen hindert die Anwendung, ja verkehrt sie; dawider soll und muß man sich erklären.

An Joseph Stanislaus Zauper, 7. September 1821

Es ist immer erfreulich anzusehen, wie der denkende, forschende, genau beobachtende Mensch dem Ungewissesten zu Leibe geht, als wenn man doch am Ende Herr darüber werden könnte.

An den Grafen von Sternberg, 14. Dezember 1824

Mit Gedanken, die nicht aus der tätigen Natur entsprungen sind und nicht wieder aufs tätige Leben wohltätig hinwirken und so in einem mit dem jedesmaligen Lebenszustand übereinstimmenden mannigfaltigen Wechsel unaufhörlich entstehen und sich auflösen, ist der Welt wenig geholfen.

Maximen und Reflexionen

Man glaubt nicht, wieviel Totes und Tötendes in den Wissenschaften ist, bis man mit Ernst und Trieb selbst hineinkommt, und durchaus scheint mir die eigentlichen wissenschaftlichen Menschen mehr ein sophistischer als ein wahrheitsfiebender Geist zu beleben. Doch es mag jeder sein Handwerk treiben.

An Knebel, 12. Januar 1798

Es bleibt immer ein herzerhebendes Gefühl, wenn man dem Unerforschlichen wieder einige lichte Stellen abgewinnt.

An Carlyle, 2. Juni 1831

Die Wissenschaft hilft uns vor allem, daß sie das Staunen, wozu wir von Natur berufen sind, einigermaßen erleichtere; sodann aber, daß sie dem immer gesteigerten Leben neue Fertigkeiten erwecke zu Abwendung des Schädlichen und Einleitung des Nutzbaren.

Maximen und Reflexionen

Es ist nicht immer nötig, daß das Wahre sich verkörpere; schon genug, wenn es geistig umherschwebt und Übereinstimmung bewirkt, wenn es wie Glockenton ernst-freundlich durch die Lüfte wogt.

An Zelter, 5. Oktober 1828

Indes bei dem gegenwärtigen wichtigen Kampfe ein großer Teil unserer hoffnungsvollen deutschen Jugend aufgeopfert wird, so haben diejenigen, welchen Verhältnisse erlauben, in ihrer stillen Werkstatt zu verharren, eine doppelte Pflicht, das heilige Feuer der Wissenschaft und Kunst, und wäre es auch nur als Funken unter der Asche, sorgfältig zu bewahren, damit nach vorübergegangener Kriegesnacht bei einbrechenden Friedenstagen es an dem unentbehrlichen prometheischen Feuer nicht fehle, dessen die nächste Generation um so mehr bedürfen wird, als sich schon jetzt im

Praktischen der Mangel theoretischer Vorübungen so hart empfinden macht.

An Johann Friedrich John, 27. November 1813

Die Idee, wenn sie in die Erscheinung tritt, es sei auf welche Art es auch wolle, erregt immer Apprehension, eine Art Scheu, Verlegenheit, Widerwillen, wogegen der Mensch sich auf irgendeine Weise in Positur setzt.

Spanische Romanzen übersetzt von Beauregard Pandin (Rezension)

Denn da in jedem Geschäft, und also auch im wissenschaftlichen, die beschränkten Individualitäten genugsame Hindernis geben und Starrsinn, Dünkel, Neid und Rivalität den Fortschritten in mannigfachem Sinne hinderlich sind, so tritt zuletzt die Unredlichkeit zu allen diesen widerwärtigen Leidenschaften hinzu.

Über Mathematik und deren Mißbrauch

Man sagt von dem menschlichen Herzen, es sei ein trotzig und verzagtes Wesen. Von dem menschlichen Geiste darf man wohl Ähnliches prädizieren. Er ist ungeduldig und anmaßlich und zugleich unsicher und zaghaft. Er strebt nach Erfahrung und in ihr nach einer erweiterten reinern Tätigkeit, und dann bebt er wieder davor zurück, und zwar nicht mit Unrecht. Wie er vorschreitet, fühlt er immer mehr, wie er bedingt sei, und daß er verlieren müsse, indem er gewinnt: denn ans Wahre wie ans Falsche sind notwendige Bedingungen des Daseins gebunden.

Materialien zur Geschichte der Farbenlehre. Zwischenbetrachtung

Die Menschen sind überhaupt der Kunst mehr gewachsen als der Wissenschaft. Jene gehört zur großen Hälfte ihnen selbst, diese zur großen Hälfte der Welt an. Bei jener läßt sich eine Entwicklung in reiner Folge, diese kaum ohne ein unendliches Zusammenhäufen denken. Was aber den Unterschied vorzüglich bestimmt: die Kunst schließt sich in ihren einzelnen Werken ab; die Wissenschaft erscheint uns grenzenlos.

Materialien zur Geschichte der Farbenlehre. Farbenlehre der Alten

Jedoch ein dergleichen Aperçu, ein solches Gewahrwerden, Auffassen, Vorstellen, Begriff, Idee, wie man es nennen mag, behält immerfort, man gebärde sich, wie man will, eine esoterische Eigenschaft; im ganzen läßt sichs aussprechen, aber nicht beweisen, im einzelnen läßt sichs wohl vorzeigen, doch bringt man es nicht rund und fertig. Auch würden zwei Personen, die sich von dem Gedanken durchdrungen hätten, doch über die Anwendung desselben im einzelnen sich schwerlich vereinigen; ja, um weiter zu gehen, dürfen wir behaupten, daß der einzelne, einsame stille Beobachter und Naturfreund mit sich selbst nicht immer einig bleibt und einen Tag um den andern klärer oder dunkler sich zu dem problematischen Gegenstande verhält, je nachdem sich die Geisteskraft reiner und vollkommner dabei hervortun kann.

Versuch aus der vergleichenden Knochenlehre

Denn beim Übergang von der Erfahrung zum Urteil, von der Erkenntnis zur Anwendung ist es, wo dem Menschen gleichsam wie an einem Passe alle seine inneren Feinde auflauern, Einbildungskraft, Ungeduld, Vorschnelligkeit, Selbstzufriedenheit, Steifheit, Gedankenform, vorgefaßte Meinung, Bequemlichkeit, Leichtsinn, Veränderlichkeit, und wie die ganze Schar mit ihrem Gefolge heißen mag, alle liegen hier im Hinterhalte und überwältigen unversehens sowohl den handelnden Weltmann als auch den stillen, vor allen Leidenschaften gesichert scheinenden Beobachter.

Der Versuch als Vermittler von Objekt und Subjekt

Die Idee ist in der Erfahrung nicht darzustellen, kaum nachzuweisen; wer sie nicht besitzt, wird sie in der Erscheinung nirgends gewahr; wer sie besitzt, gewöhnt sich leicht über die Erscheinung hinweg-, weit darüber hinauszusehen, und kehrt freilich nach einer solchen Diastole, um sich nicht zu verlieren, wieder an die Wirklichkeit zurück und verfährt wechselweise wohl so sein ganzes Leben.

Aphorismen: Idee und Erscheinung

Denn eigentlich unternehmen wir umsonst, das Wesen eines Dinges auszudrücken. Wirkungen werden wir gewahr, und eine vollständige Geschichte dieser Wirkungen umfaßte wohl allenfalls das Wesen jenes Dinges. Vergebens bemühen wir uns, den Charakter eines Menschen zu schildern; man stelle dagegen seine Handlungen, seine Taten zusammen, und ein Bild des Charakters wird uns entgegentreten.

Vorwort zur Farbenlehre

Ferner ist ein Urphänomen nicht einem Grund*satz* gleichzuachten, *aus* dem sich mannigfaltige Folgen ergeben, sondern anzusehen als eine Grund*erscheinung, innerhalb* deren das Mannigfaltige anzuschauen ist. Schauen, wissen, ahnen, glauben, und wie die Fühlhörner alle heißen, mit denen der Mensch ins Universum tastet, müssen denn doch eigentlich zusammenwirken, wenn wir unsern wichtigen, obgleich schweren Beruf erfüllen wollen.

An Christian Dietrich von Buttel, 3. Mai 1827

Wer nicht von dreitausend Jahren
Sich weiß Rechenschaft zu geben,
Bleib im Dunkeln unerfahren,
Mag von Tag zu Tage leben.

West-östlicher Divan. Buch des Unmuts

Wir sind nur Originale, weil wir nichts wissen.

Schicksal der Druckschrift ›Die Metamorphose der Pflanzen‹

Wenn ganz was Unerwartetes begegnet,
Wenn unser Blick was Ungeheures sieht,
Steht unser Geist auf eine Weile still:
Wir haben nichts, womit wir das vergleichen.

Torquato Tasso, 5. Aufzug, 5. Auftritt

Alles, was geschieht, ist Symbol, und indem es vollkommen sich selbst darstellt, deutet es auf das übrige. In dieser Betrachtung scheint mir die höchste Anmaßung und die höchste Bescheidenheit zu liegen. Diese Forderung haben wir mit dem Obersten und dem Geringsten gemein.

An Schubarth, 2. April 1818

Was bleibt dem Naturforschenden, ja einem jeden Betrachtenden endlich übrig, als die Erscheinungen der Außenwelt mit sich in Harmonie zu setzen.

An Martius, 29. Januar 1825

Frage nicht, durch welche Pforte
Du in Gottes Stadt gekommen,
Sondern bleib am stillen Orte,
Wo du einmal Platz genommen.

West-östlicher Divan. Buch der Betrachtungen

... diese Herrn [Philosophen], welche Gott, Seele, Welt (und wie das alles heißen mag, was niemand begreift) zu beherrschen glauben und doch gegen die Bilden und Unbilden des gemeinsten Tages nicht gerüstet sind.

An Zelter, 27. Oktober 1827

Und wer kann denn zuletzt sagen, daß er wissenschaftlich in der höchsten Region des Bewußtseins immer wandele, wo man das Äußere mit größter Bedächtigkeit, mit so scharfer als ruhiger Aufmerksamkeit betrachtet, wo man zugleich sein eigenes Innere mit kluger Umsicht, mit bescheidener Vorsicht walten läßt, in geduldiger Hoffnung eines wahrhaft reinen harmonischen Anschauens. Trübt uns nicht die Welt, trüben wir uns nicht selbst solche Momente?

Glückliches Ereignis

So baut man sich ein mäßig Kartenhaus,
Der größte Geist bauts doch nicht völlig aus.

Faust, 2. Teil, 2. Akt

Die Schwierigkeit, Idee und Erfahrung miteinander zu verbinden, erscheint sehr hinderlich bei aller Naturforschung; die Idee ist unabhängig von Raum und Zeit, die Naturforschung ist in Raum und Zeit beschränkt; daher ist in der Idee Simultanes und Sukzessives innigst verbunden, auf dem Standpunkt der Erfahrung hingegen immer getrennt, und eine Naturwirkung, die wir der Idee gemäß als simultan und sukzessiv zugleich denken sollen, scheint uns in eine Art Wahnsinn zu versetzen. Der Verstand kann nicht vereinigt denken, was die Sinnlichkeit ihm gesondert überlieferte, und so bleibt der Widerstreit zwischen Aufgefaßtem und Ideiertem immerfort unaufgelöst.

Bedenken und Ergebung

Wer Kunst und Wissenschaft fördert, darf sich sagen, daß er grenzenlose Folgen vorbereitet.

An Neuburg, 16. Mai 1821

In der Naturforschung bedarf es eines kategorischen Imperativs so gut als im Sittlichen; nur bedenke man, daß man dadurch nicht am Ende, sondern erst am Anfang ist.

Maximen und Reflexionen

Es ist nichts groß als das Wahre, und das kleinste Wahre ist groß. Ich kam neulich auf einen Gedanken, der mich sagen ließ: Auch eine schädliche Wahrheit ist nützlich, weil sie nur Augenblicke schädlich sein kann und alsdann zu andern Wahrheiten führt, die immer nützlich und sehr nützlich werden müssen, und umgekehrt ist ein nützlicher Irrtum schädlich, weil er es nur augenblicklich sein kann und in andre Irrtümer verleitet, die immer schädlicher werden. Es versteht sich dieses im großen Ganzen der Menschheit betrachtet.

An Charlotte von Stein, 9. Juni 1787

[›Mein allgemeines Glaubensbekenntnis‹:]
a. In der Natur ist alles, was im Subjekt ist.
y. und etwas darüber.
b. Im Subjekt ist alles, was in der Natur ist.
z. und etwas darüber.
b kann a erkennen, aber y nur durch z geahndet werden. Hieraus entsteht das Gleichgewicht der Welt und unser Lebenskreis, in den wir gewiesen sind. Das Wesen, das in höchster Klarheit alle viere zusammenfaßte, haben alle Völker von jeher Gott genannt.

An Chr. H. Schlosser, 19. Februar 1815

Überhaupt sollte man sich in Wissenschaften gewöhnen, wie ein anderer denken zu können; mir als dramatischem Dichter konnte dies nicht schwer werden, für einen jeden Dogmatisten freilich ist es eine harte Aufgabe.

Verstäubung, Verdunstung, Vertropfung

Mit den Ansichten, wenn sie aus der Welt verschwinden, gehen oft die Gegenstände selbst verloren. Kann man doch im höheren Sinne sagen, daß die Ansicht der Gegenstand sei.

Maximen und Reflexionen

Der liebe Gott könnte uns recht in Verlegenheit setzen, wenn er uns die Geheimnisse der Natur sämtlich offenbarte, wir wüßten für Unteilnahme und Langerweile nicht, was wir anfangen sollten.

An Voigt, 19. Juni 1818

Das Wissen wächst, die Unruh wächst mit ihm.

Faust. Paralipomenon 148

Begriff ist Summe, Idee Resultat der Erfahrung; jene zu ziehen, wird Verstand, dieses zu erfassen, Vernunft erfordert.

Maximen und Reflexionen

Erfahrung kann sich ins Unendliche erweitern, Theorie nicht in ebendem Sinne reinigen und vollkommener werden. Jener steht das Universum nach allen Richtungen offen, diese bleibt innerhalb der Grenze der menschlichen Fähigkeiten eingeschlossen. Deshalb müssen alle Vorstellungsarten wiederkehren, und der wunderliche Fall tritt ein, daß bei erweiterter Erfahrung eine bornierte Theorie wieder Gunst erwerben kann.

Maximen und Reflexionen

Die wahren Weisen fragen, wie sich die Sache verhalte in sich selbst und zu andern Dingen, unbekümmert um den Nutzen, das heißt um die Anwendung auf das Bekannte und zum Leben Notwendige, welche ganz andere Geister, scharfsinnige, lebenslustige, technisch geübte und gewandte, schon finden werden.

Maximen und Reflexionen

Man pflegt zu sagen, des Menschen Wille sei sein Himmelreich; noch mehr findet er aber seine Seligkeit in seinen Meinungen, im Erkannten und Anerkannten.

Materialien zur Geschichte der Farbenlehre. Galileo Galilei

In dem menschlichen Geiste sowie im Universum ist nichts oben noch unten, alles fordert gleiche Rechte an einen gemeinsamen Mittelpunkt, der sein geheimes Dasein eben durch das harmonische Verhältnis aller Teile zu ihm manifestiert.

Ernst Stiedenroth: Psychologie (Rezension)

Der herrliche Kirchengesang ›Veni Creator Spiritus‹ ist ganz eigentlich ein Appell ans Genie; deswegen er auch geist- und kraftreiche Menschen gewaltig anspricht.

Maximen und Reflexionen

Wie fleißig deutet er [Kepler] auf das einzig schöne Aperçu, was uns die Geschichte noch ganz allein erfreulich machen kann, daß die echten Menschen aller Zeiten einander voraus verkünden, aufeinander hinweisen, einander vorarbeiten. Wie umständlich und genau zeigt Kepler, daß Euklides kopernikisiere!

Materialien zur Geschichte der Farbenlehre. Johann Kepler

Die Natur bleibt ewig respektabel, ewig bis auf einen gewissen Punkt erkennbar, ewig dem Verständigen brauchbar ... was sie verbirgt, deutet sie wenigstens an.

Principes de philosophie zoologique

Sehen wir uns aber nach den eigentlichen Ursachen um, wodurch die Alten in ihren Vorschritten gehindert worden, so finden wir sie darin, daß ihnen die Kunst fehlt, Versuche anzustellen, ja sogar der Sinn dazu. Die Versuche sind Vermittler zwischen Natur und Begriff, zwischen Natur und Idee, zwischen Begriff und Idee.

Materialien zur Geschichte der Farbenlehre. Farbenlehre der Alten

Wie die Kunst sich immer ganz in jedem einzelnen Kunstwerk darstellt, so sollte die Wissenschaft sich auch jedesmal ganz in jedem einzelnen Behandelten erweisen.

Um aber einer solchen Forderung sich zu nähern, so müßte man keine der menschlichen Kräfte bei wissenschaftlicher Tätigkeit ausschließen. Die Abgründe der Ahndung, ein sicheres Anschauen der Gegenwart, mathematische Tiefe, physische Genauigkeit, Höhe der Vernunft, Schärfe des Verstandes, bewegliche sehnsuchtsvolle Phantasie, liebevolle Freude am Sinnlichen, nichts kann entbehrt werden.

Materialien zur Geschichte der Farbenlehre. Farbenlehre der Alten

Alles kommt in der Wissenschaft auf das an, was man ein Aperçu nennt, auf ein Gewahrwerden dessen, was eigentlich den Erscheinungen zum Grunde liegt. Und ein solches Gewahrwerden ist bis ins Unendliche fruchtbar.

Materialien zur Geschichte der Farbenlehre. Galileo Galilei

Wir lernen mit Augen des Geistes sehen, ohne die wir, wie überall, so besonders auch in der Naturforschung, blind umhertasten.

Erster Entwurf einer allgemeinen Einleitung in die vergleichende Anatomie

Warum ich zuletzt am liebsten mit der Natur verkehre, ist, weil sie immer recht hat und der Irrtum bloß auf meiner Seite sein kann. Verhandle ich hingegen mit Menschen, so irren sie, dann ich, auch sie wieder und immer so fort, da kommt nichts aufs reine; weiß ich mich aber in die Natur zu schikken, so ist alles getan.

D'Aubuisson de Voissins' Geognosie

Je mehrere und vorzüglichere Menschen sich mit den köstlichen überlieferten Resten des Altertums beschäftigen mochten, desto energischer zeigte sich jene Funktion des Verstandes, die wir wohl die höchste nennen dürfen, die Kritik nämlich, das Absondern des Echten vom Unechten.

Dem Gefühl, der Einbildungskraft ist es ganz gleichgültig,

wovon sie angeregt werden, da sie beide ganz reine Selbsttätigkeiten sind, die sich ihre Verhältnisse nach Belieben hervorbringen; nicht so dem Verstande, der Vernunft. Beide haben einen entschiedenen Bezug auf die Welt; der Verstand will sich nichts Unechtes aufbinden lassen, und die Vernunft verabscheut es.

Materialien zur Geschichte der Farbenlehre. 16. Jahrhundert

Unsere Meinung ist: daß es dem Menschen gar wohl gezieme, ein Unerforschliches anzunehmen, daß er dagegen aber seinem Forschen keine Grenze zu setzen habe; denn wenn auch die Natur gegen den Menschen im Vorteil steht und ihm manches zu verheimlichen scheint, so steht er wieder gegen *sie* im Vorteil, daß er, wenn auch nicht durch sie durch, doch über sie hinaus denken kann. Wir sind aber schon weit genug gegen sie vorgedrungen, wenn wir zu den Urphänomenen gelangen, welche wir in ihrer unerforschlichen Herrlichkeit von Angesicht zu Angesicht anschauen und uns sodann wieder rückwärts in die Welt der Erscheinungen wenden, wo das in seiner Einfalt Unbegreifliche sich in tausend und aber tausend mannigfaltigen Erscheinungen bei aller Veränderlichkeit unveränderlich offenbart.

Karl Wilhelm Nose

Wir können bei Betrachtung des Weltgebäudes, in seiner weitesten Ausdehnung, in seiner letzten Teilbarkeit, uns der Vorstellung nicht erwehren, daß dem Ganzen eine Idee zum Grunde liege, wonach Gott in der Natur, die Natur in Gott von Ewigkeit zu Ewigkeit schaffen und wirken möge. Anschauung, Betrachtung, Nachdenken führen uns näher an jene Geheimnisse. Wir erdreisten uns und wagen auch Ideen; wir bescheiden uns und bilden Begriffe, die analog jenen Uranfängen sein möchten.

Bedenken und Ergebung

Weite Welt und breites Leben,
Langer Jahre redlich Streben,
Stets geforscht und stets gegründet,
Nie geschlossen, oft geründet,
Ältestes bewahrt mit Treue,
Freundlich aufgefaßtes Neue,
Heitern Sinn und reine Zwecke:
Nun! man kommt wohl eine Strecke.

KUNST

Selbst im Augenblick des höchsten Glücks und der höchsten Not bedürfen wir des Künstlers.

Maximen und Reflexionen

Schönheit und Regenbogen: jenes allgemeine und dieses besondere Phänomen verbindet ganz eigentlich im sittlich und sinnlichen Sinne den Himmel mit der Erde; und wer möchte leben, ohne sich an einer so herrlichen Vermittlung zu erfreuen.

An Cotta, 7. Februar 1814 (Konzept)

Das Schöne ist eine Manifestation geheimer Naturgesetze, die uns ohne dessen Erscheinung ewig wären verborgen geblieben.

Maximen und Reflexionen

Organische Natur: ins Kleinste lebendig; Kunst: ins Kleinste empfunden.

Maximen und Reflexionen

Natur und Idee läßt sich nicht trennen, ohne daß die Kunst sowie das Leben zerstört werde.

Maximen und Reflexionen

Die Natur ist von der Kunst durch eine ungeheure Kluft getrennt, welche das Genie selbst, ohne äußere Hilfsmittel, zu überschreiten nicht vermag.

Einleitung in die Propyläen

Es ist viel Tradition bei den Kunstwerken, die Naturwerke sind immer wie ein erstausgesprochenes Wort Gottes.

An die Herzogin Luise, 12.-23. Dezember 1786

Die Schönheit kann nie über sich selbst deutlich werden.

Maximen und Reflexionen

Unteilbar ist die Schönheit; der sie ganz besaß,
Zerstört sie lieber, fluchend jedem Teilbesitz.

Faust, 2. Teil, 3. Akt

Idee und Erfahrung werden in der Mitte nie zusammentreffen, zu vereinigen sind sie nur durch Kunst und Tat.

An Schopenhauer, 28. Januar 1816

Ich wünsche nur, daß ich Sie wohl und poetisch tätig antreffen möge, denn es ist das nun einmal der beste Zustand, den Gott den Menschen hat gönnen wollen.

An Schiller, 23. Dezember 1795

Aus einem Kunstwerk, das wahrhaft gut ist, läßt sich viel heraussehen, und was es anregt, ist immer unendlich.

An Rochlitz, 1. Juni 1817

Wenn nun von der einen Seite die Kunst so nahe mit roher Sinnlichkeit verwandt ist, so leitet sie auf der entgegengesetzten ihre Jünger zu den höchsten, zartesten Gefühlen. Bei dieser Empfänglichkeit für sinnliche und sittliche Schönheiten …

Anhang zur Lebensbeschreibung des Benvenuto Cellini

Die Kunst ruht auf einer Art religiösem Sinn, auf einem tiefen unerschütterlichen Ernst; deswegen sie sich auch so gern mit der Religion vereinigt. Die Religion bedarf keines Kunstsinnes, sie ruht auf ihrem eignen Ernst; sie verleiht aber auch keinen, so wenig sie Geschmack gibt.

Maximen und Reflexionen

Vollkommenheit kann mit Disproportion bestehen, Schönheit allein mit Proportion.

Maximen und Reflexionen

Die Kunst an und für sich selbst ist edel; deshalb fürchtet sich der Künstler nicht vor dem Gemeinen. Ja, indem er es aufnimmt, ist es schon geadelt, und so sehen wir die größten Künstler mit Kühnheit ihr Majestätsrecht ausüben.

Maximen und Reflexionen

[Über die Zeichnungen Caspar David Friedrichs:]

Wie selten ist das Vollendete! so daß man es auch in der wunderlichsten Art hochschätzen und sich daran erfreuen muß.

An J. H. Meyer, 25. April 1812

Wer sich zu der Idee von der bedeutenden und schönen menschlichen Form emporgehoben hat, wird alles übrige bedeutend und schön hervorbringen.

Diderots Versuch über die Malerei

Der Mensch ist der höchste, ja der eigentliche Gegenstand bildender Kunst! Um ihn zu verstehen, um sich aus dem Labyrinthe seines Baues herauszuwickeln, ist eine allgemeine Kenntnis der organischen Natur unerläßlich.

Einleitung in die Propyläen

Man lehrte mich die Naturgeschichte, man zeigte mir die Vögel ... und man hätte mir sollen ein Geheimnis aus der Gestalt des Menschen machen, wohin alles weist, deutet und drängt?

Der Sammler und die Seinigen

... Darstellung der Sitten, Charaktere, Leidenschaften, kurz des innern Menschen, auf den die Dichtkunst doch wohl vorzüglich angewiesen ist ...

Dichtung und Wahrheit, 7. Buch

Dein Bestreben, sagte er, deine unablenkbare Richtung ist, dem Wirklichen eine poetische Gestalt zu geben, die andern suchen das sogenannte Poetische, das Imaginative zu verwirklichen.

Dichtung und Wahrheit, 18. Buch

Die wahre Poesie kündet sich dadurch an, daß sie, als ein weltliches Evangelium, durch innere Heiterkeit, durch äußeres Behagen uns von den irdischen Lasten zu befreien weiß, die auf uns drücken. Wie ein Luftballon hebt sie uns mit dem Ballast, der uns anhängt, in höhere Regionen und läßt die verwirrten Irrgänge der Erde in Vogelperspektive vor uns entwickelt daliegen. Die muntersten wie die ernstesten Werke haben den gleichen Zweck, durch eine glückliche, geistreiche Darstellung so Lust als Schmerz zu mäßigen.

Dichtung und Wahrheit, 13. Buch

Gedichte sind gemalte Fensterscheiben!
Sieht man vom Markt in die Kirche hinein,
Da ist alles dunkel und düster;
Und so siehts auch der Herr Philister.
Der mag denn wohl verdrießlich sein
Und lebenslang verdrießlich bleiben.

Kommt aber nur einmal herein!
Begrüßt die heilige Kapelle;
Da ists auf einmal farbig helle,
Geschicht und Zierat glänzt in Schnelle,
Bedeutend wirkt ein edler Schein.
Dies wird euch Kindern Gottes taugen,
Erbaut euch und ergetzt die Augen!

Parabolisch, 1827

Nach meiner Überzeugung soll die Kunst, wenn sie sich mit dem Schmerz verbindet, denselben nur aufregen, um ihn zu mildern und in höhere, tröstliche Gefühle aufzulösen; und ich werde in diesem Sinne weniger das, was wir verloren haben, als das, was uns übrig bleibt, darzustellen suchen.

An Cotta, 1. Juni 1805

Schöpft des Dichters reine Hand,
Wasser wird sich ballen.

West-östlicher Divan. Buch des Sängers

Dichten zwar ist Himmelsgabe,
Doch im Erdeleben Trug.

Erst sich im Geheimnis wiegen,
Dann verplaudern früh und spat!
Dichter ist umsonst verschwiegen,
Dichten selbst ist schon Verrat.

West-östlicher Divan. Das Schenkenbuch

Es ist ein großer Unterschied, ob der Dichter zum Allgemeinen das Besondere sucht oder im Besonderen das Allgemeine schaut. Aus jener Art entsteht Allegorie, wo das Besondere nur als Beispiel, als Exempel des Allgemeinen gilt; die letztere aber ist eigentlich die Natur der Poesie, sie spricht ein Besonderes aus, ohne ans Allgemeine zu denken oder darauf hinzuweisen. Wer nun dieses Besondere lebendig faßt, erhält zugleich das Allgemeine mit, ohne es gewahr zu werden, oder erst spät.

Kunst und Altertum

Da der Dichter durch Antizipation die Welt vorwegnimmt, so ist ihm die auf ihn losdringende, wirkliche Welt unbequem und störend; sie will ihm geben, was er schon hat, aber anders, daß er sichs zum zweiten Male zueignen muß.

Tag- und Jahreshefte bis 1780

Was sollt aus dem Dichter werden, wenn es nicht hohe, mächtige, kluge, tätige, schöne und geschickte Menschen gäbe, an deren Vorzügen er sich auferbauen kann? An ihnen, wie die Rebe am Ulmenbaum, wie Efeu an der Mauer, rankt er sich hinauf, Auge und Sinn zu erquicken.

West-östlicher Divan. Noten und Abhandlungen

Der Musikus müsse immer in sich selbst gekehrt sein, sein Innerstes ausbilden, um es nach außen zu wenden. Dem Sinne des Auges hat er nicht zu schmeicheln. Das Auge bevorteilt gar leicht das Ohr und lockt den Geist von innen nach außen. Umgekehrt muß der bildende Künstler in der Außenwelt leben und sein Inneres gleichsam unbewußt an und in dem Auswendigen manifestieren. Bildende Künstler müssen wohnen wie Könige und Götter, wie wollten sie denn sonst für Könige und Götter bauen und verzieren? Sie müssen sich zuletzt dergestalt über das Gemeine erheben, daß die ganze Volksgemeinde in und an ihren Werken sich veredelt fühle.

Wilhelm Meisters Wanderjahre, 2. Buch, 8. Kapitel

Von allem Literarischen, ja selbst von dem Höchsten, was sich mit Wort und Sprache beschäftigt, von Poesie und Rhetorik, zu den bildenden Künsten überzugehen, ist schwer, ja fast unmöglich: denn es liegt eine ungeheure Kluft dazwischen, über welche uns nur ein besonders geeignetes Naturell hinüberhebt.

Winckelmann

Da schwebt hervor Musik mit Engelsschwingen,
Verflicht zu Millionen Tön um Töne,
Des Menschen Wesen durch und durch zu dringen,
Zu überfüllen ihn mit ewger Schöne:
Das Auge netzt sich, fühlt im höhern Sehnen
Den Götter-Wert der Töne wie der Tränen.

Und so das Herz, erleichtert, merkt behende,
Daß es noch lebt und schlägt und möchte schlagen,
Zum reinsten Dank der überreichen Spende
Sich selbst erwidernd, willig darzutragen.

An Madame Marie Szymanowska

Die bildende Kunst ist auf das Sichtbare angewiesen, auf die äußere Erscheinung des Natürlichen. Das rein Natürliche, insofern es sittlich gefällig ist, nennen wir naiv. Naive Gegenstände sind also das Gebiet der Kunst, die ein sittlicher Ausdruck des Natürlichen sein soll. Gegenstände, die nach beiden Seiten hinweisen, sind die günstigsten.

Maximen und Reflexionen

Das Naive als natürlich ist mit dem Wirklichen verschwistert. Das Wirkliche ohne sittlichen Bezug nennen wir gemein.

Maximen und Reflexionen

Der höchste pathetische Ausdruck, den sie [die bildende Kunst] darstellen kann, schwebt auf dem Übergange eines Zustandes in den andern ... Ein solcher Übersprung ... ist ein Gegensatz, von dem man ohne Erfahrung keinen Begriff hat.

Über Laokoon

Indem der Künstler irgendeinen Gegenstand der Natur ergreift, so gehört dieser schon nicht mehr der Natur an, ja man kann sagen, daß der Künstler ihn in diesem Augenblick erschaffe, indem er ihm das Bedeutende, Charakteristische, Interessante abgewinnt oder vielmehr erst den höhern Wert hineinlegt.

Auf diese Weise werden der menschlichen Gestalt die schönern Proportionen, die edlern Formen, die höhern Charaktere gleichsam erst aufgedrungen.

Einleitung in die Propyläen

Dem deutschen Künstler, so wie überhaupt jedem neuen und nordischen, ist es schwer, ja beinahe unmöglich, von dem Formlosen zur Gestalt überzugehen.

Einleitung in die Propyläen

Ein echtes Kunstwerk bleibt, wie ein Naturwerk, für unsern Verstand immer unendlich: es wird angeschaut, empfunden, es wirkt; es kann aber nicht eigentlich erkannt, viel weniger sein Wesen, sein Verdienst mit Worten ausgesprochen werden.

Über Laokoon

Und doch hat jede Kunst ihre innern Gesetze.

Wilhelm Meisters Wanderjahre, 3. Buch, 12. Kapitel

Es [das Genie] begreift, daß Kunst eben darum Kunst heiße, weil sie nicht Natur ist.

Wilhelm Meisters Wanderjahre, 2. Buch, 8. Kapitel

Der Künstler gibt, dankbar gegen die Natur, die auch ihn hervorbrachte, ihr eine zweite Natur, aber eine gefühlte, eine gedachte, eine menschlich vollendete zurück …

Hätte Pygmalion seiner Statue begehren können, so wäre er ein Pfuscher gewesen.

Diderots Versuch über die Malerei

Es bleibt ewig wahr: Sich zu beschränken, *einen* Gegenstand, wenige Gegenstände recht bedürfen, so auch recht lieben, an ihnen hängen, sie auf alle Seiten wenden, mit ihnen vereinigt werden, das macht den Dichter, den Künstler – den Menschen.

An Charlotte von Stein, 22. Juli 1776

Ich bin dadurch in meiner alten Überzeugung bestärkt worden, daß man nicht vergleichen müsse, sondern daß man jede Nation, jeden Dichter und Schriftsteller, jedes Individuum an sich betrachten und schätzen solle.

An Ottilie von Goethe, 11. Juni 1825

Der echte, gesetzgebende Künstler strebt nach Kunstwahrheit, der gesetzlose, der einem blinden Trieb folgt, nach Naturwirklichkeit; durch jenen wird die Kunst zum höchsten Gipfel, durch diesen auf die niedrigste Stufe gebracht.

Einleitung in die Propyläen

Ein Geist wie der seinige mußte bald gewahr werden, wie sehr die Einsicht in das Hohe und Ganze die Ausübung der einzelnen subalternen Forderungen erleichtert.

Anhang zur Lebensbeschreibung des Benvenuto Cellini

... so ist es, besonders in der neuern Zeit, noch viel seltner, daß ein Künstler sowohl in die Tiefe der Gegenstände als in die Tiefe seines eignen Gemüts zu dringen vermag, um in seinen Werken nicht bloß etwas leicht und oberflächlich Wirkendes, sondern, wetteifernd mit der Natur, etwas Geistig-Organisches hervorzubringen und seinem Kunstwerk einen solchen Gehalt, eine solche Form zu geben, wodurch es natürlich zugleich und übernatürlich erscheint.

Einleitung in die Propyläen

Die höchste Absicht der Kunst ist, menschliche Formen zu zeigen, so sinnlich bedeutend und so schön, als es möglich ist.

Maximen und Reflexionen

Bei schönen Proportionen, bei schönen Formen ist allein das zarte *Mehr* oder *Weniger* bedeutend. Das Schöne ist ein enger Kreis, in dem man sich nur bescheiden regen darf.

Diderots Versuch über die Malerei

Der Charakter verhält sich zum Schönen wie das Skelett zum lebendigen Menschen.

Der Sammler und die Seinigen

Alles Charakteristische ist gemäßigt, alles natürlich Gewaltsame ist aufgehoben, und so möchte ich sagen, ... das höchste Ziel der Kunst ist Schönheit und ihre letzte Wirkung Gefühl der Anmut.

Der Sammler und die Seinigen

Das kann einem leicht passieren, der das Ideal verleugnet, daß er das Gemeine für schön erklärt.

Der Sammler und die Seinigen

Kein Porträt kann etwas taugen, als wenn es der Maler im eigentlichsten Sinne erschafft.

Der Sammler und die Seinigen

Die göttliche Kunst, welche alles zu veredeln und zu erhöhen weiß, mag auch das Widerwärtige, das Abscheuliche nicht abzulehnen. Eben hier will sie ihr Majestätsrecht gewaltig ausüben. Aber sie hat nur einen Weg, dies zu leisten; sie wird nicht Herr vom Häßlichen, als wenn sie es komisch behandelt.

An Friedrich Karl Ludwig Sickler, 28. April 1812

... daß die griechische Mythologie als höchst gestaltet, als Verkörperung der tüchtigsten, reinsten Menschheit mehr empfohlen zu werden verdiene als das häßliche Teufels- und Hexenwesen, das nur in düstern, ängstlichen Zeitläuften aus verworrener Einbildungskraft sich entwickeln und in der Hefe menschlicher Natur seine Nahrung finden konnte.

Aus dem Französischen des Globe. Bemerkung des Übersetzers

Man muß von den höchsten Maximen der Kunst und des Lebens in sich selbst nicht abweichen, auch nicht ein Haar; aber in der Empirie, in der Bewegung des Tages will ich lieber etwas Mittleres gelten lassen, als das Gute verkennen oder auch nur daran mäkeln.

An Zelter, 7. November 1816

Welche köstliche Bissen (morceaux) müßten wir entbehren, wenn wir die niedern Klassen aller Zeiten und Völker von der Dichtkunst ausschließen wollten.

An Eichstädt, 22. November 1809 (Konzept)

Nach je größerem Maßstabe der Künstler arbeitet, desto unerläßlicher wird Gehalt und Fülle gefordert.

Anhang zur Lebensbeschreibung des Benvenuto Cellini

Denn der innere Gehalt des bearbeiteten Gegenstandes ist der Anfang und das Ende der Kunst.

Dichtung und Wahrheit, 7. Buch

Ich ehre den Rhythmus wie den Reim, wodurch Poesie erst zur Poesie wird, aber das eigentlich tief und gründlich Wirksame, das wahrhaft Ausbildende und Fördernde ist dasjenige, was vom Dichter übrig bleibt, wenn er in Prose übersetzt wird. Dann bleibt der reine vollkommene Gehalt, den uns ein blendendes Äußere oft, wenn er fehlt, vorzuspiegeln weiß, und wenn er gegenwärtig ist, verdeckt.

Dichtung und Wahrheit, 11. Buch

Denn das ist der Kunst Bestreben,
Jeden aus sich selbst zu heben,
Ihn dem Boden zu entführen; ...

Aufwärts fühlt er sich getragen.

Prolog zur Eröffnung des Berliner Theaters 1821

Aber wie das Erhabene von Dämmerung und Nacht, wo sich die Gestalten vereinigen, gar leicht erzeugt wird, so wird es dagegen vom Tage verscheucht, der alles sondert und trennt, und so muß es auch durch jede wachsende Bildung vernichtet werden, wenn es nicht glücklich genug ist, sich zu dem Schönen zu flüchten und sich innig mit ihm zu vereinigen, wodurch denn beide gleich unsterblich und unverwüstlich sind.

Dichtung und Wahrheit, 6. Buch

Die höchste Aufgabe einer jeden Kunst ist, durch den Schein die Täuschung einer höheren Wirklichkeit zu geben. Ein falsches Bestreben aber ist, den Schein so lange zu verwirklichen, bis endlich nur ein gemeines Wirkliche übrig bleibt.

Dichtung und Wahrheit, 11. Buch

Unterschieden ist nicht das Schöne vom Guten, das Schöne
Ist nur das Gute, das sich lieblich verschleiert uns zeigt.

Eintragung in das Stammbuch der Fürstin Gallitzin.
Weimar, 17. April 1793

Die Musik aber, so wenig als irgend eine Kunst, vermag auf Moralität zu wirken, und immer ist es falsch, wenn man solche Leistungen von ihnen verlangt. Philosophie und Religion vermögen es allein; Pietät und Pflicht müssen aufgeregt werden, und solche Erweckungen werden die Künste nur zufällig veranlassen. Was sie aber vermögen und wirken, das ist eine Milderung roher Sitten.

Kunst und Altertum. Nachlese zu Aristoteles' Poetik

Der Mensch muß ein *Handwerk* haben, das ihn nähre. Auch der Künstler wird nie bezahlt, sondern der Handwerker. Chodowiecki, der Künstler, den wir bewundern, äße schmale Bissen, aber Chodowiecki, der Handwerker, der die elendsten Sudeleien mit seinen Kupfern illuminiert, wird bezahlt.

An Krafft, 9. September 1779

Daß Sie ... die hohen *Trümmern der Künste* heruntersetzen und uns dafür *Fleiß, Mühe* und *Not* anpreisen, soll als eine Hausfrauenlaune verziehen werden. Diese drei letzten allerliebsten Schwestern sind freilich des Menschen Gefährten;

aber warum soll man nicht alles verehren, was das Gemüt erhebt und uns durchs mühselige Leben hindurchhilft! Wenn ihr das Salz wegwerft, womit soll man salzen!

An Karoline Herder, 4. Mai 1790

Ich weiß wohl, daß jeder, der für sich und andre zu sorgen hat, wohltut, sich dem Notwendigen und Nützlichen zu widmen, und daß es gefährlich ist, der Leidenschaft zum Schönen so viel Raum zu geben. Ist es denn aber nicht mit jeder Leidenschaft dasselbe, in der die Mächtigen und Reichen einen höhern und stärkern Genuß des Lebens suchen! Hunde, Pferde, Jagd, Spiel, Feste, Kleider und Diamanten, was für Kapitale von Barschaft stecken darinne, und was für Intressen von Zeit und Geld zehren sie nicht auf, ohne die Seele zu erheben, das doch die Gaben der Musen um einen wohlfeilern Preis gewähren.

Und wem ist ein Sonnenblick aus jenen höhern Regionen der Menschheit mehr zu gönnen als dem, der sich unter den Staubwolken des mühseligen Erdelebens herumtreibt? Mich dünkt, man kann nicht bestimmt genug sprechen, wenn man vor dem Übermaß eines Guten, das zum Fehler werden kann, warnen will.

An Herder, 20. März 1783

Es gibt dreierlei Arten Leser: eine, die ohne Urteil genießt, eine dritte, die ohne zu genießen urteilt, die mittlere, die genießend urteilt und urteilend genießt; diese reproduziert eigentlich ein Kunstwerk aufs neue. Die Mitglieder dieser Klasse ... sind nicht zahlreich.

An Rochlitz, 13. Juni 1819

… des Dichters sittliche Tendenz und Verfahrungsweise … Das Publikum lernt niemals begreifen, daß der wahre Poet eigentlich doch nur, als verkappter Bußprediger, das Verderbliche der Tat, das Gefährliche der Gesinnung an den Folgen nachzuweisen trachtet. Doch dieses zu gewahren, wird eine höhere Kultur erfordert, als sie gewöhnlich zu erwarten steht. Wer nicht seinen eignen Beichtvater macht, kann diese Art Bußpredigt nicht vernehmen.

An Zauper, 7. September 1821

Die Technik im Bündnis mit dem Abgeschmackten ist die fürchterlichste Feindin der Kunst.

Maximen und Reflexionen

Die hohe Kunst muß selbständig sein, weder Frömmigkeit noch Patriotismus dienen hier zum Supplemente.

An Johann Gottlob von Quandt, 24. Mai 1830 (Konzept)

Das Was des Kunstwerks interessiert die Menschen mehr als das Wie; jenes können sie einzeln ergreifen, dieses im ganzen nicht fassen. Daher kommt das Herausheben von Stellen, wobei zuletzt, wenn man wohl aufmerkt, die Wirkung der Totalität auch nicht ausbleibt, aber jedem unbewußt.

Maximen und Reflexionen

Aber der Mensch ist nicht bloß ein denkendes, er ist zugleich ein empfindendes Wesen. Er ist ein Ganzes, eine Einheit vielfacher, innig verbundner Kräfte; und zu diesem Ganzen des Menschen muß das Kunstwerk reden.

Der Sammler und die Seinigen

Wie Natur im Vielgebilde
Einen Gott nur offenbart,
So im weiten Kunstgefilde
Webt ein Sinn der ewgen Art;
Dieses ist der Sinn der Wahrheit,
Der sich nur mit Schönem schmückt,
Und getrost der höchsten Klarheit
Hellsten Tags entgegenblickt.

Wilhelm Meisters Wanderjahre, 2. Buch, 8. Kapitel

Dieser Enthusiasmus für die Kunst, dieser Wunsch, das Wünschenswerte gebildet zu sehen, erhält meinen spätern Tagen Licht und Wärme.

An Beuth, 13. Juni 1827

FORTSCHRITT, TRADITION, IDEENKAMPF

Wir alle hoffen und wünschen ja, daß es anders, besser, vorzüglicher werden solle, und warum sollten wir einen Anlaß nicht ergreifen, hiezu mitzuwirken, wenn wir zu sehen glauben, daß ein Mittel dazu dargereicht werde?

An Voigt, 27. Februar 1816

Ich ehre und liebe das Positive und ruhe selbst darauf, insofern es nämlich von uralters her sich immer mehr betätigt und uns zum wahrhaften Grunde des Lebens und Wirkens dienen mag.

An Schultz, 10. Januar 1829

Jeder Fortschritt ist ein Wagestück, und nur durch Wagen kommt man entschieden vorwärts.

Der Sammler und die Seinigen

Weil nun das Menschengeschlecht sich durchaus herdenmäßig bewegt, so ziehen sie bald die Majorität hinter sich her, und ein rein fortschreitender, das Problem ehrender Menschenverstand steht allein, eh er sichs versieht.

An Zelter, 21. Juni 1827 (Konzept)

Die Menschheit ... mag noch so sehr zu ihrem höchsten Ziele vorschreiten, die Zuckerbäcker rucken immer nach; indem sich Geist und Herz immerfort reinigt, wird, wie ich fürchte, der Magen immer weiter seiner Verderbnis entgegengeführt.

An Marianne von Willemer, 13. Januar 1832

... begriff ich aufs neue: daß die verschiedenen Denkweisen in der Verschiedenheit der Menschen gegründet sind ... von Jahrhundert zu Jahrhundert ... welche hübsche Filiation und Steigerung der Denkweisen ...!

An den Grafen von Reinhard,
22. Januar 1811 und 13. Februar 1812

Unbeschadet des Glaubens an eine fortschreitende Kultur ließ sich, wie in der Weltgeschichte, so in der Geschichte der Wissenschaften, gar wohl bemerken, daß der menschliche Geist sich in einem gewissen Kreise von Denk- und Vorstellungsarten herumbewege.

Verschiedene Bekenntnisse (W. A., 2. Abteilung, 9. Band, S. 265)

Will man ihr [der Menschheit] auch eine Spiralbewegung zuschreiben, so kehrt sie doch immer wieder in jene Gegend, wo sie schon einmal durchgegangen. Auf diesem Wege wiederholen sich alle wahren Ansichten und alle Irrtümer.

Materialien zur Geschichte der Farbenlehre. Einleitung

Der Verfasser gehört zu denjenigen, die aus dem Dunkeln ins Helle streben, ein Geschlecht, zu dem wir uns auch bekennen. Bleibt es doch unsere Pflicht, selbst die Idee, insofern es möglich ist, zu verwirklichen.

Schlosser: Universalhistorische Übersicht der Geschichte der alten Welt und ihrer Kultur (Rezension)

Daß die Weltgeschichte von Zeit zu Zeit umgeschrieben werden müsse, darüber ist in unsern Tagen wohl kein Zweifel übrig geblieben. Eine solche Notwendigkeit entsteht aber nicht etwa daher, weil viel Geschehenes nachentdeckt worden, sondern weil neue Ansichten gegeben werden, weil der Genosse einer fortschreitenden Zeit auf Standpunkte geführt wird, von welchen sich das Vergangene auf eine neue Weise überschauen und beurteilen läßt.

Materialien zur Geschichte der Farbenlehre. Baco von Verulam

Wem um die Sache zu tun ist, der muß Partei zu nehmen wissen, sonst verdient er, nirgends zu wirken.

Einleitung in die Propyläen

Eine Idee, wie sie ausgesprochen ist, wird ein wundersames Gemeingut; wer sich ihrer zu bemächtigen weiß, gewinnt ein neues Eigentum, ohne jemand zu berauben; er bedient sich dessen nach eigner Art und Weise folgerecht, auch wohl ohne immer daran zu denken. Dadurch aber beweist sich eben der innewohnende, kräftig-lebendige Wert des erworbenen Gutes.

Wirkung meiner Schrift ›Die Metamorphose der Pflanzen‹

Beharre, wo du stehst! – Maxime, notwendiger als je, indem einerseits die Menschen in große Parteien gerissen werden, sodann aber auch jeder einzelne nach individueller Einsicht und Vermögen sich geltend machen will.

Maximen und Reflexionen

Wenn ich von liberalen Ideen reden höre, so verwundere ich mich immer, wie die Menschen sich gern mit leeren Wortschällen hinhalten: eine Idee darf nicht liberal sein! Kräftig sei sie, tüchtig, in sich selbst abgeschlossen, damit sie den göttlichen Auftrag, produktiv zu sein, erfülle. Noch weniger darf der Begriff liberal sein; denn der hat einen ganz andern Auftrag.

Wo man die Liberalität aber suchen muß, das ist in den Gesinnungen, und diese sind das lebendige Gemüt. Gesinnungen aber sind selten liberal, weil die Gesinnung unmittelbar aus der Person, ihren nächsten Beziehungen und Bedürfnissen hervorgeht. Weiter schreiben wir nicht; an diesem Maßstab halte man, was man tagtäglich hört!

Maximen und Reflexionen

Wer Maximen bestreiten will, sollte fähig sein, sie recht klar aufzustellen und innerhalb dieser Klarheit zu kämpfen, damit er nicht in den Fall gerate, mit selbstgeschaffenen Luftbildern zu fechten.

Maximen und Reflexionen

Die höchste Kultur aber, welche diesen letzten Zeiten [des weiteren neunzehnten Jahrhunderts] gegönnt sein möge, erwiese sich wohl darin, daß alles Würdige, dem Menschen eigentlich Werte in verschiedenen Formen nebeneinander müßte bestehen können, und daß daher verschiedene Denkweisen, ohne sich verdrängen zu wollen, in einer und derselben Region ruhig nebeneinander fortwandelten …

Alles aber, was sich aufs Ewige bezieht und uns im Erdenleben als Bild und Gleichnis des Unvergänglichen vorschwebt, sollte sich von rechtswegen außer Streit setzen, obgleich auch hier manches Hindernis obwaltet.

Zur Naturwissenschaft überhaupt

PROMETHEUS:
Des tätgen Manns Behagen sei Parteilichkeit.

Pandora

Was man Idee nennt, das, was immer zur Erscheinung kommt und daher als Gesetz aller Erscheinungen uns entgegentritt.

W. A., 2. Abteilung, 13. Band, S. 39

Es erben sich Gesetz' und Rechte
Wie eine ewge Krankheit fort;
Sie schleppen von Geschlecht sich zum Geschlechte
Und rücken sacht von Ort zu Ort.
Vernunft wird Unsinn, Wohltat Plage;
Weh dir, daß du ein Enkel bist!
Vom Rechte, das mit uns geboren ist,
Von dem ist, leider! nie die Frage.

Faust, 1. Teil. Studierzimmer

Der aus der Kindheit aufblickende Mensch findet die Natur nicht etwa rein und nackt um sich her: denn die göttliche Kraft seiner Vorfahren hat eine zweite Welt in die Welt erschaffen. Aufgenötigte Angewöhnungen, herkömmliche Gebräuche, beliebte Sitten, ehrwürdige Überlieferungen, schätzbare Denkmale, ersprießliche Gesetze und so mannigfache herrliche Kunsterzeugnisse umzingeln den Menschen dergestalt, daß er nie zu unterscheiden weiß, was ursprünglich und was abgeleitet ist. Er bedient sich der Welt, wie er sie findet, und hat dazu ein vollkommenes Recht.

Kunstschätze am Rhein, Main und Neckar

Il faut croire à la simplicité zu deutsch: man muß an die Einfalt, an das Einfache, an das Urständig-Produktive glauben, wenn man den rechten Weg gewinnen will. Dieses ist aber nicht jedem gegeben; wir werden in einem künstlichen Zustande geboren, und es ist durchaus leichter, diesen immer mehr zu bekünsteln, als zu dem Einfachen zurückzukehren.

An Zelter, 29. März 1827

Wie in Rom außer den Römern noch ein Volk von Statuen war, so ist außer dieser realen Welt noch eine Welt des Wahns, viel mächtiger beinahe, in der die meisten leben.

Maximen und Reflexionen

Autorität: ohne sie kann der Mensch nicht existieren, und doch bringt sie ebensoviel Irrtum als Wahrheit mit sich. Sie verewigt sich im einzelnen, was einzeln vorübergehen sollte, lehnt ab und läßt vorübergehen, was festgehalten werden sollte, und ist hauptsächlich Ursache, daß die Menschheit nicht vom Flecke kommt.

Maximen und Reflexionen

O leite meinen Gang, Natur!
Den Fremdlings-Reisetritt,
Den über Gräber
Heiliger Vergangenheit
Ich wandle.

Der Wandrer

Wer bloß mit dem Vergangenen sich beschäftigt, kommt zuletzt in Gefahr, das Entschlafene, für uns Mumienhafte vertrocknet an sein Herz zu schließen. Eben dieses Festhalten aber am Abgeschiedenen bringt jederzeit einen revolutionären Übergang hervor, wo das vorstrebende Neue nicht länger zurückzudrängen, nicht zu bändigen ist, so daß es sich vom Alten losreißt, dessen Vorzüge nicht anerkennen, dessen Vorteile nicht mehr benutzen will.

Klassiker und Romantiker in Italien

Ich weiß es, der Mensch soll
Immer streben zum Bessern; und, wie wir sehen, er strebt auch
Immer dem Höheren nach, zum wenigsten sucht er das Neue.
Aber geht nicht zu weit! Denn neben diesen Gefühlen
Gab die Natur uns auch die Lust, zu verharren im Alten
Und sich dessen zu freun, was jeder lange gewohnt ist.

Hermann und Dorothea, 5. Gesang. Polyhymnia

Es gibt zweierlei Erfahrungsarten, die Erfahrung des Abwesenden und die des Gegenwärtigen. Die Erfahrung des Abwesenden, wozu das Vergangene gehört, machen wir auf fremde Autorität, die des Gegenwärtigen sollten wir auf eigene Autorität machen. Beides gehörig zu tun, ist die Natur des Individuums durchaus unzulänglich.

Materialien zur Geschichte der Farbenlehre. Zwischenzeit

Verstünde man seinen Vorteil, man würde nichts Überliefertes tadeln, sondern, was uns nicht anmutet, liegen lassen, um es vielleicht künftig aufzunehmen.

An Zelter, 8. August 1822

Und doch ist oft, ja gewöhnlich mehr Ernst in den Altvätern, die unser Dasein gegründet, als unter den genießenden, meistenteils vergeudenden Nachkommen.

Vergleichende Knochenlehre

Mags die Welt zur Seite weisen,
Wenig Schüler werdens preisen,
Die an deinem Sinn entbrannt,
Wenn die Vielen dich verkannt.

Dem Andenken Kaspar Friedrich Wolffs

Wenn man sich bereiten muß, vom Schauplatz abzutreten, so ist das schönste Gefühl, daß unsere Überzeugungen in anderen fortleben.

An Karl Friedrich Ernst Frommann, 18. März 1817

Wenn wir den Weltlauf mit Sorgfalt betrachten, so erfahren wir, daß alle öffentlichen Verhandlungen, sie mögen religiös, politisch oder wissenschaftlich sein, früher oder später durchaus formell werden.

Principes de philosophie zoologique

Es war nämlich die [Grundmeinung]: bei allem, was uns überliefert, besonders aber schriftlich überliefert werde, komme es auf den Grund, auf das Innere, den Sinn, die Richtung des Werks an; hier liege das Ursprüngliche, Göttliche, Wirksame, Unantastbare, Unverwüstliche, und keine Zeit, keine äußere Einwirkung noch Bedingung könne diesem innern Urwesen etwas anhaben, wenigstens nicht mehr als die Krankheit des Körpers einer wohlgebildeten Seele.

Dichtung und Wahrheit, 12. Buch

Urväter-Hausrat dreingestopft –
Das ist deine Welt! Das heißt eine Welt!

Faust, 1. Teil. Nacht

AUTORITÄT

Denn genau betrachtet, so ist jede Autorität eine Art Überlieferung. Wir lassen die Existenz, die Würde, die Gewalt von irgend einem Dinge gelten, ohne daß wir seinen Ursprung, sein Herkommen, seinen Wert deutlich einsehen und erkennen ... So hat die Vernunft und das ihr verwandte Gewissen eine ungeheure Autorität, weil sie unergründlich sind; ingleichen das, was wir mit dem Namen *Genie* bezeichnen. Dagegen kann man dem Verstand keine Autorität zuschreiben: denn er bringt nur immer seinesgleichen hervor; sowie denn offenbar aller Verstandes-Unterricht zur Anarchie führt.

Gegen die Autorität verhält sich der Mensch, so wie gegen vieles andere, beständig schwankend. Er fühlt in seiner Dürftigkeit, daß er, ohne sich auf etwas Drittes zu stützen, mit seinen Kräften nicht auslangt. Dann aber, wenn das Gefühl seiner Macht und Herrlichkeit in ihm aufgeht, stößt er das Hilfreiche von sich und glaubt, für sich selbst und andre hinzureichen ...

Bald werden Monumente älterer Zeiten, Dokumente früherer Gesinnungen, göttlich verehrt, buchstäblich aufgenommen; jedermann gibt seine Sinne, seinen Verstand darunter gefangen; alle Kräfte werden aufgewendet, das Schätzbare solcher Überreste darzutun, sie bekannt zu machen, zu kommentieren, zu erläutern, zu erklären, zu verbreiten und fortzupflanzen. Bald tritt dagegen, wie jene bilderstürmende, so hier eine schriftstürmende Wut ein; es täte not, man vertilgte bis auf die letzte Spur das, was bisher so großen Wertes geachtet wurde. Kein ehmals ausgesprochenes Wort soll gelten, alles was weise war, soll als närrisch erkannt werden, was heilsam war, als schädlich, was sich lange Zeit als förderlich zeigte, nunmehr als eigentliches Hindernis.

Materialien zur Geschichte der Farbenlehre. Autorität

Gern wär ich Überliefrung los
Und ganz original;
Doch ist das Unternehmen groß
Und führt in manche Qual.
Als Autochthone rechnet ich
Es mir zur höchsten Ehre,
Wenn ich nicht gar zu wunderlich
Selbst Überliefrung wäre.

Zahme Xenien

ANTIKES UND CHRISTLICHES

Antike Tempel konzentrieren den Gott im Menschen; des Mittelalters Kirchen streben nach dem Gott in der Höhe.

Maximen und Reflexionen

Ich für meine Person bin in dem Falle, daß mich das Anschauen des Altertums in jedem seiner Reste in den Zustand versetzt, worin ich fühle, ein Mensch zu sein.

An Zelter, 6. November 1827

Man denke sich das Große der Alten, vorzüglich der sokratischen Schule, daß sie Quelle und Richtschnur alles Lebens und Tuns vor Augen stellt, nicht zu leerer Spekulation, sondern zu Leben und Tat auffordert.

Wenn nun unser Schulunterricht immer auf das Altertum hinweist, das Studium der griechischen und lateinischen Sprache fördert, so können wir uns Glück wünschen, daß diese zu einer höheren Kultur so nötigen Studien niemals rückgängig werden.

Denn wenn wir uns dem Altertum gegenüberstellen und es ernstlich in der Absicht anschauen, uns daran zu bilden, so gewinnen wir die Empfindung, als ob wir erst eigentlich zu Menschen würden.

Der für dichterische und bildnerische Schöpfungen empfängliche Geist fühlt sich dem Altertum gegenüber in den anmutigst-ideellen Naturzustand versetzt, und noch auf den heutigen Tag haben die Homerischen Gesänge die Kraft, uns wenigstens für Augenblicke von der furchtbaren Last zu befreien, welche die Überlieferung von mehreren tausend Jahren auf uns gewälzt hat.

Maximen und Reflexionen

Antikes

Der Mensch vermag gar manches durch zweckmäßigen Gebrauch einzelner Kräfte, er vermag das Außerordentliche durch Verbindung mehrerer Fähigkeiten; aber das Einzige, ganz Unerwartete leistet er nur, wenn sich die sämtlichen Eigenschaften gleichmäßig in ihm vereinigen. Das letzte war das glückliche Los der Alten, besonders der Griechen in ihrer besten Zeit; auf die beiden ersten sind wir Neuern vom Schicksal angewiesen ...

Wirft sich der Neuere, wie es uns eben jetzt ergangen, fast bei jeder Betrachtung ins Unendliche, um zuletzt, wenn es ihm glückt, auf einen beschränkten Punkt wieder zurückzukehren, so fühlten die Alten ohne weitern Umweg sogleich ihre einzige Behaglichkeit innerhalb der lieblichen Grenzen der schönen Welt. Hieher waren sie gesetzt, hiezu berufen, hier fand ihre Tätigkeit Raum, ihre Leidenschaft Gegenstand und Nahrung.

Winckelmann

Alle hielten sich am Nächsten, Wahren, Wirklichen fest, und selbst ihre Phantasiebilder haben Knochen und Mark. Der Mensch und das Menschliche wurden am wertesten geachtet, und alle seine innern, seine äußern Verhältnisse zur Welt mit so großem Sinne dargestellt als angeschaut. Noch fand sich das Gefühl, die Betrachtung nicht zerstückelt, noch war jene kaum heilbare Trennung in der gesunden Menschenkraft nicht vorgegangen.

Aber nicht allein das Glück zu genießen, sondern auch das Unglück zu ertragen waren jene Naturen höchlich geschickt: denn wie die gesunde Faser dem Übel widerstrebt und bei jedem krankhaften Anfall sich eilig wieder herstellt, so vermag der jenen eigene gesunde Sinn sich gegen innern und äußern Unfall geschwind und leicht wieder herzustellen.

Winckelmann

Heidnisches

Jene Schilderung des altertümlichen, auf diese Welt und ihre Güter angewiesenen Sinnes führt uns unmittelbar zur Betrachtung, daß dergleichen Vorzüge nur mit einem heidnischen Sinne vereinbar seien. Jenes Vertrauen auf sich selbst, jenes Wirken in der Gegenwart, die reine Verehrung der Götter als Ahnherren, die Bewunderung derselben gleichsam nur als Kunstwerke, die Ergebenheit in ein übermächtiges Schicksal, die in dem hohen Werte des Nachruhms selbst wieder auf diese Welt angewiesene Zukunft gehören so notwendig zusammen, machen solch ein unzertrennliches Ganze, bilden sich zu einem von der Natur selbst beabsichtigten Zustand des menschlichen Wesens, daß wir in dem höchsten Augenblicke des Genusses wie in dem tiefsten der Aufopferung, ja des Untergangs eine unverwüstliche Gesundheit gewahr werden.

Winckelmann

Plato verhält sich zu der Welt wie ein seliger Geist, dem es beliebt, einige Zeit auf ihr zu herbergen. Es ist ihm nicht sowohl darum zu tun, sie kennen zu lernen, weil er sie schon voraussetzt, als ihr dasjenige, was er mitbringt und was ihr so not tut, freundlich mitzuteilen. Er dringt in die Tiefen, mehr um sie mit seinem Wesen auszufüllen, als um sie zu erforschen. Er bewegt sich nach der Höhe, mit Sehnsucht, seines Ursprungs wieder teilhaft zu werden. Alles, was er äußert, bezieht sich auf ein ewig Ganzes, Gutes, Wahres, Schönes, dessen Forderung er in jedem Busen aufzuregen strebt. Was er sich im einzelnen von irdischem Wissen zueignet, schmilzt, ja man kann sagen, verdampft in seiner Methode, in seinem Vortrag.

Aristoteles hingegen steht zu der Welt wie ein Mann, ein baumeisterlicher. Er ist nun einmal hier und soll hier wirken und schaffen. Er erkundigt sich nach dem Boden, aber nicht weiter, als bis er Grund findet. Von da bis zum Mittelpunkt der Erde ist ihm das übrige gleichgültig. Er umzieht einen ungeheuern Grundkreis für sein Gebäude, schafft Materialien von allen Seiten her, ordnet sie, schichtet sie auf und steigt so in regelmäßiger Form pyramidenartig in die Höhe, wenn Plato, einem Obelisken, ja einer spitzen Flamme gleich, den Himmel sucht.

Wenn ein Paar solcher Männer, die sich gewissermaßen in die Menschheit teilten, als getrennte Repräsentanten herrlicher, nicht leicht zu vereinender Eigenschaften auftraten ...: so folgt natürlich, daß die Welt, insofern sie als empfindend und denkend anzusehen ist, genötigt war, sich einem oder dem andern hinzugeben, einen oder den andern als Meister, Lehrer, Führer anzuerkennen.

Materialien zur Geschichte der Farbenlehre. Überliefertes

Wie aber die menschliche Natur sich immer ganz herzustellen und darzustellen genötigt ist, so erscheint in diesen wüsten, sinnlichen Welträumen an unserem Helden sowie an seinen Umgebungen ein sittliches und religiöses Streben, das erste im größten Widerspruch mit der leidenschaftlichen Natur, das andere zu Beruhigung in verdienten und unverdienten unausweichlichen Leiden.

Wir haben in seinem ungebändigten Naturwesen durchaus einen Hinblick auf moralische Forderungen, eine Ehrfurcht für sittliche Grundsätze wahrgenommen ... Da sich nun eine solche Sinnesweise bei zunehmendem Alter zu reinigen, zu bestärken und den Menschen ausschließlicher zu beherrschen pflegt, so stand es seiner heftigen und drangvollen Natur wohl an, daß er ... endlich den zerstreuten und gefährlichen Laienstand verließ und in geistlicher Beschränkung Glück und Ruhe zu finden trachtete ... Er nahm auch wirklich die Tonsur an ...

Allein die allgemeine Natur, die von jeher stärker in ihm als eine jede besondere Richtung und Bildung geherrscht, nötigte ihn gar bald zu einem Rückschritt in die Welt.

Solche Naturen können als geistige Flügelmänner angesehen werden, die uns mit heftigen Äußerungen dasjenige andeuten, was durchaus, obgleich oft nur mit schwachen, unkenntlichen Zügen, in jeden menschlichen Busen eingeschrieben ist.

Anhang zur Lebensbeschreibung des Benvenuto Cellini

Wilhelm: ... Ihr habt den Tempel Jerusalems zerstört und das Volk zerstreut, ohne den göttlichen Mann aufzuführen, der kurz vorher daselbst noch lehrte, dem sie noch kurz vorher kein Gehör geben wollten.

Dies zu tun, wie Ihr es verlangt, wäre ein Fehler gewesen. Das Leben dieses göttlichen Mannes, den Ihr bezeichnet, steht mit der Weltgeschichte seiner Zeit in keiner Verbindung. Es war ein Privatleben, seine Lehre eine Lehre für die Einzelnen. Was Völkermassen und ihren Gliedern öffentlich begegnet, gehört der Weltgeschichte, der Weltreligion, welche wir für die erste halten. Was dem Einzelnen innerlich begegnet, gehört zur zweiten Religion, zur Religion der Weisen: eine solche war die, welche Christus lehrte und übte, so lange er auf der Erde umherging. Deswegen ist hier das Äußere abgeschlossen, und ich eröffne Euch nun das Innere.

Eine Pforte tat sich auf, und sie traten in eine ähnliche Galerie, wo Wilhelm sogleich die Bilder der zweiten heiligen Schriften erkannte. Sie schienen von einer andern Hand zu sein als die ersten: alles war sanfter, Gestalten, Bewegungen, Umgebung, Licht und Färbung.

Ihr seht, sagte der Begleiter, nachdem sie an einem Teil der Bilder vorübergegangen waren, hier weder Taten noch Begebenheiten, sondern Wunder und Gleichnisse. Es ist hier eine neue Welt, ein neues Äußere, anders als das vorige, und ein Inneres, das dort ganz fehlt. Durch Wunder und Gleichnisse wird eine neue Welt aufgetan. Jene machen das Gemeine außerordentlich, diese das Außerordentliche gemein. – Ihr werdet die Gefälligkeit haben, versetzte Wilhelm, mir diese wenigen Worte umständlicher auszulegen: denn ich fühle mich nicht geschickt, es selbst zu tun. – Sie haben einen natürlichen Sinn, versetzte jener, obgleich einen tiefen. Beispiele werden ihn am geschwindesten aufschließen. Es ist nichts gemeiner und gewöhnlicher als Essen und Trinken, außerordentlich dagegen, einen Trank zu veredeln, eine Speise zu vervielfältigen, daß sie für eine Unzahl hinreiche. Es ist nichts gewöhnlicher als Krankheit und körperliche Gebrechen; aber diese durch geistige oder geistigen ähnliche Mittel aufheben, lindern ist außerordentlich, und eben daher entsteht das Wunderbare des Wunders, daß das Gewöhnliche und das Außerordentliche, das Mögliche und das Unmögliche eins werden. Bei dem Gleichnisse, bei der Parabel, ist das Umgekehrte: hier ist der Sinn, die Einsicht, der Begriff das Hohe, das Außerordentliche, das Unerreichbare. Wenn dieser sich in einem gemeinen, gewöhnlichen, faßlichen Bilde verkörpert, so daß er uns als lebendig, gegenwärtig, wirklich entgegentritt, daß wir ihn uns zueignen, ergreifen, festhalten, mit ihm wie mit unsersgleichen umgehen können, das ist denn auch eine zweite Art von Wunder und wird billig zu jenen ersten gesellt, ja vielleicht ihnen noch vorgezogen. Hier ist die lebendige Lehre ausgesprochen, die Lehre, die keinen Streit erregt; es ist keine Meinung über das, was recht oder unrecht ist; es ist das Rechte oder Unrechte unwidersprechlich selbst.

Dieser Teil der Galerie war kürzer, oder vielmehr, es war nur der vierte Teil der Umgebung des innern Hofes. Wenn man jedoch an dem ersten nur vorbeiging, so verweilte man hier gern; man ging gern hier auf und ab. Die Gegenstände waren nicht so auffallend, nicht so mannigfaltig, aber desto einladender, den tiefen stillen Sinn derselben zu erforschen. Auch kehrten die beiden Wandelnden am Ende des Ganges um, indem Wilhelm eine Bedenklichkeit äußerte, daß man hier eigentlich nur bis zum Abendmahle, bis zum Scheiden des Meisters von seinen Jüngern, gelangt sei. Er fragte nach dem übrigen Teil der Geschichte.

Wir sondern, versetzte der Älteste, bei jedem Unterricht, bei aller Überlieferung sehr gerne, was nur möglich zu sondern ist; denn dadurch allein kann der Begriff des Bedeutenden bei der Jugend entspringen. Das Leben mengt und mischt ohnehin alles durcheinander, und so haben wir auch hier das Leben jenes vortrefflichen Mannes ganz von dem Ende desselben abgesondert. Im Leben erscheint er als ein wahrer Philosoph – stoßet Euch nicht an diesen Ausdruck –, als ein Weiser im höchsten Sinne. Er steht auf seinem Punkte fest; er wandelt seine Straße unverrückt, und indem er das Niedere zu sich heraufzieht, indem er die Unwissenden, die Armen, die Kranken seiner Weisheit, seines Reichtums, seiner Kraft teilhaftig werden läßt und sich deshalb ihnen gleichzustellen scheint, so verleugnet er nicht von der andern Seite seinen göttlichen Ursprung; er wagt sich Gott gleich zu stellen, ja sich für Gott zu erklären. Auf diese Weise setzt er von Jugend auf seine Umgebung in Erstaunen, gewinnt einen Teil derselben für sich, regt den andern gegen sich auf und zeigt allen, denen es um eine gewisse Höhe im Lehren und Leben zu tun ist, was sie von der Welt zu erwarten haben. Und so ist sein Wandel für den edlen Teil der Menschheit noch belehrender und fruchtbarer als sein Tod: denn zu jenen Prüfungen ist jeder, zu diesem sind nur wenige berufen; und damit wir alles übergehen, was aus dieser Betrachtung folgt, so betrachtet die rührende Szene des Abendmahls. Hier läßt der Weise, wie immer, die Seinigen ganz eigentlich verwaist zurück, und indem er für die Guten besorgt ist, füttert er zugleich mit ihnen einen Verräter, der ihn und die Bessern zugrunde richten wird.

Wilhelm Meisters Wanderjahre, 2. Buch, 2. Kapitel

Erlaubt mir eine Frage, versetzte Wilhelm. Habt Ihr denn auch, so wie Ihr das Leben dieses göttlichen Mannes als Lehr- und Musterbild aufstellt, sein Leiden, seinen Tod gleichfalls als ein Vorbild erhabener Duldung hervorgehoben? – Auf alle Fälle, sagte der Älteste. Hieraus machen wir kein Geheimnis; aber wir ziehen einen Schleier über diese Leiden, eben weil wir sie so hoch verehren. Wir halten es für eine verdammungswürdige Frechheit, jenes Martergerüst und den daran leidenden Heiligen dem Anblick der Sonne auszusetzen, die ihr Angesicht verbarg, als eine ruchlose Welt ihr dies Schauspiel aufdrang, mit diesen tiefen Geheimnissen, in welchen die göttliche Tiefe des Leidens verborgen liegt, zu spielen, zu tändeln.

Wilhelm Meisters Wanderjahre, 2. Buch, 2. Kapitel

Ehrfurcht vor dem, was unter uns ist ... es ist ein Letztes, wozu die Menschheit gelangen konnte und mußte. Aber was gehörte dazu, ... auch Niedrigkeit und Armut, Spott und Verachtung, Schmach und Elend, Leiden und Tod als göttlich anzuerkennen, ja Sünde selbst und Verbrechen nicht als Hindernisse, sondern als Fördernisse des Heiligen zu verehren und lieb zu gewinnen.

Wilhelm Meisters Wanderjahre, 2. Buch, 1. Kapitel

Das leidige Marterholz, das Widerwärtigste unter der Sonne, sollte kein vernünftiger Mensch auszugraben und aufzupflanzen bemüht sein.

An Zelter, 9. Juni 1831

Jedes Auftreten von Christus, jede seiner Äußerungen gehen dahin, das Höhere anschaulich zu machen. Immer von dem Gemeinen steigt er hinauf, hebt er hinauf, und weil dies bei Sünden und Gebrechen am auffallendsten ist, so kommt dergleichen gar manches vor ...

Schillern war eben diese echte Christustendenz eingeboren: er berührte nichts Gemeines, ohne es zu veredeln. Seine innere Beschäftigung ging dahin.

An Zelter, 9. November 1830

Die christliche Religion ist eine intentionierte politische Revolution, die, verfehlt, nachher moralisch geworden ist.

Maximen und Reflexionen

Und warum sollte ich hier nicht gestehen, daß mir bei jener großen Forderung: *man solle seine Feinde lieben,* das Wort *lieben* gemißbraucht oder wenigstens in sehr uneigentlichem Sinne gebraucht scheine, wogegen ich mit viel Überzeugung gern jenen weisen Spruch wiederhole: daß man einen guten Haushälter hauptsächlich daran erkenne, wenn er sich auch des Widerwärtigen vorteilhaft zu bedienen wisse.

Biographische Einzelnheiten

MACHT UND GRENZE DER SPRACHE

Sprache

Was reich und arm! Was stark und schwach!
Ist reich vergrabner Urne Bauch?
Ist stark das Schwert im Arsenal?
Greif milde drein, und freundlich Glück
Fließt, Gottheit, von dir aus!
Faß an zum Siege, Macht, das Schwert,
Und über Nachbarn Ruhm!

Ein ausgesprochenes Wort tritt in den Kreis der übrigen notwendig wirkenden Naturkräfte mit ein.

Materialien zur Geschichte der Farbenlehre. Zwischenzeit

Was ist herrlicher als Gold? fragte der König. – Das Licht, antwortete die Schlange. – Was ist erquicklicher als Licht? fragte jener. – Das Gespräch, antwortete diese.

Das Märchen

Durch wenig gute Worte lösen sich beschwerliche Knoten.

An Herder, Ende Juli 1789

Du hast wohl recht: es kann niemand wissen, wie eigentlich dem andern zumute sei; wenn aber gleich, und dafür sei der bildenden Natur gedankt, kein Fensterchen unsere Brust wider unsern Willen durchsichtig macht, so sind doch die Worte dem Menschen gegeben, daß er, wenn er vertraut, zu seiner eignen Zufriedenheit und mit Genuß sich offenbaren kann.

An Barbara Schultheß, 27. September 1797

Die Menschheit hat ein fein Gehör,
Ein reines Wort erreget schöne Taten.
Der Mensch fühlt sein Bedürfnis nur zu sehr
Und läßt sich gern im Ernste raten.

Faust. Paralipomenon 118

Über die wichtigsten Angelegenheiten des Gefühls wie der Vernunft, der Erfahrung wie des Nachdenkens soll man nur mündlich verhandeln. Das ausgesprochene Wort ist sogleich tot, wenn es nicht durch ein folgendes, dem Hörer gemäßes am Leben erhalten wird. Man merke nur auf ein geselliges Gespräch! Gelangt das Wort nicht schon tot zu dem Hörer, so ermordet er es alsogleich durch Widerspruch, Bestimmen, Bedingen, Ablenken, Abspringen und wie die tausendfältigen Unarten des Unterhaltens auch heißen mögen. Mit dem Geschriebenen ist es noch schlimmer. Niemand mag lesen als das, woran er schon einigermaßen gewöhnt ist; das Bekannte, das Gewohnte verlangt er unter veränderter Form. Doch hat das Geschriebene den Vorteil, daß es dauert und die Zeit abwarten kann, wo ihm zu wirken gegönnt ist.

Maximen und Reflexionen

Die Worte sind gut, sie sind aber nicht das Beste. Das Beste wird nicht deutlich durch Worte. Der Geist, aus dem wir handeln, ist das Höchste.

Wilhelm Meisters Lehrjahre, 7. Buch, 9. Kapitel

Geschrieben steht: ›Im Anfang war das *Wort*!‹
Hier stock ich schon! Wer hilft mir weiter fort?
Ich kann das *Wort* so hoch unmöglich schätzen,
Ich muß es anders übersetzen,
Wenn ich vom Geiste recht erleuchtet bin.
Geschrieben steht: Im Anfang war der *Sinn*.
Bedenke wohl die erste Zeile,
Daß deine Feder sich nicht übereile!
Ist es der *Sinn*, der alles wirkt und schafft?
Es sollte stehn: Im Anfang war die *Kraft*!
Doch auch indem ich dieses niederschreibe,
Schon warnt mich was, daß ich dabei nicht bleibe.
Mir hilft der Geist! auf einmal seh ich Rat
Und schreibe getrost: Im Anfang war die *Tat*!

Faust, 1. Teil. Studierzimmer

Reden schwanken so leicht herüber, hinüber, wenn viele
Sprechen und jeder nur sich im eigenen Worte, sogar auch
Nur sich selbst im Worte vernimmt, das der andere sagte.
Mit den Büchern ist es nicht anders. Liest doch nur jeder
Aus dem Buch sich heraus, und ist er gewaltig, so liest er
In das Buch sich hinein, amalgamiert sich das Fremde.

Erste Epistel

Die echte Konversation
Hält weder früh noch abend Stich;
In der Jugend sind wir monoton;
Im Alter wiederholt man sich.

Zahme Xenien

Weh!
O weh der Lüge! Sie befreiet nicht,
Wie jedes andre, wahr gesprochne Wort,
Die Brust; sie macht uns nicht getrost, sie ängstet
Den, der sie heimlich schmiedet, und sie kehrt,
Ein losgedruckter Pfeil, von einem Gotte
Gewendet und versagend, sich zurück
Und trifft den Schützen.

Iphigenie, 4. Aufzug, 1. Auftritt

Vom alten Bande löset ungern sich
Die Zunge los, ein langverschwiegenes
Geheimnis endlich zu entdecken. Denn
Einmal vertraut, verläßt es ohne Rückkehr
Des tiefen Herzens sichre Wohnung, schadet,
Wie es die Götter wollen, oder nützt.
Vernimm! Ich bin aus Tantalus' Geschlecht.

Iphigenie, 1. Aufzug, 3. Auftritt

Ihr müßt mich nicht durch Widerspruch verwirren!
Sobald man spricht, beginnt man schon zu irren.

Spruch, Widerspruch

Jegliche Rede,
Wie sie auch sei, der erdegeborenen Menschen
Löset die Rätsel nicht der undurchdringlichen Zukunft.

Achilleis

Eine nachgesprochene Wahrheit verliert schon ihre Grazie; ein nachgesprochener Irrtum erscheint abgeschmackt und lächerlich.

Materialien zur Geschichte der Farbenlehre.
Newtons Persönlichkeit

Gewöhnlich glaubt der Mensch, wenn er nur Worte hört,
Es müsse sich dabei doch auch was denken lassen.

Faust, 1. Teil. Hexenküche

Worte sind der Seele Bild –
Nicht ein Bild! sie sind ein Schatten!
Sagen herbe, deuten mild,
Was wir haben, was wir hatten. –
Was wir hatten, wo ists hin?
Und was ists denn, was wir haben? –
Nun, wir sprechen! Rasch im Fliehn
Haschen wir des Lebens Gaben.

An Boisserée, 16. Januar 1818

Man bedenkt niemals genug, daß eine Sprache eigentlich nur symbolisch, nur bildlich sei und die Gegenstände niemals unmittelbar, sondern nur im Widerscheine ausdrücke …

Jedoch wie schwer ist es, das Zeichen nicht an die Stelle der Sache zu setzen, das Wesen immer lebendig vor sich zu haben und es nicht durch das Wort zu töten.

Zur Farbenlehre. Didaktischer Teil

Nicht die Sprache an und für sich ist richtig, tüchtig, zierlich, sondern der Geist ist es, der sich darin verkörpert, und so kommt es nicht auf einen jeden an, ob er seinen Rechnungen, Reden oder Gedichten die wünschenswerten Eigenschaften verleihen will: es ist die Frage, ob ihm die Natur hiezu die geistigen und sittlichen Eigenschaften verliehen hat. Die geistigen: das Vermögen der An- und Durchschauung, die sittlichen: daß er die bösen Dämonen ablehne, die ihn hindern könnten, dem Wahren die Ehre zu geben.

Maximen und Reflexionen

Wenn eine gewisse Epoche hindurch in einer Sprache viel geschrieben und in derselben von vorzüglichen Talenten der lebendig vorhandene Kreis menschlicher Gefühle und Schicksale durchgearbeitet worden, so ist der Zeitgehalt erschöpft und die Sprache zugleich, so daß nun jedes mäßige Talent sich der vorliegenden Ausdrücke als gegebener Phrasen mit Bequemlichkeit bedienen kann …

Die Muttersprache zugleich reinigen und bereichern ist das Geschäft der besten Köpfe; Reinigung ohne Bereicherung erweist sich öfters geistlos: denn es ist nichts bequemer, als von dem Inhalt absehen und auf den Ausdruck passen. Der geistreiche Mensch knetet seinen Wortstoff, ohne sich zu bekümmern, aus was für Elementen er bestehe, der geistlose hat gut *rein* sprechen, da er nichts zu sagen hat. Wie sollte er fühlen, welches kümmerliche Surrogat er an der Stelle eines bedeutenden Wortes gelten läßt, da ihm jenes Wort nie lebendig war, weil er nichts dabei dachte. Es gibt gar viele Arten von Reinigung und Bereicherung, die eigentlich alle zusammengreifen müssen, wenn die Sprache lebendig wachsen soll. Poesie und leidenschaftliche Rede sind die einzigen Quellen, aus denen dieses Leben hervordringt; und sollten sie in ihrer Heftigkeit auch etwas Bergschutt mitführen – er setzt sich zu Boden, und die reine Welle fließt darüber her.

Deutsche Sprache

Das unabweichliche grundernste Streben sei einem jeden die Sorge, das Wort mit dem Empfundenen, Geschauten, Gedachten, Erfahrenen, Imaginierten, Vernünftigen usw. möglichst unmittelbar zusammentreffend zu erfassen. Jeder prüfe sich, und er wird finden, daß das viel schwerer ist, als man denken möchte. Denn leider sind die Worte dem Menschen gewöhnlich Surrogate: er denkt und weiß es meistenteils besser, als er sich ausspricht. Der Redliche schweigt zuletzt.

Johann Traugott Leberecht Danz: Lehrbuch der neueren christlichen Kirchengeschichte (Rezension)

Wer die deutsche Sprache versteht und studiert, befindet sich auf dem Markte, wo alle Nationen ihre Waren anbieten, er spielt den Dolmetscher, indem er sich selbst bereichert.

Und so ist jeder Übersetzer anzusehen, daß er sich als Vermittler dieses allgemein geistigen Handels bemüht und den Wechseltausch zu befördern sich zum Geschäft macht. Denn was man auch von der Unzulänglichkeit des Übersetzens sagen mag, so ist und bleibt es doch eins der wichtigsten und würdigsten Geschäfte in dem allgemeinen Weltwesen … So ist jeder Übersetzer ein Prophet seinem Volke.

An Carlyle, 20. Juli 1827

DIE LETZTEN ÜBERZEUGUNGEN

BEJAHUNG DES DIESSEITS

Aus dieser Erde quillen meine Freuden,
Und diese Sonne scheinet meinen Leiden.

Faust, 1. Teil. Studierzimmer

Ich fühle Mut, mich in die Welt zu wagen,
Der Erde Weh, der Erde Glück zu tragen,
Mit Stürmen mich herumzuschlagen
Und in des Schiffbruchs Knirschen nicht zu zagen.

Faust, 1. Teil. Nacht

Übrigens hab ich gefunden, daß ein rechtschaffner Geistlicher in dieser Zeitlichkeit so viel zu tun hat, daß er gern Gott überläßt, was in der Ewigkeit zu tun sein möchte.

Brief des Pastors

Und wenn das Leben allen Reiz verloren,
Ist der Besitz noch immer etwas wert.

Faust. Paralipomenon 202

... daß der Geist des Wirklichen eigentlich das wahre Ideelle ist. Das unmittelbar sichtlich Sinnliche dürfen wir nicht verschmähen, sonst fahren wir ohne Ballast.

An Leopoldine Grustner von Grusdorf, 30. März 1827

Willst du Absolution
Deinen Treuen geben,
Wollen wir nach deinem Wink
Unabläßlich streben,
Uns vom Halben zu entwöhnen
Und im Ganzen, Guten, Schönen
Resolut zu leben.

Generalbeichte

Freude des Daseins ist groß,
Größer die Freud am Dasein.

West-östlicher Divan. Buch Suleika

Und so hält die Freude den Schmerz im Gleichgewicht und wiegt ihn zuletzt denn doch auf.

An Sara von Grotthuß, 7. Februar 1814

Wers mit der Welt nicht lustig nehmen will,
Der mag nur seinen Bündel schnüren.

Faust. Paralipomenon 164

Aber die Seele begehrt, und sie wird nimmer befriedigt,
Denn sie bildet sich ein, sie sei von höherem Ursprung,
Durch ein unwürdiges Band an ihren Gatten gefesselt.
Da beträgt sie sich übel im Hause; die hohen Verwandten
Liegen ihr immer im Sinn, und Sehnen nach jenen Palästen
Läßt ihr keine Ruh und raubt ihr den zärtlichen Anteil
An dem stilleren Haushalt und an der engeren Wohnung;
Ja, sie verachtet sogar die eigenen Kinder des Gatten.

Bruchstück einer unvollendeten dritten Epistel

Natur! du ewig keimende,
Schaffst jeden zum Genuß des Lebens,
Hast deine Kinder alle mütterlich
Mit Erbteil ausgestattet, einer Hütte.
Hoch baut die Schwalb an das Gesims,
Unfühlend, welchen Zierat
Sie verklebt;
Die Raup umspinnt den goldnen Zweig
Zum Winterhaus für ihre Brut;
Und du flickst zwischen der Vergangenheit
Erhabne Trümmer
Für deine Bedürfniss'
Eine Hütte, o Mensch,
Genießest über Gräbern! –

Der Wandrer

Denn die Unsterblichen lieben der Menschen
Weit verbreitete gute Geschlechter,
Und sie fristen das flüchtige Leben
Gerne dem Sterblichen, wollen ihm gerne
Ihres eigenen, ewigen Himmels
Mitgenießendes fröhliches Anschaun
Eine Weile gönnen und lassen.

Iphigenie, 1. Aufzug, 4. Auftritt

Der Mensch ist als wirklich in die Mitte einer wirklichen Welt gesetzt und mit solchen Organen begabt, daß er das Wirkliche und nebenbei das Mögliche erkennen und hervorbringen kann. Alle gesunde Menschen haben die Überzeugung ihres Daseins und eines Daseienden um sie her. Indessen gibt es auch einen hohlen Fleck im Gehirn, das heißt eine Stelle, wo sich kein Gegenstand abspiegelt, wie denn auch im Auge selbst ein Fleckchen ist, das nicht sieht. Wird der Mensch auf diese Stelle besonders aufmerksam, vertieft er sich darin, so verfällt er in eine Geisteskrankheit, ahnet hier ›Dinge aus einer andern Welt‹, die aber eigentlich Undinge sind und weder Gestalt noch Begrenzung haben, sondern als leere Nacht-Räumlichkeit ängstigen und den, der sich nicht losreißt, mehr als gespensterhaft verfolgen.

Maximen und Reflexionen

Doch unter allen Entdeckungen und Überzeugungen möchte nichts eine größere Wirkung auf den menschlichen Geist hervorgebracht haben als die Lehre des Kopernikus. Kaum war die Welt als rund anerkannt und in sich selbst abgeschlossen, so sollte sie auf das ungeheure Vorrecht Verzicht tun, der Mittelpunkt des Weltalls zu sein. Vielleicht ist noch nie eine größere Forderung an die Menschheit geschehen; denn was ging nicht alles durch diese Anerkennung in Dunst und Rauch auf: ein zweites Paradies, eine Welt der Unschuld, Dichtkunst und Frömmigkeit, das Zeugnis der Sinne, die Überzeugung eines poetisch-religiösen Glaubens; kein Wunder, daß man dies alles nicht wollte fahren lassen, daß man sich auf alle Weise einer solchen Lehre entgegensetzte, die denjenigen, der sie annahm, zu einer bisher unbekannten, ja ungeahnten Denkfreiheit und Großheit der Gesinnung berechtigte und aufforderte.

Materialien zur Geschichte der Farbenlehre. Zwischenbetrachtung

Sondern die Welt soll vor dir stehn,
Wie Albrecht Dürer sie hat gesehn:
Ihr festes Leben und Männlichkeit,
Ihre innre Kraft und Ständigkeit.
Der Natur-Genius an der Hand

Soll dich führen durch alle Land,
Soll dir zeigen alles Leben,
Der Menschen wunderliches Weben:
Ihr Wirren, Suchen, Stoßen und Treiben,
Schieben, Reißen, Drängen und Reiben,
Wie kunterbunt die Wirtschaft tollert,
Der Ameishauf durcheinander kollert;
Mag dir aber bei allem geschehn,
Als tätst in einen Zauberkasten sehn.
Schreib das dem Menschenvolk auf Erden,
Obs ihm möcht eine Witzung werden!

Hans Sachsens poetische Sendung

Du hast von dem Jüngling gehört, der, am Ufer des Meeres spazierend, einen Ruderpflock fand; das Interesse, das er daran nahm, bewog ihn, ein Ruder anzuschaffen, als notwendig dazugehörend. Dies aber war nun auch weiter nichts nütze; er trachtete ernstlich nach einem Kahn und gelangte dazu. Jedoch war Kahn, Ruder und Ruderpflock nicht sonderlich fördernd; er verschaffte sich Segelstangen und Segel und so nach und nach, was zur Schnelligkeit und Bequemlichkeit der Schiffahrt erforderlich ist. Durch zweckmäßiges Bestreben gelangt er zu größerer Fertigkeit und Geschicklichkeit, das Glück begünstigt ihn, er sieht sich endlich als Herr und Patron eines größern Fahrzeugs, und so steigert sich das Gelingen, er gewinnt Wohlhaben, Ansehen und Namen unter den Seefahrern.

Wilhelm Meisters Wanderjahre, 2. Buch, 11. Kapitel

Wenn die gesunde Natur des Menschen als ein Ganzes wirkt, wenn er sich in der Welt als in einem großen, schönen, würdigen und werten Ganzen fühlt, wenn das harmonische

Behagen ihm ein reines, freies Entzücken gewährt – dann würde das Weltall, wenn es sich selbst empfinden könnte, als an sein Ziel gelangt aufjauchzen und den Gipfel des eigenen Werdens und Wesens bewundern. Denn wozu dient alle der Aufwand von Sonnen und Planeten und Monden, von Sternen und Milchstraßen, von Kometen und Nebelflecken, von gewordenen und werdenden Welten, wenn sich nicht zuletzt ein glücklicher Mensch unbewußt seines Daseins erfreut?

Winckelmann

Mich ergreift, ich weiß nicht wie,
Himmlisches Behagen.
Will michs etwa gar hinauf
Zu den Sternen tragen?
Doch ich bleibe lieber hier,
Kann ich redlich sagen,
Beim Gesang und Glase Wein
Auf den Tisch zu schlagen.

Tischlied

Wenn ich an meinen Tod denke, darf ich, kann ich nicht denken, welche Organisation zerstört wird.

Maximen und Reflexionen

Der Mensch wächst langsam, aber verfault geschwind.

An Voigt, 25. Mai 1818

Eine Grabschrift ist ja eigentlich eine Lebensschrift, indem sie die Grabstätte durch die Erinnerung an das Leben beleben soll.

An die Prinzessin Friederike Karoline Sophie Solms-Braunfels, 3. Januar 1812

Was räucherst du nun deinem Toten?
Hättst du's ihm so im Leben geboten!

Ja! Wer eure Verehrung nicht kennte:
Euch, nicht ihm, baut ihr Monumente.

Sprichwörtlich

Und wo die Freunde verfaulen,
Das ist ganz einerlei,
Ob unter Marmor-Saulen
Oder im Rasen frei.
Der Lebende bedenke,
Wenn auch der Tag ihm mault,
Daß er den Freunden schenke,
Was nie und nimmer fault.

Zahme Xenien

Heilig sei dir der Tag; doch schätze das Leben nicht höher
Als ein anderes Gut, und alle Güter sind trüglich.

Hermann und Dorothea, 9. Gesang. Urania

Man mag so gern das Leben aus dem Tode betrachten, und zwar nicht von der Nachtseite, sondern von der ewigen Tagseite her, wo der Tod immer vom Leben verschlungen wird.

An Nees von Esenbeck, 27. September 1826

Das reine Gefühl einer endlichen allgemeinen Gleichheit, wenigstens nach dem Tode, scheint mir beruhigender als dieses eigensinnige starre Fortsetzen unserer Persönlichkeiten, Anhänglichkeiten und Lebensverhältnisse.

Die Wahlverwandtschaften, 2. Teil, 1. Kapitel

Wenn wir nicht tugendhafter wären, als wir selbst wissen und gestehen wollen, so müßte uns ein Zustand, der nichts als Aufopferung enthält, ganz unerträglich werden.

An Charlotte von Schiller, 16. Dezember 1803

Der Mensch wäre nicht der Vornehmste auf der Erde, wenn er nicht zu vornehm für sie wäre.

Maximen und Reflexionen

Wir leiden alle am Leben; wer will uns, außer Gott, zur Rechenschaft ziehen? Tadeln darf man keinen Abgeschiedenen; nicht was sie gefehlt und gelitten, sondern was sie geleistet und getan, beschäftige die Hinterbliebenen. An den Fehlern erkennt man den Menschen, an den Vorzügen den Einzelnen; Mängel und Schicksale haben wir alle gemein, die Tugenden gehören jedem besonders.

Logenrede für heimgegangene Brüder vom 15. Juni 1821

Und so soll ich, die Brahmane,
Mit dem Haupt im Himmel weilend,
Fühlen, Paria, dieser Erde
Niederziehende Gewalt.

Paria. Legende

Gedenkt man, wieviel Menschen man gesehen, gekannt, und gesteht sich, wie wenig wir ihnen, wie wenig sie uns gewesen, wie wird uns da zumute! Wir begegnen dem Geistreichen, ohne uns mit ihm zu unterhalten, dem Gelehrten, ohne uns zu unterrichten, dem Liebevollen, ohne ihm etwas Angenehmes zu erzeigen. Und leider ereignet sich dies nicht bloß mit den Vorübergehenden. Gesellschaften und Familien betragen sich so gegen ihre liebsten Glieder, Städte gegen ihre würdigsten Bürger, Völker gegen ihre trefflichsten Fürsten, Nationen gegen ihre vorzüglichsten Menschen.

Ich hörte fragen, warum man von den Toten so unbewunden Gutes sage, von den Lebenden immer mit einer gewissen Vorsicht. Es wurde geantwortet: Weil wir von jenen nichts zu befürchten haben, und diese uns noch irgendwo in den Weg kommen könnten. So unrein ist die Sorge für das Andenken der andern; es ist meist nur ein selbstischer Scherz, wenn es dagegen ein heiliger Ernst wäre, seine Verhältnisse gegen die Überbliebenen immer lebendig und tätig zu erhalten.

Die Wahlverwandtschaften, 2. Teil, 1. Kapitel

Wenn das Einzelne durch die Zeit ausgelöscht wird, so geht das Allgemeine rein hervor; die Handlungen verschwinden, die Gesinnungen bleiben übrig, man hört auf, nach den Mitteln zu fragen, die erreichten Zwecke treten vor die Seele des Betrachters.

An den Freiherrn Karl Wilhelm von Fritsch, 7. Januar 1826

Wenn die fürtrefflichen Personen, mit denen man das Glück hat, zu gleicher Zeit zu leben, gleichsam wie Sterne an unserm Horizonte stehen, zu denen man oft den Blick hinwendet und sich auch in der Entfernung an ihnen ergötzt und erquickt, so ist es ein schmerzlicher Übergang, wenn sie sich von unserm sinnlichen Horizonte verlieren und sie das Gefühl in der idealen Hemisphäre unseres Daseins aufsuchen muß.

An Wilhelm Christoph von Diede, 19. Juli 1804

Des Todes rührendes Bild steht
Nicht als Schrecken dem Weisen und nicht als Ende dem Frommen.
Jenen drängt es ins Leben zurück und lehret ihn handeln;
Diesem stärkt es, zu künftigem Heil, im Trübsal die Hoffnung;
Beiden wird zum Leben der Tod.

Hermann und Dorothea, 9. Gesang. Urania

Es gilt am Ende doch nur: Vorwärts!

An Zelter, 6. November 1830

Und so, über Gräber, vorwärts!

An Zelter, 23. Februar 1831

Der Erdenkreis ist mir genug bekannt.
Nach drüben ist die Aussicht uns verrannt;
Tor, wer die Augen dorthin blinzelnd richtet,
Sich über Wolken seinesgleichen dichtet!
Er stehe fest und sehe hier sich um!
Dem Tüchtigen ist diese Welt nicht stumm.
Was braucht er in die Ewigkeit zu schweifen?
Was er erkennt, läßt sich ergreifen.
Er wandle so den Erdentag entlang.

Faust, 2. Teil, 5. Akt

LYNKEUS DER TÜRMER:
Zum Sehen geboren,
Zum Schauen bestellt,
Dem Turme geschworen,
Gefällt mir die Welt.
Ich blick in die Ferne,

Ich seh in der Näh
Den Mond und die Sterne,
Den Wald und das Reh.
So seh ich in allen
Die ewige Zier,
Und wie mirs gefallen,
Gefall ich auch mir.
Ihr glücklichen Augen,
Was je ihr gesehn,
Es sei, wie es wolle,
Es war doch so schön!

Faust, 2. Teil, 5. Akt

Wie es auch sei, das Leben, es ist gut.

Der Bräutigam

WELTFRÖMMIGKEIT

Wirst du doch immer aufs neue hervorgebracht, herrlich Ebenbild Gottes! rief er aus, und wirst sogleich wieder beschädigt, verletzt von innen oder von außen.

Wilhelm Meisters Wanderjahre, 3. Buch, 18. Kapitel

Was! dadrüber zu spotten, daß man das Ideal, was man in der Seele fühlte, nicht funden hat! Geh in dich und fühle, wieviel größer und edler du bist und deine Seele als alles, was du finden konntest.

Einfälle und Notizen (Der junge Goethe, 5. Band, S. 460)

Wie müßten wir verzweifeln, das Äußere so kalt, so leblos zu erblicken, wenn nicht in unserm Innern sich etwas entwikkelte, das auf eine ganz andere Weise die Natur verherrlicht, indem es uns selbst in ihr zu verschönen eine schöpferische Kraft erweist!

Wilhelm Meisters Wanderjahre, 2. Buch, 11. Kapitel

So im Kleinen ewig wie im Großen
Wirkt Natur, wirkt Menschengeist, und beide
Sind ein Abglanz jenes Urlichts droben,
Das unsichtbar alle Welt beleuchtet.

Vorspiel zur Eröffnung des Weimarischen Theaters 1807

Die größten Menschen, die ich gekannt habe und die Himmel und Erde vor ihrem Blick frei hatten, waren demütig und wußten, was sie stufenweis zu schätzen hatten.

An Lavater, 24. Juli 1780

Das Ungeheure hört auf, erhaben zu sein, es überreicht unsere Fassungskraft, es droht uns zu vernichten. Was bin ich denn gegen das All? sprach er zu seinem Geiste: wie kann ich ihm gegenüber, wie kann ich in seiner Mitte stehen?

Wilhelm Meisters Wanderjahre, 1. Buch, 10. Kapitel

Der Rhythmus hat etwas Zauberisches, sogar macht er uns glauben, das Erhabene gehöre uns an.

Maximen und Reflexionen

Der Mensch ist genugsam ausgestattet zu allen wahren irdischen Bedürfnissen, wenn er seinen Sinnen traut und sie dergestalt ausbildet, daß sie des Vertrauens wert bleiben.

Maximen und Reflexionen

Alle Vorgefühle, wenn sie durch das Ereignis bestätigt werden, geben dem Menschen einen höheren Begriff von sich selbst, es sei nun, daß er sich so zart fühlend glauben kann, um einen Bezug in der Ferne zu tasten, oder so scharfsinnig, um notwendige, aber doch ungewisse Verknüpfungen gewahr zu werden.

Dichtung und Wahrheit, 11. Buch

Halte dich nur im stillen rein
Und laß es um dich wettern;
Je mehr du fühlst, ein Mensch zu sein,
Desto ähnlicher bist du den Göttern.

Zahme Xenien

Eine alte Sage berichtet uns, daß die Elohim einst untereinander gesprochen: Lasset uns den Menschen machen, ein Bild, das uns gleich sei! Und der Mensch sagt daher mit vollem Recht: Lasset uns Götter machen, Bilder, die uns gleich seien!

Der Sammler und die Seinigen

Der edle Mensch
Sei hilfreich und gut!
Unermüdet schaff er
Das Nützliche, Rechte,
Sei uns ein Vorbild
Jener geahneten Wesen!

Das Göttliche

Nichts vom vergänglichen,
Wie's auch geschah!
Uns zu verewigen,
Sind wir ja da.

Zahme Xenien

Und wenn mich am Tag die Ferne
Blauer Berge sehnlich zieht,
Nachts das Übermaß der Sterne
Prächtig mir zu Häupten glüht –

Alle Tag' und alle Nächte
Rühm ich so des Menschen Los;
Denkt er ewig sich ins Rechte
Ist er ewig schön und groß.

Schwebender Genius über der Erdkugel

Ach, zu des Geistes Flügeln wird so leicht
Kein körperlicher Flügel sich gesellen!
Doch ist es jedem eingeboren,
Daß ein Gefühl hinauf und vorwärts dringt,
Wenn über uns, im blauen Raum verloren,
Ihr schmetternd Lied die Lerche singt,
Wenn über schroffen Fichtenhöhen
Der Adler ausgebreitet schwebt
Und über Flächen, über Seeen
Der Kranich nach der Heimat strebt.

Faust, 1. Teil. Vor dem Tor

Der Mensch an sich selbst, insofern er sich seiner gesunden Sinne bedient, ist der größte und genaueste physikalische Apparat, den es geben kann. Und das ist eben das größte Unheil der neuern Physik, daß man die Experimente gleichsam vom Menschen abgesondert hat und bloß in dem, was künstliche Instrumente zeigen, die Natur erkennen, ja was sie leisten kann, dadurch beschränken und beweisen will. Ebenso ist es mit dem Berechnen. Es ist vieles wahr, was sich nicht berechnen läßt, sowie sehr vieles, was sich nicht bis zum entschiedenen Experiment bringen läßt. Dafür steht ja aber der Mensch so hoch, daß sich das sonst Undarstellbare in ihm darstellt. Was ist denn eine Saite und alle mechanische Teilung derselben gegen das Ohr des Musikers? ja, man kann sagen, was sind die elementaren Erscheinungen der Natur selbst gegen den Menschen, der sie alle erst bändigen und modifizieren muß, um sie sich einigermaßen assimilieren zu können?

An Zelter, 22. Juni 1808

Alles, was wir Erfinden, Entdecken im höheren Sinne nennen, ist die bedeutende Ausübung, Betätigung eines originalen Wahrheitsgefühles, das, im stillen längst ausgebildet, unversehens, mit Blitzesschnelle zu einer fruchtbaren Erkenntnis führt. Es ist eine aus dem Innern am Äußern sich entwickelnde Offenbarung, die den Menschen seine Gottähnlichkeit vorahnen läßt. Es ist eine Synthese von Welt und Geist, welche von der ewigen Harmonie des Daseins die seligste Versicherung gibt.

Maximen und Reflexionen

Auf
Glaube, Liebe, Hoffnung
ruht des gottbegünstigten Menschen
Religion, Kunst, Wissenschaft
diese nähren und befriedigen
das Bedürfnis
anzubeten hervorzubringen zu schauen
alle drei sind eins
von Anfang und am Ende
wenngleich in der Mitte getrennt.

An Schubarth, 21. April 1819

Der Mensch gehört mit zur Natur, und er ist es, der die zartesten Bezüge der sämtlichen elementaren Erscheinungen in sich aufzunehmen, zu regeln und zu modifizieren weiß.

An Zelter, 31. März 1831

Was kann der Mensch im Leben mehr gewinnen,
Als daß sich Gott-Natur ihm offenbare?
Wie sie das Feste läßt zu Geist verrinnen,
Wie sie das Geisterzeugte fest bewahre.

Schillers Reliquien

Wer Wissenschaft und Kunst besitzt,
Hat auch Religion;
Wer jene beiden nicht besitzt,
Der habe Religion.

Zahme Xenien

Es wäre nicht der Mühe wert, siebzig Jahr alt zu werden, wenn alle Weisheit der Welt Torheit wäre vor Gott.

Maximen und Reflexionen

Die Kunst ruht auf einer Art religiösem Sinn, auf einem tiefen unerschütterlichen Ernst; deswegen sie sich auch so gern mit der Religion vereinigt. Die Religion bedarf keines Kunstsinnes, sie ruht auf ihrem eignen Ernst; sie verleiht aber auch keinen, sowenig sie Geschmack gibt.

Maximen und Reflexionen

Wir sind naturforschend Pantheisten, dichtend Polytheisten, sittlich Monotheisten.

Maximen und Reflexionen

Was mich nämlich von der Brüdergemeine sowie von andern werten Christenseelen absonderte, war dasselbige, worüber die Kirche schon mehr als einmal in Spaltung geraten war. Ein Teil behauptete, daß die menschliche Natur durch den Sündenfall dergestalt verdorben sei, daß auch bis in ihren innersten Kern nicht das mindeste Gute an ihr zu finden, deshalb der Mensch auf seine eignen Kräfte durchaus Verzicht zu tun und alles von der Gnade und ihrer Einwirkung zu erwarten habe. Der andere Teil gab zwar die erblichen Mängel der Menschen sehr gern zu, wollte aber der Natur inwendig noch einen gewissen Keim zugestehn, welcher, durch göttliche Gnade belebt, zu einem frohen Baume geistiger Glückseligkeit emporwachsen könne. Von dieser letztern Überzeugung war ich aufs innigste durchdrungen, ohne es selbst zu wissen, obwohl ich mich mit Mund und Feder zu dem Gegenteile bekannt hatte.

Dichtung und Wahrheit, 15. Buch

Der titanisch-gigantische, himmelstürmende Sinn jedoch verlieh meiner Dichtungsart keinen Stoff. Eher ziemte sich mir, darzustellen jenes friedliche, plastische, allenfalls duldende Widerstreben, das die Obergewalt anerkannt, aber sich ihr gleichsetzen möchte. Doch auch die Kühneren jenes Geschlechts, Tantalus, Ixion, Sisyphus, waren meine Heiligen.

Dichtung und Wahrheit, 15. Buch

Wenn wir uns, sagte er einmal, als möglich denken können, daß der Schöpfer der Welt selbst die Gestalt seiner Kreatur angenommen und auf ihre Art und Weise sich eine Zeit lang auf der Welt befunden habe, so muß uns dieses Geschöpf schon unendlich vollkommen erscheinen, weil sich der Schöpfer so innig damit vereinigen konnte. Es muß also in dem Begriff des Menschen kein Widerspruch mit dem Begriff der Gottheit liegen, und wenn wir auch oft eine gewisse Unähnlichkeit und Entfernung von ihr empfinden, so ist es doch um desto mehr unsere Schuldigkeit, nicht immer wie der Advokat des bösen Geistes nur auf die Blößen und Schwächen unserer Natur zu sehen, sondern eher alle Vollkommenheiten aufzusuchen, wodurch wir die Ansprüche unserer Gottähnlichkeit bestätigen können.

Wilhelm Meisters Lehrjahre, 6. Buch

Großen Dank verdient die Natur, daß sie in die Existenz eines jeden lebendigen Wesens auch so viel Heilungskraft gelegt hat, daß es sich, wenn es an dem einen oder dem andern Ende zerrissen wird, selbst wieder zusammenflicken kann; und was sind die tausendfältigen Religionen anders als tausendfache Äußerungen dieser Heilungskraft ... In unsers Vaters Apotheke sind viel Rezepte.

An Lavater, 4. Oktober 1782

Der Glaube ist ein häuslich heimlich Kapitel, wie es öffentliche Spar- und Hilfskassen gibt, woraus man in Tagen der Not einzelnen ihr Bedürfnis reicht; hier nimmt der Gläubige sich seine Zinsen im stillen selbst.

Maximen und Reflexionen

Frömmigkeit ist kein Zweck, sondern ein Mittel, um durch die reinste Gemütsruhe zur höchsten Kultur zu gelangen. Deswegen läßt sich bemerken, daß diejenigen, welche Frömmigkeit als Zweck und Ziel aufstecken, meistens Heuchler werden.

Maximen und Reflexionen

Wenn ich auch gleich für meine Person an der Lehre des Lukrez mehr oder weniger hänge und alle meine Prätensionen in den Kreis des Lebens einschließe, so erfreut und erquickt es mich doch immer sehr, wenn ich sehe, daß die allmütterliche Natur für zärtliche Seelen auch zartere Laute und Anklänge in den Undulationen ihrer Harmonieen leise tönen läßt und dem unendlichen Menschen auf so manche Weise ein Mitgefühl des Ewigen und Unendlichen gönnt.

An Friedrich Leopold Graf zu Stolberg, 2. Februar 1789

Ich habe nichts gegen die Frömmigkeit,
Sie ist zugleich Bequemlichkeit;
Wer ohne Frömmigkeit will leben,
Muß großer Mühe sich ergeben:
Auf seine eigne Hand zu wandern,
Sich selbst genügen und den andern
Und freilich auch dabei vertraun:
Gott werde wohl auf ihn niederschaun.

Zahme Xenien

Es [das Portefeuille] enthielt zwar meist nur umrißne Figuren, die aber, weil sie auf die Bilder durchgezeichnet waren, ihren altertümlichen Charakter vollkommen erhalten hatten, und diesen, wie einnehmend fanden ihn die Beschauenden! Aus allen Gestalten blickte nur das reinste Dasein hervor, alle mußte man, wo nicht für edel, doch für gut ansprechen. Heitere Sammlung, willige Anerkennung eines Ehrwürdigen über uns, stille Hingebung in Liebe und Erwartung war auf allen Gesichtern, in allen Gebärden ausgedrückt. Der Greis mit dem kahlen Scheitel, der reichlockige Knabe, der muntere Jüngling, der ernste Mann, der verklärte Heilige, der schwebende Engel, alle schienen selig in einem unschuldigen Genügen, in einem frommen Erwarten. Das Gemeinste, was geschah, hatte einen Zug von himmlischem Leben, und eine gottesdienstliche Handlung schien ganz jeder Natur angemessen.

Nach einer solchen Region blicken wohl die meisten wie nach einem verschwundenen goldenen Zeitalter, nach einem verlorenen Paradiese hin.

Die Wahlverwandtschaften, 2. Teil, 2. Kapitel

Es freut sich die Gottheit der reuigen Sünder;
Unsterbliche heben verlorene Kinder
Mit feurigen Armen zum Himmel empor.

Der Gott und die Bajadere

Gewiß ist es keine schönere Gottesverehrung als die, zu der man kein Bild bedarf, die bloß aus dem Wechselgespräch mit der Natur in unserem Busen entspringt!

Dichtung und Wahrheit, 6. Buch

Nach seiner Natur muß sein [Jacobis] Gott sich immer mehr von der Welt absondern, da der meinige sich immer mehr in sie verschlingt (Antinomieen der Überzeugung).

An Schlichtegroll, 31. Januar 1812

Des religiosen Gefühls wird sich kein Mensch erwehren, dabei aber ist es ihm unmöglich, solches in sich allein zu verarbeiten, deswegen sucht er oder macht sich Proselyten.

Das letztere ist meine Art nicht, das erstere aber hab ich treulich durchgeführt und, von Erschaffung der Welt an, keine Konfession gefunden, zu der ich mich völlig hätte bekennen mögen. Nun erfahr ich aber in meinen alten Tagen von einer Sekte der *Hypsistarier*, welche, zwischen Heiden, Juden und Christen geklemmt, sich erklärten, das Beste, Vollkommenste, was zu ihrer Kenntnis käme, zu schätzen, zu bewundern, zu verehren und, insofern es also mit der Gottheit im nahen Verhältnis stehen müsse, anzubeten. Da ward mir auf einmal aus einem dunklen Zeitalter her ein frohes Licht, denn ich fühlte, daß ich zeitlebens getrachtet hatte, mich zum Hypsistarier zu qualifizieren; das ist aber keine kleine Bemühung: denn wie kommt man in der Beschränkung seiner Individualität wohl dahin, das Vortrefflichste gewahr zu werden?

An Boisserée, 20./22. März 1831

... daß die Natur ewig produktiv, bis ins Innerste göttlich, lebendig, ihren Typen getreu und keinem Alter unterworfen ist.

An den Grafen von Reinhard, 13. August 1812

Was wär ein Gott, der nur von außen stieße,
Im Kreis das All am Finger laufen ließe!
Ihm ziemts, die Welt im Innern zu bewegen,
Natur in Sich, Sich in Natur zu hegen,
So daß, was in Ihm lebt und webt und ist,
Nie Seine Kraft, nie Seinen Geist vermißt.

Gott, Gemüt und Welt

Ein guter Mensch in seinem dunklen Drange
Ist sich des rechten Weges wohl bewußt.

Faust, 1. Teil. Prolog im Himmel

Wär nicht das Auge sonnenhaft,
Die Sonne könnt es nie erblicken;
Läg nicht in uns des Gottes eigne Kraft,
Wie könnt uns Göttliches entzücken?

Entwurf einer Farbenlehre (spätere Fassung des Gedichts)

Wer darf ihn nennen?
Und wer bekennen:
Ich glaub ihn?
Wer empfinden
Und sich unterwinden
Zu sagen: Ich glaub ihn nicht?
Der Allumfasser,
Der Allerhalter,
Faßt und erhält er nicht
Dich, mich, sich selbst?

Faust, 1. Teil. Marthens Garten

Lange leben heißt gar vieles überleben, geliebte, gehaßte, gleichgültige Menschen, Königreiche, Hauptstädte, ja Wälder und Bäume, die wir jugendlich gesäet und gepflanzt. Wir überleben uns selbst und erkennen durchaus noch dankbar, wenn uns auch nur einige Gaben des Leibes und Geistes übrig bleiben. Alles dieses Vorübergehende lassen wir uns gefallen; bleibt uns nur das Ewige jeden Augenblick gegenwärtig, so leiden wir nicht an der vergänglichen Zeit.

Redlich habe ich es mein lebelang mit mir und andern gemeint und bei allem irdischen Treiben immer aufs Höchste hingeblickt … Wirken wir also immer fort, solang es Tag für uns ist, für andere wird auch eine Sonne scheinen, sie werden sich an ihr hervortun, und uns indessen ein helleres Licht erleuchten.

Und so bleiben wir wegen der Zukunft unbekümmert! In unseres Vaters Reiche sind viel Provinzen, und da er uns hierzulande ein so fröhliches Ansiedeln bereitete, so wird drüben gewiß auch für beide gesorgt sein.

An die Gräfin Auguste Luise von Bernstorff,
geb. Gräfin zu Stolberg, 17. April 1823

Gottes ist der Orient!
Gottes ist der Okzident!
Nord- und südliches Gelände
Ruht im Frieden seiner Hände.

West-östlicher Divan. Buch des Sängers

Wenn im Unendlichen dasselbe
Sich wiederholend ewig fließt,
Das tausendfältige Gewölbe
Sich kräftig ineinander schließt,
Strömt Lebenslust aus allen Dingen,

Dem kleinsten wie dem größten Stern,
Und alles Drängen, alles Ringen
Ist ewige Ruh in Gott dem Herrn.

Zahme Xenien

Kein Wesen kann zu nichts zerfallen!
Das Ewge regt sich fort in allen,
Am Sein erhalte dich beglückt!
Das Sein ist ewig: denn Gesetze
Bewahren die lebendgen Schätze,
Aus welchen sich das All geschmückt.

Vermächtnis

Im Namen dessen, der sich selbst erschuf!
Von Ewigkeit in schaffendem Beruf;
In seinem Namen, der den Glauben schafft,
Vertrauen, Liebe, Tätigkeit und Kraft;
In jenes Namen, der, so oft genannt,
Dem Wesen nach blieb immer unbekannt

Soweit das Ohr, soweit das Auge reicht,
Du findest nur Bekanntes, das ihm gleicht,
Und deines Geistes höchster Feuerflug
Hat schon am Gleichnis, hat am Bild genug;
Es zieht dich an, es reißt dich heiter fort,
Und wo du wandelst, schmückt sich Weg und Ort;
Du zählst nicht mehr, berechnest keine Zeit,
Und jeder Schritt ist Unermeßlichkeit.

Procemion

REINE MENSCHLICHKEIT

Schon fast seit einem Jahrhundert wirken Humaniora nicht mehr auf das Gemüt dessen, der sie treibt, und es ist ein rechtes Glück, daß die Natur dazwischengetreten ist, das Interesse an sich gezogen und uns von ihrer Seite den Weg zur Humanität geöffnet hat.

An Knebel, 25. November 1808

Eine innere und ursprüngliche Gemeinschaft aller Organisation liegt zum Grunde; die Verschiedenheit der Gestalten dagegen entspringt aus den notwendigen Beziehungsverhältnissen zur Außenwelt.

Die Skelette der Nagetiere

Die Gestalt steht in Bezug auf die ganze Organisation, wozu der Teil gehört, und somit auch auf die Außenwelt, von welcher das vollständig organisierte Wesen als ein Teil betrachtet werden muß.

Principes de philosophie zoologique

Wir wollen der Hausfrömmigkeit das gebührende Lob nicht entziehen: auf ihr gründet sich die Sicherheit des einzelnen, worauf zuletzt denn auch die Festigkeit und Würde des Ganzen beruhen mag; aber sie reicht nicht mehr hin, wir müssen den Begriff einer Weltfrömmigkeit fassen, unsre redlich menschlichen Gesinnungen in einen praktischen Bezug ins Weite setzen und nicht nur unsre Nächsten fördern, sondern zugleich die ganze Menschheit mitnehmen.

Wilhelm Meisters Wanderjahre, 2. Buch, 7. Kapitel

Ich ... sehe, daß man überall den Menschen, überall Großes und Kleines, Schönes und Häßliches finden kann.

An Kestner, 15. September 1773

Ein edler Mensch zieht edle Menschen an
Und weiß sie festzuhalten.

Torquato Tasso, 1. Aufzug, 1. Auftritt

THOAS:
Du glaubst, es höre
Der rohe Szythe, der Barbar, die Stimme
Der Wahrheit und der Menschlichkeit, die Atreus,
Der Grieche, nicht vernahm?
IPHIGENIE:
Es hört sie jeder,
Geboren unter jedem Himmel, dem
Des Lebens Quelle durch den Busen rein
Und ungehindert fließt.

Iphigenie, 5. Aufzug, 3. Auftritt

Das Menschliche paßt überall hin.

An Zelter, 18. Juli 1830

Gemüt: das innere Gefühl, worin alle gutartigen Menschen übereinkommen.

Klassiker und Romantiker in Italien

Vielen Boden hat die Erde,
Und unheiligen genug.
Uns umleuchten reine Sterne,
Hier nur hat das Edle Wert.

Deutscher Parnaß

Ich habe [in ›Hermann und Dorothea‹] das reine Menschliche der Existenz einer kleinen deutschen Stadt in dem epischen Tiegel von seinen Schlacken abzuscheiden gesucht, und zugleich die großen Bewegungen und Veränderungen des Welttheaters aus einem kleinen Spiegel zurückzuwerfen getrachtet.

An J.H. Meyer, 5. Dezember 1796

Und fragst du mich, wie der Erwählte heiße,
Den sich das Aug der Vorsicht ausersah,
Den ich zwar oft, doch nie genugsam preise,
An dem so viel Unglaubliches geschah?
Humanus heißt der Heilige, der Weise,
Der beste Mann, den ich mit Augen sah;
Und sein Geschlecht, wie es die Fürsten nennen,
Sollst du zugleich mit seinen Ahnen kennen.

Die Geheimnisse

So schlingt in Greuel sich ein Greuel wieder,
Durch Laster wird die Lastertat gerügt:
In Todesnebel, Höllenqualm und Grausen
Scheint die Verzweiflung nur allein zu hausen.

Doch senkt sich spät ein heiliges Verschonen
In der Beklemmung allzudichte Nacht,
Am holden Blick in höhre Regionen
Fühlt nun sich jedes edle Herz erwacht,
Dort drängts euch hin, dort hoffet ihr zu wohnen,
Auf einmal wird ein Himmel euch gebracht;
Vom Reinen läßt das Schicksal sich versöhnen,
Und alles löst sich auf im *Guten* und im *Schönen*.

Was wir bringen. Lauchstädt 1802

Das allgemein Menschliche entwickelt sich aus jedem edlen Gemüt, das mit Ruhe auf sich wirken läßt und aus sich selbst heraus wirkt.

An Schultz, 9. August 1823

[Betrifft den armen, gichtkranken ›Naturdichter‹ Anton Fürnstein, 1783-1841]

So wunderbar stecken vorzügliche Menschen in allen Winkeln der Erde. Niedergedrückt vom entsetzlichsten Elend, behauptet der Menschengeist doch immer wieder einmal seine Rechte.

An den Grafen von Sternberg, 26. August 1822

[Goethes 70. Geburtstag war in Mainz Anlaß zu einer festlichen Kundgebung der dortigen ›Lesegesellschaft‹ gewesen; der Dichter freute sich mit ihr von Herzen über ›eine solche überrheinische Brüderlichkeit‹:]

... ihre geistige, frohe Teilnahme an dem Reinen, Natürlichen, allgemein Menschlichen, was ich immer darzustellen bemüht gewesen ...

An die Lesegesellschaft in Mainz, 10. Oktober 1819

Dort, im Reinen und im Rechten,
Will ich menschlichen Geschlechten
In des Ursprungs Tiefe dringen.

West-östlicher Divan. Buch des Sängers

Die Nationen gehen jetzt in der Welt so durcheinander, daß man ein Kosmopolit wird, ohne seine Wohnung zu verlassen.

An Perthes, 19. April 1812

Man kennt die Eigentümlichkeit einer Nation erst alsdann, wenn man sieht, wie sie sich auswärts beträgt.

An Blumenthal, 28. Mai 1819

Keine Nation gewinnt ein Urteil, als wenn sie über sich selbst urteilen kann. Zu diesem großen Vorteil gelangt sie aber sehr spät.

Maximen und Reflexionen

Ich finde mich glücklich, daß, nach einer so langen und mannigfaltigen Laufbahn, meine guten Landsleute mich durchaus noch als den ihrigen betrachten mögen. Diesen Vorzug einigermaßen verdient zu haben, darf ich mir wohl schmeicheln, da ich weder Blick noch Schritt in fremde Lande getan als in der Absicht, das allgemein Menschliche, was über den ganzen Erdboden verbreitet und verteilt ist, unter den verschiedensten Formen kennen zu lernen und solches in meinem Vaterlande wiederzufinden, anzuerkennen, zu fördern. Denn es ist einmal die Bestimmung des Deutschen, sich zum Repräsentanten der sämtlichen Weltbürger zu erheben.

An Johann Lambert Büchler, 14. Juni 1820

Ein Mensch, kein Mensch.

Notizbücher (W.A., 1. Abteilung, 53. Band, S. 443)

Nur sämtliche Menschen erkennen die Natur, nur sämtliche Menschen leben das Menschliche.

An Schiller, 5. Mai 1798

Das allgemein Menschliche wiederholt sich in allen Völkern.

Serbische Lieder

Jede Kunst verlangt den ganzen Menschen, der höchstmögliche Grad derselben die ganze Menschheit.

Einleitung in die Propyläen

Vielleicht überzeugt man sich bald, daß es keine patriotische Kunst und patriotische Wissenschaft gebe. Beide gehören, wie alles Gute, der ganzen Welt an und können nur durch allgemeine freie Wechselwirkung aller zugleich Lebenden, in steter Rücksicht auf das, was uns vom Vergangenen übrig und bekannt ist, gefördert werden.

Flüchtige Übersicht über die Kunst in Deutschland

Da nun auch im praktischen Lebensgange ein gleiches obwaltet und durch alles Irdisch-Rohe, Wilde, Grausame, Falsche, Eigennützige, Lügenhafte sich durchschlingt und überall einige Milde zu verbreiten trachtet, so ist zwar nicht zu hoffen, daß ein allgemeiner Friede dadurch sich einleite, aber doch, daß der unvermeidliche Streit nach und nach läßlicher werde, der Krieg weniger grausam, der Sieg weniger übermütig.

Was nun in den Dichtungen aller Nationen hierauf hindeutet und hinwirkt, dies ist es, was die übrigen sich anzueignen haben. Die Besonderheiten einer jeden muß man kennen lernen, um sie ihr zu lassen, um gerade dadurch mit ihr zu verkehren; denn die Eigenheiten einer Nation sind wie ihre Sprache und ihre Münzsorten, sie erleichtern den Verkehr, ja sie machen ihn erst vollkommen möglich.

An Carlyle, 20. Juli 1827

Alle wahren Nationalgedichte durchlaufen einen kleinen Kreis, in welchem sie immer abgeschlossen wiederkehren; deshalb werden sie in Massen monoton.

Volksgesänge abermals empfohlen

Ich bin überzeugt, daß eine Weltliteratur sich bilde, daß alle Nationen dazu geneigt sind und deshalb freundliche Schritte tun.

Der Deutsche kann und soll hier am meisten wirken, er wird eine schöne Rolle bei diesem großen Zusammentreten zu spielen haben.

An Streckfuß, 23. Januar 1827

... daß dasjenige, was ich Weltliteratur nenne, dadurch vorzüglich entstehen wird, wenn die Differenzen, die innerhalb der einen Nation obwalten, durch Ansicht und Urteil der übrigen ausgeglichen werden.

An Boisserée, 12. Oktober 1827

... daß ich doch auch geneigter bin, von den sogenannten dunklen Jahrhunderten besser zu denken als Du. In meines Vaters Hause, sage ich mir, sind viel Appartementer, und der dunkle Keller unten gehört so gut zum Palast als der Altan auf dem Dache. Da ich jetzt meine Kollektaneen zur Geschichte der Farbenlehre einigermaßen redigiere und ordne, so muß ich in die Geschichte der Kunst, der Wissenschaft, der Welt überhaupt eingehen. Und da kommt mir denn doch vor, daß immer noch in denen Zeiten, die uns stumm und dumm scheinen, ein lauter Chorgesang der Menschheit erscholl ... Und für mich ist es immer ein herrlicher Anblick, in das dunkle, tiefe, energische Wirken hineinzuschauen. Wie schön nehmen sich alsdann die einzelnen Völker und Geschlechter aus, die das heilige Flämmchen des Bewußtseins bewahren und fortpflanzen! wie vortrefflich diejenigen Menschen, in denen die Flamme wieder einmal aufschlägt.

An F. H. Jacobi, 7. März 1808

Die Geschichte der Wissenschaften ist eine große Fuge, in der die Stimmen der Völker nach und nach zum Vorschein kommen.

Maximen und Reflexionen

Der Tüchtige hilft sich, wie er helfen kann,
und wenn zuletzt ihm Fehl zu Fehle schlägt,
Ergibt er sich dem Kreuze, das er trägt.
Was Dulden sei, erscheint ihm nur gering,
Weil er im Handeln an zu dulden fing;
Entsagung heiligt Kriegs- und Pilgerschritt,
Sie treibts, zu leiden, weil der Höchste litt.

Nun aber zwischen beiden liegt, so zart,
Ein Mittelglied von eigner holder Art.
Schicksal und Glaube finden keinen Teil,
In reiner Brust allein ruht alles Heil:
Denn immerfort, bei allem, was geschah,
Blieb uns ein Gott im Innersten so nah;
Wo Erd und Himmel sich im Gruße segnen
Dem Staunenden als Herrlichstes begegnen.

Prolog zur Eröffnung des Berliner Theaters 1821

Der Lobgesang der Menschheit, dem die Gottheit so gerne zuhören mag, ist niemals verstummt, und wir selbst fühlen ein göttliches Glück, wenn wir die durch alle Zeiten und Gegenden verteilten harmonischen Ausströmungen, bald in einzelnen Stimmen, in einzelnen Chören, bald fugenweise, bald in einem herrlichen Vollgesang vernehmen.
Freilich müßte man mit reinem, frischem Ohre hinlauschen und jedem Vorurteil selbstsüchtiger Parteilichkeit, mehr vielleicht als dem Menschen möglich ist, entsagen.

Materialien zur Geschichte der Farbenlehre. Zwischenzeit

Bleibe guter Geist euch hold,
Der im stillen lehret:
Sich ans Reine zu gewöhnen
Und im Echten, Guten, Schönen
Recht uns einzubürgern.

Erwiderung der von Frankfurt nach Weimar den 28. August 1830 angelangten festlichen Gaben

Und es ist vorteilhaft, den Genius
Bewirten; gibst du ihm ein Gastgeschenk,
So läßt er dir ein schöneres zurück.
Die Stätte, die ein guter Mensch betrat,
Ist eingeweiht; nach hundert Jahren klingt
Sein Wort und seine Tat dem Enkel wieder.

Torquato Tasso, 1. Aufzug, 1. Auftritt

Wie wir nun zusammen sind,
Sind zusammen viele.
Wohl gelingen denn, wie uns,
Andern ihre Spiele!
Von der Quelle bis ans Meer
Mahlet manche Mühle,
Und das Wohl der ganzen Welt
Ists, worauf ich ziele.

Tischlied

Die Zukunft decket
Schmerzen und Glücke.
Schrittweis dem Blicke,
Doch ungeschrecket
Dringen wir vorwärts.

Und schwer und ferne
Hängt eine Hülle
Mit Ehrfurcht. Stille
Ruhn oben die Sterne
Und unten die Gräber.

Betracht sie genauer
Und siehe, so melden
Im Busen der Helden
Sich wandelnde Schauer
Und ernste Gefühle.

Doch rufen von drüben
Die Stimmen der Geister,
Die Stimmen der Meister:
Versäumt nicht, zu üben
Die Kräfte des Guten.

Hier winden sich Kronen
In ewiger Stille,
Die sollen mit Fülle
Die Tätigen lohnen!
Wir heißen euch hoffen.

Symbolum

Was der Dichter diesem Bande
Glaubend, hoffend anvertraut,
Werd im Kreise deutscher Lande
Durch des Künstlers Wirken laut.
So im Handlen, so im Sprechen
Liebevoll verkünd es weit:

Alle menschlichen Gebrechen
Sühnet reine Menschlichkeit.

An den Schauspieler Georg Wilhelm Krüger in ein Exemplar der ›Iphigenie‹

AUSKLANG

Alles, was wir aussprechen, sind Glaubensbekenntnisse.

Verhältnis zur Wissenschaft bzw. zur Geologie

Höchst merkwürdig ist, daß von dem menschlichen Wesen das Entgegengesetzte übrig bleibt: Gehäus und Gerüst, worin und womit sich der Geist hienieden genügte, sodann aber die idealen Wirkungen, die in Wort und Tat von ihm ausgingen.

Maximen und Reflexionen

Was ich in meinen Schriften niedergelegt habe, ist für mich kein Vergangenes, sondern ich sehe es, wenn es mir wieder vor Augen kommt, als ein Fortwirkendes an, und die Probleme, die hie und da unaufgelöst liegen, beschäftigen mich immerfort, in der Hoffnung, daß im Reiche der Natur und Sitten dem treuen Forscher noch gar manches kann offenbar werden.

An Rochlitz, 28. Juli 1829

Es kann die Spur von meinen Erdetagen
Nicht in Äonen untergehn.

Faust, 2. Teil, 5. Akt

NACHWORT

Nicht alltäglich ist es zu nennen, wenn eine Anthologie aus Goethes Werken, Schriften, Tagebüchern und Briefen, im Goethejahr 1949 zuerst erschienen, nach über 50 Jahren erneut vorgelegt wird. Man wird nach den Gründen fragen, die eine solche Entscheidung heute motivieren können.

Entstanden ist die Anthologie als eine Auftragsarbeit zum Goethejahr 1949. Dieses Jubiläum aber vollzog sich in einer spannungsreichen historisch-politischen Gegenwart. Noch standen die Schrecken des Krieges vor aller Augen, war die Befreiung Deutschlands vom Faschismus aktuelle geschichtliche Erfahrung, herrschten Mangel und Not, und zugleich befand sich das von vier Siegermächten verwaltete Deutschland vor seiner direkten politischen Spaltung: Die Teilung des Landes in zwei Staaten stand unmittelbar bevor.

Wer immer also sich in jenen Tagen des Erinnerns an den größten deutschen Dichter zu Wort meldete, mußte – eingestandenermaßen oder nicht – dieser historischen Konstellation Rechnung tragen. An der Frage, ob und wie man, nach Krieg und faschistischer Gewaltherrschaft, Zugang zu Goethe finden könne, schieden sich damals die Geister. Während die einen Goethe als den Garanten einer Humanität jenseits aller realgeschichtlichen Konflikte und Katastrophen ansahen und die eigene Haltung nach 1933 aus einer Nähe zu Goethe rechtfertigten – so etwa Frank Thieß in seinem 1946 erschienenen Aufsatz »Heimkehr zu Goethe« –, suchten andere den Blick zu schärfen für den Zusammenhang von Geschichtsverlauf und Goetheverehrung. Richard Alewyns berühmter Satz »Zwischen uns und Weimar liegt

Buchenwald« war zunächst geschrieben als Protest gegen die Geschichtsvergessenheit der Deutschen, die Goethe weiterhin so verehren wollten, als ob seit 1933 die deutsche Geschichte in normalen Bahnen verlaufen sei. Dagegen hatte schon Karl Jaspers 1947 in seiner Rede »Unsere Zukunft und Goethe« Bedenken angemeldet. Jaspers forderte eine »Revolution der Goethe-Aneignung« und eine damit einhergehende Abkehr vom »Goethekult«. Es dürfe, so schrieb Jaspers damals, »keine Rechtfertigung durch Berufung auf Goethe geben«. Auf dem Kongreß »Goethe und die Wissenschaft«, der vom 24. bis 27. August 1949 in Frankfurt stattfand, sollte der damalige Rektor der Frankfurter Universität, der Jurist Franz Böhm, in seiner Eröffnungsrede ähnlich argumentieren. Entgegen allen Versuchen, die Deutschen und ihr Verhalten in der jüngsten Geschichte mit Goethe zu rehabilitieren, hielt er fest, daß »in unseren nationalen Daseinsstil [...] Goethe nicht eingegangen« sei. »Es führt«, so lautete sein Resümee, »von Goethe kein Weg zum Nationalsozialismus, aber auch keiner zum Schutz gegen den Nationalsozialismus und zur Befreiung von ihm.«

Ob solche Stimmen vereinzelt nur erklangen oder in Wahrheit ein aufmerksames Publikum erreichten, ist von heute aus schwer zu entscheiden. Auch der Chor der Gegenstimmen ließ sich nicht unisono vernehmen. Wer wie Thieß aus der Goetheverehrung eine Rechtfertigung des eigenen Handelns herleitete, sprach vielen aus dem Herzen. Damit nicht gleichzusetzen war die Position des großen Romanisten Ernst Robert Curtius, der 1949 in seiner Polemik »Goethe oder Jaspers?« das Zusammenrücken von aktueller Geschichtserfahrung und Goetherezeption für unzulässig erklärte und in einer Studie aus der gleichen Zeit darauf bestand, daß Goethe – wie Dante und Shakespeare auch – »als

Selbstkonzentration der abendländischen Geisteswelt in einem Menschen« anzusehen sei und daß diese »Totalisierung der Tradition in originaler Schöpfung [...] bei Goethe zum letzten Mal gelungen« sei. Einer längst entstandenen, fortan wieder wirkungsmächtigen Tradition der Goetheinterpretation war damit das Stichwort gegeben.

Unter gänzlich anderen historischen Auspizien vollzogen sich die Goetheehrungen in der sowjetischen Besatzungszone. Da man sich dort einerseits real- und geistesgeschichtlich als Erben des »Fortschritts« in der deutschen Geschichte begriff und der humanisierenden Kraft der Literatur ungebrochen vertraute, andererseits die Verantwortung für die historische »Reaktion« dem Bürgertum zuwies, mußte das Verhältnis von Goetherezeption und jüngster Geschichte nicht zum bedrängenden Problem werden. Vielmehr nahm man Goethe als aktiven Streiter für historischen Fortschritt in Dienst – so Otto Grotewohl in seiner Jubiläumsrede – oder feierte ihn, wie es Johannes R. Becher in blumig-pathetischen Metaphern tat, als den »Befreier«, dessen humanistische Ideale im Osten Deutschlands endlich in geschichtliche Realität überführt würden. Fremd klingt uns das heute in den Ohren.

Gleichwohl besteht auch hier zu Pauschalisierung kein Anlaß. Gegenläufig zu offiziösen Verlautbarungen verschafften sich Stimmen Geltung, die ein von historischen Übermalungen freies Bild eines »wahren« Goethe glaubten herstellen zu können. Vergessen werden darf nicht, daß der Auftrag für die vorliegende Anthologie vom Festausschuß des Landes Thüringen, also einem ostdeutschen politischen Gremium, dem Präsidium der Goethe-Gesellschaft in Weimar erteilt worden war. Nach dem Tod von Hans Wahl im Februar 1949 fiel diese Aufgabe Andreas Bruno Wachsmuth zu. Wachsmuth besaß das Vertrauen von Anton Kippenberg, des Insel-Verlegers und Präsidenten der Goethe-Gesellschaft, und war von diesem bereits mit der Redaktion des Goethe-Jahrbuchs beauftragt worden. Aus den Quellen ist die Vorgeschichte der Anthologie leider nicht genauer zu rekonstruieren, denn Wachsmuths persönlicher Nachlaß ist wohl verlorengegangen, und die in Weimar aufbewahrten Geschäftsakten der Goethe-Gesellschaft wie auch die Geschäftsakten des Insel-Verlags geben dazu keine Auskunft.

Durch eine Reihe von Studien für das Jahrbuch der Gesellschaft hatte sich Wachsmuth für diese Aufgabe empfohlen. 1890 geboren, hatte er, wie viele begabte junge Menschen aus kleinen Verhältnissen, zunächst den Beruf des Volksschullehrers ergriffen, dann 1928 aber nach einem nebenher betriebenen Studium der Germanistik, Geschichte und Philosophie die Befähigung für das Lehramt an höheren Schulen erworben. Von da an unterrichtete er am Ernst-Moritz-Arndt-Gymnasium in Berlin-Dahlem, dessen Direktor er von 1947 bis 1956 war.

Wachsmuths wissenschaftliches Interesse galt den Zusammenhängen von Dichtung und Wissenschaft. 1939 erschien unter dem Titel »Der Arzt in der Dichtung unserer Zeit« eine größere Untersuchung, mit der er erfolgreich auf eine Preisfrage der Medizinischen Fakultät der Albertus-Universität zu Königsberg geantwortet und den Agnes-Miegel-Preis erhalten hatte. Nicht ohne ein gewisses Bangen nimmt man das Buch heute in die Hand, kann es aber am Ende ohne tiefere Skrupel beiseite legen. Sachlichkeit, Gründlichkeit und Ernsthaftigkeit zeichnen Wachsmuths Studie aus. Thomas Manns »Buddenbrooks« erhalten in solchem Kontext ihren Ort, hingegen wird der (ungleich wichtigere) »Zauberberg« nur gestreift. Das achte Kapitel

»Der Arzt als Führer« – eine offenbar unumgängliche Huldigung an den Zeitgeist, die Wachsmuth sonst zu meiden sucht – liest man mit extrem geschärftem Gewissen vor dem Hintergrund des eigenen Wissens um faschistische Euthanasie. Es fällt schwer, den auf Seite 213 formulierten Satz »Für Kranke, wie es die lebenslänglichen Insassen von Irrenhäusern sind, hat nicht der freie Entschluß des Arztes über ihren Tod in letzter Verantwortung zu entscheiden, sondern der gesetzgeberische Wille des Staatsmannes« von aller furchtbaren Geschichte losgelöst zu interpretieren. Doch Wachsmuths Studie gibt auch zu erkennen, daß das Euthanasie-Problem seit der Jahrhundertwende in der Arzt-Belletristik häufig dargestellt worden war. Insofern auch war ideologisch prädisponiert, was von den deutschen Faschisten dann unbarmherzig als »Tötung unwerten Lebens« systematisch vollzogen wurde. Gerechterweise muß angemerkt werden, daß für Wachsmuth das ärztliche Gewissen die individuelle Entscheidungsinstanz darstellt. Und er läßt keinen Zweifel daran, daß es sich um eine humane Instanz handelt.

Weitaus unbefangener konnte sich Wachsmuth auf einem Felde bewegen, das er offensichtlich lange schon bearbeitet hatte und das Anfang der 40er Jahre ins Zentrum seiner wissenschaftlichen Publizistik rückte: Goethes Verhältnis zu den Naturwissenschaften. Den Anfang machte 1941 eine Studie mit dem Titel »Die Entwicklung von Goethes naturwissenschaftlicher Denkweise und Weltanschauung von den Anfängen bis zur Reife«. 1943 folgte die Abhandlung »Goethe und die Magie«, Eduard Spranger, dem Goetheforscher, dem Wachsmuth auch persönlich nahestand, zum 60. Geburtstag gewidmet. »Habent sua fata libelli«, für Wachsmuths nächste Studie mit dem Titel »Goethes naturwissenschaftliche Lehre von der Gestalt« hat dieser Satz

Gültigkeit. Geschrieben 1943/44 für die Viermonatsschrift der Goethe-Gesellschaft – wie die vorher entstandenen Abhandlungen auch –, konnte sie erst nach Kriegsende gedruckt, zudem erst nach Passieren der amerikanischen und russischen Zensur, wie der Herausgeber Hans Wahl schrieb, zum Versand gebracht werden. Den ersten unter Nachkriegsbedingungen entstandenen Band des Goethe-Jahrbuchs eröffnete dann, programmatisch genug, eine Abhandlung von Wachsmuth: »Bildung und Wirkung. Die Polarität in Goethes Lebenskunst«. Der Pädagoge und Goetheforscher Wachsmuth hatte sein Lebensthema gefunden, und in schöner Stetigkeit hat er es in weiteren Abhandlungen entfaltet. Die von 1941 an publizierten Texte sind dann 1966 in einem Sammelband mit dem Titel »Geeinte Zwienatur« im Aufbau-Verlag unverändert gedruckt worden – seltenes Beispiel für ein Wissenschaftsethos, das sich auch in schlimmen historischen Zeitläufen charaktervoll zu behaupten wußte, und Zeugnis zugleich für Wachsmuths Bescheidenheit: kein Geleitwort gibt Auskunft über die Gedanken und Empfindungen, die den Mittsiebziger bei der Zusammenstellung des Bandes bewegt haben. Die Texte sprechen für sich.

Sachlichkeit und gemessene Zurückhaltung sind Tugenden Wachsmuths gewesen, und sie sollten sich in seinem Amt als Präsident der Goethe-Gesellschaft als sehr hilfreich erweisen. Soweit ich sehe, hat er diese Zurückhaltung nur selten aufgegeben, und zwar dann, wenn der geschichtliche Augenblick das direkte Bekenntnis verlangte. Am 15. November 1946 publizierte Wachsmuth im Berliner »Tagesspiegel« einen Artikel mit dem Titel »Knechtung der Wissenschaft«: ein eindringliches Plädoyer für die Freiheit einer Forschung, die unter den »Schrecken einer Diktatur«, von denen das deutsche Volk gerade »befreit« worden war, willig der »Ausrichtung« durch den Nationalsozialismus gefolgt war. Wenngleich Wachsmuth insbesondere auf die »Geisteswissenschaften« und die »Rechtswissenschaft« Bezug nimmt, so fügt er doch, seine eigenen Interessen bedenkend, ausdrücklich hinzu: »Die Medizin erwies sich als weniger standfest gegen die Beeinflussung äußerer Mächte, sonst hätte es wohl keine Aerzte gegeben, die sich an den Verbrechen der Konzentrationslager beteiligten. Auch die Biologie konnte mit Hilfe der nationalsozialistischen ›Weltanschauung‹ auf eine unwürdige Linie gedrängt werden.« Für die »bewertenden Wissenschaften«, die »Hüter aller Werte der Vergangenheit«, kann »bei allem Streben nach Objektivität« nur eine Pluralität der »Werturteile« maßstabsetzend sein. »Es ist«, so Wachsmuth, »der metaphysische Reichtum des Lebens und der Welt, der aus dieser Fülle von Aussagen spricht. Entscheidungsmut, der durch Ehrfurcht, Duldung und Bescheidenheit lebendig ist, ist der Träger dieses Reichtums. Unkrauthacke und Heckenschere haben für diese Wissenschaften die Folge der Lebenslüge und des unheilbaren Siechtums. Darin wären sie ›ausgerichtet‹ – und die Einäugigen und die Farbenblinden eines Staates mit vorgeschriebener Weltanschauung würden sich der geistigen Buchsbaumkultur freuen. Auch das Schicksal der Wissenschaften«, so schließt der Artikel, »hängt also von der Staatsform ab. Und die Frage, welche Staatsform der Wissenschaft am zuträglichsten ist, dürfte nach den getroffenen Feststellungen leicht zu beantworten sein.«

Unschwer kann man ermessen, daß Wachsmuth den aus Weimar an ihn ergangenen Auftrag, zum Goethejahr 1949 eine Goethe-Anthologie vorzulegen, als Ehre wie als auszeichnende Verpflichtung wahrgenommen haben muß. Bescheiden und selbstbewußt zugleich hat er in der Einführung von den eigenen Intentionen Zeugnis abgelegt. Weder eine »Gedankensammlung« noch ein »Erbauungs- und Trostbuch« wollte er vorlegen, sondern eine »Auslese«, die »der Bedeutung des geschichtlichen Tages gerecht zu werden suchte«. Nicht einem welt- und geschichtsentrückten Geistesheroen Goethe redet Wachsmuth das Wort, sondern einem geschichtsbewußten und damit geschichtlich ungemein wirksamen Denker und Dichter, dessen Geschichtlichkeit in der Gegenwart zusätzlich durch die Überzeugung der »Völker der Erde«, daß Goethes Werk ein »Weltvermächtnis« sei, seine Bestätigung finde. Die wiedergewonnene Freiheit des wissenschaftlichen Denkens eröffnete Wachsmuth die Chance, ein für den bedeutsamen historischen Augenblick der »Befreiung« konzipiertes Lesebuch zu gestalten.

Anthologien verdanken ihr Entstehen höchst unterschiedlichen Antrieben. Nicht selten entstehen »Blütenlesen«, die »schöne Stellen« aus dem vielbändigen Werk eines Autors zusammentragen, dessen ausdauernde Lektüre Zeit und Geduld verlangt – ein gutes Beispiel ist Goethes Zeitgenosse Jean Paul – oder dessen Werk auf Maximen und Sentenzen vermeintlich verkürzt werden kann – hier wäre Herder zu nennen. In jedem Falle aber geht einer Anthologie, so sie denn Bestand haben soll, die intensive Beschäftigung mit dem Werk voraus. Anthologien sind Resultate liebender Versenkung in das Werk, ausdauernder Lektüre, sorgfältigen konzeptionellen Abwägens. Zuweilen sind die Antriebe, einen Autor durch eine Anthologie allgemein oder unter einem speziellen Thema darzustellen, sehr persönlicher Natur, zuweilen auch spielen äußere Anlässe, Gedenktage oder Jubiläen, die ausschlaggebende Rolle. Stets jedoch wird die zur Darstellung gelangende Einheit von Intention und textlich adäquater Realisation über den Wert eines anthologischen Unternehmens entscheiden.

Was macht nun Wachsmuths Anthologie aus dem Goethejahr 1949 heute noch lesenswert? Daß hier ein genauer Kenner ausgewählt hat, der Goethes Werk auch in seinen entlegensten Teilen überblickt, muß für ihn einnehmen. Auch das heikle Problem, einzelne Stellen aus ihrem jeweiligen Kontext zu reißen und dabei mit einem Minimum an kommentierenden Zusätzen auszukommen, ist mit hoher Subtilität und großem Verantwortungsbewußtsein gelöst worden.

Doch solche Tugenden gelangen erst durch die gedankliche Struktur des Ganzen zu rechter Wirkung. Und dafür erwies sich Wachsmuths Beschäftigung mit dem Naturwissenschaftler Goethe als eine denkbar glückliche Vorbereitung. Gewiß stand er damit in seiner Zeit nicht allein. Nachdem noch das 19. Jahrhundert Goethes naturwissenschaftliche Arbeiten als erledigt angesehen hatte, hatten sie im 20. Jahrhundert wiederum die Aufmerksamkeit der Fachgelehrten – der Biologen und Geologen vor allem – gefunden. In solchem Zusammenhang ist auch der Beschluß der Leopoldina in Halle aus dem Jahre 1940 zu sehen, Goethes naturwissenschaftliche Werke neu herauszugeben. Ebenso muß der Kongreß »Goethe und die Wissenschaft« als Signal für eine Neubesinnung verstanden werden.

Vor diesem Hintergrund wird Wachsmuths eigenständige Position erst recht erkennbar. Weder begriff er Goethes naturwissenschaftliche Tätigkeit als »reines«, von der Geschichte sich abkehrendes Denken, noch war er gewillt, die Gestaltlehre Goethes als strikte Maßgabe für die Interpretation des poetischen Werkes zu nehmen. Von solchen Extremen wußte er sich frei zu halten. Vielmehr interessierte ihn, ablesbar schon in seinen ersten Aufsätzen, der Zusammenhang von Naturgeschehen, Individual- und Weltgeschichte in Goethes Denken und Dichten. So gewann er ein verläßliches Fundament, auf das er gleichermaßen seine wissenschaftlichen Arbeiten wie seine damit eng korrespondierende Anthologie gründen konnte – seinen Lieblingszitaten begegnet man in beiden Zusammenhängen. Nichts weniger als eine in Goethesche Denkkategorien gefaßte Anthropologie legte Wachsmuth vor.

Das Besondere dieses Unternehmens liegt nun freilich darin, daß Goethe den Spielraum des Menschlichen selbst durchmessen hat und daß sein Denken und Dichten nur in der Einheit von Lebensvollzug und reflektierender Gestaltung/Umgestaltung zu begreifen ist. Das gibt all seinen Texten ihren unverwechselbaren Charakter, legt dem Anthologisten freilich auch die Verpflichtung auf, dem Reichtum des Vorhandenen eine klare Ordnung zu geben. Wachsmuth ist einer solchen Aufgabe gerecht geworden.

Sichtbar wird dies bereits im überlegt disponierten Aufbau des Buches. Das Eingangskapitel legt gewissermaßen das Fundament. Was hier unter dem Thema »Naturkonstanten des menschlichen Daseins« versammelt ist, legt Zeugnis ab von der Einheit des Menschen als Natur- und Geisteswesen, die Goethe mit den Begriffen Metamorphose und Polarität zu bestimmen gesucht hat. Hier schon läßt sich beobachten, was die Anthologie überhaupt auszeichnet: Problemoffenheit und -bewußtheit, kenntlich in dem Bemühen, keine ein für allemal verbindlichen Wahrheiten auszusprechen, sondern Entwicklung und Veränderung als natürlich-geschichtliches Grundgesetz allen Lebens auch im Widersprüchlichen vor Augen zu führen.

Solches Bemühen setzt sich fort in den Folgekapiteln, die zunächst Goethes Urteile über den »menschlichen Spielraum« versammeln, wie er in der Einheit von Subjektivem und Objektivem, von Daimon und Tyche zur Erscheinung gelangt. Von den so konstituierten Bedingungen des menschlichen Handelns wird der Blick auf die »Möglichkeiten und Aufgaben des Menschen« gelenkt, die dann im »Werk des Menschen« Erfüllung finden.

Bemerkenswert, daß sich Wachsmuth damals jeder (naheliegenden) direkten Aktualisierung enthalten hat. Sein anthropologisches Konzept erweist sich als offen genug, um dem Leser an fast jeder Textstelle die Anwendung auf die eigene geschichtliche Existenz nahezulegen. Wer etwa Maximen zur aktuellen Politik aufsuchen wollte, konnte z.B. den Abschnitt »Herrschen« konsultieren. Die von Wachsmuth gewählten Überschriften – häufig direkt den Goetheschen Texten entnommen – sind anschaulich und präzise genug, um dem Leser an jedem Punkt den Zugang zum Goetheschen Kosmos zu ermöglichen. Den größten Gewinn freilich trägt der davon, der Seite für Seite mit dem Anthologisten von der Architektur des Bandes Besitz ergreift. Ein dergestalt komponiertes Buch ist kein Kompendium zum schnellen Nachschlagen bekannter Zitate. Sein Reichtum erschließt sich erst bei zusammenhängender Lektüre.

Dennoch hat sich auch Wachsmuth der Pflicht nicht entziehen wollen, Botschaften an den Schluß zu stellen – er hat dem Kapitel die Überschrift »Die letzten Überzeugungen« gegeben. Und in der Tat geben die drei Stichworte »Bejahung des Diesseits«, »Weltfrömmigkeit« und »Reine Menschlichkeit« – unter letzterer Formel sollte das Buch ursprünglich erscheinen – und die dazu versammelten Zitate so etwas wie eine Goethesche Lebenslehre in nuce, die, mit dem Dichter zu reden, »unmerklich« bilden soll. Der Leser, so hat Goethe einmal angemerkt, muß daraus seine Schlüsse ziehen wie aus dem Leben selbst – damals wie heute.

Wachsmuths Auftragsarbeit für die Goethe-Gesellschaft hat zwischen ihm und dem Präsidenten Anton Kippenberg, in dessen Verlag die Anthologie in einer Auflage von 10 000 Exemplaren erschien, eine Verbindung gestiftet, der nur eine kurze Dauer beschieden war und die gleichwohl nicht ohne dauerhafte Wirkung blieb. Denn nach Kippenbergs Tod im Jahre 1950 wurde Wachsmuth im Jahr darauf sein Nachfolger im Amt des Präsidenten der Goethe-Gesellschaft. In schwierigen politischen Zeiten, in denen das Schicksal der Gesellschaft mehr als einmal auf dem Spiel stand, hat er sachlich-souverän, charakterlich unbeugsam und diplomatisch zugleich einen Kurs des behutsamen Ausgleichs, der Vermittlung und Versöhnung auch politisch widerstreitender Parteien gesteuert. Wer seine Anthologie aufmerksam liest, wird bemerken, wie sehr solches Handeln seine Antriebe aus einem Leben im Zeichen Goethes empfing. Daß die Goethe-Gesellschaft in den Zeiten des Kalten Krieges weiterbestehen, nach dem Mauerbau durch eine geschickt inszenierte Internationalisierung weiterhin ein Forum des Gedankenaustausches zwischen West und Ost bleiben konnte, ist nicht zuletzt seinem Wirken zu verdanken, das in seiner Einheit von maßvoller Besonnenheit und überlegtem Handeln allenthalben Respekt und Anerkennung hervorrief. »Verdienst« und »Glück« haben sich in der Persönlichkeit von Andreas Bruno Wachsmuth verkettet.

Vor Skepsis war auch Wachsmuth gleichwohl nicht gefeit. Am Schluß seiner Abhandlung über »Bildung und Wirkung«, geschrieben noch im Zweiten Weltkrieg, finden sich die Sätze: »Erreichen all die Worte Goethes von der Bildung nur noch unser Ohr und nicht mehr unser Herz? Oder sofern doch, werden sie nur mit der Wehmut empfunden, die das Unwiederbringliche weckt? Trennt uns weniger die Zeit von ihnen als die seitdem erlittene Ernüchterung und Demütigung, daß die Botschaft von der Würde der ›geprägten Form‹ dem Lebensdruck der Verhältnisse nicht standgehalten hat? Ist Daimon von Tyche ganz zum Schatten entwertet worden, woraus für das ohnmächtige Ich folgte, aus der Einsamkeit des Einzelgängers bedingungslos in den Schutzkreis des Wir zu flüchten? Von der Art der Antwort wird es abhängen, wieviel von Goethes Leben und Denken geschichtliches Phänomen, wieviel vorbildliches Beispiel ist, das unsere Gegenwart still als Nothelfer und Wegweiser begleitet.«

Wachsmuths Fragen, kryptisch und unmißverständlich zugleich an den Deutschen neben ihm, den Parteigänger des Dritten Reichs, den Mitläufer oder den abseits Stehenden gerichtet, haben ihre beunruhigende Aktualität nicht eingebüßt. Die antwortende Formel vom »Nothelfer und Wegweiser« ist nicht ohne Hoffnung. Im Zeichen solcher Hoffnung hatte er seine Anthologie komponiert. Nehmen wir sie heute in ihrer doppelten Bedeutung: als beeindruckendes historisches Dokument und als sehr gegenwärtige Anleitung, wie einer geistfernen Welt Widerpart geboten werden kann.

Jochen Golz

Quellenverzeichnis

Verzeichnis der Briefempfänger

Inhalt

DIE ANTRIEBE DES MENSCHEN

DIE MÖGLICHKEITEN UND AUFGABEN DES MENSCHEN

DAS WERK DES MENSCHEN

DIE LETZTEN ÜBERZEUGUNGEN

ZU DIESER AUSGABE

insel taschenbuch 2850: *J. W. Goethe, Von Mensch und Menschheit.* Die Ausgabe erschien erstmals 1949 im Insel Verlag Leipzig, zu Goethes 200. Geburtstag, unter dem Titel: *Goethe. Von Mensch und Menschheit. Aus seinem Dichten und Denken. Im Auftrag des Festausschusses des Landes Thüringen und der Goethe-Gesellschaft in Weimar. Zum 28. August 1949. Herausgegeben von Bruno Wachsmuth.* Jochen Golz verfaßte das Nachwort für die vorliegende Neuausgabe.

Goethe
im insel taschenbuch
Eine Auswahl

Briefe aus dem Elternhaus. Herausgegeben und mit drei Essays eingeleitet von Ernst Beutler. it 1850. 1068 Seiten

Dichtung und Wahrheit. Mit zeitgenössischen Illustrationen, ausgewählt von Jörn Göres. it 150. 1120 Seiten

Faust. Erster Teil. Nachwort von Jörn Göres. Mit Illustrationen von Eugène Delacroix. it 50. 273 Seiten

Faust. Zweiter Teil. Mit Federzeichnungen von Max Beckmann. Mit einem Nachwort zum Text von Jörn Göres und zu den Zeichnungen von Friedhelm Fischer. it 100. 492 Seiten

Faust. Erster und zweiter Teil. Herausgegeben und mit einem Nachwort versehen von Jörn Göres. it 2283. 760 Seiten

Faust. Urfaust / Faust. Ein Fragment / Faust. Eine Tragödie. Paralleldruck der drei Fassungen. Herausgegeben von Werner Keller. Zwei Bände. it 625. 690 Seiten

Goethe-Lesebuch. Eine repräsentative Auslese aus Werken, Briefen und Dokumenten. Herausgegeben und mit einem Nachwort von Katharina Mommsen. it 1375. 384 Seiten

Goethes Briefwechsel mit einem Kinde. Von Bettine von Arnim. Herausgegeben und eingeleitet von Waldemar Oehlke. Mit zeitgenössischen Abbildungen. it 767. 678 Seiten

NF 40/1/7.00

Goethes Gedanken über Musik. Eine Sammlung aus seinen Werken, Briefen, Gesprächen und Tagebüchern. Herausgegeben von Hedwig Walwei-Wiegelmann. Mit achtundvierzig Abbildungen, erläutert von Hartmut Schmidt.
it 800. 262 Seiten

Hermann und Dorothea. Mit Aufsätzen von August Wilhelm Schlegel, Wilhelm von Humboldt, Georg Wilhelm Friedrich Hegel und Hermann Hettner. Mit zehn Kupfern von Catel. it 225. 199 Seiten

Italienische Reise. Mit vierzig Zeichnungen des Autors. Herausgegeben und mit einem Nachwort versehen von Christoph Michel. it 175. 808 Seiten

Tagebuch der Italienischen Reise 1786. Notizen und Briefe aus Italien. Mit Skizzen und Zeichnungen des Autors. Herausgegeben und erläutert von Christoph Michel.
it 176. 402 Seiten

Die Kunst des Lebens. Aus seinen Werken, Briefen und Gesprächen zusammengestellt von Katharina Mommsen unter Mitwirkung von Elke Richter. it 2300. 180 Seiten

Leben des Benvenuto Cellini florentinischen Goldschmieds und Bildhauers. Von ihm selbst geschrieben, übersetzt und mit einem Anhange herausgegeben von Johann Wolfgang Goethe. Mit einem Nachwort von Harald Keller. Mit Abbildungen. it 525. 559 Seiten

Die Leiden des jungen Werther. Mit einem Essay von Georg Lukács. Mit einem Nachwort von Jörn Göres. Mit zeitgenössischen Illustrationen von Daniel Nikolaus Chodowiecki u.a.
it 25. 231 Seiten. it 2284. 230 Seiten

NF 40/2/7.00

Lektüre für Augenblicke. Gedanken aus seinen Büchern, Briefen und Gesprächen. Auswahl und Nachwort von Gerhart Baumann. it 1750. 177 Seiten

Lieber Engel, ich bin ganz dein! Goethes schönste Briefe an Frauen. Herausgegeben von Angelika Maass. Mit zahlreichen Abbildungen. it 2150. 486 Seiten

Märchen. Der neue Paris. Die neue Melusine. Das Märchen. Herausgegeben und erläutert von Katharina Mommsen. it 2287. 232 Seiten

Der Mann von fünfzig Jahren. Mit einem Nachwort von Adolf Muschg. it 850. 114 Seiten

Maximen und Reflexionen. Text der Ausgabe von 1907 mit den Erläuterungen und der Einleitung Max Heckers. Mit einem Nachwort von Isabella Kuhn. it 200. 370 Seiten

Novelle. Herausgegeben und mit einem Nachwort versehen von Peter Höfle. it 2625. 144 Seiten

Novellen. Herausgegeben und mit einem Nachwort versehen von Katharina Mommsen. Mit Federzeichnungen von Max Liebermann. it 425. 293 Seiten

Rameaus Neffe. Ein Dialog von Denis Diderot. Übersetzt von Goethe. Zweisprachige Ausgabe. Mit Zeichnungen von Antoine Watteau und einem Nachwort von Horst Günther. it 1675. 324 Seiten

Reineke Fuchs. Mit Stahlstichen nach Zeichnungen von Wilhelm Kaulbach. it 2564. 210 Seiten

NF 40/3/7.00

Sollst mir ewig Suleika heißen. Briefwechsel mit Marianne und Johann Jakob Willemer. Herausgegeben von Hans-J. Weitz. Mit zeitgenössischen Abbildungen. it 1475. 568 Seiten

Die Wahlverwandtschaften. Ein Roman. Erläuterungen von Hans-J. Weitz. Mit einem Essay von Walter Benjamin. it 1. 333 Seiten

Wilhelm Meisters Lehrjahre. Herausgegeben von Erich Schmitt. Mit sechs Kupferstichen von Catel. it 475. 642 Seiten
it 2286. 642 Seiten

Wilhelm Meisters Wanderjahre oder die Entsagenden. Mit einem Nachwort von Adolf Muschg. it 575. 523 Seiten

Johann Wolfgang Goethe / Friedrich Schiller. Der Briefwechsel zwischen Schiller und Goethe. Herausgegeben von Emil Staiger. it 250. 1085 Seiten

Johann Wolfgang Goethe / Friedrich Schiller. Sämtliche Balladen und Romanzen in zeitlicher Folge. Herausgegeben von Karl Eibl. it 1275. 197 Seiten

Johann Wolfgang Goethe / Christiane Vulpius. Goethes Ehe in Briefen. Der Briefwechsel zwischen Goethe und Christiane Vulpius 1792-1816. Herausgegeben von Hans Gerhard Gräf. Mit zeitgenössischen Abbildungen. it 1625. 1048 Seiten

NF 40/4/7.00

Goethes lyrische Werke

Elegie von Marienbad. it 1250. 128 Seiten

Erotische Gedichte. Gedichte, Skizzen und Fragmente. Herausgegeben von Andreas Ammer. it 1225. 246 Seiten

Gedichte in Handschriften. Fünfzig Gedichte Goethes. Ausgewählt und erläutert von Karl Eibl. it 2175. 288 Seiten

Gedichte in zeitlicher Folge. Eine Lebensgeschichte Goethes in seinen Gedichten. Herausgegeben von Heinz Nicolai. it 1400. 1264 Seiten

Goethes Liebesgedichte. Herausgegeben von Hans Gerhard Gräf. Mit einem Nachwort von Emil Staiger.. it 275. 317 Seiten

Das Leben, es ist gut. Hundert Gedichte. Ausgewählt von Siegfried Unseld. it 2000. 204 Seiten

Ob ich dich liebe weiß ich nicht. Liebesgedichte. Herausgegeben von Karl Eibl. Großdruck. it 2396.164 Seiten

Römische Elegien und Venezianische Epigramme. it 1150. 85 Seiten

Verweile doch. 111 Gedichte mit Interpretationen. Herausgegeben von Marcel Reich-Ranicki. it 1775. 512 Seiten

West-östlicher Divan. Mit Essays zum »Divan« von Hugo von Hofmannsthal, Oskar Loerke und Karl Krolow. Herausgegeben und mit Erläuterungen versehen von Hans-J. Weitz. it 75. 400 Seiten

NF 40/5/7.00

Über Goethe
Darstellungen, Anthologien, Sammlungen

Der junge Goethe in seiner Zeit. In zwei Bänden und einer CD-ROM. Herausgegeben von Karl Eibl, Fotis Jannidis und Marianne Willems. it 2100. 1479 Seiten

Gespräche mit Goethe in den letzten Jahren seines Lebens. Von Johann Peter Eckermann. Herausgegeben von Fritz Bergemann. it 500. 955 Seiten

Essays um Goethe. Von Ernst Beutler. Erweiterte Frankfurter Ausgabe. Herausgegeben von Christian Beutler. it 1575. 1008 Seiten

Bei Goethe zu Gast. Besucher in Weimar. Herausgegeben von Werner Völker. Mit zahlreichen Abbildungen. it 1725. 172 Seiten

Goethe aus der Nähe. Berichte von Zeitgenossen. Ausgewählt und kommentiert von Eckart Kleßmann. it 1800. 552 Seiten

Goethe. Seine äußere Erscheinung. Literarische und künstlerische Dokumente seiner Zeitgenossen. Zusammengetragen von Emil Schaeffer. Überprüft und ergänzt von Jörn Göres. it 2275. 199 Seiten

Goethe und seine Zeitgenossen. Zwischen Annäherung und Realität. Von Ludwig Fertig. it 2525. 416 Seiten

Mit Goethe durch den Garten. Ein Abc für Gartenfreunde, aufgeblättert von Claudia Schmölders. Mit farbigen Illustrationen von Hans Traxler. it 1211. 137 Seiten

NF 40/6/7.00

Goethe, unser Zeitgenosse. Über Fremdes und Eigenes. Herausgegeben von Siegfried Unseld. it 1425. 160 Seiten. it 2290. 161 Seiten

Goethe als Emigrant. Auf der Suche nach dem Grünen bei einem alten Dichter. Von Adolf Muschg. it 1700. 209 Seiten

Goethes Alltagsentdeckungen. Von Egon Freitag. Mit zahlreichen Abbildungen. it 2550. 320 Seiten

Goethes Morgenlandfahrten. West-östliche Begegnungen. Herausgegeben von Jochen Golz. it 2600. 320 Seiten

Goethe und die Medizin. Selbstzeugnisse und Dokumente. Von Manfred Wenzel. it 1350. 127 Seiten

Goethe. Der heilkundige Dichter. Von Frank Nager. it 1672. 330 Seiten

Goethe und die Religion. Aus seinen Werken, Briefen, Tagebüchern und Gesprächen. Zusammengestellt von Hans-Joachim Simm. it 2200. 448 Seiten

Bis an die Sterne weit. Goethe und die Naturwissenschaften. Bearbeitet von Margit Wyder. Mit einem Essay von Adolf Muschg. Mit zahlreichen Abbildungen. it 2575. 216 Seiten

Goethe und der Islam. Von Katharina Mommsen. Herausgegeben und mit einem Nachwort versehen von Peter Anton von Arnim. it 2650. 350 Seiten

Goethe und seine Verleger. Von Siegfried Unseld. Mit zahlreichen Abbildungen. it 2500. 820 Seiten

NF 40/7/7.00

Cornelia Goethe. Von Sigrid Damm. it 1452. 260 Seiten

Aja Goethe. Die Briefe von Goethes Mutter. Nach der Ausgabe von Albert Köster. Herausgegeben von Mario Leis, Karl Riha und Carsten Zelle. Mit Abbildungen. it 1550. 716 Seiten

Werthers Lotte. Goethes Liebe für einen Sommer. Die Biographie der Charlotte Kestner. Von Ruth Rahmeyer. Mit Abbildungen. it 2272. 230 Seiten

Goethes Gretchen. Das Leben und Sterben der Kindsmörderin Margaretha Brandt. Nach den Prozeßakten dargestellt von Siegfried Birkner. it 2563. 176 Seiten

Goethe was here. Parodistischer Scherz und Ernst. Von Karl Otto Conrady. it 1600. 134 Seiten

Das Goethe-Haus Frankfurt am Main. Von Petra Maisak und Hans-Georg Dewitz. it 2225. 120 Seiten

Goethe für Gestreßte. Ausgewählt von Walter Hinck. it 1900. 128 Seiten. it 2675. 128 Seiten

NF 40/8/7.00